心之翼

一个法国青年的东西方探寻之旅

The Wings of the Heart

［法］奕夫（Yves Ayoun）著

杨培敏 译

第一章
巴黎的蓝天

他已经不属于这个地方——巴黎了,他只想着远远地,远远地离开,去往不同的国家。不同的语言,不同的样貌,不同的梦想,那里有更多的阳光,更多的自由,更真实的一种生活。

第三章
以色列耶路撒冷老城

倘若耶路撒冷的天空、石头和尘土能开口说话,它们述说的故事会不会改写人类的说辞呢?

第六章
西奈贝都因人的帐篷

贝都因人是居住在沙漠中的游牧民族。说到贝都因人,大多数人的心中立刻浮现出一个丰富而长情的画面——飞扬的沙尘、飘拂的长袍、大步缓行的驼队,如同一首抒情诗。

**第八章
开往土耳其边境的大巴**

大巴沿着山边的公路在荒漠中蜿蜒而行，道路时而铺设完好，时而却尘土密布。

**第八章
土耳其伊斯坦布尔**

他在伊斯坦布尔熙熙攘攘的街道上漫无目的地逛着，然后上了联通亚洲的那座桥，站在桥上目不转睛地注视着地平线，这时，他突然有了一个冲动：何不放下一切，去探索一下亚洲呢？

**第十章
70年代的阿富汗大巴**

这辆勉强还能上路的老爷车就像安在四个轮子上的铁盒子，里面塞满了带上了全部家当的本地人，就连车顶的行李架上都堆满了行李，几乎和汽车一样高。

第十章 70 年代的阿富汗喀布尔
他仿佛置身在一个奇怪的时间胶囊里，被夹在现代和古代之间。

第十一章 印度之眼
虽然印度曾经历经了外族的劫掠、宗教的迫害、饥荒和贫穷，然而这个民族却有一种惊人的忍耐力和包容性，依然保留着古老的文明智慧所赋予她的生命力。

第十二章 印度瓦拉纳西恒河边
他和恒河母亲在一起,她就像一位圣洁的母亲,接纳了他,净化了他。他感觉如此轻灵、释放、觉醒。他就这样湿漉漉地坐在台阶上,耳朵里充满了神奇的声音。

第十二章 印度之眼
不要把人的生命给浪费了。要努力去看内在的永恒灵魂,让它的光芒穿透你的躯体、心智和感官。

第十四章
以色列约旦山谷

这里的一切都是苍翠而茂盛的，散发着勃勃的生机。他就热爱这样的地方。独自一人，沉浸在大自然的怀抱，这是戴维的心最为欢畅的时刻。人造的系统，固守的社会模式，按部就班的日程安排，所有这一切都被他抛到了脑后。

第十五章
印度温达文

虽然到处是滚滚的热浪和又脏又乱的街道和人群，但这里却散发着一种浓厚的灵性气息，能让人迷醉得忘乎所以，就好像泥塘里开出的一朵出淤泥而不染的莲花，盛放在阳光下。一切都是那么简单，却自有一种神奇的繁复、友善和自由，交织在无所不在的生命哲学中。

第十六章
喜马拉雅徒步

一阵热闹的铃声响起，这是一队驮运沙子、砖头和木头的骡子。领队的人跟在后面，骑在一头青藏高头大马上，道路很狭窄，难以通行，他们小心翼翼地列队而过。

第十六章 尼泊尔木克定
大自然是一位艺术家、一位魔术师、一位玄秘大师，如此无与伦比的壮美和它显示的宇宙力量超越了一切。

第二十二章 拥抱中国
杭州之美完全出乎他的意料，令他吃惊，他从未想过，在一个经历了那么多痛苦的国家里，居然还有那么多大自然的富裕和谐地出现在人们的生活中。

cont（目录）ents

作者自序 - I

第一章　巴黎的蓝天　 - 001
第二章　爱德米特村　 - 015
第三章　古城耶路撒冷　 - 025
第四章　麦西洛特村　 - 033
第五章　秋季的收获　 - 041
第六章　从死海到贝都因　 - 051
第七章　沙漠之谜　 - 057
第八章　从海法到伊斯坦布尔　 - 073
第九章　穿越亚洲　 - 079
第十章　阿富汗　 - 087
第十一章　印度之眼（上）　 - 095

第十二章　印度之眼（下）　- 107

第十三章　扎卡伊先生　- 131

第十四章　真正的战士　- 147

第十五章　温达文　- 161

第十六章　喜马拉雅　- 175

第十七章　瑜伽大师阿瓦杜塔　- 205

第十八章　孟加拉大洪水　- 221

第十九章　孟买学术会议　- 245

第二十章　崭新的开始　- 259

第二十一章　挂满红灯笼的节日　- 273

第二十二章　拥抱中国　- 287

第二十三章　双重寂灭　- 301

第二十四章　德明　- 319

结　语　- 343

作者自序

十四年前,我坐在澳大利亚家中的书桌前,开始构思一个年轻人的故事,我想以他的人生中最具有决定性的时期来作为故事的线索。为了勾勒出这样一个人物,我必须深入到我自己的一段生命历程之中。

十八岁时,我做了一个大胆的决定:离开温馨安逸的家,抛开充满魅力的巴黎都市生活以及世俗成功的召唤,毅然决然地走进一个未知的未来。在接下来的许多年里,我辗转于世界各地,经历了各种历险和奇遇,这些都成为我难以忘怀的人生记忆。然而,本书却并非一部单纯的旅行传记,其真正的目的是想带领读者踏上一条非同寻常的旅程,这段旅途始于我们生活的外部世界,却深深地通向每个人的心灵深处。

我们的人生方向往往由两个因素造就,一个是童年,另一个是当我们面临着有关自我认知的反复命题时所做出的思考和选择。这两个因素会带着我们通向两种截然不同的生命,一种有幸福和成长,一种则有数不尽的遗憾。在本书中,对于遗憾和悔恨并无过多着墨,但小说中所体现的快乐也不是轻而易举就可以达到的。

作为本书作者,我对快乐的诠释恐怕会令读者出乎意料。那是一种在重重的艰险和障碍中不断穿行，最终超越一切磨难，踏上灵性幸福之途的历程，为此我只有不断地审视自己的内心，方能以足够的真实和谦卑来面对书中的每一个人物和读者。因此，本书既有虚构的成分，又有真实的历程，至于哪些是虚构哪些是现实，这将留由读者来判断。

在本书中，一种被正常思维所精心设定和架构的人生框架一再被主人公冲破，而代之以对人生真正意义的固执探寻。他的自我教育发生在中东和亚洲的浪迹跋涉中，险象环生的遭遇让他不断地在内心中反思生命的真相，也让他一次又一次地被搁浅在绝望之中。

如果说二十世纪七八十年代的旅行不仅打造了人的个性和品格，而且也提供了无数机遇的话，那么也只有少数勇敢者才得以享用。本书的主人公完全不是你们的日常生活中随处可见的现代人。他没有保险，没有银行账号，没有信用卡，没有智能手机，没有任何可以救助他于危难之中的东西。他的旅程是一条自我发现之旅，为此他必须减少甚至剥除掉所有世俗保障意义上的层层包裹，只是赤裸裸地站在真理的面前。

故事中充满了冒险的经历和教训，似乎与大多数人的生活有所距离，然而，如果没有这些，一个人又如何能彻底理解物质世界的脆弱，从而始终坚强而坚定地面对人生呢？主人公多次遇到生命中的导师或上师，其中每一位都将自己的人生经验和觉悟倾囊而授，为他打开一扇扇通往灵性之途的新窗户。从他们那里，他汲取到了有关物质和心灵的精华。

而与此同时，他和母亲的生命之线也从来没有断离过。虽然他与母亲有着万水千山之隔，但从他出生的那一刻开始，那条神奇的纽带就一直牢牢地连接着母子之心，一直在给他输送养料。在这个故事中，她的角色举足轻重。几乎每一章里都可以感受到她的存在，由此我们对这对母子关系在各种跌宕起伏的境遇中的多重侧面便有了更深刻的了解。这种关系的基础无疑是爱,因此最后的结局必定是美好而圆满的。

归根结底,这段旅程既是你的也是我的,你未必像主人公那样登上喜马拉雅之巅,深入西奈沙漠的腹地,但那种对自我觉醒的呼唤却是相通的。我们都希望能修正自我,穿越无知进入良善并迈向至善,我们都希望用智慧的眼睛看待和尊重包括动植物在内的天下众生,让真正的爱充盈并滋养我们的心灵。

算起来我已经在中国生活了十年之久,其实从三十年前,我就陆陆续续往来中国。这些年来,我目睹着中国人,无论男女老少,都在追求着自己的梦想,这些梦想中有的也许永远会是梦想。我强烈地感觉到,我有责任去分享我的生活所得,这是金钱和财产所无法量度的,那是一种走遍了东西方之后,由人生经验而来的财富。

知识和智慧的获取可以有三种途径。一种通过观察,确知什么该做什么不该做,确信应当把自己的心灵置于何处。第二种得通过不断的试错,一次次地吸取教训。最后一种,虽然一再犯错,却依然不得要领,毫无长进。

生活在中国,使我能从周围发生的事情中不断学习。我时常为看到的一切感到忧心,但同时又被这片古老而广袤的土地所蕴藏的潜在力量所震撼。然而,我也看到,如果人们再不给贪欲降一下温,再不把物质囤积削减一下,那么迫在眉睫的危险就会悄然浮现。这也是我写这本书的动力。我希望开明的读者们能从中得到启发,从而尝试着换一种眼光来观察生活,看待生命,不是仅仅透过外在的欲望之眼,而是用内在的真我的眼睛,因为那深藏的灵魂一直在渴望着散发它的永恒生命之光。

奕夫(Yves Ayoun)
2020 年 12 月于印度西孟加拉邦

第一章

巴黎的蓝天

他挣扎着褪下少年的娇嫩皮肤,
开始慢慢地张开年轻的翅膀。

心之翼

"到点了,该睡觉了,明天还要上学哪。"隔壁传来的声音把戴维拽回了现实。他听见爸爸从床上下来,拖着脚步穿过走廊,关掉电视机。除了他们,大家都睡下了。安德烈不是那种一心想着给自己攒养老金的人。他得养家糊口,但有一点他始终深信不疑:拥抱每一天,因为每一天都是祝福。因此,当第一台彩色电视机问世的时候,为了庆祝这一飞跃,他很快给家里置了一台。电视机放在一个很显眼的位置,就在沙发和客厅窗户之间的那个油光亮滑的桃花心木柜子上。不知怎的,全家人的生活很快就被它占领了。不用说,那天晚上,它把小戴维牢牢地抓住了。客厅里很暗,那个盒子里变出了一个魔幻世界,还伴随着一种很有穿透力的画外音。

黄昏的花亭里,轻柔的纱幔在微微的清风中时起时落,空气中飘浮着小茶花香点燃后散发的

第一章　巴黎的蓝天

暗香。坎波加国（Kamboja）的公主倚在象牙色的长椅上，一边品着茉莉花茶，一边和普什卡拉国（Pushkara）的王子悄声细语。她长长的发辫上点缀着芬芳四溢的白百合，沿着臀部的曲线落入绿色的纱丽，就像一条黑蛇蜿蜒地钻入一个绿荫密布的热带花园里。王子英俊潇洒，身材魁梧，身披细腻的锦缎，从头巾到脚趾都佩戴着珠宝。他肤色微黑，声音低沉，举止优雅，眼睛就像莲花瓣，让人无法抗拒。公主每每朱唇微启，发出银铃般的笑声时，便露出珍珠一样的皓齿，这时身上的镯子也会跟着叮叮作响。

王子任由思绪的缰绳带着自己漫步于他们的人生之旅上。他们在童年时代就相遇了，那时双方的父王将两国结为友好盟国，满心希望两国有朝一日能联姻，这样既保证了彼此的繁荣也保全了纯正的皇族血统。二十年之后，他们深深地相爱了。

一群群红领绿鹦鹉在庭院里跳来蹦去，菩提树的枝头上栖息着许多蓝孔雀，它们时断时续的鸣叫声回荡在半空中。夏天即将结束，雨季在贫瘠的拉贾斯坦（Rajasthan）的全景画中疏疏朗朗地抹上了郁郁葱葱的色块，漫长而慵懒的下午渐渐变成了温暖的夜，宫中神庙的内室里传来的海螺声打破了这对年轻夫妇的回忆。

"来吧，亲爱的，"王子温柔地说，"再晚就觐见不到神像啦。"

他在公主的额头上亲吻了一下，闻着她的发丝散发出来的清香。她拉住王子的手，露出羞怯的笑容。两人走出花亭，去参加晚间的敬神仪式。他们在神庙里，手拉手地站在被装扮得异常华美的茹阿达（Radha）和克里希纳（Krishna，又译作奎师那）的神像前。这对神像就是拉贾斯坦鲜活跳动的心。祭师先挥动一盏巨大的酥油灯，接着是几朵玫瑰花，最后是一把银手柄的孔雀羽毛扇。神庙里挤满了一张张灿烂的笑脸，朝拜者一边唱歌一边拍着手，有的高兴地旋转起来，还有的则高举双手，上下跳跃，随着清脆的锣声和笛子的高音有节奏地发出呼唤，奉献与爱的狂潮逐渐达到了沸腾的顶点。就在这时，厚厚的帘幕拉上了，一切突然静止下来，只有祭师诵出的梵语经文，还在神庙里回荡着，表达着对神的敬拜和对朝觐者的祝福。

人需要吃饭和休息，同样，用纯白的大理石雕刻而成的茹阿达和克里希纳神像，身披最精美的带刺绣的裙服，佩戴着金饰与珠宝，他们也接受一顿丰盛的大餐，然后在自己的内室里度过夜晚。那些渴求分离中的纯粹之爱——超越了凡俗之爱的人，会在这里，在神与尘世的连接中，得到灵性的升华。眼睛上若涂上了奉爱的眼膏，就会被施恩而获得一双神眼，即便那爱的泪水会弄瞎眼睛。克里希纳，神奇的笛手，拥有美丽的线条和满月般的脸庞的人啊，召唤着每一个人加入一场永恒的爱之舞。而他完美的另一半茹阿达，轻颦浅笑，左顾右盼，欢快地迈起纵情的舞步，带领着节奏。贾亚德夫（Jayadev）和米拉拜（Mirabai）这样的诗人，还有采坦尼亚（Chaitanya）那样的狂舞者都踏上了一条神秘的旅程，他们畅游在月光下的森林里，他们只有纯粹的愿望——与神团聚，一切物质的藩篱都无法阻挡。这甜美的逍遥，一切灵魂都可以加入。

繁星满天，夜来香绽放，四下里飘荡着馥郁的芬芳，王室们在一起享受夜晚的小食。纯银的盘子里盛放着拌着腰果和葡萄干的藏红花饭、咖喱奶酪、甜奶布丁和酥油膨饼。仆人们远远站着，随时准备奉上热茶和甜味香料，还有槟榔果。他们在谈论即将到来的加冕典礼。

拉贾斯坦国的国君戈文达王，一生中征战无数，获胜无数。然而，最令他感到骄傲的还是他的儿子曼诺王子——王位的继承人。在他的王国中，土地丰沃，天下太平，臣民受到保护，内心非常满足。他即将退位，将置身在饱学之士和洞悉超然知识的智者中间，聆听他们向他讲述奥妙无穷的灵性宝藏——《韦陀经》。他将追随一个古已有之的圣王传统，追随那些正直公义、一生庇佑臣民、坚

第一章　巴黎的蓝天

守灵性之道的先王，徒步走向喜马拉雅山，身后有王后跟随。然后，他会进入深度神定，做好离开这个短暂世界的准备，然后抱着对后世的了然从容赴死，臻达神明。

《激情拉贾斯坦》的解说在印度竖琴、塔布拉和竹笛组成的悠扬乐声中结束了。巨大的红太阳在普什卡拉山的后面缓缓落下，在清澈的湖水中留下了神秘的色彩。

戴维像是被催眠了。前世的盗贼夺走了他的心。他使劲地摇了摇头，不知道自己被带去了哪里。他坐在黑暗里，脑海里一遍又一遍地回放着那个遥远的地方传来的声音和景象，这一切和他的现实生活是截然不同的两个世界，现实生活就像一个巨大的茧，或者说，人从出生时就注定了是不健全的。"等我长大了，总有一天……"他很快进入了梦乡，梦想着醒来时已经长大。

戴维一向不喜欢星期天。他们家的三间卧室，拥挤的餐桌，排队才能上的卫生间，还有电视里单调乏味的体育比赛，全都让他提不起精神。一周里只有星期天的时候全家都在，每到这一天，家里的每一寸空间都被占领，就好像连呼吸的空间都被剥夺了，他只想尽快挣脱这缓慢的童年。

二十世纪五十年代的巴黎，到处弥漫着一股沙文主义气息，当时的许多巴黎人对非纯正法国血统的人怀有种族歧视，对这些因为"另一种"信仰从不踏入教堂的外来人，他们有一种莫名其妙的排斥。怀士曼家是这个街区里唯一的犹太家庭，他们像夹心饼干一样被挤在一层楼里，戴维就在这个温和的犹太七口之家里长大。

戴维从小就被教育要尊敬父母。他是家里最小的孩子，自然得到更多的关注，母亲路易丝几乎把作为母亲的全部精力甚至才干都传授给了他。她教他如何做饭、铺床、打扫卫生。他会在母亲每天下班回家的时候，准备好一杯新鲜的咖啡，放在她身边。作为回报，他可以得到更多的自由和额外一点宠爱。

路易丝的眼睛随时都盯着这几个长得飞快的男孩子，她会从厨房的窗户口警觉地眺望着屋后的小巷，或者从卧室的阳台上查看整条街道的状况，还有不远处的卢森堡公园。

平时，路易丝是孩子们所在的学校食堂的厨师长。虽然这份工作算是苦差事，但每天出门前，她必涂上指甲油，抹上鲜艳的口红，化好妆，做好时髦的发型，再蹬上一双高跟鞋。这是对那些想昂首挺胸地走在人群中的巴黎女郎最起码的要求，自从二战末移居法国以来，她尝尽了艰辛才有了今天的境况。

当年，路易丝毅然抛下一切，从废墟中逃生，这也给了她足够的勇气从零开始，她接受了命运给她的一切。第一份工作是在一个小饭店清扫卫生间，五十生丁①一天；接着是在露天农贸市场，刷锅刷到指甲裂，抬箱子抬到手上磨出血泡，食物匮乏时期她会领到食品补给券。她像一个勇往直前的战士，信心百倍地向生活发出挑战，每隔一年便怀上一个孩子。

路易丝为每个孩子精心布置房间，她亲自下厨做可口的饭菜，用她全部的爱把他们紧紧地拴住。而她的厨房则牢牢地把住了全家人的命脉：新鲜的犹太面包，中东沙拉和开胃菜，自制面条拌上香喷喷的酱汁，亲手做的酱菜、法国派、青椒、炖菊苣，这还只是她巧手制作的几样小菜而已。她的糕点，简单又美味，总是引来孩子们兴奋的尖叫。她用母爱来精心调味，用温柔耐心烘焙，最后用疼爱来分发食物。她那条镶着白色边的围裙几乎没有机会闲在灶台顶

---

① 法国辅币，100生丁合1法郎。

第一章　巴黎的蓝天

上的搁架上，在搁架的下面放着一本手写的菜谱，上面有各种只有她自己才能读懂的记号。她会这样写："2pc'ed cl.＋1 tsp. of hy（两小把豆蔻粉＋一茶匙蜂蜜）。"字有时会看不清，大概是不小心洒上了几滴香草精或者橙花精吧，页面上还会留下各种各样的痕迹：橄榄油、沾了黄油的手指印，还有精面粉。它们保存着永远不会被时间冲淡的秘密，而且还安全地保管着她的订婚戒指——她会在和面的时候把它摘下来放在菜谱里，常常就忘在那里了。

戴维的父亲安德烈曾经在一个名叫"巴黎之都"的著名饭店工作。六七十年代，他在社会福利领域成功地赢得了前途光明的政治生涯，此后又在巴黎社会党中荣升到了领导层。不管是在当地还是国内，他都算得上是个德高望重的人物。他曾是盟军诺曼底登陆中的一位英雄，1945年战争结束时，曾经与戴高乐将军和马雷夏－勒克莱尔将军肩并肩地走在重获自由的巴黎街道上。德军占领法国时，法国军队给了他一个逃脱的机会，但他的父母、姐妹们就不那么走运了，他们和其他许多人一起挤上了深夜从巴黎驶向波兰的火车，那辆超载的火车成为他们人生中最后的旅行。这些话题被深深地埋葬在记忆的深渊里，不再轻易被人提起。这个情感上的伤口从来就没有真正地愈合过，痛苦就像屠夫钩子上的一块生肉，始终悬挂在他的心上。每天，他都在为他们的灵魂祈祷。他的军装和勋章被挂在衣柜里，和樟脑球塞在一起，一年仅有那么一次，在法国国庆日那天，他才会穿着它参加军事游行。

在有限的空闲时间里，安德烈喜欢做点裁缝活。他对他的那台"歌手"牌缝纫机一直不离不弃，他会选择质地细腻的纯棉料子，亲手给自己和儿子们做那种标准的"三件套"——这是犹太民族有名的手艺。他的西服就像手套一样妥帖合身，穿上它显得非常高贵体面。他的出现总是让人不由自主地肃然起敬。他非常珍惜自己的家庭，为自己的血统和人生之旅深感自豪。安德烈爱书如命，不管多晚上床，都会在入睡之前翻看几页有关世界历史或者现代思想家的书。

除了上学和街头生活，戴维和他的哥哥们几乎没有更多的空间去探索。学校的老师们隔三岔五地向食堂里的路易丝报告各种各样的淘气事，而他们在街上干的坏事不出几个小时就会传到父亲的耳朵里。然而，家毕竟是个快乐、温暖而富足的天堂，安德烈和路易丝是一对赏罚分明的父母，必要的时候可以不惜重罚甚至关禁闭，但与此同时，也会不断地给孩子们各种各样的奖励：穿好的，吃好的，每年暑假还去西班牙度假。

～•～

关于浪漫巴黎的一切，在戴维的眼里，只是游客眼前的一层面纱。他相信，是他们主观地把这座都市给理想化了。巴黎的周末只是在照片里显得很完美而已——特罗卡德罗夜总会外闪烁不定的霓虹灯把香艳的粉红一片片地倾泻在人行道上；空荡荡的街道上回响着来自美国的中年情侣漫无目的的脚步声，他们刚度过一个烟雾缭绕、爵士乐和昂贵的香槟组成的夜晚。女人拽着情侣的胳膊，又尖又高的鞋后跟和高低不平的石板路艰难地磨合着，歪歪斜斜地向最近的地铁站挪去。他们会时不时停下来，拥抱、亲吻、大笑，陶醉在逃离了芝加哥的巴黎梦里。在最浓情蜜意的时刻，他们是如何不顾一切地来到这座浪漫之都的呢？

天刚刚破晓，新鲜烤面包的香味已经飘散到了整个街区，那香味进了一楼的窗户，又继续沿着楼梯往上蹿，馋得人直流口水。酵母和黄油永远是这种撩人的香味的罪魁祸首。街边的咖啡馆里，早起的已经在啜着不加糖的黑咖啡了，不然就是今天的首杯红酒。他们一边把牛角包浸到热巧克力里，一边随意浏览着《法国世界报》。

第一章　巴黎的蓝天

"今天早上没什么头条新闻。"咖啡店主一边大声说一边给一个顾客的高脚杯注上葡萄酒，那位顾客正在纸上勾勒着左岸的线条。

塞纳河的左岸（Rive Gauche）上，艺术桥（Pont des Arts）边，一个旧书摊的小贩打开木箱，里面装满了绿色和金黄色的精装本巴尔扎克和莫泊桑的小说，封面都已经褪了色。清晨仿佛在无限地延伸，从香榭丽舍大街，越过剧场，到卢浮宫，再过西岱岛（Ile de la Cite）和巴黎圣母院（Notre Dame），沿着塞纳河，一直绵延到巴士底狱。巴黎的魅力无可媲美，辉煌的建筑、四通八达的河道、饭店、咖啡厅、公园、画廊、剧院、博物馆，还有无数条后街和小巷，交织成无穷无尽的迷宫。这是一个集聚了贵族、艺术家、哲学家、诗人以及奢靡文化的地方，就连克里希广场上的妓女，也有自己的一席之地。一年四季，无论在任何场合，巴黎永远是美的，就像裹着黑丝袜、蹬着高跟鞋、有着香艳浓唇的法国女郎，永远在确认着自己对优雅和时尚的忠贞不贰。从埃菲尔铁塔的顶部鸟瞰，这座城市就像一张由无数历史建筑编织而成的巨大而精美的挂毯，映衬在一望无际的蓝天下，巴黎的蓝天向来是闻名世界的。如此眼花缭乱的都市生活，又有谁会轻易地抛弃自己的特权，不愿成为其中的一部分呢？

然而，对于戴维而言，巴黎就像所有集美丽和魅力于一身的大城市一样，永远在暴力、恐惧、种族矛盾和日趋严重的挣扎求存中矛盾着。距离1968年5月的抗议行动仅仅一年，在那个事件中，大学生和警察发生了巨大的冲突，整个巴黎变成了恐怖的战场，甚至连政府都差一点被颠覆了。有谁敢坐上最后一班列车，驶向暴力横行的郊区？有谁能想象自己就像俘虏一样，被囚禁在破破烂烂的水泥高楼里，而这个本就盗贼横行的地方也早就成了北非移民——这些不被欢迎的马格里布（非洲西北部一个地区，阿拉伯语意为"日落之地"）的容身之所？又有谁能想象这样的情景：每天清晨，

心之翼

几百万人挤入地铁去上班，或者在墓园一样的高速路上，坐在四轮车上一寸一寸地往前挪，任由毒气从四面八方把巴黎城包裹得严严实实呢？

∽·∾

在一个沉闷而乏味的星期日，戴维的父母享受着午餐时的科尼亚克酒、咖啡和美国烟，戴维坐在他们中间，搂着他们的肩膀发誓说，他是永远不会离开他们的。家终归是安全的港湾，他很少出去冒险，也从来没有远行过。童年的小青虫，只在他生活的方寸之地，一个很小的兴趣范围里蠕动着，慢慢地爬来爬去。而青春期时的心理危机，却紧紧地缠着他不放，窒息还是挣脱，失败还是成功，一切都未知。

而在内心，一种蜕变正在悄悄地发生。戴维开始破茧了；他挣扎着褪下少年的娇嫩皮肤，开始慢慢地张开年轻的翅膀。他渴望去看这个世界，他渴望将他的灵魂尽情地浸没在那个小屏幕里的，多年来一直劫持了他想象力的异域色彩、音乐和智慧的海洋里。他有一种强烈的感觉，仿佛他的生命变成了两扇大门，敞开在他的面前，等着他去填满。那是一个全然不同的未知世界，它不同于过去，完全超越了他有限的想象力。自二战结束以来，怀士曼夫妇就和所有的巴黎人一样，追求着西方式的舒适和繁华，但戴维的眼睛却一直眺望着东方的地平线——那片太阳升起并以多彩的方式给世界带来光明的土地。

小时候，戴维曾在家里崭新的豪华精装版世界地图上画画，结果被父亲逮住了。他的钢笔带着他的小手，沿着黑点组成的细线，一直穿过欧洲、中东和东南亚。既然身体还不能旅行，那至少可以让钢笔作他的交通工具，用漫无边际的想象作司机，在地图上遨游

第一章　巴黎的蓝天

一番吧？于是,小戴维跟着这支钢笔离开了巴黎,穿越尚未开垦的公路,在第26页上越过高山,渡过大河,然后在第98页上歇了歇脚,思考下一个目的地。钢笔停在了土耳其,但戴维的眼睛已经迫不及待地往下走了,跳过几页后到达了南海。"东方,继续往东走,"他想着,"穿过印度、缅甸、苏门答腊岛,然后往北,进入丝绸之路所在的那片大陆。"刚抵达第179页上中国海域的最东端,墨水快用完了,而父亲正好在这个时候走了进来。他从身后探过头来,坚决地喝道:"戴维,别瞎想了!这些地方你一个也去不了。"因为毁了地图,他挨了一顿骂。

大多数的同龄人都在为学习和工作苦苦奋斗,但大学预科班毕业后的戴维却在小心地攒着在《读者文摘》杂志的仓储部打工换来的每一张支票。父母从未对这几个儿子有过高的期望和要求。"做个诚实快乐的人就行。"这是他们常爱说的话。

他把自己的依班娜电吉他、摩托车还有大部分的唱片都卖了。每一天,他都在梦想着另一段陌生的旅程,另一个从未到过的地方,只要别让他待在法国就行。

十八岁生日前一周,他主意已定。那天他独自一人在家,开始整理衣服、书籍,还有那些他很喜欢但不准备带走的东西。他想着几个哥哥、朋友、巴黎人最喜欢的去处,这一切都像是困住他的陷阱,一眼望得到头。透过卧室的窗帘,他看见一个个的生命从他眼前掠过——玩得正痛快的孩子,骑在自行车上的邮递员,楼下的烘焙店,还有正在穿过街道的帕特丽夏——他曾经小心翼翼地爱过的女孩。

对,要告别的还有她,虽然他们之间的感情已经超越了普通朋友。戴维的心里燃烧着冒险的渴望,而她是不会与他结伴同行的。离去的决定几乎无法遏制,正如冬季里已经悄悄苏醒的种子,迫不及待地等待着春风里破土而出的那一刻。少年时他总是和伙伴们在一起畅想新世界、新机遇，一种超越了日复一日的现代都市生活的充满挑战的生活。危险他不在乎，我行我素的旅行生活就好比走在一个大公园里，所有的道路都通向同一个终点——自由。那种诱惑简直无法抵御，最终通向了命中注定的这一天。然而，他想独自上路，他从未缺失过来自父母的爱，这一点丝毫不是他放飞自己的理由。事实恰恰相反，此时的他觉得正是出于对家庭的爱，他需要这样做：父母将他抚养成人，现在他应当离开家，走向世界，让他们为自己感到骄傲。

　　厨房里的冰箱装满了新鲜的和做熟了的食物，有他最喜欢的奶酪，还有妈妈的焦糖布丁。他用黄油、卡门培尔奶酪与酸酱瓜片做了一个三明治，一边把面包屑从地上捡起来一边想着母亲——她总是把这个家收拾得一尘不染。他知道，离别会让她非常伤心，一定会让她无法承受。在三个儿子里面，路易丝最疼爱的是戴维，她那犹太妈妈式的独一无二的爱有时会让他喘不过气来。这也是可以理解的。她在生戴维之前生下了一个早产儿，才出世不久就夭折了，婴儿的去世让她陷入内疚和哀伤。一年之后，戴维生了下来，同时也再次燃起了她的希望。等她明白过来，这回儿子再也不会像往常一样出门溜达几天就回来时，她的心又该如何平复下来呢？

　　戴维把一些最常用的个人物品放进背包，心想应该留张字条，以免大家担心，于是找了一张纸，留了字："周末外出，周一回家。"

　　他把纸条放在餐桌上，在上面压上水晶果盘，抓起钥匙出了门。走完三层楼梯的时候，正遇到贝松太太打开门，把猫放进了走廊，他于是冲着她招手打了招呼。

　　巴黎的街道今天看上去不太一样。空气也变轻了，散发着自由的味道。戴维刚要上地铁，一转身看见母亲下了公交车，向家的方向走去。他的心怦怦地跳。她会看见纸条，露出笑容，想着星期

第一章　巴黎的蓝天

一；但究竟是哪一个星期一呢？她已经计划好了，一个两层蛋糕，再加上一顿特别的大餐，来庆祝他的十八岁生日。他很想跑过去帮她提那些杂物，但已经太晚了。他转过身，消失在拥挤的地铁里，开始了迈向未知世界的第一步。

餐桌的正中，黄铜色的烛台上，两支雪白的蜡烛还在燃烧。晚餐用过的餐盘已经清洗干净，安德烈和路易丝已经在床上了，还没有睡——他在看报纸而她在听收音机。路易丝在厨房的台子上留了一些晚餐，万一戴维改变计划提前回家，至少不会饿肚子。她看完纸条后就把它整整齐齐地折好放进了钱包。其他几个儿子也出去了。巴黎就是这样一个诱惑人的城市，有谁愿意待在家里呢？这个暮春时节比往年都要暖和。路易丝知道，戴维下班后一定会和朋友待在一起，绝不会回家来庆祝这个被他玩世不恭地称为"上帝的创造性成就"的日子（指的是安息日）。晚餐的时候，最大的儿子猜想戴维可能有了女朋友。听到这里，怀士曼太太不以为然地耸了耸肩，随手做了一个手势，表示"瞎说"。可一转念，她却紧张起来："上帝啊，万一那姑娘怀了孕，但不是犹太人，那该怎么办？"

戴维没有回家。接下来的几天，他和朋友们待在一起，他又从头到尾地反思了一下自己的决定，在跃跃欲试的羽翼和感情的绳索之间斗争徘徊，寻找解脱。他会在深夜中醒来，陷入深思，面对内心的渴望，和自己的理性谈判、恳求、争执、搏斗。他已经不属于这个地方了，他只想着远远地、远远地离开，去往不同的国家，听不同的语言，看不同的样貌，接触不同的梦想，那里有更多的阳光、更多的自由，是更真实的一种生活。也许是希腊，那里的岛屿、海洋和天空都代表着一种纯净的生活。或者是非洲，辽阔的红土地上生活着那么多原始而天然的种族，那里的色彩、声音、形状都融汇在无穷无尽的植被中，还有那看不到生命的沙漠。

  在脑海中，在所有的土地中，突然跳出了以色列。那片弹丸之地，就好像伸伸胳膊就能碰到边，但里面却浓缩了所有的东西。父母一定会陷入恐慌，但或许也会长舒一口气，甚至为他感到自豪。一个全新的地方最有可能发生奇迹，特别是在这样的圣地。至于亚洲和远东国家，如此遥远但却如此诱惑，但眼下依然还是一个走不进去的梦。要踏上那片土地，还需要更坚定的决心和意志力，还有一颗充满渴望的心。他的心真的准备好了吗？

第二章
爱德米特村

"做个男子汉。能克服的。
这就是以色列。"

心之翼

戴维用一张单程打折机票飞离了巴黎。四个小时之后,飞机降落在特拉维夫机场。下了飞机,他开始觉得有些不自在,甚至好像失去了方向。一个坐在犹太人欢迎站的三十岁上下的军官注意到了他。"Shalom(平安),"她很正式地问候道,"欢迎来到以色列。"

戴维羞涩地答应了,对他来说语言真是个挑战。学校里的那几年学到的英文还不够他拼出一个整句的,好在那个军官立刻改口用法语,好让他放松下来。"有家人在这里吗?"她问,"有朋友来接你吗?"

"没有,"戴维回答,"没有一个认识的人。我刚从巴黎来。第一次来以色列。"戴维看上去完全不像一个游客,磨破了的牛仔裤,用海娜粉染过的长发,印度式的长衫,再加上一股很浓的天竺薄荷味,一看就是一个浪迹天涯的自由人。

军官又仔细地把他全身上下检查了一遍。在

第二章 爱德米特村

以色列,安全永远是第一位的,每个人都是潜在的嫌疑人,就算戴维那样有犹太名字、看上去一副超凡脱俗样的,也不例外。

"先生,您在逗留期间有什么样的打算?"她问。她要求他出示护照,接着给上司打了一个电话,向法国政府调档检查他的犯罪记录。

"我还拿不定主意。我没带多少钱。"他有些慌乱地答道。周围的人一个又一个地取了行李往外走了,他开始纳闷为什么偏偏要问他那么多问题。

几分钟后,军官把护照退还给他。"何不待在农庄里?"她提出一个建议,"你知道的,就是奇布兹(Kibbutz,以色列集体农庄)。"她把爱德米特农庄的地址写给他,另外还附加了一张写有给当地领导短信的纸。这个农庄位于以色列和南黎巴嫩的边境线上,离罗什·哈尼卡拉(Rosh Hanikra)海港大约一个小时的车程。只要在签证许可期内,他就可以一直在那里做一名志愿者。

终于走出了到达区,迎面扑来的就是夏季的热浪,空气里充满了探险的气息。那天夜晚,他躺在海滩边,脚底下是海浪退潮时发出的独白,年少的岁月一去不复返了,如今他成了漂泊者。

第二天,透过一辆大巴的车窗,戴维看见一些扛着长枪的年轻士兵在公共汽车站、商店和大街上,和平民走在一起,这是他第一次看到这种情景,简直震惊极了。坐在他旁边的中年人用很重的希伯来口音说:"以色列的每一个人,不管男人女人,天生就是士兵。经历了几十年的奥斯曼人入侵、英国人和法国人的占领以及中东局势的扑朔迷离,以色列终于抓住了一个收回失地的机会,这片土地本来就是上帝亲手赐予我们的。几个世纪以来,我们离散在世界各地，我们采用了他人的语言和文化，我们还经历了恐怖的纳粹分子给我们施加的痛苦。虽然上帝赐给了我们'牛奶和蜂蜜'的土地，但不幸的是，我们依然需要借助枪弹的力量才能收回这片失地。明白吗？"

只是为了解释一下为什么这里的士兵会在公共场合扛枪，没想到就有这么一大堆话从这个男人的嘴里一股脑儿地倒了出来，这的确超出了戴维第一天的消化能力范围——小时候，虽然父亲一直向他灌输犹太人的历史，但怎么也不过脑子，今天算是对以色列现状的一个启蒙吧。

戴维脑海里的以色列就是一片游牧民族的大沙漠，但在去往农庄的路上，这点猜想很快就被抹去了。绿油油的农场和茂盛的果园一个挨着一个，可以看出，年轻的犹太小国已经把巴勒斯坦地区变成了一片广袤无垠的绿洲。

爱德米特栖息在加利利北部的丘陵地带，离黎巴嫩边境还不到一英里远。这是一个由"六日战争"催生出来的革命性工程。当时，以色列的犹太青年——也就是一群正值青春年少的美国人——获得了一个建立理想主义集体生活模式的机会。当时的爱德米特一片荒芜，地理环境也是让人望而却步，完全是个巨大的挑战。然而，经过多年的艰苦努力，从前的蛮荒之地，终于变成了一个欣欣向荣的社区，到处是果园和木屋形成的园区。

这里的志愿者来自英国、美国、南非和巴西。食物又新鲜又丰富，待在地中海式的房子里面，又凉快又舒服，周围满是草地和花坛。夜晚总是多姿多彩的，人们借着茴香烈酒和廉价伏特加酒的酒兴，尽情地唱歌、跳舞、玩音乐，庆祝战争过后的和平。他们坐在篝火边唱着民谣，歌颂土地与和平，憧憬更美好的未来：心中的恐惧已经消逝，爱的歌声再一次响起，孩子们也成了这个新伊甸园的

第二章　爱德米特村

未来。他们的欢笑中充满着自信，他们的击掌中迸发着狂喜。

戴维很专注地听着看着，尽量配合每一个表情和手势吸纳每一个英文单词和希伯来语单词，这种浸润式的学习方式使他的语言突飞猛进。他的一身细皮嫩肉很快就被晒黑了，果园里每天长时间的采摘也给他的皮肤镀上了黝黑的光泽。现在的他从外表上看上去非常健壮，而在内心深处，他开始着手书写自己的故事，而且身体力行。他热情地投入到每一天的生活中去，同时向往着那些让他们脆弱的生活得以有所保障的篱笆墙和铁丝网之外的一种更加精彩的生活。

在集体农庄高高的篱笆门外却是另一番景象。莫什和阿夫纳，这两个农庄的主要管理人，一边在肩头上扛着长枪，一边手下不停地摘着梨和杏。枪不只是用来射杀藏匿在果树林里的毒蛇的。以色列的军队已经在山坡上部署了士兵，随时在监视这片藏匿着稀稀疏疏的黎巴嫩村庄和田野的土地。每一箱水果的背后都伴随着让人毛骨悚然的念头：也许哪一个灌木丛或者哪一块岩石后面就藏匿着虎视眈眈的邪恶的眼睛，正静静地等待着合适的时机施放暴力。以色列的军队在边境线的那一端潜伏有间谍，他们会提前知晓这些恐怖分子会在何时向以色列的军事区或者爱德米特农庄周边的平民发动袭击。

一个犹太人安息日的夜晚，莫什招呼戴维一起到厨房，去给驻扎在村里的士兵准备零食。其他的外国人在咖啡俱乐部放松，他们看电视、打牌、看书或者闲聊。父母已经在幼儿园里把孩子们哄睡了，值夜哨的守卫开始第一轮巡逻。

这是一个不见星星的夏夜，闷热至极，一切都像是静止不动了。田野里传来野狗的嚎叫，蚱蜢发出有节奏的鼓噪声。厨房里的收音机被调到了 IDF 电台，正在播放乔治·哈里森的《我甜蜜的主》。莫什和戴维跟着唱：

I really want to see you, I really want be with you,
I really want to know you, but it takes so long,
My Lord, my sweet Lord.

我渴望见你,我渴望和你在一起,
我渴望知晓你,但这路途却如此漫长,
我的主啊,我甜蜜的主……

突然,歌声被一阵密集的枪声给打断了。枪声从餐厅的附近发出,很快转移到工具间旁的小路上。莫什啪地关上灯,关掉收音机,一把抓住戴维的胳膊,把他推到不锈钢长桌台下面的大锅后面。他自己则给枪上了膛,呼唤增援。村里警报声大作,人们跌跌撞撞地冲向防空洞。他们坐在黑暗中,只听到自己狂乱的心跳,偶尔紧张地耳语几句,茫然地等待进一步的消息。

谁也不知道袭击者是谁,人数有多少。莫什从厨房门的背后向外面开火。戴维紧紧地蜷缩成一团,下巴抵在膝盖上,双手堵着耳朵,心里默默数着枪声,停了,响了,又停了。

莫什在厨房的另一头发出低沉的声音:"嘘——别动。别说话。就快结束了。别动。"

当夜色的黑暗被恐怖的黑暗所吞噬的时候,多快算是"快"啊?每一秒钟都像在与死神做漫长的交易,秒针每走一步都在震动着耳朵。坐在死亡的门槛上,生命显得如此渺小。他的心在回忆和思绪中跌打滚爬。

二十分钟后,这场袭击停止了。一声阿拉伯语的喊叫,接着是漫长的静默。戴维还躲在藏身之处,他听见莫什在和外面的一个士兵说话。"可以出来了,"莫什叫道,"结束了。出来吧。结束了。"

第二章　爱德米特村

一枚子弹直中袭击者的脑袋，把他一枪击毙。他的身体躺在草地上，四个士兵在搜他的口袋。这人好像是单独行动的。

泪水沿着戴维的脸倾泻而下。他还从来没有见过杀人，也从来没有被恐惧那么强烈地震撼过。

志愿者们又困惑又难过；小小的社区被恐惧的乌云笼罩了，有的人大声谴责守卫士兵没能做好防备，以阻止袭击发生。值夜班的守卫受到了盘查。

戴维一言不发地回到房间，锁上门，在床上放平四肢，浑身上下依然还在瑟瑟发抖。他一夜不眠，辗转反侧，脑子里全是各种各样的声音和画面：枪声、藏身处、蜷缩的身子、漫长的等待、毫无防护的脆弱，还有巨大的恐惧——他害怕那只刚刚飞出巢穴的雏鸟，会在半空中，夭折于枪弹下。

第二天清晨，所有人都还沉浸在惶惶不安中，谁也没有照常上班。戴维已经做好了打包离开的准备。莫什的妻子阿尼塔来到他的房间安慰他。"在这个地区，这些都是家常便饭，"她解释道，"你算是死里逃生了。不是他们杀掉我们，就是我们杀掉他们。别无选择。"

阿尼塔的爱国言论并没有打动戴维。他刚刚踏入这个国家，充满着遐想和憧憬。尽管从1973年的赎罪日战争之后中东地区的局势冲突就一直成为常规性的话题，但他还是把这片圣地给理想化了，没想到它始终是被袭击的目标。

莫什过来的时候，戴维感谢他救了自己的命。

"现在你知道在这个偏远的地方我们都在抵抗些什么了吧，"莫什说，"不久前，两个恐怖分子袭击了邻近的一个集体农庄，他们占领了一个教室，把满教室的孩子扣押为人质，整整十二个小时。我们用了五个小时的时间才从房子底下潜入，当场击毙那两个人。"他的口气非常坚决果断，没有丝毫悔意。

心之翼

戴维一言不发地凝视着墙壁，呆呆地陷入沉思，泪水再次夺眶而出。莫什揽住他的肩膀，在他的头上拍了拍，好像在说："做个男子汉。能克服的。这就是以色列。"

对这个年轻的小伙子而言，死亡是陌生的。**现实向他发出了巨大的挑战。这是残忍、野蛮而恐怖的。生命怎么可以如此轻易地被夺走呢？是谁决定了哪些人该死，哪些人该活？又有谁能理解一位母亲的丧子之痛呢？**

巴黎。路易丝在各种不确定和困惑中煎熬，戴维杳无音讯，这对她来说简直是一种惩罚。终于，在儿子离家三个月后，第一封航空信件到达，她又紧张又惊喜地打开信封，眼前的一行字让她触目惊心："1975年10月18日。以色列耶路撒冷。"她磕磕绊绊地往下读去，接着又退回来再读一遍，心终于落了下来——没有只言片语是提到恐怖袭击的。戴维一切都好。他避开自己的创伤不提，只是描绘了一幅又一幅美好的新生活画面。他恳求母亲原谅他突然的不告而别，希望父亲能理解儿子到了需要改变的年龄，而巴黎的生活让他窒息。他可以在以色列以自己的方式探索生活，并同时和家里人保持联系。

路易丝把这封航空信展开放在餐桌上。她叹了一口气，双手紧紧地交叠在一起，为戴维的平安祈祷。起码她的孩子还活着，他在圣地以色列，那片每一个犹太人都魂牵梦萦的圣地。泪水默默地流淌下来——那是如释重负的泪水，也是因分离而痛苦的泪水。

第二章　爱德米特村

戴维做好了告别的准备。爱德米特村的现实，他还无法面对。来自美国科罗拉多州的志愿者米丽亚姆，分担了他内心中的忧惧不安。她刚从印度回来，中途在爱德米特村歇歇脚，准备缓解一下长途旅行后的疲累。她喜欢光着脚走路，常常披散着长发，穿一件长及脚踝的裙子，身上散发着檀香精油的味道。她会面对着一望无际的地平线，在草地上练习瑜伽。她静静地谈起印度，谈到那种让人的内心感到升华和蜕变的灵性之美，还有她在那里遇到的人以及他们眼睛里的质朴和智慧。当她谈到这一切的时候，脸上总是焕发着神采，闪烁的大眼睛里永远是发自心底的笑。

戴维能感觉到内心里有一种东西发生了飘移。他知道，以色列不是最后一站；到了调整焦点，继续上路的时候了。在米丽亚姆那里，他看到了母亲——印度对他的召唤，那是最令人心驰神往的预示。

第三章

古城耶路撒冷

"我得听听别人都在说些什么、教些什么,我想自己去发现。"

那年的初冬非常寒冷,耶路撒冷古城的房子没有供暖。埃尔加法饭店的房间很大,圆顶天花板也很高,还有吸寒吸潮的多孔石墙。

戴维的同屋理查德也是法国人。他头戴一块黑白相间的阿拉伯头巾,这样不仅可以给头保暖,而且还可以混迹在当地人中间。他的牛仔裤和夹克衫的确得好好地洗一下了,人也一样。他就是人们常说的那种徒步者,一个背包走天涯的人,没有目的和目标,累了就在路边搭个铺睡。对于他来说,耶路撒冷是个充满诱惑的冒险之城。他几乎不离开饭店半步,就算出门也就是买些食品和毒品。在哭墙和圆顶清真寺(Dome of the Rock)交界处的袖珍纪念品商店,一位被大家称为"骆驼大叔"的巴勒斯坦人经常给他提供热薄荷茶,还有新鲜的黎巴嫩大麻。

戴维不喜欢被人看作徒步者或是游客,他不是那种一门心思只想找个地方寻求刺激的逃避者。

第三章　古城耶路撒冷

他喜欢做一个寻找心灵归宿的人。他来找骆驼大叔只是为了一杯茶或是一场闲聊。在这个拥挤的小店里，他们喜欢坐在敞开的店门边上的暖气旁。店里头放满了五颜六色的小饰品、皮具、黄铜器皿、传统的穆斯林袍子，到处弥漫着绿烟草强烈的味道。一张取名"耶路撒冷的以亚姆"的肖像画挂在一堆卷得整整齐齐的羊毛地毯的正上方。

古城的周末总是充满着活力。从饭店出发到骆驼大叔的小店的那条路，就像跳进了一个色彩和人流组成的海洋。街道上堆满了一山又一山的香料、咖啡豆和炒鹰嘴豆。小贩们高声吆喝，阿拉伯妇女用头顶着装在大木盘里的烤面包，在人流中小心翼翼地穿梭来去。眼前的这一切把人的五官完全俘虏了。骡子满负着砖头和沙子，艰难地在狭窄而热闹的街道上来来回回。大喇叭里传出震耳欲聋的东方音乐，夹杂着散布在各个角落里的来自天南海北的语言。皮革和新出炉的陶器散发出来的味道把戴维瞬间送进了时间胶囊。这里的人群生机勃勃，人们遵循着简单的传统，只想安分守己地在自己的土地上服务人类和上帝，过一种和平的生活，别无他求。然而，他们的心依然会感到刺痛，会难以安顿，因为祖先的宣言时常在耳畔回荡。

尽管耶路撒冷的外来客与当地的居民们都封闭在各自的信仰中并因此形成对立，但两者依然有许多共同点。这座城市是一个宗教大熔炉。每到周五，穆斯林的商店全部关闭直到黄昏，圆顶清真寺中一整天都响彻着虔诚的祷告。当天边出现第三颗星星时，犹太教的安息日就开始了，商店全部歇业，公共交通停运，一直要到第二天傍晚才恢复正常。周日是基督徒上教堂的日子。基督徒穿过狭小的鹅卵石街道，熙熙攘攘地赶往八福教堂（Church of Beatitudes）做弥撒。

骆驼大叔经常做祷告，店里不太忙的时候，他就会抽空读读《古兰经》。他的右手从来不离祷告的念珠，低沉而镇定的声音充分体现出伊斯兰人的热情好客。他从不憎恨谁也不责难谁，只是祈祷由上帝来做最后的裁定。"耶路撒冷归属于谁？"一天下午，他口含水烟管，这样询问戴维。烟雾像一片乌云似的遮蔽了他的大胡子，然后才顺着他灰色的长袍散去。

透过纷纷扬扬的小雪，戴维看见穆斯林们拥向清真寺，犹太拉比迈着快步走向哭墙，而基督教信徒则徘徊在"基督的苦路"（Via Dolorosa）上。以色列士兵在对每一个去往圣所的参观者进行例行检查，同时还控制着进入圆顶清真寺的人流。

戴维始终想不明白一个问题。"倘若耶路撒冷的天空、石头和尘土能开口说话的话，它们述说的故事会不会改写人类的说辞呢？日月是否都见证了这些文明与部落从奴隶制到为自由和权利而战的过程中所经历的苦难？四面的山峦是否能述说这里的第一座和第二座神庙是如何建立又如何毁灭的呢？或许还可以告诉人们，在耶稣接受审判被送上十字架的那一天，究竟发生了些什么？"耶路撒冷具有无与伦比的美，而且在《圣经》中也有着重要的意义，然而时至今日，这个城市从来都没有实现过这一名字的真义——"和平之雨"。

理查德和戴维还饿着肚子，于是走出了古城高高的石头城墙，来到百门区（Meah Shearim），这里是最大的犹太人聚居区，提供免费的食物。

百门区看上去就像一个普普通通的东欧住宅区，房子和房子之间挨得很近，仿佛要把一切世俗的侵扰挡在外头。这里的居民属于哪个派别，一看他们的穿着打扮就能知道。有的男人穿着长及膝盖的白袜子，还有的则穿着黑的；有的穿黑色外套，还有的穿棕色的，每个人都戴着与之相配的毛皮帽子，留着一把长长的黑胡子。每个街区都有一个叶西瓦（Yeshiva，犹太读经学校），或者犹太教堂，每天从早到晚随时都能听见祷告声或者讨论《犹太教法典》的声音。街道两旁的墙面上张贴着各种各样的告示，上面写着醒目的希伯来文或者很大的标志，内容有书籍销售、讲座、婚礼，还有各

第三章　古城耶路撒冷

种社团内部的活动。

饥肠辘辘的时候更觉得天寒地冻。理查德向自己的拳头哈了几口气，然后用袖子的背面擦了擦流出的稀鼻涕，同时一个劲地跺着脚，好让自己暖和些。施汤的厨房要10点才开放。

留着白胡子的犹太拉比撒慕尔注意到了他们，于是主动提出愿意陪他们去厨房，这样既给自己找了点事干又满足了一点好奇心。他是犹太人里的长老。

"你俩是犹太人吗？"他很想直截了当地问他们，却又谨慎地犹豫了一下。停顿了一会儿，他接着说："就像当年在乌克兰的时候，当时我还是个小伙子。我们都不在乎有多冷，最让人害怕的是饥饿。"他是一个乌克兰犹太人，说话带着明显的喉音，就是那种意第绪（Yiddish）口音，不过英语说得很清楚。"跟我来，这边走。"他用手杖指了指右边的小巷子，在前面给他们带路。

"真有不用花钱的热汤？"理查德问。

"唔？是啊，"拉比回答，"全能的主万分慈悲。"他抬起头向着天空，眨着眼睛，仿佛是放逐到西奈沙漠里的希伯来人中的一位，正望着吗哪（面包）从天而降。"你们在以色列做什么？"他问他们俩。

不等戴维回答，他们已经来到了两扇木门前：百门区免费浓汤厨房。戴维跳上前去，打开门。拉比拍了拍他的肩头，穿过门，走了进去。

这是一座两层楼的住宅，墙面由灰暗的砂岩砌成，中间有一个庭院，晾衣绳从一个露台延伸到另一个露台。底层有一个饭厅，十几个当地人正站在外面等候，主要是些妇女和孩子。看见三个人走近，他们转过头，皱起了眉头，投来怀疑的目光。

撒慕尔拉比说了几句让他们宽心的话，这引起了更多的注意。

"一起庆祝吧！"他大声说，"来客人了。"

就在这时，门开了，所有的人都拥进了一个昏暗的屋子，屋子里面一小簇一小簇地摆放着一些木头桌椅。两个上了年纪的妇女，上下一身黑，连围巾都是黑色的，手里拿着大勺，站在热气腾腾的二十加仑大锅后面。旁边还有好几个篮子，里面装满了面包，还有塑料碗勺。撒慕尔拉比把理查德和戴维带到队伍的最前面。人群中发出不满的窃窃私语，夹杂着意第绪语和希伯来语。但是按照犹太教的礼仪，外来的客人理应首先享用饭食。犹太教的先祖亚伯拉罕树立了最好的榜样，他亲自坐在帐篷外面，欢迎任何经过的人。

他俩和犹太拉比坐在一起，双手握着汤碗，一边暖着手，一边咬着很有营养的面包。戴维注视着窗外的庭院，雪已经在地上积起了薄薄的一层，他真不想离开这个餐厅。从小，他的血液循环就有问题，巴黎的冬天对他而言真是痛苦不堪，他的手指总是麻木的，双脚冻得僵硬。他从来就不喜欢寒冷的天气，更不喜欢下雪。冷寂的冬天让一切都变得死气沉沉。每天上学非走不可的那一英里路，把他的专注力都给冻麻木了，使他没法好好学习。在春天到来之前，他痛恨一切学习。

撒慕尔拉比打断了他们稀里哗啦的喝汤声。"这里很少见到外国人，"他说，"他们想知道你们是谁。"

戴维抬起眼睛："我俩都是法国人，出生在犹太家庭。这算数吗？"

"颂主之名！"拉比笑着赞叹道，"这么说你们和我们是一类人。欢迎欢迎！"

"是不是一类人，这可不好说，"戴维回答道，"不过我做过犹太成人礼。你呢，理查德？"

肚子已经饱了，理查德急着回骆驼大叔那儿抽上几口。他避开戴维的问题不答，转身谢过拉比的陪伴，然后站起身来，出门之前顺手抓了两个面包。

第三章　古城耶路撒冷

撒慕尔拉比目送理查德离开——眼睛里充满着慈爱和深深的关切之情。他掏出一块叠得干干净净的蓝灰手帕擤了一下鼻子，整了整黑色的毛皮帽子和鬓角边那绺长长的鬈发，然后把注意力转到了戴维身上。"现在可以跟我说说了，"他说，"一个像你这样年纪轻轻的小伙子离开家，放下犹太教的修行，四海为家，究竟是想做什么呢？"

戴维把一片面包放在汤里。"我们家不是正统犹太教徒，"他回答说，"但是我父母给了我基本的宗教教育。现在我想看看，在我的源头之外还有些什么。"

拉比注意到了戴维长长的头发、胡子还有那身奇装异服。"你在找什么？"他问，"犹太教无所不包，根本没有必要再去寻找别的东西。为什么不在自己的信仰中深入下去呢？"

"我必须对灵性文化有更宽广的理解。我得听听别人都在说些什么，教些什么，"戴维说，"我想自己去发现。世上不仅仅只有《圣经》和犹太律法，这您是知道的。"

拉比显得有些慌乱。一个犹太人除了《旧约》和摩西的教导之外，怎么还能相信别的东西呢？但是他的话的确是说到点子上了。戴维的父亲一直希望几个儿子能忠于自己的信仰，而且也不鼓励他们和非犹太人深交。邻居们大多友好，但是怀士曼夫妇依然能时刻感觉到那种差异。在学校里是最不容易的。孩子们喜欢捉弄人，为了逗能常说些刺耳的话。孩子们多次听到这样的话："肮脏的犹太人，滚回自己的国家去。"有时，路易丝会流着眼泪回家，因为同事用侮辱性的话评论她的信仰。

戴维一心想摆脱这种种族主义和民族主义的烙印，获得一种对灵性和宗教更广阔的视野，假如这种相通性确实存在的话。生活在巴黎只会让他感到压抑。对于父母的那种生活他没有任何向往，而正统的犹太教之路对他而言也没有什么特别的吸引力。他不知道自己想要什么，但他有一种感觉，他要找的是另外一种东西，一种更让人自由解放的东西。

"撒慕尔拉比，"他说，"我很难相信，上帝只接受一部分灵魂，不接受另一些灵魂。我也无法接受某种宗教是唯一的道路。这不符合道理。"

"但是我们犹太人是上帝的选民啊，"拉比惊呼道，竖起右手食指，"我们是被拣选的！"屋子里的人都皱着眉头向这边望来。"我们命中注定要以上帝的名义工作。"他耸了耸肩，瞟了一眼手表，然后用手杖支着身子站起来。"但愿你能回归自己的根，我的孩子。静下心来好好想想，别让你的家庭蒙羞。叶西瓦永远向你敞开。"

雪还在不停地下，现在已经飘起了小小的雪花。戴维和拉比沿着街道往前走。告别的时候，他们互道"平安"。他的心里仿佛被投上了一片阴影，这次邂逅始于犹太式的温暖的热情好客，却终于一股穿透了骨髓的凉意。

戴维经过大马士革大门，艰难地穿过拥挤热闹的人群，进入格兰咖啡厅。他找了一个座位坐下来，要了一杯浓浓的豆蔻咖啡，一边抽着水烟，一边思考着这次没有结果的相遇。耶路撒冷不是一个可以逃避的地方。这里的男男女女把这座史诗般的堡垒建成了自己的家，变成了一个神圣的地方，而上帝的眼睛通过这些人始终在注视着他，不管他转向哪里。

教堂里的钟声响起来了，清真寺里的宣礼员呼唤祈祷的声音从高耸入云的清真寺塔尖传来，与之交相呼应。水烟里的烟灰把水里的泡泡染成了灰色，就像他沉重而混沌的思绪，在这个祖先们创造出来的笼罩了一切的氛围里，那些思绪渐渐地飘移到了他的意识里。

第四章
麦西洛特村

在他的眼里,这就是一扇便捷的大门,
通向灵魂的苏醒;这是生命的源泉,
是人类无尽的需求。

心之翼

理查德走了，戴维再一次面临选择。他觉得自己对以色列产生了一种越来越强烈的感激之情，因为自己的内心在这里受到了激烈的震荡，核心问题受到了挑战。他是那样地孤单而脆弱，但却在这个危机四伏的异乡勇敢地迈开了步子。现在，那种东西又一次深深地吸引了他，把他带回田园生活，让他幸运地融入大自然。尽管不安全的因素依然存在，但这样的一种生活却不至于完全无法预料。

在北面的山脉和南面的沙漠之间，散布着许许多多小社群，在这片如诗如画的美景中，他们以种地务农为生，通过精耕细作换来繁荣的生存空间。生活，即便充满着辛劳与磨难，也依然会诱惑着所有的人，无论是定居者还是短时间的过客。麦西洛特村共有六百位居民，位于加利利海以南五十英里，和名叫百谢安（Beit She'an）的犹太罗马镇接壤。麦西洛特土地肥沃，一直绵延

第四章　麦西洛特村

到基利波山坡和约旦河谷的中心希法。棉花、花生、玉米、土豆、小麦、柑橘树、牛油果、橄榄树和枣树随处可见，甚至还有一个奶牛场和大片的果园。

这里的人早就过了苏联的集体农庄时代，也远远地告别了拓荒期。当犹太开拓者（大多来自东欧）最初来到这片土地上的时候，他们发现了许多岩石、烧焦的枯地、小木棚，还有临时的集体澡堂和帐篷。许多犹太大屠杀的幸存者在英属托管地获得了一些沙漠里的土地，他们埋头苦干，终于把这些地方变成了茂盛的花园。现在，他们已经拥有了丰富的农作物、健康的后代。

戴维坐大巴到来的那天正好遇上了大雨，他站在志愿者办公室外面，等着有人出来给他安排一个房间。一位个子矮小的老妇人打开了办公室的门，把他让到了里面。

"你就是新来的志愿者吗？"她的话里带着俄罗斯口音，"你从哪儿来？"

"法国，不过来之前在爱德米特干过一段时间。"他为自己感到有点骄傲。

"爱德米特？最近不是刚发生了一起恐怖事件吗？"她说话的口气活像在询问事实真相，如同转述新闻报道。"顺便做个自我介绍，我叫尼娜·瑞查夫斯基，负责给志愿者分配床具、洗漱用品和工作服。你打算在这里长待吗？"

戴维想了一想。"还不确定。"他在想，比起这里，他宁愿是在去印度的路上。

"一会儿约哈夫会和你讲工作的事，"她一边说着，一边带着他向房间走去，"他负责管理所有的志愿者。"

到这里来的志愿者永远不清楚会被派去哪个岗位。有时，直到最后一分钟才被告知午夜12点之后得去养鸡场，把鸡装笼，再送去屠宰场；还有些人可以根据自己的能力选择相应的工作，比如下厨房、摘水果、挤奶或者干园丁的活。不管做什么，都得早起。

戴维已经摘够了水果；他很希望派给他的这个活能让他有点自主权。刚安顿下来不久，一个留着大胡子的矮胖多毛的男人就敲响了他的房门。他的出现伴随着一股刚点燃不久的烟味，还有沉闷的咳嗽声。来的正是约哈夫。他的靴子上沾满了泥，打着补丁的工作服外套了一件染了斑点的套头衫。一辆灰色的吉普——被撞得坑坑洼洼的老爷车停在外面的草地上，发动机还在转。

约哈夫抓起戴维的手重重地握了一下，露出热情的笑容和牙齿上的烟垢。他的声音有些粗重沙哑，但态度却很谦和甚至有些腼腆。他问戴维从哪里来，到了以色列之后都做了哪些事。说到爱德米特村，他感到很高兴，因为集体生活对戴维来说并不陌生，无非就是早起工作，有忍耐力经受极端的天气。约哈夫重新点上一根烟，他们站在门口一直谈到天黑，就像两个从未分开过的铁哥们。

"我需要一个助手，"约哈夫说，"如果你会开吉普车和拖拉机，那咱俩就可以搭伴了。"戴维点了点头，约哈夫又加了一句："明天早上4点见。"

戴维的心像被什么东西击中了一样，激动地战栗起来。是的，土地对他具有一种无法抗拒的魔力。无处不在的原始而清新的芬芳，充满着岁月沧桑的历史古迹，置身于以色列这样的地域，自然应该和土地、河流、空气、自然美景融为一体。在他的眼里，这就是一扇便捷的大门，通向灵魂的苏醒；这是生命的源泉，是人类天然的需求。能再次回到土地上劳动，这让戴维感到非常兴奋。不等闹钟在3点半响起，他已经完全醒了。

他们开车前往十英里以外的希法，此时太阳还没有升起，整个村庄和居民们还在沉睡，唯一能听到的是吉普车的轮胎压过柏油碎石路时发出的声音，还有收音机调台时发出的干扰声。以色列的军事冲突一触即发，所以每天听一下早新闻还是非常重要的。每个人

第四章　麦西洛特村

似乎每时每刻都在戒备之中。

他们到达山谷的时候,太阳刚刚在约旦那一边升起。绿色的田野一望无际,喷灌系统一整夜都在工作,土壤都是潮湿的,散发着泥土和绿草的芬芳。苜蓿草长得又高又厚,巨大的绿叶被水打得耷拉在地上,收割的季节就快到了。

约哈夫给戴维示范,如何把三十英尺长的喷灌管从田野的这头拉到田野的另一端,又如何在另一块地里把它们连上。到了合适的时间,他们就会一起值夜班,在夜深人静的时候高高地坐在巨大的收割机上,在田里奔忙。到了清晨,田野已经变成了一片浅绿色的油画布,刚刚割下的青草排成有规律的几何图形,等着晾干,然后再翻一个面,连夜捆成几百个立方形的草包,等着艾哈麦德来收。这个人中等年纪,个头很高,是从杰宁来的巴勒斯坦农民。他的工作是把新鲜的农作物用卡车运到南方内盖夫(Negev)沙漠的奶牛场去。

他和约哈夫两人都是农民——他们从来不谈论什么种族差异、政治战争。但是,就在这片犹太人和巴勒斯坦民族曾经一起和平生活的土地上,有一天突然划出了边界线,宣布了领土所有权,并且高高地竖起了国旗和篱笆墙。留下的可共同分享的已所剩无几,即便有,也是脆弱不堪的。

那里有个白色的木头工具棚,里面存放了他们使用的工具、灌溉用的设备和备用的喷灌头,约哈夫在这里给艾哈麦德煮了一杯浓浓的小豆蔻咖啡。这里还有一个存放易坏食品的冰箱,和一个可以用来做早餐的小灶台。戴维从农庄的大厨房里拿了一些食物过来,因为他们大多数的时间都在田野里度过。每天早上,他把早餐做好后,就在室外放好餐桌。约哈夫会给他讲有关战争的故事,还有他年轻时当兵的那些往事。他一只手夹着烟拿着咖啡杯,一只手指着约旦,给他讲1967年六日战争和1973年赎罪日战争时的情况。他谈到了自己的童年，谈到父母如何从纳粹集中营逃离，又如何转移到东欧开始新生活。他是个不苟言笑的人，人生经历很丰富，而且有着强烈的感情和鲜明的观点，但看上去却又像个生活在荒野里的粗人。他对戴维的工作非常满意，于是又给他加了一些任务：照看庄稼和喷灌系统，外加收割庄稼。

到了中午，所有的喷灌管道都布好了。约哈夫教给戴维如何用两台涡轮机带动整个灌溉系统开始喷灌。"第一，先把时间设定好；"他说，"第二，凌晨4点半准时打开红色的开关；第三，检查水压；第四，检查所有的喷水口，保证每个都正常工作。"

戴维跟着他走了一圈，心里还是有点惴惴不安，一路小声重复着那些步骤。

"这是我一天中最享受的时刻了，希望你也是。"约哈夫加上一句。他把吉普车的钥匙交给戴维，然后回麦西洛特吃午饭。"你不会搞砸吧？"他严厉地呵斥了一句，紧接着哈哈大笑。

下午3点左右，戴维回到了希法，这回是他一个人。"先检查水压，然后检查每个喷水口，保证每个都正常工作。"他不断地提醒自己。最棒的莫过于独自一人置身于大自然的怀抱中了。太阳在西边缓缓落下，在约旦河谷郁郁葱葱的大地上洒上了金色的光辉。一群群候鸟渐渐地消失在地平线上。万籁俱寂，大自然即将歇息。在这片远离尘嚣的旷野上，在这个看不见村庄夜生活的地方，只有戴维一人。他屏息谛听着悄无声息的大地，全神贯注地眺望着远方，深深地呼吸着土地的芬芳，如同一个孩子贪婪地闻着母亲身上温暖的气息。他身上的每一个细胞都在静静地期待着。4点半，他准时走进涡轮站，设定好十个小时的灌溉时间。当他打开红色开关时，涡轮发出巨大的旋转声，把他吓了一跳，运行正常！外面，几百个喷水口在草地上支棱起来。水像一个在舞台上舞动的精灵，一开始是缓慢的柔板，吐出柔美的水珠，但不过几分钟，一片雪白

第四章　麦西洛特村

的地毯就迅速笼罩了整片绿油油的大地。水压简直完美极了，很稳定，也很有威力。喷水口里呼啸而出的水雾狂舞着——碰撞，溅落，形成无数个完美的圆，就像一台芭蕾舞剧，每一个芭蕾舞演员都穿着雪白的芭蕾短裙，合着风的节奏跳起了热情的快板。

附近的田野上的喷水口也紧随其后，很快整个山谷都蒙上了雪白的水幕，如同披上了无数个方形的白色盖毯。戴维爬到吉普车的顶篷上，注视着眼前的人间奇景。真是震撼人心的一幕！他开着车在田野里巡视了一圈，确保没有任何问题后才回家，到家后正赶上晚餐。他的辛勤努力和每天长时间的工作为他赢来了声誉，就连社团里那些通常总不以为然的长者，也对他刮目相看了。

第五章
秋季的收获

即便在最美丽的场景和最友好的环境中，
生命丑陋的那一面也从未睡去。

心之翼

……

　　在房间的角落里，戴维为自己的打坐冥想搭起了一个临时的台子，上面放着一张很大的佛像，佛像的面容宁静而庄严。然后他又从杂志上剪了几张印度神的图片，钉在一张棉帆布上，固定在墙上。这些色彩各异、长着多条胳膊的天神都坐在巨大的粉红色莲花上，和他在室内创造的这种异国风情非常贴合。底下是一张用来放书的木头矮桌，小桌上放了几本书、一根蜡烛和一些香。床稍稍高出地面，上面盖着一张灰蓝色的、阿拉伯游牧民族贝都因人的盖毯。米色砖石铺就的地面正中铺着一块小小的羊毛地毯，对面是一块浅绿色涡纹图案的蜡染布，就挂在赭石色的背景墙上。靠窗的桌椅是专门用来写字的，桌子上留出一小方空间给茶壶、果篮和一个插着干花的陶瓶。他把自己的小窝弄得很干净，像个家的样子，巨蟹座的人天生就能适应各种环境，不管在哪里，总能把自己安顿得好好的。每样东西都放得很有

第五章　秋季的收获

品位，简单而舒适，就好像他准备永远住在这里一样。

夜晚，他会点上蜡烛，在烛光里思考生命给予他的谜题——从外在而言，一切都在大自然的操演之下；而从内在而言，却有那么多根本性的问题把人带向恐惧和疑惑。他想找到那条能把所有的生命——不论肤色、种族、语言、宗教或社会地位——全都连接在一起的纽带；他想找到那个超越了种种责难、评判和歧视的媒介；他想找到作为部分个体的他，在一个巨大的整体中的位置。这些念头似乎有些高深莫测，甚至只是虚无缥缈的想象，然而他却能够强烈地感觉到它的存在。在黑塞的《悉达多》这本书中，他看见了自己的影子，那就像他自己的生命之旅，是他对真理的追寻。正如悉达多的河流，戴维的人生之旅也在物质追求和灵魂的求索之间流淌。悉达多从未越过河去寻找世俗快乐，而对戴维来说，世俗的快乐就是一个跳梁小丑，用他的鬼脸上的眼睛不时地瞪着他，不停地从一个欲望跳到另一个欲望。那条在物质追逐和灵性觉醒间的河流其实是个暗喻，它是吞噬一切的时间，是大自然的那种无法驾驭、无法征服的力量，这种无情的力量时时刻刻都在奔流，势不可挡，永不回头。得到的重又失去，而失去了的便永不回返，从戴维的心底再次浮出一个问题：他是否愿意加入这个咄咄逼人的现代世界，成为其中的一部分？还是仅仅去了解它的规则，用智慧来运用它，从而使自己得到解脱和内心的安宁，并与这个世界和平共处呢？

两年前，出于对所有生物的尊重，他就发誓不再吃肉。大自然中的每个生命都有自己既定的寿命长短，他不愿意剥夺这种权利。但家里的餐桌上却因此而掀起了轩然大波，父母忧心忡忡。他发誓，再也"不让自己的手沾上血迹"。

戴维靠在自己的床上，打开另一本书，这是一本非常古老的印度经典。他就着烛光，在一行行优美的梵文诗句下找到译文，读了起来："谦卑的灵魂，凭着真知，以平等的眼光看待博雅的圣人、奶牛、大象、狗和食狗者。"

　　戴维陷入了沉思。在所有的生命种族中，人类独具能力进行理性的思考和提问。动植物遵从大自然的律则生活，而人类也在用自己的聪明才智满足同样的基本需求。难道我们不应该运用思想来实现更高的目标吗？如果人类和动植物一样，活着只是为了寻找食物和栖身之所，那人类和动植物的区别又在哪里呢？精神的提升是人类最大的优越性，至于其他，都只是基本的生存需求，这是他能感知到的。动物和植物根本不需要沉重的教育和艰苦的自律，它们在生存方面具有得天独厚的创造力，而且不留下任何自我毁灭的痕迹。逻辑本身就是见证者，它能证明植物、昆虫、鸟类、哺乳动物都可以不依靠我们人而生存，但我们离了它们却一天也活不下去。**在这个世界的竞技场上，人与自然一直在激烈地竞争，但最后的胜利者永远是自然。人类只是表面上占了上风，然而历史却一而再，再而三地告诉我们，人类文明忽略了人类自身的内在诉求，即便有所关注，也只是在它的周边搭上了一个绞架并称之为宗教或者进步思想。**

　　戴维想起了一个情景：约哈夫一边吃着最喜欢的鸡肉，一边把骨头给自己的狗分享。他在想，人和动物的共同点是什么，区别又在哪里。这时候，他的脑海里突然出现了各种各样的画面，就像狂欢节上的游行队伍：那些人不论外表还是动作都像极了动物，而动物却在行为上比人还聪明。接着，他看见自己被一大群问题给包围了，他在挣扎着奋力往前冲，但是，他真的走对了方向吗？他感到紧张而困惑。

　　建造城市，设计宇宙飞船，发动战争……这一切和大自然宏大的蓝图有什么关系？只是在背道而驰。人类和动物，谁有资格提出真正有意义的问题，又是谁有资格作出回答呢？如果人和动物活着

第五章 秋季的收获

就是为了来回琢磨着关于食物、家和安全这些问题,那么还会有谁去讨论人生的意义呢?

农场里的食物品种繁多,完全适合戴维的饮食习惯,而独自一人在约旦河谷的蓝天大地中劳动也滋润着他的心,给他觉醒和启迪。没有任何一个艺术家能创造出黄玫瑰并给它香气,没有一个科学家能凭空种出草来,世上没有一个人拥有太阳的热力、风的能量和土地的富有。大自然是神圣的,只因为它来自神圣的源头,拥有神圣的意义。

在希法,收割庄稼的一个夜晚,戴维发现原先青草生长的地方现在变成了一个地上乐园,成千上万的蚯蚓、臭虫和昆虫都生活在里面。对于一个在大城市里度过童年的人来说,眼前突然出现了那么多小生灵,那是让他大开眼界并充满了启示的。收割机的前灯放出的亮光洒在高高的草丛里,他通过操纵盘抬起旋转的切割器,转过身来进行下一排收割。这时,他忽然看见切割器上盖满了蠕动的小生灵,这个怪物一样的大机器把它们的生活颠覆了,而他却高高在上地坐在这个庞然大物上,他觉得仿佛是他亲手摧毁了整座城市和这座城市里的居民,不为别的,只为占领。这里常常会跑过一些越过田野到河边去的鹿。那天夜晚,在黑暗中,一头母鹿把新生的鹿仔留在了高高的草丛里。第二天破晓的时候,戴维看见母鹿在不停地舔死去的小鹿仔,好像努力地想把它唤醒一样。戴维恨自己。他第一次意识到生命的脆弱,第一次意识到,人类发明的机器居然可以具有那么大的毁灭性,可以肆无忌惮地对抗大自然。

心之翼

夏天结束的时候,热浪也消退了很多,收割的时间也改到了白天。气温凉爽宜人,戴维坐在高高的收割机上,饱览着约旦河谷在秋色中的静谧和美丽。

这时步话机里传来约哈夫的声音。"戴维,"他用希伯来语喊道,"我来接手下午的活,黄昏前我会把这片田野收拾完的。完毕。"

"这半边要不了多久,约哈夫,"戴维回话,"今天有风从约旦的方向刮过来,不过一切正常。收割机像小猫一样,叫得可欢了。完毕!出发!"

快干完一排的时候,他突然听到了前面的切割器上发出一种古怪的噪音,一直持续不停。他把收割机的前进模式停下,但依然开着发动机,以便找到故障的原因。

挡泥板上贴着一块非常醒目的警告标志:"小心。离开收割机时务必将发动机关闭。"这个标志戴维看了不下一百遍了,但从没有放在心上。他从梯子上下来,开始检查收割机。他挨近了机器仔细地听了一会儿,终于发现了怪声的来源,原来是前面的切割器在作怪。这时的切割器还在转个不停,活像一个张着血盆大口的大怪物,在慢慢咀嚼。刀片完好无损,就像锋利的牙齿,切割器的转动很正常,但那种异样的声音还在。

他向转动的主轮轴又靠近了一步。正在这时,一阵风刮在戴维的背上,他的头突然被什么东西重重地往前猛拽了一下,紧接着,一阵撕裂一般灼热的剧痛立刻蔓延了整个脑袋的右半边。他惊惶地往观后镜看去,却恐怖地发现那片头皮上已经染红了一片,一块头皮连着头发已经不知去向,血顺着他的脸在不停地往下流淌。

"啊,不!不!啊——!"他大叫着穿过田野,向吉普车奔去。周围一个人也没有。他颤抖着一把抓过后座的衬衫,把它胡乱裹在

第五章　秋季的收获

头上，大声呼叫约哈夫。"约哈夫……约哈夫……约哈夫……听见没有？"他不顾一切地大声喊道，"听见没有？完毕……"

就这样呼叫了好几次，约哈夫的声音终于从步话机里传来了："你在哪儿？怎么啦？请讲。完毕……"

"头发被卷到发动机里去了，"戴维挣扎着说，"我这就赶去百谢安医院。"他的膝盖发软，几乎站不住身子。

"你自己开车真的没问题吗？"约哈夫急问，"要不要我叫救护车过来？"

"我自己能行……应该没事，"戴维结结巴巴地说，"我一直在流血。"

戴维挣扎着保持清醒，他把吉普车开回收割机旁，先关闭发动机，然后朝六英里外的医院开去。他用一只手捂着伤口，试图尽可能地止住血，同时用另一只手把握着方向盘，闯过红灯，绕过喇叭声大作的汽车，向急诊室冲去。约哈夫已经提前到了。戴维坐在驾驶座上，一眼便看见了他，不等出声，就已经晕了过去。

他在观察室里待了一晚之后，第二天出了院，头上层层叠叠地裹了纱布，就像缠了一个包头。约哈夫开车送他回家，并且给他沏了一杯浓浓的咖啡。"我把你送回家来了，"他说，"这星期就好好休息吧。庄稼可以等。"

消息很快传遍了整个农庄，问候声蜂拥而至，就像夏天的大雨一样。从这样的事故中能活着出来，真是幸运啊，大家都那么说。祈祷从来都不是麦西洛特的传统。谁都没有看见上帝的恩赐之手，只知道戴维运气好。但是，他却在问自己，为什么不管在以色列的哪个地方，我总要面对死亡呢，怎么那么倒霉啊？

约哈夫命令戴维休息一个星期，接下来的那几天真的是他生命中最痛苦的日子。他吃不了东西也睡不着觉，眼前只是不断地重复一个情景：他的头被收割机生生地碾碎，剩下的身体被切成碎片。

这个画面像无情的鬼魂一样纠缠着他。他的眼睛什么都看不见，只看见自己的头颅被压碎。

最后，尼娜·瑞查夫斯基救了他。她和村里的诊所关系不错，想办法弄到了一些安定片。有一天晚上吃晚饭时，她小心翼翼地把安定片悄悄塞进他的手里。"一次不能超过半片。"她看着周围的人很小声地说道，然后点了点头，脸上掠过一抹笑容。

尼娜了解这种心灵创伤，但是当年在波兰卢布林的纳粹集中营时的她可无法享有这种奢侈。她没有安定片来帮她忘掉纳粹的羞辱和眼睁睁地看着自己的亲人被送上死亡列车时的那种恐怖。后来，在志愿者的办公室里，她把自己的经历告诉了戴维：她的俄罗斯丈夫和两个儿子在战争期间被德国人关进了监狱，被迫从事奴隶般的苦力，之后再也没有和她见过面。尼娜的声音越来越低，几乎变成了耳语，接着便哽咽得说不出话来了。她紧紧地抓住一块折好的干净的白床单，低下头盯着地板。戴维没有勇气继续问她是怎么逃脱的。回忆的痛苦已经够折磨人的了。相比之下，他的那点精神痛苦突然就缩小成了微不足道的头疼。尼娜和其他的犹太人在那些年是怎么忍受过来的呢？他无法想象。

戴维右半个头的头皮被撕掉了，而且严重瘀青，缝合了很多针，但是另半边还留着过肩的长发。他的邻居主动提出要帮他剃头。他们坐在阳台上，几个志愿者一边看一边逗乐。"他准备削发为僧了！"其中一个开玩笑说。戴维的灵性觉醒是需要付出代价的。他得通过艰难的亲身体验才能学到这些重要的道理：生命的存在如此脆弱不堪，必须向内去求索生命的本质。别人说什么，他并不在乎。真正让他受到震动的是一个警示：即便在最美丽的场景和最友好的环境中，生命丑陋的那一面也从未睡去。

以色列给戴维带来了复杂的情感。比方说，麦西洛特村，一个伊甸园一样的地方，却树立着高高的篱笆墙，二十四小时都得保

第五章　秋季的收获

证有人巡逻。士兵们从来不敢离开自己的枪,农庄里的居民得在家中常备装满子弹的手枪。天空时常被以色列空军的战机发出的震耳欲聋的呼啸声所划破。尽管如此,这里的环境却有一种出奇的魅力——冒险带来的惊险刺激,身在动荡不安的异国他乡时的那种离奇的感觉,还有最重要的,是自由——远离巴黎的那种完全的自由。戴维明白,一切都伴随着代价。

就这样被剃光了头,离开田野一周之后,戴维重新回到了希法,面对面地站在那个几乎让他送命但也同时被他用来杀戮的巨型怪物面前。它像失事后的残骸那样一直待在那里,长长的金属身躯坐在三个巨大无比的橡胶轮胎上,张着饥饿的大口,随时准备切割、咀嚼、吞噬它的猎物,然后再吐出来。它像一头喝着柴油和黑烟就酩酊大醉的猛兽,发出挑衅的咆哮,然而没有了主人的驾驭,没有了消耗和产出的疯狂,它就只是一堆废铁。

戴维靠近这个钢铁怪物,他的心阵阵发紧,他能感到风从后面吹来。在主轮轴上,他发现一块厚厚的头发,和黑色的机油一起缠在上面。他把这块头发揪了出来,放在手上,瞪大了眼睛注视着它。要是这个大怪物这会儿突然醒过来把他干掉,那该怎么办?戴维吓得抽搐了一下,猛地把那块头发扔到地上,这东西现在和他没有关系了。它不仅改变过他的样貌,而且改变了他面对生活的态度。

发动机再次转动起来的时候,他打了一个激灵。他茫然地望向远方的地平线,意识到自己再一次成了轮子上的主人,他主宰着高高的牧草。是的,是他,这个曾经被这个奴隶威胁过生命的人。他操纵着切割器不断地旋转,成百上千的尖牙在他的注视下,从左至右地大口咀嚼,发动机在他的座位下不安而贪婪地大声咆哮。他完成了一周前未收割完的那排庄稼,这回比以前谨慎多了。那种奇怪的噪音,据约哈夫说,不是什么大问题,只是发动机的柴油快耗没了。要是早知道就好了。

心之翼

很快，约哈夫就教会了他犁地、种麦子、种玉米、种土豆和种棉花，给地施肥，用新鲜的草喂牛。土地没有一刻是闲着的，就像农庄里的居民从来都不知疲倦，除了劳动几乎没有什么可干的。

农庄里最重要的两个机械师是阿夫那和洛尼，他俩虽然已经七十多了，但经常可以看见他们躺在拖拉机下面拆卸发动机，或者在组装大型收割机。厨师阿里亚胡已经六十九岁，是个还算"健康"的老烟枪，他是厨房里的头儿，每天三次得喂饱六百张嘴。鲁斯七十五岁，在洗衣部掌管十五台洗衣机和烘干机。这些老人的手腕上大多还留有集中营里的文身编号，这些不堪回首的记忆足以让他们更珍惜余下的生命中每一寸有效而自由的时间。他们中不知有多少人是活着逃出来的，或是藏匿起来了，或是徘徊在死亡线上，却依然不敢相信战争的恐怖已经结束！

戴维的父母是在离巴黎的肖蒙高地很远的一个地下室里认识的。当时在部队的安德烈听说有一群犹太人藏身在弗兰德大街的幸福咖啡厅，于是便趁周末离岗的时候去那里查看，心里边存有一丝侥幸：也许能在那里看到自己的家人。他飞快地走出地铁站，心跳得厉害，眼前不断出现和家人热烈拥抱的情景。然而，他却遇上了路易丝。打那以后，他每周日都会带着食品券来见她，有的时候还会带上鲜花，后来他想办法为她搞定了身份证明。这回路易丝算是明白了，他是在向自己求婚。

无论是在车库里坐着喝咖啡还是在饭厅里吃饭，戴维时常会仔细观察这些男男女女，这些人是经历了九死一生才拥有了这份新生活的，虽然他们生命的潮水已经渐渐退去，但至少，他们的余生将在自由中度过。**在这里，戴维深深地省悟到什么才是生命中最重要的东西，即自由——自由地呼吸、欢笑、相爱、回家，回到丈夫、妻子和孩子们身边，并能自由地为自己思考，还有对生活的所有期待——除非有一天，这些东西突然被强行夺走。**

第六章
从死海到贝都因

他想和这个壮丽的宇宙连接,
他想呼唤这未来的苍穹。

心之翼

⋮

　　大巴在这里是最重要的交通工具，在车站上拥挤的人潮中，可以看到各种各样的人：士兵、农夫、阿拉伯人、以色列人、学校里的孩子，当然还有游客。司机会站在车门边检查每个上车的人，所有的士兵都得保证把弹夹从枪上卸下来。收音机永远开到最大，新闻播报时间就更是如此。所有人都支着耳朵，了解最新政局动向，局面瞬息万变，每个小时都有新的情况。听完新闻，就会重新调回大巴司机们最喜欢的电台——以色列军事电台，通常都在播放音乐。

　　经过了漫长而辛苦的农忙季节，再加上不久前的意外伤害，戴维迫切地想去南方，让自己远离一段时间。以色列是个小国，才不过几个小时，风景已是大相径庭。他从约旦河的沃土出发，沿着杰里科一路驶向死海。这里的土地十分贫瘠，几乎算得上是一个沙漠。空气非常燥热，只能勉强忍受，一路上的沙子和风滚草翻涌起伏。

第六章　从死海到贝都因

杰里科如同沙漠中的玫瑰,有一种简单而精致的美,显得卓尔不群。星星点点的宫殿遗址、古城墙和大片的住宅暗示着这座城市昔日的辉煌。每个店铺都堆满了鲜枣、芒果、牛油果和葡萄,还有橄榄油、面包和一袋又一袋的谷物。砂岩砌成的墙上,瀑布一般地垂满了紫色和粉色的三角梅。纵横交错的后街上到处回响着收音机里传出来的阿拉伯歌曲。杰里科位于约旦、耶路撒冷、死海和北向公路的交会处。那种干燥的热空气还是很舒适的,但是越往南,也就是死海的方向,气温就越来越高,灼人的热浪简直让人窒息。很久以前,这片土地曾几经易手,每一个占领者都试图建立自己的政权并强制性地推行他们的语言、仪式和文化。如今,杰里科已经成为一条人为的政治分界线,这些在上帝眼中平等的人,被仇恨强行地分隔了。

去往死海的大巴在日出后如约而至。蜿蜒而空旷的公路上,空气越来越燥热,越来越浓重,这时大巴刚经过第一个军事哨卡。一个小时之后,大巴抵达位于海平面以下四百米的死海,车内的人纷纷转向各个方向,激动万分。这个被荒凉的山丘和峡谷包围的巨大湖泊如同一个舞台,古往今来,上演了无数的故事。这时,一阵干燥而闷热的大风从开启的车窗突然涌入,瞬间让大家冷静了不少。从公路上眺望死海,海面平静得如同浮上了一层油,同时又像明镜,反射出充满了神秘色彩和戏剧化氛围的景致。大峡谷在水中形成完美清晰的倒影,上下一体,地平线完全消失了,上下两座山看上去就像一座完整的山,一个是智者真实的生命,另一个是惑者短暂的迷途。水面异常宁静,泛着绿松石一般的深蓝色和清透的浅绿色。公路螺旋而下,拥抱了湖岸并继续向前延伸,最后终于到达了恩戈地(Ein Gedi)。

这一天正是满月。戴维从来都没有这样近距离地见过如此壮观的一幕——日落和月升同时发生在天际。犹太山脉的那一边,即将

心之翼

落下的太阳像一个巨大的火球缓缓下沉,而在东边的约旦山谷,巨大的满月也在慢慢升起,苍白而壮美,太阳一点点地下沉,天空的色彩也随之变幻无穷。很快,天空中就出现了千千万万颗星星,在宝石一般的皓月周围闪闪烁烁,如同一大片钻石。戴维陷入了无声的沉默。夜如同丝绸一般温柔,又如同蜂巢一样甜蜜。热浪已经退去,气温十分怡人,他什么都没有披,只是在温暖的和风里徜徉,而天穹就是他的守护天使。

深夜,面对浩瀚无垠的宇宙,戴维真真切切地感受到自己的渺小。他想和这个壮丽的宇宙连接,他想呼唤这未知的苍穹,给予微不足道的他以灵性的滋润,他渴望被赐福而获得一线顿悟。戴维庆幸自己在以色列待了足够长的时间来探索这个文明的摇篮。在他的意识里,巴黎早就退缩到了一个很小的角落,就像一座小小的村落。放下农活,抽空来到这片充满着阿拉伯风情和古老的先祖文化的干旱之地,看来正是他需要的灵丹妙药。第二天晚上还有一段很长的车程在等着他,他们要去的是红海上的埃拉特(Eilat)港。

一整夜,大巴都在穿越内盖夫,戴维睡了一路。到了日出时分,他们抵达了海湾边的空旷地带,从那里可以清晰地看到他身后的沙漠——赤色的山脉在周围连成高高的屏障,连接埃拉特和亚喀巴(Aqaba)的海港向四周延展。又是一个酷热难耐的一天,幸而有海风的吹拂。

这两个小镇位于通往巴勒斯坦、非洲和远东地区的门户,为战略要地,历史上同是《圣经》中的地标,也同样地被占领过。1973年的赎罪日战争之后,以色列占领了西奈沙漠,形成一条贯穿西奈半岛和纽维巴(Nuweiba)、达哈卜(Dahab)和沙姆沙伊赫(Sharm el Sheikh)这三个主要度假胜地的自由通道。几个世纪以来,这个港口吸引了川流不息的商人和前往麦加朝圣的穆斯林。如今,这片地方已经向全世界打开了大门,使得古老的贝都因部落

第六章　从死海到贝都因

经历了空前的外族侵袭——肆虐的消费主义。

贝都因人是居住在沙漠中的游牧民族。说到贝都因人，大多数人的心中立刻浮现出一个丰富而长情的画面——飞扬的沙尘、飘拂的长袍、大步缓行的驼队，如同一首抒情诗。事实也近乎如此。在这片一望无际的西奈沙漠中，贝都因人骑着骆驼，就像内盖夫和阿拉伯沙漠上的居民，从一个绿洲迁徙到另一个绿洲。他们遵循着一种传统的生活，始终保留着特别优美的游牧文化。先知穆罕默德正是从他们那里获得了教育，同时也仰赖他们来传播伊斯兰的教义。

到了纽维巴，戴维从沙滩出发，沿着沙漠走了好长一段时间才到了贝都因人的驻扎地。一个身材结实的十六岁小伙子迎接了他，小伙子长着一双棕色的大眼睛，一脸友善的笑容。这里的人都叫他萨伊德，他是这个部落里唯一会讲英语的牧民。这时，从一顶帐篷里传来大声的阿拉伯语，是一个妇女。萨伊德转过头去看了一眼，心不在焉地说，那是他母亲，想知道和他在一起的男人是谁。萨伊德大声回答说，是个外国人，想借住几天。宾馆是给富人准备的，况且晚上留在海边也不太安全。戴维就这样和贝都因人住在一起了，他的待遇是一餐饭和一片棉布做的屋顶，除此之外几乎什么都没有。热情好客是贝都因人的传统，除了自己的宿敌，他们欢迎所有的客人——他们认为所有的来客都是上帝派来的，理应得到热情款待：一个睡觉的地方，一点吃的，还有充足的茶和咖啡。他们深信，只要抱着善良的心，上帝就会善待他们。

戴维发现自己进入了一个全然不同的世界：蓝色牛仔裤和T恤显得格格不入，让人尴尬。萨伊德的母亲穿着长袖黑底长袍，上面到处散落着精致的刺绣。她的头上包着一块白色的头巾，绿色的圆眼睛周围涂有醒目的黑色眼影，下颌和喉咙上装饰着一个鲜花状的文身。她的皮肤已经被炽烈的阳光留下了深深的沟痕，却带着部落女人特有的优雅和权威感。其他的女人也大致相同，很多人戴着繁复的奥斯曼项链，头发被海娜粉染过，散发着橄榄油的光泽。有的人顶着水罐，还有的人围坐在火堆边做饭。孩子们自由自在地到处乱跑。戴维观察到，男人们通常在帐篷里喝咖啡，照顾骆驼，或者和海滩上的游客们打交道。

　　那一天中的大部分时间，戴维都和萨伊德一起坐在帐篷里。萨伊德的父亲穆罕默德晚些时候出现了，他做了自我介绍，笑着和戴维重重地握了手，咧开的嘴里骄傲地露出前面的两颗大金牙。他们在一起坐了一会儿，喝了点薄荷茶，以弥补语言的障碍。

　　夜幕即将降临，饭菜的香味弥漫在帐篷各处。女人们煮了米饭，炖了羊肉，面饼已经出炉，还没有切开。沙滩上的外国人也加入了他们的晚餐，他们围在篝火旁，合着贝都因歌曲和鼓点有节奏地击掌应和。虽然他们并不明白这些歌曲的意思，但却毫无例外地陶醉在这些美妙的阿拉伯诗歌中。在这繁星漫天的夜空下，温热的夜晚在东方音乐、贝都因爱情歌曲和阵阵欢声笑语中达到了高潮。

　　篝火边，戴维讲起了西奈和红海，还有父亲曾在逾越节的那些夜晚所讲的故事。他从记忆里搜出了所有可以回忆起来的片段，以及勉强给他的犹太信仰提供滋养的那些犹太教书籍，一字一句地。萨伊德对该地区的深海潜水和珊瑚礁赞不绝口，但建议大家去圣凯瑟琳修道院。据说就在那个地方，摩西站在熊熊燃烧的树丛前，在爬了3750个台阶后接受了十诫。萨伊德的叔叔哈桑是另一个部落的首领，住在半岛底端的沙姆沙伊赫，他可以提供帮助。

第七章
沙漠之谜

戴维的心进入了一个沉思而谦卑的无声世界，
他感到自己是那么微不足道。

心之翼

……

　　红、黄、橙，各色光影倾洒在沙漠和山脉上。此时，戴维正沉浸在自己的思绪中：在曾经逝去的一个千年中，希伯来人曾经逃脱了法老们的桎梏和几个世纪的奴役，伴着这片风光整整流浪四十年，等待着上帝的昭示。和贝都因人一样，他们始终以游牧民族的生活方式从一个绿洲迁徙到另一个绿洲，然而却没有留下什么痕迹，只有时光和沙漠见证了他们的生命。有人说，贝都因部落中的一部分人来自希伯来祖先，就是那部分没能走出西奈的人。

　　越往南走，人烟越是稀少。大巴先停在达哈卜的岔路口上，然后继续在夕阳中行驶，终于在天黑之前到达了终点沙姆沙伊赫。戴维来到了半岛的末端，即非洲和亚洲之间的十字路口上。

　　不到半个世纪之前，沙姆沙伊赫仅仅是地图上的一个地名，但在以色列和埃及对战期间，这个地名却频繁地出现在世界报纸的头版。不过，

第七章　沙漠之谜

在这次的短暂停留中,戴维却只看见几个贝都因人的帐篷、以色列的军营、一个加油站和一家卖食品的小商店——这的确是一个谁都不愿意耽搁的地方。萨伊德的叔叔哈桑现在就在营地里,在为接下来一周的西奈山之行做前期的准备。戴维很清楚,这将是他一生中唯一的一次机会。

第二天一大早,戴维就顺着当地的贝都因人给指出的方向,徒步向那个营地进发。这条路很长,走着走着就渐渐变成了土路,最后竟消失在脚下了,看不到轮胎的印记,也没有任何脚印或蹄印。他向远处的西奈山继续走去,无情的太阳炙烤着一切。他走啊走啊走啊,四周一片寂静,唯一能听到的就是脚在沙地里拖拽的声音以及石头被脚踢到时发出的声音。他不知道自己身在何处,甚至开始对前进的方向产生了怀疑。在沙漠里走了那么长时间,而且没带指南针,也没带水,真是愚蠢啊!接近黄昏时,他完全迷了路,而且还脱水了。他想过一直往东走,回到海岸边,但是随着体力的不支,方向感也几乎消失了,生的希望很快变得越来越渺茫。他倚靠在一块岩石上,用包头巾裹住头,开始等待。口干舌燥,嗓子冒烟,四肢虚弱。他想闭上眼睛休息一会儿,不料却沉沉地睡去了。

仿佛就这样过了很久很久,他被一阵轻柔的微风给唤醒了。人还倚靠在岩石上,可身上的皮肤已经被太阳灼伤了,连嘴都肿了起来。夜幕已经降临,气温迅速降低。天空中开始出现星星,闪闪烁烁,缀满了整个深蓝色的天幕,曾经告别过的死海上的满月现在就镶嵌在它们中间。星星能看见他所看不见的,但却不知道他所知道的——今晚很可能就是他最后的一个夜晚。

戴维既悲伤又害怕,但又有超脱和反思:"为什么不让我滑到深渊里去呢?在过去的几个月里,死亡向我招了很多次手;若是那样,那倒也简单了。活着真是一种挣扎,更不用说从中寻找快乐和满足了。"他开始浑身颤抖，于是用一块薄棉毯把自己紧紧地裹上，蜷缩起身子，但不一会儿便失去了知觉，倒在了地上。

❦

凌晨时，他在一阵隐隐约约的铃铛声和山羊的叫声中醒来。他的眼睛被沙尘盖上了，怎么也睁不开，他能感到有一双粗糙的手在抚摸他的脸，还有水在湿润着他干枯的嘴唇。渐渐地，铃铛声夹杂着贝都因牧羊人轻轻的吆喝出现在近旁。那个男人把戴维的头托起来，又给他喂了几滴水。

戴维实在太虚弱了，动不了身，也说不出话。牧羊人往他嘴里喂了几块新鲜的甜枣和面饼，然后在他上面支起一个羊毛顶篷。这是一个中年汉子，一张典型的没有刮过胡子的脸，一双深邃的棕色眼睛。他盘腿坐在戴维身边的地面上，整个人就像为沙漠而受造的，完全和他四周的沙子、岩石和泥土融为了一体。

"你为什么会来这儿？"牧羊人问。

戴维舔了一下嘴唇："我迷路了。他们跟我……哈桑的帐篷在哪儿？"

牧羊人指了指东北方向。"哈桑就在那儿，就在山后，离这儿还有一段距离。你就先待在这儿。别动。喝水。然后我们再走。"他开始用阿拉伯语唱起了歌。戴维闭上了眼睛，牧羊人的歌是那样地悠扬动人。

"是谁把这个人送来的？"他在想，"一位天使？上帝？还是命运而已？"

那天晚上，牧羊人点起一个小火堆，给戴维讲了一个故事：一位父亲，儿子被人杀害，他去向杀害儿子的人——另一个部落的首领寻仇。这位父亲化装成乞丐，终于接近了这个仇人。在一个奴隶

第七章　沙漠之谜

的帮助下，他先按照贝都因人的习俗把这个部落首领从睡梦中唤醒，然后再一剑刺死了对方。这个故事在沙漠上流传得很远，从一个部落传到另一个部落。牧羊人笑着解释说，各个部落都有自己支持的那一方，所以这个故事在不同的部落有了不同的版本。他的语言不算流利，但却把这个故事说得扣人心弦，于是两个男人很快建立起了友谊。

又休息了一天，再加上喝水、吃面饼和鲜枣，戴维很快恢复了体力，可以站起来走动了。

"你想去哈桑的营地，还是回沙姆沙伊赫？"牧羊人问道。

戴维犹豫了。大沙漠和红色的山峦也都沉默不语。碧空如洗，没有一丝云彩，在这个僻静的地方，时间仿佛都显得不太重要了。他的眼前出现了撒慕尔拉比双手高举向天空的样子。"去往西奈山朝圣，站在摩西与全能的上帝曾经面对面的地方，这些对一个犹太人算不上什么，"他会这样说，"几乎没什么犹太人会来这里朝圣，甚至都不把它当作朝圣的地方。"既然如此，还有必要去吗？

"去哈桑那儿吧。"戴维直视着牧羊人的眼睛。

10 点左右，他们向那个大本营走去——牧羊人迈着稳健的步子往前走，戴维则坐在驴背上。

"我躺在那里被你发现的时候，当时你唱的是什么歌？"一个小时后，戴维问道。

"这不是一首歌，"牧羊人纠正他的说法，"这是一首诗，小时候妈妈教我的。"

"诗里说的是什么？"

"贝都因女人在沙漠里一边放着山羊，一边等着她们的丈夫和土耳其人打完仗后回家来。她们在祈祷，千万不要变成寡妇，千万不要只留下她一个人养大失去父亲的孩子。"

戴维请他再唱一遍。牧羊人清了清嗓子，重新唱。这歌词，这旋律，还有远处的西奈山都沉浸在一片祥和之中。贝都因人的故事都很简单，但却反映出他们深沉的归属感和身为部落人的自豪。

哈桑的大本营位于瓦迪曼达岛（Wadi Mandar）附近，在西奈山的山脚下，两侧是布满岩石的高山，正好形成一个避风港。一顶巨大的贝都因帐篷就矗立在这里，里面足足可以站上二十几个人。其中一侧还有一个小一些的帐篷，专门用来储存骆驼和山羊的饲料。帐篷里没有电，点着煤油灯，可以照亮帐篷的大部分。两个贝都因人蹲在帐篷旁一边抽烟，一边交谈，眼看着戴维和牧羊人向他们走近。沙石丛生的道路边，六头骆驼弯曲着后腿，正跪在地上休息，它们昂着头，来回咀嚼着饲料。不一会儿，远处沙尘飞扬，一辆路虎车出现在视野里。

"你们好，我是哈桑。欢迎来到大本营。"他紧紧地和他们握了握手，"怎么来的？"年轻的牧羊人说起戴维经历的考验，哈桑同情地看着戴维。

"你们俩吃过东西了吗？"他一边问，一边把他们带进帐篷，邀请他们坐下来喝薄荷茶。周围的山很高，太阳已经在帐篷上投下了影子，凉爽的夜晚仿佛已经降临了。

哈桑身上的白袍已经盖上了一层沙子，而且染上了污点，红白夹杂的包头巾随意地裹在头顶上。他戴着一副宽边太阳镜，说一口像样的英语。他得来回出入于西奈山，所以必须掌握好这种语言，这样才能和外国人交流。自从以色列占领了这片土地，这样的探险活动便成了赚钱的好事，给他的部落带来了繁荣的发展。对于贝都因人来说，指南针和地图都是多余的。正如他们的穆斯林表兄弟德

第七章　沙漠之谜

鲁士人在以色列北部训练出一群能征善战的山地步兵，贝都因人也在侵略者入侵期间组建起了多支侦察军。

"探险准备得怎样了？"戴维问，津津有味地享受着从纽维巴以来的第一顿热饭。"看来我是这里唯一的外国人。"

"英国人取消了行程，"哈桑回答说，"不过下周有团，已经确认了。如果你想参加我们的队伍，我可以给你一匹骆驼。"

"在那之前我该做些什么？"戴维问，他忽然觉得自己像是被困在这里了。年轻的牧羊人与哈桑及其他几个人攀谈起来，无疑是在谈他。那位贝都因老人坐在角落里，手里拨动着祈祷用的念珠，注意力好像完全不在他们的对话上。他的头几乎纹丝不动，从来不往两边看。然而当他开口的时候，所有的人都安静了下来，全都转过头注视他。那老人只说了三言两语。

"明天我用车送你去圣凯瑟琳。"哈桑对戴维说。

才开口说了几个字就显出权威来了。这位老人难道就是部落的首领吗？戴维这样想着。

夜幕降临。贝都因人准备休息了，火堆里的余烬还在微弱地闪着光。哈桑检查完骆驼和山羊后，在帐篷里给戴维留了一块地方，上面盖了一块柔软的山羊绒毛毯。"日出前就得出发，"他说，"两个小时车程就到那个修道院了。"他拧灭煤油灯。

这里让戴维感到很安全。他几乎无法相信，自己离摩西接受十诫的地方只有几个小时之遥。就算他的犹太血统无法使他建立起绝对的信仰，身处这个《圣经》历史的核心区也足以让人心潮澎湃了。这个曾经慑于父亲的威严，几小时站立于犹太教堂并为此深恶痛绝的小男孩，现在正畅游于祖先们留下足迹的地方，他的祖先曾经在这里流浪，怀揣着亲眼见到上帝神迹的渴望。

心之翼

                    ∽·∽

  黎明前，哈桑轻轻地拍了拍戴维的肩膀。吉普车的发动机已经启动了，车前灯把帐篷照得一片通明。剩下的人还在睡觉，黑色的茶壶里冒出咖啡的香味。"带上你的东西，"哈桑说，"我们会在圣凯瑟琳过夜，然后在回程的路上再把你放在达哈卜交叉口上。你可以在那里坐大巴返回埃拉特。"

  上了吉普之后，戴维又见到了坐在后座上的贝都因老人——他裹着一块厚厚的白色披肩，双眼直直地瞪视着前方的黑暗，完全沉浸在清晨的祈祷中。山峰的上方透出一线微光，勾勒出一大片神奇的剪影。车轮在柏油路上飞滚，把戴维又带回到每天清晨的希法之旅——那是他每天悄悄地赶赴大自然约会的地方。

  "您总是随身带着这位长者吗？"他问哈桑。

  "大多数时候吧，是的。他是我父亲穆萨朗（Musallam）。他虽然眼睛看不见，但对沙漠里的每一块石头都了如指掌。他是穆塞那（Muszeina）部落的首领。"

  "你们如何成为首领？"戴维问。

  "我父亲是由这里的长老会推选出来的，"哈桑回答道，"等他过世，就由我哥哥马苏勒接任，取代他的位置。要不了多少年了。"

  一个小时之后，哈桑突然向左拐了一个弯，开上了一条没有标注的土路，这条路一直通往瓦迪扎哈拉（Wadi Zaghra）附近的一个大峡谷。"我们走小路吧，"哈桑说，"很少有导游走这条路的。"很快，他们就进入了一条狭窄的天然走廊，两侧高高耸立着被风蚀了的岩石。借助自然的侵蚀，大自然呈现出非凡的神妙——岩石的表层光滑、弯曲而圆润，上面层层叠叠地呈现出多重色彩，红的、黄的、橙的、赭石色的，就像一个巨大无比的自然仙境。有的地方，岩石反射出水晶一样的光芒；还有的地方，则像千姿百态的动

第七章 沙漠之谜

物。穆萨朗的脸上焕发着激动的神色,就好像一个孩子,生平第一次亲眼看见这些千奇百怪的岩石。他们缓慢地顺着峡谷蜿蜒蛇行,他能感觉到巨大的阴影下的凉爽。接着,他叫哈桑停住脚步,越过石墙。他把瘦骨嶙峋的手贴在岩石光滑的表面上,用指尖和它们轻声细语,就好像和一个沙漠里的老友久别重逢。他身上的宽松白袍和岩石丰富而浓重的色彩形成鲜明的对比,更给他镀上了一层神秘的色彩,真是一位沙漠奇人。

终于到达了西奈山脚下的圣凯瑟琳修道院,哈桑把他的安排告知戴维。"我把你放在修道院,今天剩下的时间你就待在这里,午夜之后,就可以上石阶了,一直爬到山顶。别担心,上山的不会只有你一个。"他交给戴维一个手电,然后停在山脚下。"明天早上我再来接你,大约8点钟。好好享受吧。"

这里有的是纪念品商店和骆驼,等人的大巴、小轿车,还有游客——戴着墨镜,涂满防晒霜,顶着帽子,身着短裤和凉鞋,背着背包,拿着相机和地图走来走去。戴维用疑惑的目光打量着这番情景。眼前的这一切,没有一样能激发起精神的反思。

圣凯瑟琳修道院离山脚大约还有半英里,这是一个深具历史意义的令人叹为观止的标志性建筑群,周围有高高的城墙护卫,简直是原始恶劣的环境中一个辉煌的神性建筑奇迹。悠久的历史,神圣的意义,使得这里成为基督教徒和穆斯林共同的朝圣之地。戴维在想,真不可思议,这片堪称犹太教基石的地方,居然连一处犹太历史遗迹都几乎无处可寻。

圣凯瑟琳修道院是世界上最古老的隐修圣所,它的图书馆具有宗教典籍方面最庞大的藏书量。戴维在城堡旁边的大庭院里找了一个阴凉的地方坐下,远离了周围的一切,去寻找内在深处的平静。他在想象一千年之前这个修道院的风貌,那时的僧侣一定过着一种冥思默想中的生活。如果没有灵魂的滋养,在如此艰苦的条件下坚持生活几乎是不可能的。

摩西受到召唤来到西奈山顶,上帝化身为燃烧的树丛向他说话,后来又给了他写有十诫的石板。古往今来,怀揣着各种信仰的信徒纷纷来到圣凯瑟琳修道院,为曾经发生过的这一切怀念并祈祷。

戴维的心进入了一个沉思而谦卑的无声世界。在这个伟大的圣地,他感到自己是那么微不足道。每年的逾越节,父亲总会叙述希伯来人流亡到沙漠里的这段故事,还有关于摩西、燃烧的树丛和十诫的一切。安德烈会用法语和意第绪语朗读《旧约》中的《出埃及记》,一直读到午夜之后。这个时候,全家人会一起分享路易丝特意为这个节日准备的简餐——不发酵的面饼、叶菜和蜂蜜,正如古代的希伯来人分食的那样。

一想起父母,戴维的心中就充满了喜悦,他已经和一种超越感官感知的东西建立了连接。要是父母看到他做了一件连犹太团体里的人都几乎没有尝试过的事情,他们的脸上一定会露出笑容。戴维仿佛看见了父母微笑的面庞。

夜幕降临,参观者聚集到一起,准备向山上攀登。爬到山顶是为了什么,这一点戴维并不清楚。只是为了再看一个日出吗?他开始反思自己的意图。

几十个游客开始沿着小道往上走了。手电发出的光束如同漫天飞舞的萤火虫,照亮了岩石丛生的道路。这些并不是虔诚的修士们曾经攀登过的忏悔之路。昔日虔诚的朝圣者在去往山顶之前一定会先向一名祭司忏悔自己的罪恶。"谁应登上这座神山?"他们会听到这样的问题。"谁应立于这片圣地?"朝圣者们如此应答:

第七章　沙漠之谜

"他必有洁净的手，纯净的心，他从未使自己的灵魂落于虚妄，他从未发过虚假的誓言。他应接受主的降福和神的公义，以获得救赎。"

然而，现在的情况却并非如此：德国人在你一言我一语地开玩笑，丹麦人在分发零食，意大利人在大呼小叫，就好像刚结束夜晚的狂欢，正走在回家的路上。戴维放慢脚步，发现走在他身边的那个男人似乎很沉浸于当下。他们俩一言不发，一起向上攀登。贝都因导游建议大家暂停休息，然后再一鼓作气，走完 3750 个台阶到达山顶。现在已经是凌晨 3 点了，空气非常凉爽。

"摩西真的沿着这条道路一直往上走，最后接受了刻写在石板上的律法吗？"戴维询问这个男人，他尽量不想显得自己有所怀疑，但是这个想法还是困扰着他。

"他们就是这么说的，"那男人的回答很天真，"如果的确是这样，那可就是一个很神奇的地方了。"

"也许是这么回事吧。除了这里，难道还有什么别的可能吗？西奈山就只有这么一座。"戴维信心十足地说。

沿着陡峭多石的台阶爬了三个小时之后，所有的人都找到了一个可以坐下等候的地方，大家都筋疲力尽了。有一件事是毫无疑问的：谁也不可能面对面地看见神或从神那里接受一整套规范戒律。约柜已经传递过了。不过，还是有些人双膝跪地，开始祈祷。

天色渐渐发白，锯齿一般的山峰变成了深蓝色和红色。地平线上的一根细线从红色慢慢转成深红色，接着又变成浅橙色、黄色和宝石蓝。终于，一个明亮的小圆盘出现在地平线上。大自然在它的创造者的主宰下，再次奉献了一个无比壮观的日出，望着眼前辉煌的胜景，人们理应发出满足的赞叹。

太阳完全跃出了地平线，人们陆续开始下山了。下面没有金牛等着。现代的科技、战争和腐败大规模地替代了金牛,它们势力强大,律法十诫已被束之高阁,甚至濒临湮没。然而,一顿美美的早餐却是每个人都向往的。

哈桑准时在下面等候。他站在停车场频频招手,父亲也在,他们带来了新鲜的甜枣、热咖啡和一大堆刚烤出来的口袋饼。"喜欢那儿吗?"哈桑点燃一支烟,问道。

"很不错,谢谢,"戴维答道,"不过我觉得这个地方更像是旅游景点,而不是朝圣的地方。"

"来,朋友,吃点东西,这儿还有喝的。你一定是饿坏了。"父亲用阿拉伯语问了些什么,哈桑转过头去。他们上了路,戴维恳求哈桑中途停一下车,好让他冲个澡,清爽一下。

"很抱歉,从达哈卜岔路口出发的车一天只有一班,按时赶上那班车更重要。你可以到了埃拉特再洗澡。"

穆萨朗打断了儿子的话,又问了些什么。"我父亲想知道你喜不喜欢西奈山和这里的徒步。"一个由吉普车和卡车组成的以色列军队从身边经过。

"美极了,就是游客太多。"戴维转向穆萨朗,回答道。

老人笑了。他的右手指在不停地拨动着祈祷珠,左手搁在驾驶座上,眼睛一眨不眨地固定在地平线上。他又对哈桑说了几句。

"告诉他,没有这回事,"穆萨朗对哈桑说,"把我们知道的告诉他。"

哈桑继续开着车,等到可以暂时挪动视线的时候便迅速地看了戴维一眼。

"我们的父辈和祖辈说西奈山不是摩西接受律法石板的地方。"哈桑对戴维说。

"您说什么?世界上只有一座西奈山,难道不是吗?"

看来这是一个颇有争议并富有神秘色彩的问题,能从贝都因人

第七章　沙漠之谜

那里听到他们的解释，这让戴维感到很兴奋，但与此同时，也有些茫然。如果认为《圣经》里的故事只是神话传说，就意味着说这个事件可能发生在其他地方，甚至只不过是某个人的杜撰和想象。为什么要拘泥于一个谁都不能确保无误的地点呢？这一宏大的传说记载在《出埃及记》中，但每个人都可能对此做出不同的诠释。这就是现代人的思维方式，他们认为，任何没有实证过的事情都有可能根本没发生过。人类所知的每一种宗教都因其超出了人类感官和思想的感知范围而不断受到审判。

戴维和在他之前的无数人都曾经来过圣凯瑟琳修道院，在这里瞻仰犹太神秘主义的基石。这么多的人，怎么可能都被愚弄了呢？

"我父亲说，千万别听什么就信什么，"哈桑继续说，"随着时间的推移，人们都接受了他们听到的故事并传递给他们的孩子，但是迄今为止，都没有任何证据可以证明摩西的确是把人们带到了这个地方。"

这时，一个路牌跃入了视线，上面写着"白峡谷，12公里"。哈桑看了看手表说："别担心，我们会准时到达。白峡谷离那个岔路口已经不远了。"

戴维思考着哈桑的话，这时车缓缓地停在了一个军事检查站。"把护照给我。"他说。

戴维在包里一阵翻找，然后又慌忙把手指伸到牛仔裤的口袋里。"在这儿。"他终于松了一口气，把护照递过去。

"您好，"卫兵说，"您从哪里来？"

"长官，您好，"哈桑用希伯来语回答道，"我们刚离开圣凯瑟琳修道院，现在把客人送去岔路口的大巴站。"

士兵戴着头盔，透过后座旁的车窗往里看了看。"这位是？"他冲着穆萨朗点了点头。

"我父亲。"哈桑递过穆萨朗和他自己的身份证明。另一个士兵举着枪绕着吉普车走了一圈,上上下下、各个角落都检查了一遍。头一个士兵一页一页地翻看着戴维的护照。西奈半岛依然是以色列的占领区,每条道路的出入口都被控制了。哈桑的车没有以色列和阿拉伯的蓝色或绿色的车牌,他的车牌是埃及的,而且车上载着外国人。

"你的签证只剩下了三十天了,"士兵对戴维说,"你住在以色列的什么地方?"

"在麦西洛特村。"戴维答道。

"麦西洛特,紧挨着百谢安?"士兵又确认了一遍,"行了,没事儿了。别错过大巴。晚上这里不安全。"他谨慎地看了哈桑一眼,然后举手示意吉普通过。

开出了检查站,他们恢复了交谈。

"摩西不可能带着他的大队人马到这里来,"哈桑说,"就连《圣经》上也是这样说的。西奈山只是早期基督徒的一个避难处。摩西带着他的人穿越了沙漠,一直走到红海。埃及人在后面追杀他们,他们不能走回头路。"

"您是说这里是摩西让海洋分开一条路的地方?"戴维问。

"是的,然后他们走进了沙漠。"

"杰贝尔·爱洛兹山,杰贝尔·爱洛兹山。"穆萨朗重复道。

"我父亲说,那才是真正的西奈山,"哈桑解释道,"真正的西奈山在沙特的大沙漠里,就在达哈卜的对面。摩西把他的人带到了那里,石板也是在那里接受的。"

戴维沉默了一会儿,这简直令人难以置信。他向外面的沙漠望去。他想起了父亲,还有犹太人的世界里他所熟悉的每一个人,他们都坚信不疑,摩西在西奈山上见到了上帝,就在圣凯瑟琳修道院的上面。"有人去过杰贝尔·爱洛兹山吗?"他问。

第七章　沙漠之谜

哈桑露出了笑容，转身把这个问题翻译给父亲听。穆萨朗也笑了。他的眼睛一眨不眨，瞳孔一动不动，看上去很是天真，却自有一种敏锐和自信。他继续用阿拉伯语往下讲。离岔路口只有两公里远了。

"没有人可以进入杰贝尔·爱洛兹山地区，"哈桑继续解释，"那个地方已经用栅栏围起来，被军事管制了。沙特人不会让任何人接近这个地方的。他们知道，这才是真正的圣地。"

戴维说不出话来，也问不出问题了。这些信息的确需要一些时间来消化。

"到了，"哈桑说，"准备下车吧，大巴站就在前面。"

车停靠在路边，戴维转过身去和穆萨朗握手道别。老人紧紧地握住戴维的手，拍了拍他的头，就像一个爷爷。

"他很喜欢你。"哈桑微笑着说。

"我也喜欢他。他有一种激发智慧和信心的力量。和他接近，我学到了很多。"听到一个年轻的外国人如此赞美自己的父亲，哈桑感到很愉快。他向戴维伸出手去，热情地握了握他的手。"希望下次再来，这回我准备骑骆驼了。"戴维说。他们笑着和他挥手道别。

戴维从车上跳下来，注视着吉普车远去，很快它就缩成了地平线上的一个小圆点。他独自一人站在岔路上，去往埃拉特的大巴终于到了。他坐在一个靠窗的座位上，需要思考的东西太多了，穆萨朗勾起了他的好奇心，他想知道更多。大巴在纽维巴停下，他注视着亚喀巴海湾对面的沙漠和水面，想象三百万希伯来人被阻在海滩上，背后是连绵的群山，追杀他们的法老军队步步逼近，却无路可逃，只有无边无际的海洋和在彼岸等待着他们的上帝。他感到不可思议。仅仅凭着信仰就能移动大山，分开海水吗？神秘主义可以解释一切奇迹，而历史学家和人类学家却把它们当作自然现象，比方说海潮或者丛林大火。然而，对于虔诚的信仰者而言，这些证据永远不可能撼动他们所赖以生存的信念和精神。

　　大巴穿过埃拉特和耶路撒冷，向麦西洛特的方向继续驶去，一路上戴维一直在沉思。**他把历史和神学的事实拼接起来，并把它们和他所经历或听闻到的交织到一起。他试图过滤掉所有的纷争、仇恨和对权力的贪婪，还有人类文明史上数之不尽的磨难和难以想象的牺牲，去寻找那个真正属于爱与和平的圣殿。**

第八章
从海法到伊斯坦布尔

他会一直这样探寻下去,
直到他灵魂的饥渴可以得到缓解。

心之翼

⋮

　　自从回到了麦西洛特，戴维就好像换了一个人。他显得孤僻了一些，和农庄里的其他人也减少了往来。每天，他在希法几个小时几个小时地连续干活，好让自己多一点时间独处。别人都以为他在沙漠里被雷电击到了。他们的人生意义和戴维的完全不同，在他们看来，只有劳动和丰收。他们已经拥有了牛奶和蜂蜜，至于有没有神的干预，是在西奈沙漠里面还是外面，究竟有还是没有刻在石板上的律法十诫，这些都不重要了。以色列在他们看来已经是地上的天堂——够好的了。为了战争、杀戮和攻占领土，每一滴血汗的付出都是值得的，而麦西洛特的这种生活也许可以一成不变地延续很多年。戴维的邻居克劳德也没什么两样，他哪儿都不想去。他喜欢这种平平常常的生活，这也是他的需要。除了自己的头脑、艺术、音乐、友谊和偶尔的性刺激，他什么都不信。戴维的想法却大相径庭，他一心想着去印度——这

第八章　从海法到伊斯坦布尔

个从十二岁开始就一直让他魂牵梦萦的地方，他会一直这样探寻下去，直到他灵魂的饥渴可以得到缓解。

那天晚上，雷纳尔多，一个头发乱蓬蓬的巴西鼓手来到了他的房间里，他是准备来听戴维讲南方之行的。他注意到戴维面对着台子盘着腿，眼睛半开半闭，正在冥想佛陀和印度神的图像，四周点着蜡烛和香。他的猫密特西趴在他的床上熟睡，两个爪子交叠着搁在脸下。屋里飘荡着轻柔的背景音乐，若有若无。夜晚是那样温暖而宁静。

"冒昧打扰。"雷纳尔多带着巴西口音说。

"没事儿，"戴维宽慰他，"随时欢迎。进来坐。"

他们开始讨论戴维的南方之旅，他所听到的有关西奈山的一切，他对没完没了的中东战争的困惑，以及据他所见的这一切的背后并不存在的灵性信息。如果犹太人、基督徒和穆斯林之间最终只是相互毁灭，那么作为这三者又有什么可值得自豪的呢？他实在不明白。

戴维认真地看着雷纳尔多，不知道这个巴西汉子能不能理解他的心情。他站起身来，从木柜里拿出一张灰色的羊毛床单，这张床单已经被他手工缝制成了一个旅行包，上面挎着一条用宽宽的棉质围巾做成的背带。他一直在为真正的旅行——东方之行做准备，而雷纳尔多是第一个知情者。

要把这个离别的消息亲口告诉约哈夫是需要足够的勇气的，而从计划离开到真正的实施更是如此。对于农场里的劳动以及这片危机四伏的土地上离奇的舒适生活，他已经非常眷恋了。但是，更让他着迷的还是去实现梦想——到印度去。他还不到二十岁，刚离开家两年。不久前，父亲寄给他一封法国军队的征兵令，通知他必须在一个月内应征入伍服兵役，但是戴维可不想管这些。海法港有一班去雅典的轮船，他已经在船上给自己订了一个上铺。春天是一个书写新篇章的好季节，这是万物更新的季节，探索者的生命之花也将在此时吐露芬芳。

在动身的那天早上，戴维天未亮就起来了，在门缝里，他发现了一张纸条。雷纳尔多的父亲是一位外交官，交友甚广，朋友圈里有一位居住在德黑兰的犹太商人，紧急情况下可以联系。"我父亲有不少有意思的联系人，"纸条上写着，"好好利用。"纸条的最下面写着一个名字、地址和电话号码。雷纳尔多一早就去地里干活了。再没有什么需要解释的了，只需把这个信息安全保管。

太阳升起来了，在麦西洛特村的外面等车的时候，戴维望着这个居住了一年多的家。一辆拖拉机拉着满载志愿者的拖车正出发去挖他曾经种植过的土豆。他再也不能和约哈夫一起，在田野里拉着喷灌管到处走了。他觉得胸口一阵疼，泪水充盈了眼睛。他已经对这片土地和这个团体产生了深深的情感。他和世界各地来的人都成了朋友。他也曾经亲眼见过以色列人和他们的邻居巴勒斯坦人与阿拉伯人的不和。他们都来自同一个祖先亚伯拉罕，但却都固执地为了一块小小的土地的所属权陷入千年的分裂，就像邻居家的两个孩子，为了一个沙盒争吵不休。

邮轮整整用了两天两夜才横跨了地中海，中途仅在塞浦路斯有一个短暂的停留。周围成百上千的小岛都像镶嵌在海上的珠宝，在船经过比雷埃夫斯（Piraeus）时对它夹道欢迎。戴维过了海关，径直向雅典火车站走去，他得在那里赶上下一班开往雅典北部的最大海港——帖撒罗尼迦（Thessalonica）的火车。穿越希腊的这一路风光无限，到处是静谧的绿地，两侧映衬着蔚蓝的海洋和白色的

第八章　从海法到伊斯坦布尔

房子，宁静而安逸，就好像你在旅行社的宣传页上看到的那样。五年前，他曾经跟随父母环游欧洲度假，但现在的他已经不同了，旅行的目的也发生了变化，也不再有舒适的宾馆住，而是坐在公园的大树下。

聚集在帖撒罗尼迦的外国人，要不就是去伊斯坦布尔和亚洲，要不就是从伊斯坦布尔和亚洲回来的。光看他们的那一身打扮，就能知道他们的旅行故事。从欧洲来的都穿着牛仔裤和T恤；剩下的人穿着亚洲各个国家的袍子。肥大宽松的棉布裤子来自印度，帽子来自尼泊尔，鞋子和衬衫来自阿富汗。所有的旅行者都有一个鲜明的共同点——远离世俗生活，踏上旅途，探索遥远的土地和文化。

欧亚之间的边境线目睹了背包客从美国和欧洲的大量拥入。有的一路搭便车，有的徒步，有的坐火车，总之，各种可能的交通方式都用上了，目标就是印度及其邻近地区。阿富汗、巴基斯坦和尼泊尔提供的不仅仅是文化驿站，还有大量品类繁多的毒品。对很多人而言，毒品就是逃脱现实世界的手段，它使人达到一种飘飘欲仙的感觉，他们自己贴上"灵性"和"解脱"的标签，而事实却正好相反。瘾君子们被戴上了上瘾的枷锁，只能和现实生活一刀两断。

火车越过了希腊和土耳其之间的边境之后，于第二天清晨抵达了伊斯坦布尔。他跟着其他游客进了蓝色清真寺对面的布丁店。这简直是个绝佳的去处，不仅有最好的咖啡和布丁，而且还可以听到最新的新闻和旅游近况，或者张贴一下自己的留言，找个旅行的同伴什么的。

布告栏上贴满了手写的留言：

"明晚出发，前往德黑兰。寻找司机。有意者请联系隔壁的迈克。""需尽早搭便车前往加德满都。请联系扎赫拉客栈的朱迪。""去伦敦，时间不限，欲同行者请找詹妮和布鲁斯，就在外面那辆橙紫色的小面包里。"

心之翼

就是在这个布丁店里,戴维逗留了好几个小时,想找机会与刚从印度回来的人聊上几句,就像当时在亚当米特(Adamit)的米丽亚姆一样。后来来了一辆"魔力大巴",从阿姆斯特丹到加德满都,一个来回才一百五十美元,车上满载着去探索新高度的嬉皮士们。车里没有座位,只是在光光的地板上铺上一些毯子,里里外外都是东方情调的装饰风格,画满了各种画,还挂着佛陀像、笑脸和五颜六色的图案。这些嬉皮士随身带着吉他、笛子和手鼓,头发上插着鲜花,点着香,从来不为明天犯愁。魔力大巴现在就停在伊斯坦布尔中转,票已经订完,接下来很快就会启程去尼泊尔,出发时间就在当天夜晚。

戴维还没有打定主意,他需要一些时间来考虑去哪儿、怎么去。他在伊斯坦布尔熙熙攘攘的街道上漫无目的地逛着,然后上了连通亚洲的那座桥,站在桥上目不转睛地注视着地平线,这时,他突然有了一个冲动:何不放下一切,去探索一下亚洲呢?决心已下,他立刻找当地的长途车站订好了去伊朗和阿富汗的车票,准备第二天出发去德黑兰。整个旅程一共是四天三晚。

第九章
穿越亚洲

没有什么可恐惧的,
完全相信摆在眼前的道路吧。

心之翼

⋮

当开往德黑兰的大巴穿过博斯普鲁斯海峡的大桥来到土耳其的亚洲区时，戴维的心狂跳起来，因为他终于踏入了另一个世界！东方的神秘在召唤着他，他能感觉原先的生活正被他抛在身后，他就像一个心无挂碍的人，高举着双手，顺着时间的机器旋转着倒回到往昔，开始一种新的生活。虽然这里只有一条地理分界线，然而却又是情感上的分水岭，那种全新的感受给了他更多的信念：没有什么可恐惧的，完全相信摆在眼前的道路吧。

大巴沿着山边的公路在荒漠中蜿蜒而行，道路时而铺设完好，时而却尘土密布。每一站都是和当地人接触的机会——这里的男人大多下颌方正、棱角分明，留着胡子，有的还镶着金牙；女人则围着花头巾，穿着配套的围裙。他们看上去纯朴简单，吃苦耐劳，坚强而团结。他们会张开双臂，热情地款待所有的客人。他们的音乐和舞

第九章　穿越亚洲

蹈传承了根深蒂固的信仰，散发出一种独特的跨文化活力。

快到黄昏的时候，大巴抵达了安纳托利亚（Anatolia）地区的中心和主要的城市——埃尔祖鲁姆（Erzurum）。进了山路，气温明显地下降了，然而大巴还是趁着夜色一刻不停地往前开，以便第二天一早就能到达伊朗城市大不里士（Tabriz）。

穿越巴扎尔干（Bazargan）的这一段是最折磨人的——无穷无尽的敞篷大卡车、大巴、小汽车把曲曲折折的道路从两头堵得死死的，只能一寸一寸地往边境线的方向挪。各种车辆都争先恐后地排放着噪音和尾气，空气里弥漫着刺鼻的汽油味。

土耳其和伊朗之间的走私是最猖獗的，而伊朗过境检查的彻底也是出了名的。所有人都熟悉这个制度，除了戴维和坐在最后头的一对意大利夫妇。这里的警官向来铁面无情，一脸的怀疑，这会儿把他们的包翻了个底朝天。戴维很疲惫，但尽量保持着镇静，但那对意大利夫妇却焦躁不安，话说个不停。幸亏语言不通，不然还有进一步的麻烦。天亮的时候，他们已经进入了伊朗境内，这里离首都德黑兰只剩下了一天的车程。

当太阳从扎格罗斯山脉的峰顶完全露出来的时候，戴维开始在这个乡村四处眺望。最让他感到好奇的是富有浪漫色彩的丝绸之路的历史，还有那些驮着价值不菲的货物，从远方一路风尘而来的商队，这里是否有什么景象能让人升起那番浪漫的联想呢？

大巴到达大不里士，司机宣布大家休息三个小时。那对意大利人脸色苍白，看上去非常瘦弱，一副精力不足的样子。戴维一眼就能认出这些特征——他们都是吸毒者，得赶紧找个地方提提神。除了他俩，车上还有不少这样的人，于是这一帮人就进了提供廉价鸦片和海洛因的场所。看见他们被毒瘾控制，就像一队在鬼屋里找糖吃的蚂蚁，戴维感到很难过。

新鲜面包的香味、帕西人的音乐和嘈杂热闹的城市，把戴维从一条街吸引到了另一条街，最后到了穆塔哈里（Motahari）大街的集市上。要了解一个城市的文化，最好的办法就是在它主要的集市里好好地逛上一圈，大不里士集市也毫不例外。高高的圆顶和拱门随处可见，在这些蒙上了尘埃的辉煌建筑中，在地毯店、银器店和珠宝店中穿梭来回，一不小心就会不可救药地迷了路——这一切都让人神思遐想，仿佛回到了昔日阿拉伯商人云集的丝绸之路上。三个小时一眨眼就过去了。

戴维完全陶醉了，差一点就错过了大巴，这时车里又上来一些游客，现在已经满员了。浑身上下盖满了黑袍的伊朗妇女也带着蹒跚学步的孩子，加入了开往首都的行程。

第二天早上日出前，大巴抵达了德黑兰。天气很暖和，到处都很寂静。戴维坐在人行道上，还没有从夜行的疲劳中恢复过来。他完全不知道自己要往哪儿走，只有雷纳尔多给他的那张纸条上的一个地址。

德黑兰和伊斯坦布尔不一样，旅行者通常不会在这里逗留很久。戴维走过空荡荡的街道，穿过公园和大路。清晨赶去上班的第一批车已经上路了，金属卷帘门一个接一个地被拉上去了。不到两个小时，他已经置身于交通拥堵里了，汽车的尾气、刺耳的喇叭声，还有成千上万来回涌动的人群交织成一片。他脑海里的那个洋溢着古老的异域风情的城市不复存在，眼前只有一个深陷在厄尔布尔士山（Alborz）沙漠平原里的混乱而嘈杂的现代都市。

雷纳尔多给的地址很好找：巴拉米大街29号，就在德黑兰犹太区马哈雷（Mahalleh）的中心位置。他按响了门铃，透过大铁门的缝隙往里看，大门通向一个石头平台。一个老人出现在隔壁的大门口，神色有些紧张。戴维的外表在这个街区很少见。这位邻居知道扎卡伊先生出门了，也知道他在伊朗没有家人，至少没有像戴维这样的亲戚。他扫视了一下街道，看看是否有人看见他，然后说：

第九章　穿越亚洲

"扎卡伊先生出差了。你是谁，有什么事？"

"这个地址是我在以色列的一个朋友给的……"

"别在这种地方谈以色列，"老人打断了他，"你不应该到这里来。德黑兰的犹太人，生活状况已经大不如前了。我们被种族隔离了。有传言说，一场颠覆伊朗国王的伊斯兰革命运动正在酝酿。要是被他们发现你去过以色列，真不知道他们会干出些什么来。快点，跟我来。"

老人带着戴维穿过前院进入厨房，然后给了他一片面包和一杯薄荷茶。关于这位邻居的职业，他说得有些含糊不清，好像是什么贸易，可戴维很快就明白了，那只是一个身份的掩护，他一定在做更重大的事情，以保护伊朗犹太教团体的利益。从官方的称谓来说，扎卡伊先生是伊朗中央银行的高级职员。

老人向戴维问起了以色列的情况，问他都在那里做些什么。老人一辈子都住在德黑兰，对是否有朝一日能见到耶路撒冷已经不抱任何希望。戴维描绘了以色列的农田、食物、宗教性地标、以色列人以及那里的民俗传统。泪水顺着老人的面颊滚落，他叹了一口气，喃喃地祷告了一句。

"小伙子，你不能在这儿待着，"听戴维讲完之后，老人定了定神，说道，"我会告诉扎卡伊先生你来过。你接下来要去哪里？"

"我来拜访扎卡伊先生，这事其实并不重要。不过，请您转告他，我来过，而且我打算去印度。"

"印度？"老人惊呼道，"一个年轻的犹太小伙子去印度干什么？"

戴维立刻联想到了撒慕尔拉比对于那些与犹太教无关的事物的态度。

"没错，先生，是印度。"他微微地感到有些恼火。每个他见过的犹太人都好像在为他的父亲说话。

心之翼

老人把戴维带到前门，重新查看了一遍街道，然后示意戴维可以走了。老人给了他一纸袋面包，让他带在路上吃，然后祝他一路平安。

不到中午，戴维已经买到了下午两点开往马什哈德（Mashhad）的火车票。他想尽快动身，好早一些抵达阿富汗。那对意大利人已经不见人影了，戴维发现自己正孤单单地淹没在奋力挤上火车的伊朗人中，这些人扛着巨大的行李，拉着一群孩子，甚至还拽着牲口。

马什哈德圣城位于美索不达米亚平原的中心，德黑兰东北方向四百英里，这是伊朗最重要的圣地。在这里，戴维可以进一步欣赏伊斯兰世界的文化，这也是为下一站——阿富汗做好更充分的准备。他的确感受到了无数穆斯林对于信仰的专一、虔诚和奉献——那种强烈的程度甚至有时把人导向狂热。但是，他也非常崇敬和热爱西奈的牧羊人、哈桑，还有像哈桑的父亲那样的穆斯林，伊斯兰的美德正是源自这些穆斯林柔软的心。**他曾经读到苏菲派诗人鲁米写过的一段话：''不要试图去寻找爱，你要做的只是内省，从自身找到阻止你去爱的一切屏障。''有爱心的人无论如何都会去爱他人，同时努力扫除那些屏障，戴维如此深思。**

从高赫尔莎（Goharshad）大清真寺的尖塔顶传来《古兰经》的诵经声，戴维被深深地吸引了。这是对臣服的呼唤，呼唤被爱，呼唤接受——人应当学会一种不期回报的爱，并通过真正的灵性体验来接受爱。

然而，马什哈德却不仅仅是个宗教圣所，它还是一个海洛因和鸦片卖得比烟还便宜的地方。在这个人类的世界里，黑暗披上了隐形衣，如同魔鬼一样悄然潜入，而那个被隐藏起来的真实身份却时

第九章　穿越亚洲

刻警觉地静待弱小的猎物，伺机出击。戴维又遇上了大巴上的意大利夫妇，他们也住进了同一家饭店。他们交了一个法国朋友卢克，这个朋友和他们的情况一样糟糕，除了买生活必需品，绝对不出门半步。戴维一直不知道如何才能和这样的瘾君子搭上话。他们似乎对生活没有任何兴趣。**当一个人的身体和精神都被投入了一个黑屋子、没有丝毫逃生的希望时，还能指望什么呢？**

一天下午，这对意大利夫妇邀请戴维到他们的房间里喝茶。他有些犹豫。踏入这么一个未知的空间让他感到紧张和有压力。在他经过的那些国家里，烟壶是司空见惯的东西，同时也是当地文化的一部分，但是把致命的物质通过静脉注射到体内，在戴维看来就是魔鬼干的。虽然他们俩都不善交际，戴维还是不想忽视他们。这两人都来自意大利阿尔卑斯山脚下的一个秀丽小镇奥斯塔，这个小镇以旅游和养生度假闻名，那里呼吸的都是清新的空气，滋润着全身的血液。现在，他们离奥斯塔那么远，离健康也异常遥远。咖啡桌上扔着一些针管、打火机、小勺、装满了塑料袋子的金属盒、袖珍刀具，还有一块脏兮兮的丝绸围巾。卢克一动不动地躺在床上，瞪着天花板，胳膊无力地垂着，被尼古丁染黄了的手指中间夹着一根烟。窗户大开着，外面是安静的街道。老式的电扇慢慢地搅动着空气，仿佛在数着他们的心跳，吱——吱——吱——

"你们准备去阿富汗吗？"戴维问。

"是的，还有印度。"年轻的意大利小伙一边回答，一边在准备针筒。

女人几乎没有动；她把指甲埋到头发里，接着挠了挠腿，眼睛片刻不离针筒。

"我准备去喀布尔，印度还没有最后定下来，要看有没有签证和钱了。"戴维说。

卢克微微睁开眼睛，他干燥的嘴唇都皱缩起来了，脸色煞白。

烟灰掉到了地上。

"都一路到了这里了,要是不去印度,那可真是浪费了,"他发出微弱的声音,"不过这跟我无关,你们想怎样就怎样。"

尽管戴维为他们的境况感到难过,但他可不想透过他们扭曲的眼光来经历自己的旅行。对于他们来说,不管在哪里其实都一样。"是的。"他在脑子里想的是:费了老大劲儿一路到了这里,却让自己慢慢等死,这才是遗憾哪。

戴维的签证如期通过。第二天一大早,他就上了一辆小巴士,开往两小时车程之外的伊朗边境。接近边境线的时候,车里的二十五个乘客经过了一系列手续,然后被放到了空旷的荒漠上,四下环顾,看不见一个阿富汗检查站。一个伊朗士兵指着远处的地平线说:"顺着这条路走四英里,就到边境线了。"

一大群人拖着行李,顶着正午火辣辣的大太阳,迎着灼热的大风艰难地向前走去。终于到了检查站了,一根木棍上挂着一面破破烂烂的阿富汗国旗。一名阿富汗海关官员立在门口,一双塑料鞋,一身破旧的制服,磨破了的皮带上插着一把很旧的来复枪。虽然已是筋疲力尽,戴维还得勉强面带微笑。不远处有一家小小的客栈,养着几匹马和一群狂吠不止的狗。四周环绕着荒凉的兴都库什山。一走进小客栈,戴维立刻被带回了中世纪。阿富汗,终于到了。

第十章

阿富汗

这就好比用腿走遍你书架上的那本
《大百科全书》一样,每一页都是活生生的。

心之翼

......

普什顿人完全属于另一个时代。小酒店里坐满了往返于赫拉特和马什哈德之间的男人们,他们在这里中途小坐。窗户上布满了一层厚厚的烟灰,这也好,可以把热浪挡在外头。一台老式的飞利浦收音机在大声地播放着当地的阿富汗音乐,侍者托着茶壶以及装满了肉和米饭的餐盘,热气腾腾地在餐桌和餐桌之间来回奔跑穿梭。空气里弥漫着浓重的烟味和大麻味,透过模糊的烟雾,可以隐隐约约地看到男人们的剪影:又长又尖的胡须,裹得紧紧的包头,阿富汗式的长衫和肥大的长裤,还有披在肩上的全棉披肩。有的人蹲在椅子上,活像停在枝头的大鸟;还有的则盘着腿直接坐在硬实的泥地上。有的边聊天边抽烟,还有的在吃东西、打饱嗝、大声说笑。

戴维要了米饭和面饼,就着一壶红茶就算是打发了一顿午饭。他已经把那几个吸毒成瘾的老熟人给甩到了后头,终于可以轻松自在地和当地

第十章　阿富汗

人混在一起，而不至于被归类到大批大批的瘾君子外来客里了。他仿佛置身在一个奇怪的时间胶囊里，被夹在现代和古代之间。他很想好好研究一下这些阿富汗男人的来历。许多部落是在饱受了北边和西边的外族袭击后逐渐产生的，侵略者们将他们的文化和信仰强加于当地人，而且野心勃勃地占领土地，扩张疆土，试图通过战争扩大王国的势力和财富。"阿富汗"这个名字的意思是"骏马之地"，从前，东西两种传统在这里不断发生冲突，然而如今的阿富汗却受到越来越强烈的威胁，因为它丰富的自然资源一直是个别国家觊觎的对象。

开往赫拉特的车是一辆小型的十五座巴士，开车的时候已经坐满了人，只有司机旁边还留有一张空位，通常是专门用来放多余的行李的。公路很长，要穿越阿富汗山区和平原，路边荒无人烟，只有宁静而辽阔的美景在眼前不断延伸，让戴维不由得想起了西奈沙漠以及那里发生的一切。

傍晚，巴士抵达目的地。司机把戴维放在了他的兄弟尤瑟夫的旅店。这里地处中心地带，一溜的房间，最后通向一个很大的庭院。赫拉特的街道看上去很古老，到处是热闹非凡的各种交易。这里曾是中国通往波斯的丝绸之路上的重镇，是丰富的宝石、精油、地毯、布料、香料和谷物汇聚的地方。城市的核心处矗立着一座宏伟的蓝色清真寺，星星点点的黄铜在阳光下闪烁着金灿灿的光芒。大街上到处都有马车，装扮得五彩缤纷的大货车满载着货物四处穿行。穿着宽松裤和长衬衫、顶着包头的长胡子男人到处寻找有茶有烟的好去处。

"你有伴了，就住在你隔壁。"第二天，尤瑟夫坐在接待处吃午饭的时候告知戴维。

整个下午，戴维都待在自己的房间看信写信，给家里还有朋友。突然，随着一阵杂乱的马蹄声，庭院里忽然拥入了百来个骑在马背上的人。他们迅速翻身下马,在巨大的平台上排成队列,准时赶上了晚祷的时间。清真寺的尖塔上,通过大喇叭传来宣礼员的祷告声,人人都在沉思冥想,默念对真主阿拉全身心的臣服。

自从阿拉伯部落乌玛亚德首次侵略阿富汗人并把他们全体改变为什叶派穆斯林开始,在漫长的岁月中这里几乎没有什么改变。晚祷的呼唤声注满了戴维的耳朵,让他心醉神迷。**如果人类能遏制自己的野心和贪婪,接受一种充满了爱的单纯而滋养身心的生活,那么仇恨和冲突将永远不可能蚕食和平。如果我们每个人都知道为何而祈祷,那么哪怕是片刻的祈祷也会经久不衰。**

祷告完毕之后,在场的很多男人依然坐着互相聊天,他们一副悠闲自在的样子,并不着急赶路。其中有些人佩着宝剑,插着匕首,或者带着猎枪。他们为自己的族群之根深感自豪。

戴维的邻居不是别人,正是那对意大利情侣和法国人卢克。就像在马什哈德一样,他们躲在屋里过过毒瘾,对周遭的世界视而不见。卢克的情况很不妙。他会一个人坐在阳台上,通过抽印度大麻来缓冲可卡因的药劲。他的身上散发着一股汗臭味,已经有几个星期没有洗澡了,就连睡觉都穿着和平常同样的衣服,这身衣服也从来没见他换过。他似乎走上了一条黑暗的道路,前方看不见出口,就连那个意大利女人也开始恐慌起来,而且越来越紧张。当然,连带着她的丈夫也不安起来。

两天之后,戴维在吃早餐的时候突然听到走廊里传来一阵骚乱——争吵声,摔门声,接着是绝望的痛哭声。他探出头去,正好看见尤瑟夫先生从楼下冲上来。那个意大利女人坐在地上,头埋在手掌里,不停地在抽泣。卢克的门开着,他躺在床上,已经死了。卢克只有二十二岁。他的家一定还在法国的某个地方,那里有被他抛下的兄弟姐妹和亲密的朋友,还有一份让他为了梦想而逃离的生活。

第十章　阿富汗

尤瑟夫叫了一辆救护车把卢克的尸体运走，同时联系了法国领事馆。那对意大利夫妇看上去有些惊吓过度。戴维打开卢克的包，找到了护照和一个家庭住址。他准备给卢克的家人写封信。在一个被烟草染脏了的信封里放着一封信，他曾经看见卢克用这个信封根据剂量分装过海洛因。这封信是他的姐姐卡罗琳寄来的，日期是三个月前，收信地址是伊斯坦布尔邮政局。卢克的家人非常担心，一再哀求他回家去。里面还有一张照片，照片上的卢克比现在小一些，和他的女友在花园里，那会儿的他，脸上已经带着哀愁了。

戴维把所有的东西放回信封，寄还给在法国的卡罗琳，里面附上了一张纸条，说明自己在旅途中遇上了卢克。他怀着沉重的心情发出这个消息。卢克如同一个一无所有的灵魂，悄无声息地死在自己的床上，没有任何值得怀念的故事，有的只是一个被荒废了的悲哀的生命。

尤瑟夫迅速警告那对意大利夫妇，如果他们不停止吸毒，很快就会遭受同样的命运。那个女人泣不成声，她的丈夫则一言不发，背靠着墙，瞪着失神的眼睛。第二天早上，他们便离开了。

尤瑟夫的兄弟，就是开着小巴从阿富汗边境线到赫拉特的那个，准备第二天一早出发去坎大哈。戴维收拾了行李，搭上了他的车。

车里的空气热得让人窒息。一路上，卢克的死一直盘踞在戴维的心里——卢克的姐姐接到这封信时会有什么样的表情？她又该如何把这个消息告诉他们的母亲？他的思绪又飞回了自己的家，他们一定在经历着巨大的痛苦：一片遥不可及的土地，陌生而危险，还有杳无音讯的沉默。自从离开了以色列，他还没有给他们发过任何消息。他知道悲哀和焦虑会占据他们的心，既然如此，他又怎么忍心告诉他们自己在哪儿呢？沉默也许能为他赢得一些时间。不过，戴维很了解自己的母亲，她会日复一日地过着她一成不变的日子，但沉重的心却始终在拒绝接受这个道理：抚养孩子并不只是做好父母那么简单。抚养孩子还意味着得放手。他在热烈地拥抱自由，而母亲也同样执拗地想念着他。

坎大哈到处都是公园和花园，林荫道两旁挺立着高高的悬铃树。在巴基斯坦建国之前，阿富汗和印度毗邻，两个国家几个世纪以来一直分享着同样的传统、文化和宗教。坎大哈的名字来自古印度的一位王后，名叫甘达瑞，她的丈夫是一位双目失明的国王，却挑起了历史性的战争"库茹之战"，《薄伽梵歌》中的神圣对话就发生在这一战场——库茹之野上。

假如戴维决定继续他的旅程——经巴基斯坦进入印度，那就必须先申请签证。印度领事馆需要七天时间才能发放一个单次入境的签证，他无法保证签证一定能通过。钱已经所剩无几，回法国或以色列的想法也在诱惑着他。他又想起了卡罗琳，又重新看了一遍父亲恳求他回家的那些来信。他知道自己不应该把父母拽进这个焦虑的漩涡。的确，他还很年轻，也许过于年轻，不应该如此远行，不该让自己暴露在如此荒芜而危险的地方。不过，眼前正是一个千载难逢的机会，抓住它就意味着完成了一个壮举，他可不想轻易走回头路。这时候，他的脑海里响起了卢克略带嘲讽的话——都已经到了这么远的地方了，不去印度简直就是浪费。

一周过去了。阿富汗的古老和蛮荒让戴维非常着迷。就算各种意外会时不时地亮出爪子，探险本身却足以让他完全心满意足，就如同享受盛宴一样。等他打开护照看见签证已被通过时，便立刻给巴黎发了一封航空信：

爸爸，您的来信已经收到。不用为我担心。我的身体和精神一切安好。这是一次美妙的历险，很少有年轻人愿意迈出这一步，这就好比用腿走遍你书架上的那本《大百科全书》一样，每一页都是

第十章　阿富汗

活生生的。没有一个教育机构提供的课程能好过我每天学到的东西。我刚拿到去印度的签证，期待着尽快抵达。回信请寄新德里。我每天都在想念妈妈。爱你们的戴维。

　　戴维真正想分享的要比这多得多，但他觉得，对于他的旅行，对于他为了探索新生活而必要的这个空间，他们是很难产生兴趣的。他原本的那个空间已经被一种来自东方的无法抗拒的力量给盗走了。这样的感受，他怎么可能和他们分享呢？他又怎能期待家里人的理解呢？更不用说接受和支持他的选择了。他现在所做的一切中，完全看不到父母生活的影子。他离开了家，是为了揭开一直占据着心头的那个谜，是为了去寻找一个灵性的身份。

　　西方文化中的年轻人往往会走到一个人生的十字路口，并在这个关键时刻做出影响一生的决定。在做出决定之前，他们需要空间和自由去探索种种可能性，即便这些行为看似毫无意义。他们需要撇开一切外在施加的影响，只遵从内心的呼唤与个人的本能来直面生活。这也许和职业、高等教育、财富完全无关，而只是一段自我发现的历程，而世界上的任何学校都不可能提供这一段人生经历带给他们的收获。这正是戴维所渴望的。

　　喀布尔的海拔较高，空气非常凉爽。这里的地理位置颇具战略性——紧挨开布尔山口，通过山脉与巴基斯坦接壤。几个世纪以来，经过了战争、侵略、殖民以及贸易通路的建立之后，好几个族群在这里安居了下来。这里的人民，其民族性格，对压迫的奋起反抗，以及对极端气候的忍受能力，都使得喀布尔成为一个刀枪不入的城堡，只有当地人才有可能攻克它。城市周围的山区里居住着普什图（Pashtun）部落和一些军阀——凶猛的山地武装军，该地区的许多山洞就是他们的藏身之地。

在扎高那(Zargona)路上刚刚尽情享受了让人垂涎欲滴的法国松饼,却不曾想会乐极生悲:巴基斯坦领事馆狠狠地给了他一个闭门羹,说他胆敢拿着一本盖满了以色列图章的护照在这里申请过境签证!他枯坐在公园的长椅上,感到又慌乱又无措。他的旅程难道就要结束在这里了吗?

唯一的选择是坐飞机。从喀布尔飞到旁遮普邦的阿姆利则需要八十美元。这样,他就会身无分文地进入印度,只能一路乞讨着回到法国。但是,他的愿望是那么强烈。已经近在咫尺了。他甘愿为此冒险一搏。

第十一章
印度之眼（上）

一切都是那么简单，却自有一种神奇的繁复、友善和自由，交织在无所不在的生命哲学中。

心之翼

⋮

　　印度航空的飞机在午间飞离喀布尔，穿越巴基斯坦上空，一个小时之后抵达阿姆利则。空气很潮湿，让人感到有些窒息。一落地，迎面而来的又是一个文化冲击，这一次的强度甚至超过了阿富汗。现在，戴维的双脚终于落在印度母亲的土地上了，这里距离巴基斯坦六千英里，和他此前见过的和经历过的那些地方更是远隔千万里。他必须面对现实：在这个近十亿的人口大国里，他举目无亲，一个灵魂都不认识。但用不了多久，拥挤的人群，鲜活的色彩，浓烈的气味，嘈杂的声音——周遭的一切，立刻就把他淹没了。

　　为了在这个充满斑斓文化的新天地里生活下去，身无分文的他不得不对印度文化遗产的没落做了一份小小的贡献：他卖光了身上所有西方制造的东西。对于两眼冒光的当地商贩而言，这些东西可算是价值不菲了。一条李维斯501牛仔裤，一个羽绒睡袋，一双厚实的工装靴，外加一个几

第十一章　印度之眼（上）

乎不用的小相机，这一堆东西换来了一大沓卢比，足有六百块。一美元可以换七个卢比，一天的吃住加起来也就五卢比。他发财了！现在，他从头到脚全变了样：一条松松垮垮的瑜伽裤，一条很长的白色细棉印度长衫，脚上套一双凉鞋。

街头的热烈和喧闹让他有些头晕目眩，简直有了一种醉醺醺的感觉。虽然这一路上的大陆穿越使他基本上适应了一种不那么现代的生活，然而印度却古老得让人觉得好像到了另外一个世界。尽管满眼是破败的建筑，公厕里散发出的屎尿味每回让他在经过的时候都不敢大喘气，还有滚滚的热浪以及又脏又乱的街道和人群，但这里却散发着一种浓厚的灵性气息，能让人迷醉得忘乎所以，就好像泥塘里开出的一朵出淤泥而不染的莲花，盛放在阳光下。一切都是那么简单，却自有一种神奇的繁复、友善和自由，交织在无所不在的生命哲学中。在这个地球上，再也找不到第二个相同的地方了。然而，他却像是到了家，他属于这里，如鱼得水般地融入其中。

在阿姆利则的那几天里，戴维成天在外面游来逛去，细细地观察这里的人——他们的举手投足，穿衣打扮，吃饭说话的方式，还有男人五颜六色的包头巾。还有那不成比例的大胡子，就像在和圆鼓鼓的肚子争抢着地盘。妇女们全都盖着头，但却透着优雅和自豪。孩子们的眼睛周围都涂着黑黑的"卡加"（眼线）。人们在路边睡觉、做饭、沐浴和祈祷。

在麦西洛特村，戴维曾经把一些印度神的画像钉在临时搭成的神坛上，现在，这些神出现在大大小小的招贴画上，挤满了每个店铺，每面墙，每辆车，每个建筑物，和那些五颜六色的宝莱坞电影手绘海报争抢着仅有的空间。这是他们的土地，千百万印度人从早到晚对这些神明顶礼膜拜。世界上没有一个地方像这里那样，母牛和公牛可以悠闲自在地四处游荡，完全成为市井生活的一部分。这些神牛是印度诸神的挚爱，挤满了印度的乡村城镇；

它们是非暴力的象征；它们产下的牛奶成为瑜伽师们神奇的食物。于是，这里的人与动物之间便始终充满着一种和睦融洽的如同母爱一般的感觉。

阿姆利则的金庙是戴维踏入的第一座神庙，这是一座融汇了美学与宗教虔诚的建筑奇迹。他曾拜访过很多清真寺，但大多时候只能站在外面，不让进入。但这座金庙却遵循着崇高的宗旨而建：不同的肤色、性别、阶层和信仰都可以在这里受到接纳。朝圣者唯一的付出就是脱去鞋子，洗完双足后方可进入。这个地方被称为"哈瑞曼迪尔"，意思是神之庙。

这里的神是专指他们的神吗？这位神和犹太人、基督徒与穆斯林的神是同一位吗？戴维的脑子里一直在思考这样的问题。对于印度的灵性传统和神秘主义的财富，他了解得还很粗浅，这促使他不断地在寻找答案，并且打定主意，一定要不停歇地学习。他正走在一条对身份的探寻之路上，这个身份不同于护照上面的呈现：法国人，男性，1953年8月14日生于巴黎，六英尺高，褐色眼睛，无犯罪记录。除了从母亲的肚子里探出头来的那一刻所拥有的那些外在特征，他究竟是谁呢？

伴随着无比美妙的音乐，扩音器里从早到晚，不断地唱赞着锡克教的神圣经典《阿迪·格兰塔》。远道而来的朝圣者可以在庙宇周围的房屋里享受免费食宿，中央大厨房在一天中每隔一段时间就供应一次免费的素餐。尽管社会身份各不相同，但大家合用一个沐浴间，同吃同住，不分彼此。他们共同分享最基本的身体所需，因而也可以平等分享灵性上的福祉。整个星期中的每一天，戴维都和他们坐在一起，等待一盘免费的米饭、豆汤和薄饼。他意识到，由于彼此所拥有或缺失的文化与精神价值观上的差异，东西方文明之间的鸿沟正日益加大。一种虔诚、分享与给予的文化维系并凝聚了整个印度民族，至少是那些还没有被英国人污染和破坏的部分，而

第十一章　印度之眼（上）

物质主义、利己主义和无处不在的无神论却是西方国家引以为豪的装饰品。然而，西方的癌变再过多久就会扩散并威胁到全印度，最终带来文化和灵性上的终结呢？

戴维离开阿姆利则，乘火车前往新德里。在印度忍受英国殖民统治的三个世纪之中，英国统治者的残暴、冷酷和破坏力无以复加。不过，他们建立的铁路系统却帮助了十亿人口实现了大规模的迁移。火车站的月台上人潮涌动，人群中穿梭着活力四射的小吃摊贩，还有身着红色棉外套，光着脚板，头上顶着、臂弯和手上都挂满了行李的苦力。公厕里的尿臭味，小烟卷味，热奶茶味，混杂着木炭味和油炸小吃的香辣味，弥漫在空气里。

火车上的车窗和车厢门都敞着，没票的人随时可以跳上车，跟着火车跑上一段。这列挤满了各色人等的列车就这样把戴维送到了新德里的中心。人群从一个站台拥向另一个站台，赶往车站外面，那里有一溜儿排开、等着接客的几百辆出租和四轮摩托车。马匹、手推车、自行车和蜂拥的人群像蚁山里进进出出的蚂蚁。

瞬间，乞丐、兜售旅馆房间的形迹可疑的人和做黑市货币兑换的贩子就把戴维团团围住了。在他们眼里，他是否穿得像本地人，究竟是富是贫，都一个样。只要是外国人，在他们看来就是有钱人。

"巴巴，卢比，巴巴，卢比，一卢比，一卢比，巴巴。"一个小姑娘毫不泄气地跟着他走了一路，口中发出单调的声音。她蓬头垢面，穿着一件撕破了的纱丽，看上去很是可怜。她缺了一个大脚趾和两根手指，手上还抱着一个没穿衣服的脏兮兮的婴孩，孩子哭个不停。她用脏兮兮的手指着孩子的口。戴维的心被她揪紧了。他给了她一个卢比，没想到她却没有罢休的意思，继续重复着没有丝毫感情色彩的乞讨声。这时走来另一个小姑娘，手上也抱着一个没穿衣服的婴儿，一连声地叫道："巴巴，卢比，巴巴，卢比，一卢

比，一卢比，巴巴。"

全德里有千万个，全印度有千百万个像她们这样的年轻姑娘，抱着婴儿，指着他们的口，试图通过乞讨来维持生命，然而她们却连一个像样的家、每天的饭菜和糊口的钱都不敢指望，更不用说基本的教育了。这个景象距离戴维常常想象的异域风情画面——大花园、盛开的鲜花和喷泉，从时间上而言应该还不算远吧？大象、国王、宫殿、丝绸的床铺、刻了花的银盘子，这些都上哪儿去了呢？喷洒的玫瑰水、铺满了花瓣的道路、地上那为了迎接庆典的到来而制作的五彩缤纷的吉祥图案，这所有的能激起有关印度的美好遐想的一切，又在哪里呢？

戴维又想到了充满纷争的印度历史，那些接连不断的侵略和政治腐败，一直在摧毁着这片曾经被誉为"宝地"的地方——婆罗多之地（Bharata-varsha）之地。太多的人需要食物和衣服了，太多的人需要被教育和被尊重了。在过度拥挤的新德里火车站里，在每一张陌生的脸上，你都可以读到这句话。现在的火车站已经变成了无家可归者或者希望渺茫者的栖息之地了，就像那些没有未来的年轻姑娘。

火车站对面的帕哈冈地区，每天从早到晚热闹非凡。当地人就在马路边把木头帆布床一溜排开，一个挨着一个睡。清晨，一些人在公共的水泵边沐浴，另一些人则四处散去，忙于每天的差事。

戴维住的那家小旅舍的房间里有一张单人小床、一台电扇和一扇窗子，透过窗户正好可以俯视人声鼎沸的蔬菜香料市场。那里的叫卖声和各种香味总能把他吸引到街道上，使他不由自主地融入印度人的日常生活里，淹没在令人陶醉的异域能量中。

公牛、奶牛自由自在地游逛着。一边是震耳欲聋的印度音乐，一边是店铺里的印度香散发出来的浓雾，还有到处叫卖的小贩不停地把他们的小物件兜售给身着鲜艳的纱丽、头戴鲜花的女人们。一

第十一章 印度之眼（上）

个男人，手里提着草篮，肩头趴着一只小猴，骑着自行车从戴维眼前掠过，最后停在街头的一个角落里。他打开篮子，吹起笛子，一条巨大的蟒蛇从里面探出头来，左右摇摆着身子。与此同时，小猴在另一头翻起了筋斗。这番表演吸引了很多目光，总会有人留下几个卢比，够他打发一顿饭的。还有剃光了头、穿着橘黄色僧袍的印度教僧侣，为庙宇修院奔来忙去。戴维心里想，他们看上去都像是解脱了，那么超脱、平静，远离俗世生活的纠缠，静静地度过生命。

印度是那么漫无边际、毫无极限，戴维觉得自己一时之间吸收不完。要想彻底地探索印度，非有几年的时间不可，即便是那样，恐怕还是挂一漏万。旅行者从德里开始，分散到这片土地的各个角落。有的在成千上万的修院里觅得其中的一个，在里面寻找瑜伽大师；有的裸身躺在果阿的沙滩上享受满月下的派对，试图在毒品里永远飘飘然；有的去了泰姬陵、科纳拉克的太阳神庙，或者恒河边那个难以追溯源头的城市瓦拉纳西，还有的去了菩提迦耶，在那里朝拜佛陀获得证悟的菩提树，还有的则北上克什米尔住进了湖上船屋。

选择岂止千千万万。作为一名作家，可以挥笔创作出无数诗篇，无数亦真亦幻的故事，正如马克·吐温流诸笔端的那样，可以装满图书馆，让人叹为观止。作为一名记者，时时刻刻都有足够的新闻可以报道。而对于犹豫不决的怀疑论者而言，严密的逻辑和理性之外会不免裹上迷惑和困扰，因为印度就她那无法测度的文化而言，就是云遮雾障、天马行空的。如果说，一个人需要一份合法的文件才能踏上这片土地，那么，他更需要一种深刻洞见和远见卓识才能窥见印度真实的原貌。

戴维的双腿已经穿越了亚洲大陆，然而他真正的旅程却发生在内心深处。他想寻找的是这个问题的答案：是否真的有超越逻辑和人的理性之上的灵与物的并存。比起环游印度，对他而言，更重要的是知识。

我是谁？人生的意义是什么？人与宇宙的关系是什么？这些问题一直盘旋在戴维的头脑里。西方哲学催生了无穷无尽的思辨，自由的头脑不断地怀疑并挑战古老的智慧，他们试图剔除人类生命中有机的灵性部分，借此为他们颓废的物质享乐主义提供合理化论据。曾经千万年来维系了人类和谐生活的理念被重新审视、思辨甚至质疑，这似乎已经成了知识界的惯例，然而这些巧言善辩却很难导出任何明确的结论。

至于犹太基督教及其表达的讯息，戴维在整个童年和在中东居住期间，都早有经历。虽然历史曾经记载了几位悟道圣人激励人心的生活和教导，然而西方文化的主体部分依然是在几个世纪的起义和革命的烽火中，在以千千万万的殉道者的生命为代价的政教分离的痛苦废墟中建立起来的，这样的文明能让人轻易地联想到爱吗？虽然印度曾经历经了外族的劫掠、宗教的迫害、饥荒和贫穷，然而这个民族却有一种惊人的忍耐力和包容性，依然保留着古老的文明智慧所赋予她的生命力。此时的戴维已经翻过了他人生中的一段篇章，他有一种强烈的预感：在这片古代称为婆罗多的东方土地上，在这片灵性的智慧、文化和语言的发祥地上，古老的智慧会让他的心灵绽放，灵性的真知会给予他关于生命的答案，而真正的爱会在这里生长。

所以，戴维在德里的第一站就是著名的莫提拉·班那西达斯（Motilal Banarsidass）书店，这段路程不长，坐三轮车就能到。在这里，他发现自己置身在一个巨大的宝库里，里面装满了装订简陋的旧书，关于《韦陀经》《奥义书》《瑜伽经》，以及不同版本的《薄伽梵歌》和印度两大史诗《罗摩衍那》和《摩诃婆罗多》。

第十一章　印度之眼（上）

　　他一口气读了下去，一边还不停地做笔记。对知识的渴求早在大学的时候就像火焰一样被点燃了，在书籍宁静的天堂里他得以释放和满足。大多数的文献都超出了他的理解能力，然而他却在字里行间找到了一条有关真理的主线，那就是一切生灵的旅程和他们的归宿。随着阅读的深入，他的问题也越来越多。

　　一天清晨，在旅舍外面的水果摊旁，戴维在挑选芒果的时候再一次遇到了那些僧人。其中有一个人注意到了他好奇的表情，于是爽快地做了自我介绍。他叫戈文达，前额上涂着两条垂直的黄线，身上那块橘红色的轻薄的棉披肩上散发着庙里供香的味道。他的眼睛非常柔和，脸上显得很干净，英语也说得棒极了。这个人一定来自一个虔诚的家庭，受过良好的教育，戴维暗自想着。为了在将来的生死轮回里有个好前景，不惜把自己的儿子交给神，他的父母可真狠得下心来。他也许放弃了一切——良好的教育、结婚生子、传宗接代甚至去伦敦学习法律当个律师的机会，却披上了这身衣服，成了一个修行的乞士。戈文达告诉戴维说，他的生活就是睡在庙宇的地板上，每天日出前起床，恪守独身守贞的誓言，过一种以冥想静思为中心的修道生活。"你喜欢印度吗？"他问。

　　"我还不太了解哪。"戴维答道，"不过在这里一天比一天享受，我对你们的文化和哲学特别感兴趣，在读很多这方面的书。"

　　在这之前，戴维总是不好意思接近那些被称为"萨度"的僧侣，但现在他和戈文达却混熟了，两人在集市上常常不期而遇。他对戈文达非常信赖，和戈文达在一起，他感觉特别舒服。这个戈文达和他在第一天外出时遇见的那个刚一照面就在月光集市（Chandni Chowk）跟了他一下午的"圣人"大有不同。那个神秘人包着红色的头巾，一脸花白的长胡子，一身又脏又破的袍子一直垂到脚踝上。他把戴维引到一条狭窄的巷子里，一双绿色的眼睛直直地瞪着戴维。他一边用虚弱的嗓音滔滔不绝地说个不停，一边灵活地晃动瘦骨嶙峋的手，配合着各种手势。他说他想帮助戴维找到真理和光明，他知道戴维的命运，准备解救他脱离死亡的苦海。但是这一番预言家式的演讲很快就戛然而止了，因为话锋一转，他开始要钱了。

戈文达解释说，在印度到处都有这些自称觉悟了光明之途的人，他们可以用几个卢比就贩卖解脱。还有一些自封的圣人，每天都发明出一些救赎的途径，专门吸引那些轻信无知的寻道者，他们像萤火虫一样在黄昏出现，日出时便消失得无影无踪。他对戴维说，一个人若想找到真理，不仅得付出巨大的努力，而且要坚守诚实的精神。"努力地接近一位真正的导师，谦卑恭敬，敞开心扉，顺从地询以疑难，这样，真理便能来到他的生命中。"他这样解释，"导师必须来自一条很长的师徒传承线，这条线可以一直回溯到创造之初。这样的老师必须以身作则，了然自悟，不求回报，唯一的动机是帮助人类在摆脱物质痛苦的自由之路上向前迈进。这样的灵性导师不是随随便便就能在印度的哪个街角遇上的，但是我知道你在哪里可以找到这样一位导师。"

戈文达的话在戴维寻寻又觅觅的心中回荡。"要弄明白你的身份是谁，生命的目标又是什么，这并不难，"他继续说道，"这些道理在很多书里都有解释。但是要想得到觉悟，非得有一位合格的老师不可——在生活中做任何事情都一样。"

对任何寻道者而言，这也许就是最大的考验：一是寻到能让人摆脱愚昧的知识，二是寻到一位名实相符的导师，为自己指出一条终止物质痛苦的道路。然而，这样的探寻又不仅仅是为了结束痛苦，而是为了重建个体与神圣本性的连接，这就是瑜伽。这意味着一个人得满怀信心地敞开自己的心，奉献自己的心。不然，他想要的也许就只是一种类似于灵性的东西。他可能满足于一位身披圣袍，口若悬河，颇具魅力，但其实没有任何觉悟，也不具资格指导

第十一章　印度之眼（上）

别人的所谓大师。**现代人在世俗生活中或精疲力竭，或试图洗净罪恶，他们想探索灵性之途，但心中却不知道这意味什么，最终迷失在一条条道路上。** 戈文达试图让戴维明白这个道理，保护他不落入类似的陷阱。

大街上依然喧嚣异常，然而戴维和他的朋友却突然陷入了沉默。戴维审思内心，一时之间不知该说些什么才好，于是戈文达邀请他去见自己的古茹（Guru，灵性导师），在温达文——距离德里不远的一个村庄。

披头士乐队曾经去过喜马拉雅山脚下的瑞诗凯西，去见一位深刻地影响了他们的生命、音乐和词曲的灵性大师。那个时候，所有的人都在向印度的古茹们和斯瓦米们发出求助的呼唤，希望他们能用和平的方式把西方国家从物质主义的泥沼中解救出来，创造一个更美好的世界。当时，那些声名远扬的老师已经横跨了大西洋，落脚在加州的山林中，还有的则在纽约和伦敦开办了修院和瑜伽冥想中心。这已经形成了一种时尚，越来越多的西方人需要印度的灵性导师为他们揭秘生命的意义。这也意味着，当时的犹太基督教的信仰已经无法满足西方年轻人在灵性上的饥渴了。

然而，对于戈文达好心而热情的邀请，戴维依然报之以一种复杂的感受，既兴奋莫名又心有畏惧。其实，他只需先上了火车再说。无论如何，他来印度的目的就是这个，现在终于出现了一个完美的机会。但是，前途未卜，他还是有些担忧。现在就冒险进入这个纯粹的空间，时机是不是还不成熟呢？此刻的他心里头想做一个安静的观察者，因为这一切对他而言才刚刚开始。印度精神究竟该如何影响到他，这要由他的内心来决定。

第二天，戴维站在德里火车站大厅望着时刻表。那上面有无数个目的地，其中一个叫马图拉站，离戈文达的灵性导师仅仅才七十英里远。他站到了队伍的最后面,慢慢向售票窗口挪近,脑海里想象着自己坐在大师的面前,生命、宗教、物质主义,还有从父母那里、从法国的生活中以及从他经过的那些国家所学到的一切,都交织在一起,让他困惑不安。他检查了一下口袋里还剩下多少钱。马图拉也许相对比较近也更便宜,但是在灵性上却似乎遥不可及,履行这份承诺所需付出的代价也要昂贵得多。前面就剩下两个人了,他还紧张得拿不定主意。他最后瞟了一眼时刻表,犹犹豫豫地在售票窗口结结巴巴地开了口:"瓦拉纳西,单程。"

第十二章
印度之眼（下）

一种强大的平静征服了他，
心中的重重忧虑顷刻间逃得无影无踪。

心之翼

......

戴维抵达了这个被人们称为印度"第一圣城"的地方，心中只有一个唯一的愿望——见恒河。印度的某些东西是你永远无法用语言来描绘的——只能身临其境地去感受。瓦拉纳西就是这样一个地方。

雨季即将降临，那种炎热简直让人无法忍受，有几天甚至接近五十摄氏度。他不敢浪费一分钟，从火车站出发就直奔圣河。脚下一刻不停，身上汗流浃背。

"恒河在哪儿？"他问路边的商贩。

所有的人都指向一个方向。"恒河，恒河，这边。"

步子不断加快，心也跟着咚咚直跳，仿佛是在赶赴生命中最重要的一个约会，快迟到了。很快，通往河流的窄道上，人群变得越来越拥挤。路上的行人与奶牛和自行车一般多，都胶着在一起，在没有任何交通规则的情况下，他们的那股

第十二章　印度之眼（下）

灵巧劲儿简直让人咂舌：动物和人可以在同一个时刻，向四面八方任何一个方向移动。

"去恒河走哪条路？"一路上他不停地问。一个水果小贩靠在四轮车的边缘，伸手指了指方向，一边向侧面倾了倾头，表示已经不远了。终于到了一个空旷一些的地方，不远处传来唱诵声、鼓声、铙钹声和用扩音器放大了的风琴声。小贩们在兜售晚香玉和金盏花串成的花环；还有的在售卖供香和浸透了黄油的棉花灯芯。友善而虔诚的妇女身着艳丽多姿的纱丽，只露着脖子和背部，梳得一丝不乱的黑色长辫衬着黝黑的皮肤来回甩动，就像一条条被驯服的黑蛇，正随着她们的步子上下起伏。她们的眉心都点着红痣，连同穿在左鼻翼上的金鼻环，使她们成为尊贵的文化使者。

又迈了几步，终于，恒河母亲出现在了眼前——波浪起伏，一望无际，岸边有层层石阶，自上而下，通向水边。一群又一群的朝圣者慢慢走向圣河，沐浴其中。尽管瓦拉纳西的许多神庙在莫卧儿王朝的末代国王奥朗则布的统治下已毁于一旦，但若从河对岸往这边眺望，依然能窥见那经久不衰的昔日荣光。人们分散于河岸边，有的站在台阶上沐浴，有的在洗衣晾晒，有的在向流淌不息的恒河女神供奉花灯，虔诚祈祷。从附近的神庙传来此起彼伏的铜锣声，久久回荡在天际。

戴维听人说过，瓦拉纳西之于印度，就好比耶路撒冷之于犹太人、菩提迦耶之于佛教徒。每一个印度教徒都对这里心驰神往，渴望至少一生中能有那么一次朝圣于此，或在这里辞别人世。戴维走下巨大的石阶，坐在河边注视着人们的沐浴仪式。在他身旁，有一位上了年纪的老妇人在轻轻地祷告。她跪在平坦的石板上，伸出右手从河里舀了一点水，洒了几滴在头上。接着，她身着红黄相间的纱丽走进河里，闭上眼睛，双手合十，然后将整个身体浸没于水中，再从水里起身，就这样上下来回三次。她仿佛忘记了周围的一切，全身上下笼罩在圣洁之中。然后，她走出水面，用一块崭新而干燥的纱丽裹住自己的身体，让里面的湿纱丽轻轻落在地上。戴维被她的圣洁深深地感动了，这又是印度这一民族的社会文化精神。这可不是什么法国人河边野餐的地方，这是一个圣地——是印度教信徒们坚信不疑的宇宙中心。

　　老妇人用一个小小的铜壶装了一些圣水，唱着歌飘然而去。也许从童年时代开始，她就已经牵着妈妈的手天天来到这里，把她的虔敬之心供奉给这个意义深远的仪式。就像千千万万血管里流淌着忠贞与虔诚的印度妇女一样，她已经对自己的举动浑然不觉了，只是在全神贯注地服务于蕴藏着净化力的自然元素。无论是触碰河水，仰望太阳，伫立于石阶上，还是让河水顺着手掌奉还给恒河，她始终知道，世间的一切都会消逝，而她什么也不曾拥有。有时，灵魂走过生命，只是为了开启一扇门，并帮助另外一人走入灵性的真实状态。一旦任务完成，他们就悄然离去了。

　　老妇人离开后，戴维脱下长衫，试着照着她的样子进行沐浴的仪式。他迎着太阳把整个身体浸没在水中，透过冰凉的水，他能感觉到阳光的温暖传遍了肢体的每一个部分。他在水中浸没了三次，当他从水里出来的时候，感觉自己仿佛脱胎换骨了。一种强大的平静感征服了他，心中的重重忧虑顷刻间逃遁得无影无踪。现在，他和恒河母亲在一起，她就像一位圣洁的母亲，接纳了他，净化了他。他感觉如此轻灵、释放、觉醒。他就这样湿漉漉地坐在台阶上，耳朵里充满了神奇的声音。他的眼睛仿佛被点亮了，目不转睛地凝视着河水，任喜悦的泪水尽情地流淌；他仿佛已经飘离了这个世界，忘记了时间的存在。

　　一连五天，他始终在这个状态中，浑然不觉，吃与睡，对他已经失去了意义。每天，他都荡漾在轻灵的氛围中。当他每天在河中沐浴的时候，恒河水像母亲一样向他张开温暖的双臂，给他需要的

第十二章　印度之眼（下）

一切滋养。每天清晨，他都看到那位老妇人准时前来，虽然她完全没有察觉到他的存在。那里还有许多人，他们会单独聚在一起，沉醉在自己的仪式里，去连接永恒。

在恒河岸边的石阶上，总会发生各种各样奇妙的事情。然而在河对岸，却是荒芜一片，除了几艘孤零零的船只和几个小茅屋。人们说，雨季降临的时候，河水暴涨，没有什么能幸免于难。人们已经放弃了在那里安家落户的奢望了，他们不能眼睁睁看着这些房屋一次又一次地被暴涨的河水冲走。

在瓦拉纳西的那段时光，戴维目睹了成千上万的人——男女老少，祭师，朝圣者——在日出前聚集在河边，沐浴祈祷。白天，孩子们在这里奔跑嬉闹，他们的妈妈们则在河里洗衣服，台阶上铺满了五彩缤纷的彩虹，那是她们洗干净了的纱丽，整齐地铺展开，等着在太阳下晾干。那些以圣人自居的人四处游荡，用灵性解脱的承诺来换得游客手中的一点钱。有的人以拿大顶的姿势沉沉睡去，旁边摆着一个乞讨的钵；还有的人则坐在地上，胸口盘绕着活生生的眼镜蛇，扭曲的身体上布满了烟灰。

戈文达的导师是唯一一名副其实的瑜伽师吗？戴维很想知道。他是否已经觉悟了从神圣的经典中了解的一切？对于灵性的探索者而言，印度似乎是一个永无止境的大集市。

正在思绪飘飞的时候，身后出现一个人，让他吃了一惊。"那玛斯卡[①]（Namaskar），"他听到肩膀后面传来一个声音，"先生，欢迎您来到我们的圣城。"

戴维转过身，看见一个男人，一肩高一肩低，一条患了小儿麻痹症的腿扭曲着，他上身穿着一件传统的白色克尔塔长衫，下面一条薄薄的白色兜提。他小心地坐在一顶格子大伞投下的阴影里，粗

[①] 印度合十礼。

糙的手紧紧握住一根竹杖，一面把上身靠在上面，一面示意仆人抓紧时间准备茶和柠檬水。他突起的上唇上有一排整齐的黑色小胡子，不平整的牙齿被槟榔果染成了红色。尽管外表如此，却依然可以看出他是一位标准的印度教信徒，一位真正的印度绅士。

"马上就到雨季了，一年的这个时间非常热，"他左右晃着脑袋，"接下来就凉快了。"他的嘴里塞满了槟榔果，时不时地往地上吐上几口红红的唾沫。"我叫桑托西。前几天我儿子看见你待在恒河边，说你看上去在这里很是开心自在。我们印度教徒很欣赏这个。"

戴维邂逅的这位新朋友是位传统的印度教信徒，他深知业报和命运是一回事，坚信一切的发生自有它的道理，都是"全能的上帝薄伽梵"的恩典所致，至于他在这里尊称的上帝究竟指哪位倒不太重要。他把戴维请进了附近的陈列室。屋里的天花板上挂满了手工制作的西塔琴，崭新的油漆光滑发亮，到处散发着柚木发出的芳香。桑托西带着自豪的神情，带着戴维参观了整个西塔琴制作的工艺过程：雕刻、弯曲、上漆、组装，最后是调弦。他不觉得身体的残疾是他的障碍，这种缺陷在印度的富人和穷人里面都很常见。因果业报（karma）是印度人民生活的基础，从来不是拿来嘲笑或评判的。桑托西曾经是瓦拉纳西大学艺术系的学生，他的音乐才能在那几年得到了很大的培养，还曾经到访过瑞士和伦敦举行专场小型演出，但是他的艺术生涯却因为突如其来的小儿麻痹症而被迫终止。回到瓦拉纳西之后，他开了一家西塔琴手工作坊，借此延续他和音乐的不解之缘，尽管此时的他已经无法亲自演奏了。戴维后来才发现他的左手也残疾了。

桑托西邀请戴维来试弹一下西塔琴。戴维很紧张，但也有些受宠若惊。桑托西教他怎么把右腿绕到左腿上，又如何把西塔琴的琴

第十二章 印度之眼（下）

身落放在左脚的脚底心上。他漫不经心地用小手指拨了一下琴弦，十三根弦顿时发出和谐动听的乐音。

"哦，看得出来你懂弦乐器。"桑托西晃着头说，瞪大的眼睛里满是惊奇。两个工人站在门口听他们说话。印度人很喜欢观察西方人，但是戴维觉得有些不自在。

"我会弹吉他，算是有点熟吧。"戴维回答。

他真想听桑托西弹琴，想象他坐在舞台上，就他惯常的这身打扮，犹如拉维·香卡大师那样，把自己的激情全然倾注于旋律之中，仿佛有几十根手指在琴弦上同时跳脱跃动，让琴声流泻而出。

已近黄昏，太阳接近了地平线，长长的影子投在外墙上和坚硬的地面上。"想留下来共进晚餐吗？"桑托西问道，"我们吃米饭、豆汤、薄饼和炒蔬菜。欢迎你加入。"这样的热情款待，戴维曾经在西奈的贝都因人那里领受过。两者的共同点是，他们把任何一个客人都看作是神亲自送来的。

天快黑了，戴维得回到河边那个开放式的临时栖身之地了。这一天实在太美妙了，来到这里更是进一步给他提了神。当桑托西邀请他再多住几天的时候，他欣然接受了这份好意。桑托西说，他可以住在放满了西塔琴的这间陈列室里，空闲的时候可以随便拿起一把拨弄几下。

第二天早上，戴维坐在屋子里练习八个古典音阶 sa re ga ma pa dha ni sa，庭院的对面，一个老妈妈在做饭。他练了很久，直到指尖酸疼得有些受不了了，看来这会儿该去恒河边悠闲地散散步了。天黑以后，他回来看书，和桑托西说会儿话，然后便休息了。

这样的生活充实得不能再充实了。他勇敢地迈出了几步，因为他是抱着开放的心态来的，自然也便得到了印度的回馈。一切的恐惧都退却了，他对周围、对一切充满信心。没有什么东西会对他构成伤害，也几乎没有什么重负拖拽着他。他所遇到的一切都那么美好、充实而积极，充满着恩典。然而，在内心深处，他还是牵挂着自己的母亲，他原本以为时间和空间的分隔会切断这份情感上的连接。正是母亲毫无条件的爱在时时刻刻地滋养着他啊。他又怎能头也不回地走出母亲的心，就像一个弃绝的神秘主义者那样舍弃她的心，只是为了寻找一个不朽的世界就断然地把那根将他和生命世界连接在一起的脐带彻底斩断呢？

灵修生活并不简单。单凭人为地排斥物质并不能结出硕果，它更需要这样的价值观：尊重、诚实、友善、真实，如此才能达到超脱。戴维的内心知道：在能稳稳地抓住一根更强大的枝条之前，过早地松开一根结实稳固的枝条，这会不利于他。即便他已经找到一个灵性的成长空间，那条连接着母亲无条件之爱的纽带也是不应该截断的，因为那份爱会始终提供营养。**在这个世界上，没有什么会替代母爱，因为那种爱来源于大地母亲所给予我们的终极之爱。**

每天黄昏，河边的台阶上便呈现出一片灵性的胜景。经过了白天的炙烤，人们纷纷来到这里，让自己的身体浸透在水中，然后供奉一把晚香玉做成的花灯，在夜晚歇息前再献上最后一次祭品。神庙的灯光和音乐描绘出节日的氛围，口袋里塞满茶叶的奶茶小贩提着便携式小炉，上上下下，来来去去。太阳终于沉到了西方的地平线下，所有的人都像被释放了一样，终于有机会穿着干净的纱丽和兜提，沿着台阶一路徜徉了。

祭师吹响了雪白的海螺，宣布对恒河母亲的崇拜仪式正式开始。人们齐声高歌，赞美赐予永恒生命的圣河——毗湿奴神和希瓦神的挚爱。铙钹和鼓声敲打着节奏，祭师举着一个巨大无比的纯铜灯台对空划出圈子，灯台上五十多个酥油灯芯一起燃烧，它们汇聚

第十二章 印度之眼（下）

成熊熊的火焰，热情地照亮了周边的一切。与此同时，他的左手不停地摇动着一个巨大的铜铃。

夜幕降临，圣城的灯光依然还在闪耀，人们四下散去，有的漫步返回各自家中，有的则在光滑的石板上沉沉睡去。戴维也返回了桑托西的家，在房顶上仰望星空，梦想着明天。

桑托西欣慰地看到自己精心制作的西塔琴得到了很好的使用，内心非常喜悦。他用充满爱意的眼睛一一地触摸它们，每一把琴修长、优雅、迷人，让人爱不释手，它们等待着被握持抚弄的那一刻。他闭上眼睛，仿佛听见自己的指间流淌出了最喜欢的拉格（Raga，印度传统音乐中的曲调）调，在心灵深处创作出自己的曲调。他轻轻地嗅闻它们，抚摸它们，就好像拥抱着一个天才小神童，泪水交织着爱与苦涩滚落下来。造化啊，为什么先给了他天赋复又收回，只给他留下了一个残缺的身体呢？当他一瘸一拐地借助各种乐器谈起音乐中的拉格调时，带有波浪的灰黑而浓密的头发富有激情地摆动起来，散发着光芒，就像他那被岁月印上了刻痕的脸一样。在他的艺术世界里，他永远不会感到孤独。戴维在西塔琴的弹奏上还是一个新手，但一天天在进步，桑托西很高兴。

要学习要理解的东西太多了。不过戴维还很年轻，心态也很开放灵活。印度就像一所庞大的学校，既有从先祖那里一路传承下来的课程，又充满着永恒的变化。然而，她的基本构架，如同天花板、墙壁和地面，是坚不可摧的——人生历程中的每一个关键时刻都有相应的仪式，这在梵文中被称为萨姆斯卡拉（samskaras，人生仪式），它在每一个生命学子身上烙下永不磨灭的烙印：诞生在虔诚的家庭，接受良好的教育，嫁娶匹配的伴侣，生下孩子并保证他的福祉，老年时退隐出世俗事务并充满尊严和觉悟地做好死亡的准备。

心之翼

　　今天的这一课叫作"死亡"。桑托西的父亲在经过了追随甘地运动的跌宕起伏的漫长一生后，不久前离世。他严格地根据印度教的礼法将几个孩子抚养成人。他既是一位诗人，又庇护了瓦拉纳西周围的"贱民"（不可触碰者），虽然这个举动极大地激怒了当地的婆罗门。在他眼里，没有阶级、性别和高下之分，他常常向恒河女神祈祷，祈求人心的平和乃至世界和平。他的骨灰和其他所有人一样，汇入河水之中，灵魂也被带往另一个世界。

　　对于戴维而言，"来世"在西方文化中完全不占一席之地。这个概念和西方人的日常生活没有任何关系，也丝毫影响不了他们的任何决定。生活中要挣扎面对的东西已经够多了，又有谁还会为了一个短暂的目的地而费劲呢？由失败而来的恐惧，重新经历悲哀与伤害的危险，所有这一切都足以让人远远地逃离"再回来"这一概念。然而在印度，死亡就像是坐在每个人的门阶上，比在西方要受人瞩目得多。在这里，千百万人连一个门槛都没有，更不用说房顶了。正如诗人图西达斯在他的诗歌中写道："生命就像莲花瓣上的水滴。"

　　印度教徒对待因果业报就像对待银行账户，他们经常性地向这个灵性账户存入小笔存款，以便未雨绸缪，为困境之时做好准备。他们的一生都在为最后的时刻做准备——最终摆脱再度投生的桎梏。他们的存款就是虔诚的善行、冥想、仪式、每日的敬神和圣洁的祈祷。

　　印度教徒有一个坚定不移的信念：只要在恒河边死亡，就一定能保证一个光明的未来。瓦拉纳西是通往下一世的主要门户，而"玛尼卡尼卡石阶"更是瓦拉纳西的一个独一无二的地方，无论活着的人还是死了的人，它同样张开大口，热诚欢迎。周围那些半殖民风格的建筑已经被熏黑了正面，看上去就好像一个巨鬼失去了眼球的眼窝，透着荒凉，阴森可怖。泥泞的河岸上，十几个尸体同

第十二章　印度之眼（下）

时在燃烧，被烧着的尸体发出的臭味和着印度香的甜味，随风飘荡。在弥漫的浓烟之上，秃鹫在高空中盘旋，等待着最后剩下的残留——那些一时之间烧不掉的腿和躯干，但在饱餐一顿之前，它们不得不先给狗让路，总有一群狗为了争抢几块肉打作一团。橙色的或黄色的金盏花伴着葬礼上最后的丝绸裹尸布，沿着河水顺流而下。

眼前的情景就像是一个耳光，狠狠地扇在戴维的脸上，把他震醒了。从他所在的最佳角度，从上面坐着的石阶上往下看，这个奇景让人震撼。在众目睽睽之下焚烧尸体，并不是为了给墓地节省空间，而是为了就这个迫在眉睫的事情给大家一个提醒。它和时间、国家、性别、肤色或信仰都无关，因为每一个个体都得面对死亡。

"你的房屋、家庭、朋友、存款、财产，所有的一切——离开这个躯体时，什么都带不走。"那天晚上，桑托西这样对他说。

他们俩站在桑托西家的房顶上，依然沉浸在白天的景象里，微风吹拂，带来夜的清凉。戴维依然可以感觉到身上那股令人作呕的气味，就好像他的灵魂被这种空间里的能量给抓住了，怎么也抖搂不掉。猛地，他觉得自己不属于任何地域，也不受个人文化的束缚，但是与桑托西的文化和恒河之间却又好像隔着些什么。他就像坐着旋梯一直下沉，顷刻间似乎失去了所有的记忆．他被恐惧与一种突如其来的画面给吓倒了，在过去几个月中曾经令他不断上升的那些时光，仿佛被瞬间蒙上了阴影。他不知道，自己是谁，他的归宿又在哪里。

桑托西看出了戴维的不自在。他哼出一个小调，把他带回到当下，那歌声与街头传来的声音交汇在一起：一头孤单的牛在墙外发出低沉的哞叫，邻近的庙宇传来柔和的风琴声，着急吃奶的婴儿使劲地啼哭，还有一个乞丐，用单调的声音祈求着夜晚里最后的施舍。这一刻仿佛凝固住了,这就是瓦拉纳西的灵魂。桑托西拄着拐杖,向戴维走近。

"恒河就像母亲,她答应了天神们的请求,降临这个世界,履行她的使命。她赐予生命,也收回生命。她洗涤了这些灵魂,将他们从生死束缚中解脱。"

恒河发源于高高的喜马拉雅山,流经新德里和勒克瑙这些让她受尽污染的大城市,尽管千千万万的印度教徒要么崇拜她,要么践踏她,她却依然履行自己的使命。愚昧的村民把垃圾和残留的尸体倒入她的水中,然而她依然灌溉他们的稻田,维持他们的生计。但是,雨季来临的时候,她也会无情地摧毁不计其数的家园和田地。她是恒河母亲、妈妈、圣母,不受物质的碰触,被宇宙上下三界赞美荣耀。千千万万虔诚的灵魂笃信恒河水源自毗湿奴大神的足下,由冥想之神希瓦承接,再流向大地。印度具有某种特别的天赋,可以把灵与物天衣无缝地融合在一起,除了印度人,不是谁都可以明白或者接受的。

戴维的情绪有些低落。他原以为要融入印度非常容易,只需要对她完全接纳,一切就会自然发生。**现在,他才意识到文化和宗教只是包裹着核心价值观的层层覆盖,是守护着纯粹的灵性之爱的藩篱,对于那些想要寻找到这份爱的人而言,他们的目光必须越过短暂的事物才能触及她的内核。**

第二天清晨,他在邮局收到了父亲寄给他的另一封信,紧急要求他回到巴黎。如果戴维不在法国服兵役,就有可能被送进监狱。

但是,现在的他岂止是在六千英里外的异国他乡,那种被他抛在身后的生活就好像属于另一个陌生的世界。父亲的信仿佛遥远而褪色的印记,连着一个他似曾相识的地方和那地方上的人。

就在那一天,他的钱和护照从包里不翼而飞。他一直把包放在

第十二章　印度之眼（下）

西塔琴屋的一块毯子下面，而且上了锁。现在，还怎么离开这个国家？小偷是谁？他询问了清洁工，也询问了厨子和桑托西的儿子。

桑托西勃然大怒，没想到戴维居然会怀疑到这间屋子里的人头上。他感到受了极大的侮辱，简直震怒了。"我花钱让你在这里免费吃住，现在你居然怀疑我家出了小偷？"他嚷道，"你们这帮西方人，再怎么费劲也永远理解不了我们的生活和文化。"他一边气呼呼地说，一边吐着混着槟榔的红色唾液。

戴维的怀疑使得两个好友之间产生了深深的裂痕。桑托西和戴维才相识了不过几个星期，但是此时的戴维已经从一位被款待的贵客变成了寄生虫，瞬间成了外人。

第二天清晨，天还没有亮，戴维收拾好自己的袋子，最后看了一眼那些西塔琴，蹑手蹑脚地离开了这座房子。调查未果，前途未卜，身无分文。为了回到德里，他悄悄混入了挤满了村民、乞丐和圣人的三等车厢，心里头暗自苦笑，至少印度还是对他有一份照顾的。

在帕哈甘吉（Paharganj）早市喧嚣的人群里，戴维遥遥无期地等待着戈文达的到来。经过了一整夜的大雨，街道上四处是泥泞，老鼠不停地从一个排水沟窜到另一个排水沟，而暴风雨后幸存的食物则成了流浪奶牛的美味大餐。

蚊子成群结队地争抢着戴维营养丰富的西方血液。他已经筋疲力尽，完全陷入了困境，这种情况到底在哪里对他有利呢？曾经听说贫困是遭遇灵性的最佳地点。没有了贪求和情感上的执念，心中的一点点信心再加上合适的环境就可能创造奇迹。

印度的历史上有一位颇具传奇色彩的王后琨蒂，她在日常的冥想中就注入了这种心态。在那段艰难的森林流放岁月中，她虽远离了昔日繁华的皇宫，失去了令人爱戴的父母和身体的美丽，却获得了最深刻的领悟：只有那些在物质上一无所有的人才会抱着真挚的情感走近灵性。在这世界上，一切仿佛穿过指间的流沙，转瞬即逝，对于那些放下了对世俗安逸生活的追求的人而言，这份深深的信仰和爱就会成为他们的财富。这个道理非常简单，但是多数人却喜欢紧紧地抓住那些飘忽不定的事物，即便最终换来的只是痛苦和遗憾。

就戴维而言，他正当年，处于最完美的地方和最理想的处境。大自然在指挥着一切，让他不断学习灵魂的永恒与物质的短暂本性，让他身处世间却又脚踩大地，至于心灵，则始终畅游在快乐的源头。

第二天早上，两个来自戈文达的修道院的萨度（修士）出现在戴维的视野里，让他看到了希望的曙光。他还没有完全准备好，但又心有向往。就在那一天，他跳上了开往马图拉的火车。行程虽短，却很混乱。破破烂烂的火车上塞满了几百号人，看不见一扇窗，厕所里臭味熏天。四个人的座位足足挤了十个人，孩子们趴在行李架上，每扇门边都堵了几十个人。环境是恶劣的，但戴维却在心里头把它当成超越外在困难的一个过程，就这样一路抵达了终点。火车的轨道与连接德里和阿格拉之间的主路正好平行，前往泰姬陵的游客可不会选择三等车厢来旅行。他们都乘着出租车或者豪华大巴，但是戴维却觉得，这些心驰神往的目的地并不能赋予他们同样的灵性利益。那里只有一个封存于大理石里的世俗爱情故事以及壮观的对称图景，仅此而已，没有更多可以带回家的。

马图拉枢纽站里汇集着来自印度四面八方的朝圣者。站台不仅是他们做饭和存放行李的地方，也是打地铺的地方，紧挨着他们的有奶牛、乞丐以及一群群士兵，正在等候开往克什米尔地区的列车。戴维被人带领着跳上了一辆马车，马车从火车站出发驶向十英里以外的温达文村。到了那里，他再打听雅沐那河岸边的萨度修院。印度的生活节奏的确很慢，然而对于他而言，一切却发生得太

第十二章　印度之眼（下）

快。他现在已经不再被探索的激情所驱使了；他要寻找的是自己的命运。

沿途尽是简陋的砖土屋和小庙，周围环绕着一片片郁郁葱葱的森林。乌鸦栖息在树枝上嘎嘎地叫唤，成群结队的孔雀从树林深处发出此起彼伏的鸣叫。妇女们光着脚，三三两两结伴而行，头上顶着铜质水罐，小心保持着平衡。她们羞涩地用雪白的牙齿轻轻地咬住棉纱丽的一角。还有的妇女则顶着成捆干柴，一边迈着大步，一边唱着乡村小调。马车前，一群乡村小姑娘正追着一头缓缓而行的水牛，就等着接住那些冒着热气的新鲜牛粪，好做成牛粪饼，放在太阳下晒干，用作燃料。一个赶着牛车的农民被他们超越，他的牛车上堆满了刚刚收割下来的甘蔗，还有一个小男孩在照顾十多头奶牛喝水。多么奇妙的景观，仿佛经历了几千年之后依然没有丝毫改变。

马车离温达文的村庄越来越近，戴维的视野里也出现了越来越多的庙宇。猴子一会儿跃到树上，一会儿跳到房顶上，到处恶作剧，一转眼就偷走了食物和家里摆放的东西。街道很狭窄，挤满了一群又一群一路欢歌的朝圣者。一切都好像沉浸在特别的庆祝中，但戴维很快就意识到，不，这就是温达文的每一天。雅沐那河在静静地流淌，青青的堤岸上，水牛在歇息，鹤在正午的阳光下纹丝不动地站立着。这是戴维从未见过的景象。

一踏入萨度修院，他一眼就看到了正在穿过庭院的戈文达。六个月前，戈文达发出了邀请，六个月后，戴维居然回应了他的邀请，这让戈文达又惊又喜。

"斯瓦米现在身体不适，"他说，"他已经有几天没有会客了。他没有进食，也几乎不喝水，连睡觉都很少，一直在冥想和阅读经典。"

庭院里，黑白棋盘格式的大理石地面对戴维疲惫不堪的双脚而言,是个抚慰。周围的一切都是那么简朴而宁静,看上去无忧无虑。戈文达取来一套带锁的钥匙,打开一间小屋,屋里只有一张单人床、一个吊扇、一面带纱窗的窗户,外加一个洗澡用的塑料桶。戴维把包搁在床上,脱下又黑又湿的衬衫和裤子,准备用水桶好好地洗个澡。戈文达笑了,"停电了,你恐怕得等一会儿。我们的水得靠电泵才能出来"。他出去忙他的事,不一会儿,电扇就转动起来了,令空气的闷热有一点缓解。

过了一刻钟,戴维已经穿着干净的衣服在修院里转悠了,一路上笑着和这里的居民以及客人们打招呼。去拜访一个真正的印度"阿西拉姆"一直是他的心愿,所谓"阿西拉姆",就是修院,是僧人和灵修者居住的地方。如果说,印度在她的文化传统之上对人类有何贡献,那就是她的这些被称为"阿西拉姆"的灵性绿洲。这些地方就是专门冥想神与滋养灵魂的。在这里,看似物质的一切都已转化为灵性的能量。

身处这样一个解脱似的氛围里,戴维却觉得有些不自在,甚至觉得自己的内心太脏了。修院的居民大多是印度人,间或几个外国人,都全身心地过着独身守贞的生活。他们中有一位英国人,叫尤给西瓦。他身材瘦长,性情温和,说话轻声细语,似乎总在忙个不停。他原本是去泰姬陵旅游的,可是却中途转到了温达文,在这里一待就是四年,再也没有离开过。戴维联想到了西方国家,那里的灵性文化和传统难以保持生命力,人们的心中普遍缺乏灵性意识,而印度却听到了他们的呼唤,做出了慷慨而自由的回应。

到了吃饭的时间,大厅的大理石地面上铺上了长长的棉布,约莫有一百个客人和常住者在上面席地而坐,面前摆放着树叶做成的盘子,剩下的人拎着装有热米饭、豆汤、薄饼和蔬菜的铁桶,挨个派发。这些饭菜和戴维在桑托西家和金庙里吃的一样——他们管它

第十二章 印度之眼（下）

叫"穷人大餐"。几乎没有人说话，厅里只有偶尔发出的吃东西的声音。在这里，吃饭也是冥想，所有的食物都被祝福过，可以净化身心。吃完饭，把叶子做的盘子扔到院墙外面，很快就会招来奶牛、猪和乌鸦，它们可以美美地一顿饱餐，把残羹冷炙打扫得干干净净，没有丝毫浪费。

虽然温达文在布局上与其他印度村庄大同小异，并且随处可见拉其普特（Rajput）时代留下的痕迹，然而，人们所表达的奉爱之情却宛若来自另一世界。他们相互之间的招呼声是"茹阿达（Radhe），茹阿达"，这是克里希纳永恒的爱侣——神圣的爱之女神茹阿达兰妮的名字，念她的圣名就是在赞美她。

村里的老人身着量身定做的传统长衫克尔塔和兜提，坐在店铺外面聊着家常，讲讲村子里、家里和当地的庙里发生的新鲜事。纱丽店和丝绸店里摆满了五颜六色的布匹。还有很多店专门卖些供奉用的小东西、黄铜的和大理石雕成的神像、冥想用的念珠、圣泥、供香和芳香精油。到了晚上，那种灵性的氛围就更是浓厚了，人们纷纷走出来，沿着热闹的街道去往无数大大小小的神庙，随着拥挤的人流去崇拜神。每座神庙的庭院里都传来歌声，有锣和其他乐器伴奏。玫瑰花和金盏菊做成的花环堆成了山，可还是供不应求。

在每一座庙里，都有一对不同的茹阿达和克里希纳在接受人们载歌载舞的崇拜，以及鲜花、酥油灯和食物的供奉。这甜美的奉爱之情把戴维带回了童年的夜晚，那个在电视上观看《激情拉贾斯坦》的时刻。现在，他有些明白了，去敬拜人形的神会给人的意识带来多大的不同。人们在阳光中看到神，在自己的心里看到神，或在圣书和祷告中看到神，还有人把他视为万灵之灵，天地万物、灵性与物质的始源。既然如此，为何就不能是一个吹着笛子的美丽形象呢？戴维看到了崇拜者眼中的泪水、他们的恳切，同时也感受到了他们无法抑制的喜悦。他想知道,为什么一尊雕刻出来的大理石像会在几千年里,不断地激发出这些情感呢?

❦

第二天,戈文达为戴维安排了一次和老师见面的机会。"别担心,"他向戴维保证,"斯瓦米是一位非常温和慈祥的大师。和他在一起,你会觉得很舒服的,而且我会陪你。"

那天晚上,戴维和尤给西瓦坐在修院的花园里。这个男人肤色白皙,典型的欧洲人的脸,但是他的外表和生活方式与一个印度瑜伽师没什么两样。虽然他出生在伦敦东区一个富有的家庭,而且受过良好的教育,但现在却过着苦行僧一样的生活,这与他的个性正好形成互补。他右手拿着一串木头珠子,一边轻轻地念着曼陀罗神咒,一边用手指一粒一粒地拨动珠子。"你在这里开心吗?"

"很开心,在印度还从来没有见过这样的地方,"戴维回答,"我也没见过多少,不过这里和瓦拉纳西、德里和阿姆利则都不一样。"

"没错,温达文有着独一无二的灵性渊源。几千年前,克里希纳在这里度过童年,这里曾经居住过很多伟大的圣哲和瑜伽师,在这里教导众人如何培养灵性之爱。这里的氛围和村民有一种特别的魔力,简直难以抗拒。所有的人都被同一个对象所吸引:他们的神,克里希纳——他的名字、在这里嬉戏的快乐时光以及美丽的形貌。对我而言,这就是家。我想不出世界上还有什么别的地方值得我待。"

戴维感到自己的心像是被抚慰了一下,同时又充满了喜悦和爱。除了停驻于当下,他别无所求。他回到房间,心里有一种感

第十二章 印度之眼（下）

觉，要是能继续待下去就好了。里面有个声音在分析理由：既然没了钱和护照，就干脆搬到修院里算了，过一种僧侣的生活，做个圣人，穿上橘黄色僧袍，剃成光头，张开双臂，拥抱温达文。这时又出现了更为理智的声音：不能因为绝望而做一位僧侣。这样的痛苦，他母亲一定无法承受。在她眼里，就和死了没什么两样。对于戴维而言，法国就像一个死气沉沉的黑暗世界。他的心被这些相互矛盾的愿望撕扯着，所有的欲望无非只是为了争夺那一点点可怜的快乐。

第二天清晨，孔雀的鸣叫和附近神庙的钟声早早地把戴维从睡梦中唤醒。5点钟，戈文达敲响了他的门，邀他前往斯瓦米的房间。他穿过庭院，心里却在为这次尚未准备好的会面而忐忑不安。斯瓦米的门打开了，一种海浪一样的宁静包围了他，仿佛走入了一个空灵妙境。

"请进，小伙子，"斯瓦米的声音柔和而低沉，"请坐。"

屋子里散发着晚香玉的供香发出的香味，清凉的白色大理石地面足够可以坐上二十人。窗户边是一张床、一张短短的写字桌，还有一张矮桌，上面摆放着镶了镜框的照片，有灵性导师的，还有圣地的，所有的照片前面都放着鲜花。微弱的灯光下，斯瓦米显得有些虚弱，但是面庞却散发着光彩，双目炯炯有神，犹如黑珍珠。他身披一袭浅橘红色的长袍，露出一部分瘦弱的上半身，脖子上佩戴着一串由玫瑰和黄兰花串成的花环。

戴维向他顶礼后，盘坐在戈文达身边的草垫上。斯瓦米坐在桌子后面的坐垫上，背靠白色的长枕，修长的右手持着一串祈祷用的木珠，嘴唇轻轻翕动，间或咳嗽几下。他看上去得有八十多了，但是举手投足间却仿佛超越了年龄。他那微黑的肤色泛着金黄，面部留下了岁月的印痕，却又显得气度不凡。长长的耳朵，耳垂巨大，剃光了的头非常饱满，仿佛装满了珍贵的知识。他仰起头来，默默地直视着戴维。

戴维的眼睛直直地盯着地板,他不知道是应该先开口呢还是等待着斯瓦米先讲话。时间并不充裕,终于他决定先开口。

"斯瓦米,很荣幸见到您,很感谢戈文达做了这个安排。"他双手紧紧合十,态度非常恭敬,"可我听说您贵体欠安。"

"人老了,身体的疾病便会随之而来,"斯瓦米回答道,"就像寒来暑往,人必须学会忍受。然而,灵魂永恒,永远年轻,即便躯体死了,灵魂也从未死亡。我们的本质就是——灵魂。"

他用左手摸了摸光亮的头顶,手指依然一刻不停地捻动手中的念珠。

戴维暗暗地思索着斯瓦米的话,这是一句富有哲学意味的断言,指明生命本性短暂,人应当了解更高的本性,学会容忍。这里不仅仅说的是他自己,也和他的个人感觉无关,这是所有生物个体的情况,尤其是人类。

"在这个世界上,所有的人都试图享受大自然的礼物,神的礼物,"斯瓦米继续道,"而且宣称这些都属于他自己,但是他的行动迟早都会招致痛苦的结果。这就是业报定律,大自然的法则。你们说,'一分耕耘,一分收获'。在众多的生命物种中,人类的形体是罕有的,不应该浪费在徒劳无益的物质追求上。只要人不去探寻生命的灵性价值,就注定会失败,受制于由无知而来的痛苦。只要心智不纯,知觉不净,只要人还沉湎于追求果报的活动,就不得不接受物质躯体,反反复复地经历生老病死的轮回。"

他轻轻地吟诵了几个梵文词语,以大师的权威感竖起右手的食指。

"这句话的意思是,人从童年开始就应该接受有关灵魂的知识教育和训练。

"有了灵性知识的培养,人才能提升意识,超越愚昧和欲望。

第十二章　印度之眼（下）

这并不难，谁都可以做到。只需要一点点牺牲。在生活中，处处都得有所牺牲。有道是，灵修是艰难的，但物质生活却是不可能的。我们的心中储存了那么多的爱，但我们却把这些爱转化成了彼此间的贪婪和色欲。当爱被错误的动机给阻挡时，怎么还可能有真实的爱和自由解脱？

"你还年轻，应该好好运用你的智慧，去理解事物的真相。在这个世界上，人性被严重地误导，才有了大量的暴力。人原本就应该培养知识，这样才能有助于他们脱离生死的轮回。不要把人的生命给浪费了。要努力去看内在的永恒灵魂，让它的光芒穿透你的躯体、心智和感官。古往今来，印度所有的伟大导师都得出了我现在给你讲的这个结论。"

斯瓦米面前的桌上散放着几本又厚又大的书，上面放着放大镜。他看上去极有学者风范，但他的语言又很通俗易懂，除了偶尔出现的几个梵文词，他所表达的意思在戴维看来非常清晰明了。他谈到了仁慈，谈到当他看见那么多人因无知和不好的业报而深受痛苦时，自己有多么地悲伤。他说，一个人看到别人受苦时，应当感到伤心，应当用灵性的知识帮助他们克服痛苦，而不是仅仅用食物和医药让他们暂时得到缓解。

"修行生活不是摆脱物质痛苦那么简单，"斯瓦米说，"而是通过爱来帮助他人。只有心中奠定了一种信念，才有可能。这种信念就是：所有的生物体都是兄弟姐妹，都是神的一部分，因此都具有能力彼此相爱、相互尊重，这种爱来自生命的源头——神，他体现了那种爱最纯粹的样子。"

戈文达示意斯瓦米需要休息了，但戴维还有最后一个问题。

"印度的斯瓦米和大师们也像耶稣、摩西和佛陀那样展现奇迹吗？"

斯瓦米笑了。"年轻人，我自认不会展现奇迹。但是在这个世界上，没有比让人终止下一次投生更大的奇迹了，而我教的就是这个。"他注视着对面墙上的一幅装裱好的油画，画上有一位年迈的印度"萨度"（圣哲）正在盘坐冥想——戴维想，这也许就是斯瓦米的导师吧。

"只有征服了色欲、贪婪和愤怒的人才能在内心中获得平静，如此方能在一位真正的灵性导师的带领下解脱，进入灵性世界。

"如果某人很愚昧无知，且沉湎于自私的物质享乐，那么一位博学、仁慈而精于灵性知识的人怎么可能放任他陷入功利果报活动，更深地陷入物质生命存在中去呢？如果一个盲人走错了道，一个绅士怎么可能坐视他走向危险呢？他怎么可能认同这条道路？没有一个睿智而善良的人能允许这样的事发生。"

斯瓦米不带任何矫饰的态度深深地打动了戴维。这位长者显然不是一个伪装者。关于躯体和这个世界，人性的脆弱，他所说的一切都很在理。

斯瓦米闭上双眼，恢复到清晨的冥想状态。

戴维起身告退。

"斯瓦米，"他说，"我得告辞了，感谢您花时间与我分享了这些宝贵的知识。"

斯瓦米睁开眼睛，绽放出大大的笑容。"你会在《薄伽梵歌》这部古老的经典里克里希纳的话中找到平静和灵性的抚慰。它会在最无助的境况中保护你的。别忘了，每行一步都伴随着危险。祝你平安，下次再来。温达文这片土地是每个人的家园，也是你的家。"接着，他取下脖子上的花环，示意戈文达给戴维戴上。

在花环碰到胸口的那一刻，戴维突然感到一种喜乐的震颤遍及了全身。斯瓦米就像一位关爱他的灵性祖父。他的出现以及话语有如一剂清醒剂，同时又像一道光照在他晦暗的心上。

第十二章　印度之眼（下）

清晨的太阳已经越过了树梢，空气变得暖热起来。戴维向自己的房间走去，脑海里充满了这位不为人知的圣人的话语。斯瓦米的出现和纯粹的心灵深深地打动了戴维。他曾经读到过一句话：纯粹灵魂的临在会摧毁一切污染与烦忧。现在他完全相信了。

温达文小镇和萨度修院真的属于另一个世界，戴维感到难以离开，更无法跳上开往德里的大巴。很显然，这是两个完全矛盾的现实世界。他环顾四周，正在苏醒的村庄，淳朴的居民，美丽的土地和树木，所有的感觉都和他初次在恒河里沐浴时的感受一模一样。这里有足够的一切让他回来，并将他带向未知的远方。

大巴坐满之后，一个售票的小伙子敲了敲车身，示意司机启动。戴维经过交涉，终于上了车，在拥挤的人群里找到一个座位。无论有没有物质财富，他都一样高兴。他打开袖珍的《薄伽梵歌》，斯瓦米的话立刻在他的耳畔响起。突然，他看见一张叠得整整齐齐的二十美元纸币，就夹在他还没有读过的书页之间。右边的书页上恰恰有一个梵文诗节，确认了他遇到的情况：一位真诚而努力地寻找更高自我的人一定会获得回报。他仿佛被幸运地推动了一把，接下来的漫长而颠簸的路途所带给他的压力也顿时减轻了。

戴维到了德里，向法国领事馆求助。他用两个词概括了自己的困境：没钱，没护照。父亲的来信现在派上了大用场，证明他已经被征兵，刻不容缓，必须立刻受到关照。其实事实上，他一点都不想离开印度。

除了现在没有了护照，非法留在异乡之外，还有什么理由能把他拉回到巴黎呢？他也想把这个问题想明白。是对母爱的依恋，还是需要一个停顿，重新审视一下自己的心再上路？领事馆提供的帮助最后落实到了一张带有法国大使馆信头的信纸上，上头写着通行证，备有签名和领事馆的签章，并写明他被准许经过的边境线有：印度、巴基斯坦、阿富汗、伊朗、土耳其、希腊、保加利亚、南斯拉夫、意大利和法国。

第十三章
扎卡伊先生

所有的挑战、考验把他锻造
成了一个更坚强的人。

心之翼

⋮

　　此时，戴维是一位走在返乡路上的年轻人，浑身上下，不名一文。从天而降的这笔财富——《薄伽梵歌》书里夹着的那张二十美元现金用来支付了德里返回阿姆利则的火车票，一张穿越印巴边境、进入巴基斯坦伊斯兰堡的大巴车票，还有继续北上，抵达白沙瓦的过夜火车票。倘若还能有些结余，兴许还能穿行到喀布尔。

　　巴基斯坦是一个伊斯兰国家，然而让戴维感到惊奇的却是，这里的人无论在语言还是生活方式上都鲜明地保留了来自印度的影响。八月的白沙瓦，清风送爽，令人心旷神怡。城市周边崎岖不平，一片蛮荒。这里就像印度一样，街上、车上和商店里永远人声鼎沸，马路上挤满了老旧的大卡车、马车和人力车。

　　然而，这里和印度的区别也很明显，几乎看不到一头奶牛。穆斯林是肉食者，这里的奶牛不像在印度教圣典中那样被奉若神明，它们在《古

第十三章　扎卡伊先生

兰经》里几乎鲜有提及,更不会给巴基斯坦人的街道和家居生活带来热闹和拥堵。在一种宗教中,它们备受崇拜和保护,而在另一种宗教中,它们却遭受到屠宰和贩卖的命运。

数个世纪,甚至数千年以来,白沙瓦一直占据着兴都库什山高原脚下的战略要地,与中国、印度、俄罗斯和阿富汗比邻而居,侵略者、军事列强和各式各样的交易者一直顺着这个地理上的十字路口长驱直入。这里被称为鸦片中转站,七十年代时吸引了不计其数的西方人纷纷前往。在海拔较高的高山上,头脑简单的农民种植了大量鸦片来满足西方市场的大量需求,借此大发横财,赚取数百万甚至上千万美元。

戴维把最后一个美元砸在了开往喀布尔的车票上,这辆大巴需通过边境线上唯一的通道——开布尔山口,这是兴都库什山峡谷上一条上下蜿蜒四十英里的通道。乘客们已被警告说这条路极其危险,不仅由于山路崎岖,极度狭窄,而且两边还有普什图人的管辖控制。有传言说俄罗斯即将入侵阿富汗,于是这片区域的紧张局势更是步步升级。但没有人知道这场危机何时会从天而降。

戴维的身上裹着印度式披肩,阻挡着清晨的凉意。这辆勉强还能上路的老爷车就像安在四个轮子上的铁盒子,里面塞满了带上了全部家当的本地人,就连车顶的行李架上都堆满了行李,几乎和汽车一样高。戴维坐在车的最后面,随时警惕着突如其来的变化。一想到那些部落里的土著会突然挡住去路,强行勒索,或者大打出手,他的心就收紧了。虽说开布尔山口在巴基斯坦的管辖之下,但事实上却是个自治区域,靠着金钱的力量和部落酋长的权势,任何事情都可能发生。在历史上,曾经有无数商队携带丝绸、黄金、宝石和中国商品经过这里,却在猛烈的袭击下遭受重创。后来,商队不再从这些公路上经过了,取而代之的是装载着大量武器和毒品的卡车,随时面临被洗劫一空的危险,而途经这里的迁徙难民更是在劫难逃。

　　汽车开到了一个狭小的通道上，窄得刚够四个轮子和车身通过。车挂在一挡上不敢动弹，稍有倾斜就可能栽到峡谷底下，这种车毁人亡的事儿最近刚刚发生过。周围环绕着的雪峰看上去就像一个巨大的城堡——谁愿意在这样的地方送命呢？

　　在印度待了几个月之后，戴维开始逐渐适应了穆斯林的世界。他心里清楚，返回欧洲的这趟旅程需要他对西方国家的现实生活有一个逐步的唤醒，可他真的不确定自己是否还想成为其中的一分子。斯瓦米的话语一直在他的脑海里回响，就像一层保护的屏障，将他和接下来几个月后即将面临的一切隔离开。温达文之行的记忆依然栩栩如生，那些珍贵的瞬间化为露滴，渗入他的心灵深处。现在，他再次身无分文，唯一的方法是搭乘那些来回穿越于阿富汗运送物资的大卡车。无论如何，他得想办法回到德黑兰，找到那位扎卡伊先生。

　　破晓时分，他跳上了另一辆当地卡车的后车厢，车里挤满了披着灰蓝两色穆斯林罩袍的阿富汗女人。透过棉网格面罩，她们可以看清他，可是他却看不见她们，连一个脚趾尖都看不到。她们给他腾了个地方，眼前的这个陌生人看上去蓬头垢面，又冷又饿，一副无家可归的样子，一个外国小伙子在这里做什么？她们都张大了好奇的眼睛。

　　戴维再一次想到了扎卡伊先生。除了他，没有人可以帮助他安全回到欧洲。是的，只有他。他一直留着雷纳尔多的字条，以证明这种关系。他在想，在这种人迹罕至的地方，有哪个犹太人会拒绝向另一个同胞伸出援助之手呢？

　　这个区域，几乎见不到一个外国人，甚至连一个说话的人都没有。他在孤独中成长，早已学会了把这种荒僻的地方当成自己的

第十三章 扎卡伊先生

家。冥想是需要幽僻之地的,不仅如此,还需要自律。然而,冥想却可以把心转变为一个流淌着清溪的静谧之处,那里还有优美的白天鹅,浮于清澈如镜的水面上,花园里鲜花盛开,那份安宁平静甚至连海洋的深处都无法达到。不过,戴维的清幽之地却是一个战场,一个收留伤者和无家可归者的庇护所。午餐停车休息的时候,他坐在一辆停靠的本地大巴上,注视着那些吃着香喷喷的米饭和蔬菜的当地人,等他们一离开,他立刻跳上去,把他们剩下的残羹冷炙全都一扫而空。他大口大口地吞下水龙头里流出来的水,这是当地人连碰都不会碰的。

戴维和一群工人一起,坐着一辆平板卡车横穿赫拉特,然后越过边境线进入伊朗。当他在笔直的似乎永无止境的公路上行走时,印度的情景一幕一幕地从心里闪过——恒河,温达文村,斯瓦米泛着金光的肤色,还有那慈祥的笑容。印度给他的心灵带来了抚慰,就如同檀香浆液清凉了肌肤。那本崭新的精装版家用地图无法预言到这些毫无雕饰的现实,所有的书页上只有颜色、线条、国家名称、城市、村镇和边界线,剩下的只有一个难以预料的梦,至于这个梦将如何展开,却是一个揭不开的谜。

他和成群的绵羊和山羊一起躺在一节火车车厢的稻草垫子上,神不知鬼不觉地进入了德黑兰。情况似乎已经糟到了极点,然而,为了达到那个目标,他从来不曾失去那份战斗的精神和坚忍的毅力——事实上,正好相反。这些磨难对他而言,真是生命中最好的课程。他逐渐成长为一名男子汉,懂得欣赏和接纳自己,懂得感恩那些神圣的安排,即便它们以最坎坷的方式来临。这是对生活的拥抱,是这世界上最好的学校的信念!无论任何一个课本里的理论,

心之翼

还是在舒适的家里柔软的床上、暖和的被窝里闭上眼睛入梦前看到的那些故事，都无法超越。在这个生命的课堂里，你可以看到形形色色的人，目睹他们的考验与光华，他们的信仰与魔障，他们的快乐和恐惧，还有，在一切的一切背后，自然——这位最伟大的恩师的手。这里关乎他的战斗、他的心念，还有他的那颗虽沧桑但却依然年轻得可以挑战一切的心！

伊朗的局势很快就恶化了。伊斯兰宗教激进主义者正在酝酿着一场旨在打倒伊朗国王的计划，因为他和美国合作。伊朗的西方化进程受到了遏止，伊斯兰教的统治取而代之。戴维终于来到了巴赫拉米街，一路风尘，疲惫不堪。扎卡伊先生不在家，隔壁的老人似乎也不在。戴维坐在道旁的一棵大树下等候。

"你若是在等扎卡伊先生，那就别再等了，"一个穿着朴素的女人牵着一个小女孩的手，对他说，"他已经搬走了。"

"他去了哪里？"戴维问。小姑娘用惊愕的眼睛注视着他，一边抓紧了女人的手，她简直被这个男人古怪的样子给吓到了，小身子藏在女人的背后，就像藏在一棵大树背后那样，露出一只好奇的眼睛，目不转睛地瞪着他。

"我饿了。"戴维伸出两只手，发出乞讨声。他的指甲又长又脏，瘦得皮包骨，头发打成了结，双脚黑得不成样子，完全是个潦倒不堪的人。女人看着他，表情里混杂着厌恶和同情。"我是犹太人，"他说，"我的东西都丢了。我得和扎卡伊先生说上话。"

"你等在这里别动。"说完女人沿着街道又往下走了几个门。这句神奇的口令"我是犹太人"激起了她的恻隐之心，生命中第一次，戴维为这个身份沾沾自喜。这让他想起了以色列，也想起那些让他真切地感觉到自己是犹太人的时刻，比如和撒慕尔拉比的邂逅，还有西奈山之旅。巴赫拉米街看似空空荡荡，好像没有人住。

第十三章 扎卡伊先生

狭窄的小道两旁竖立的石灰岩墙壁、金属门、咕咕叫的鸽子,这一切都让人的思绪飘回到位于耶路撒冷百门区的犹太正教中心。

不一会儿,女人回来了,她把戴维领到了内院,招待他面包、苹果和茶。小姑娘好像被施了魔法一般,站在女人的后面呆呆地望着他。他已经忘记了周遭的一切,掰开面包时就像一头饥饿的狼在撕扯猎物,只知道狼吞虎咽。

很快,街上响起了重重的脚步声,金属门大大地敞开了。一个矮胖的男人走了进来,他身穿一件过大的灰色西服,头戴一顶高尔夫球帽,站在那里望着戴维。来人正是扎卡伊先生。他从前面的口袋里掏出一块手绢,擦去眉毛上的汗珠:"你就是那个打以色列来的年轻人吗?"

"是的,我的确在以色列待过,"戴维答道,"但我刚从印度回来。"

"看得出来,"扎卡伊先生上下打量了一下戴维,"这里很不安全。伊朗的情况越来越糟。是谁把我的联系方式给你的?"

戴维谈起了以色列、雷纳尔多和他的父亲。扎卡伊的脸上放出了光,不一会儿又露出紧张着急的神色。他一边不停地看表,一边不断地擦去脖子上的汗,也许是怕被跟踪了。他递给戴维一个地址,这是一个他们可以再次安全见面的地方。

"别跟着我,"他说,"晚上在这个地方见。把自己弄干净了,穿上像样的衣服。"他示意那位女士帮忙,她点了点头。他再次瞟了一眼自己的手表——下午两点,然后他俯身提起皮箱,匆匆离去,就像来的时候那样。

戴维跟着那位女士来到了街对面的家。小女孩看他的眼神柔和了很多,既然已经到了自家的地盘,她可以放心地离他近一点儿了。

"这是瑞秋,别担心,"女人说,"她听不见。看见我和陌生人说话,她好奇得很。"

"发生了什么？"

"来，穿上试试。这是我儿子的衣服，他和你一般大。"

客厅里放得很满，她抽出一件衬衫、一条长裤，接着从一个沉重的木头衣橱顶上取下一个箱子，从里面拿出几双鞋子。这些衣服都整整齐齐地熨好了叠放着，就像新的一样，散发着樟脑的味道。

"瑞秋不是我的女儿，"她解释道，"她的父母死在了赎罪日战争中，而我也失去了唯一的儿子，他死于一种和癫痫有关的疾病。于是扎卡伊先生就把瑞秋和我安排到了一起。她需要一个家，而我也刚刚失去自己的家。"

"冒昧地问一句，那您的先生呢？"

"说来话长。我一个人已经生活太久了，不想也罢。"她把瑞秋拉到自己的怀里，仿佛瑞秋是她唯一的珍宝。

这两人各有各的悲剧，而内心的痛苦却是一样的：一位因为年幼，还不太有意识，但却强烈地渴望着母爱；另一位则经历了破碎的家庭，像一棵被连根拔起的树那样被迫离开了犹太人婚姻家庭的体系；在一个犹太家庭里，妻子和母亲就是家族中传宗接代的根基。她伸出手臂，把瑞秋揽在怀里，瑞秋则抱着自己的洋娃娃。她们俩都需要一种强烈的希望作为生活的意义，这世上再也没有什么可以伤害到她们了。

戴维痛痛快快地洗了一个澡，穿上了干净衣服，瞬间变成了另外一个人。他把头发拢到脑后扎成一个马尾，又把脏兮兮的指甲进行了修剪，最后还剃干净了胡子，身上散发出伊朗巴夫手工皂的味道。

女人微笑地看着他。"现在，"她郑重地宣布，"你可以体面地见扎卡伊先生了。"

戴维又和她坐了一会儿，小瑞秋很专心地在玩自己的布娃娃。他谈起了以色列，有意描绘出一些让她感到舒畅快乐的画面。聊

第十三章 扎卡伊先生

天——他能给的也就那么多了,而她对印度和戴维在那里的经历却显得格外有兴趣。

"我过去在德黑兰大学图书馆工作过,"她解释道,"有的是时间了解这些地方。"

戴维感到很意外,但她的好奇似乎仅仅限于街上的奶牛和饥饿的人们。灵性和贫穷怎么就能并存在一起?这一点她感到百思不得其解,这就好比戴维怎么也没办法把宗教和战争扯上关系。她又问起了他的家庭,想象他的母亲此刻正在经历的困境。她忍不住总在他身上看到爱子的影子。她实在不明白究竟是什么驱使着这个年轻的小伙子远走他乡,去经历如此危险的境况。

"如果伊朗变成伊斯兰教国家,真不知道我们还能在这里待上多久,"她说,"但愿扎卡伊先生能给我们寻找一条出路。他总有办法。我只能祈祷,别让他们逮捕他。"

夜幕降临,戴维向那个约定的地方走去,这地方位于城市的北部,靠近通往大不里士的那条主干道。女人把他送到一个汽车站,告诉他坐哪趟车,在哪里下车。

她握着他的手,正视他的眼睛说:"好好照顾自己。留着这身衣服,我已经用不上了。"她又上前一步,抚摸了一下他的脸,像一位充满了母爱的妈妈那样,在他左右两个脸颊上各亲了一下。

戴维的心被触动了。他能感到,母亲的爱正通过眼前这位女人流淌而来,召唤着他回家。

戴维在一栋简陋的公寓楼的二楼遇到了扎卡伊先生。地上铺着两张床垫,上面躺着一对夫妇和三个学步的孩子,正睡得香。

扎卡伊先生坐在一张小木桌旁边,桌上放着一台打字机、一架台灯、一台电话、两摞用粗粗的红色橡皮筋绑在一起的护照。"有人看见你进来吗？"他问。

"没有，外面安静极了，"戴维回答，就像在汇报公事，"一个人都没有。"

扎卡伊把戴维带到了这个不为人知的地方。他把这里当成了一个基地，一个旅行证件中转的地方。伊朗的犹太人从这里拿了证件，然后坐卡车越过边境线到达土耳其境内，或者，如果买得起机票，就坐飞机离境。他和雷纳尔多的父亲达西尔瓦相交多年，彼此鼎力相助，但更为重要的是，他们俩都与以色列情报局有关联，以色列情报局专门帮助犹太人从受难国转移到安全的地方，并且想方设法给他们提供资金和假证件。他在外衣的口袋里找了找，抽出一本小小的地址簿。他注视着戴维，眼光就像一个正准备在昂贵的商品上下注的商人。

戴维一言不发，想着自己饥肠辘辘的肚子。他已经没有钱了，如果这次会面没法弄到一些现金，那他没准儿就得挨饿了。

扎卡伊先生很想私下里见见戴维。他们需要彼此的帮助。昏暗的灯光微微照亮了扎卡伊那胡子拉碴的、鼓着双下巴的圆乎乎的脸。

"你听好了，"扎卡伊扫了一眼睡觉的人，耳语道，"给我一个能相信你的理由。对你我一无所知。"他把胖胖的手放在那堆护照上，继续道："这里有五十本护照，有许多家庭都在伊斯坦布尔等着这些护照，准备飞往以色列，但我得找个合适的人，把这些护照带过去。我会给你两千美金，把你送到伊朗边境，再远就不行了。这条边境线不容易过。"

"扎卡伊先生。"戴维开口道。

"什么，"扎卡伊吃了一惊，"你不想干？"

"你这里有吃的吗？"戴维求他，"我真的很需要食物。"

第十三章　扎卡伊先生

扎卡伊叹了一口气。在这种藏身之处，他是从来不存放食物的，只有一点儿做咖啡的原料。在这种地方，不能让人感觉有人住。

难民旁边的口袋里有旅行中用到的物品。戴维和扎卡伊看见有一个长面包从里面伸出来。他们像两个搞阴谋的，相互对视了一眼。戴维探过身去，想从里面拿点儿，但他不希望扎卡伊先生觉得他就是那种瞅准了一切机会小偷小摸的人。

"我在以色列时干活非常卖力，"他说，"社团里的长者们都很尊重我。我刚从印度出来，一路上经历了一些磨难，就这些。"扎卡伊撕下一片面包递给戴维，透过眼角瞥了他一眼，紧闭的双唇看上去就好像含着怒意。

"你这是在叫我用生命去冒险，"戴维接着说，"告诉我，得把这些护照送哪儿去。"

扎卡伊终于露出了一丝笑容。他很喜欢戴维的自信，他觉得这个人值得信赖，可以把这批货安全送交。至于戴维如何穿过边境线，那就是他无法想象的事了，不过最让他担心的是最糟糕的情况：在监狱里等死。"这里有伊斯坦布尔的地址，还有你要去见的人。一到那边，就给这个人打电话。他不知道你是谁。"他把一个装着护照和土耳其货币的袋子交给了戴维。

戴维的打扮非常得体，看上去很体面，而且心甘情愿。无论如何，他现在急需的是钱。他万万没有想到，从雷纳尔多给他介绍的联系人那儿会引出这些事情来，而这些东西是否真的能够一帆风顺地抵达目的地而不节外生枝，那就不得而知了。乘大巴旅行肯定是他的首选，而且必须是夜行车。就算海关把车子查个底朝天，还是会有机会的，也许就是这么一个稍纵即逝的机会。

夜深了，戴维在椅子上沉沉地睡着了，而扎卡伊先生却通宵达旦地做着账本，不时敲打着打字机，用一根又粗又短的铅笔在上面写写画画。天亮前，戴维起来了，默默地向扎卡伊先生道别。扎卡伊先生紧紧地握了一下他的手。扎卡伊先生的眼睛有些浮肿，脸上胡子拉碴，显然已经疲惫不堪，这让戴维更深刻地体会到了这个任务的紧迫性。他的脑子里浮现出斯瓦米的忠告："步步都是危机。这就是物质生活的本性。这是一个弱肉强食的地方，这个世界的生存法则就是适者生存。"

大巴从巴扎尔干开往埃尔祖鲁姆，戴维前排的座位被那一家五口占据了。做母亲的一双手从头到尾忙个不停，喂吃的，擤鼻涕，扇巴掌，抚摸、拥抱，什么都没耽误。只要是没在吃没在睡，这群三五岁的孩子总在哇哇大哭，然后互相打架，偶尔夹杂着咯咯的笑声和尖叫声。最让人惊奇的是，似乎在顺序上都有了规律，这样戴维倒可以准确地预料什么时候可以让自己歇上一会儿。做父亲的很温和，带点漫不经心，草丛一样的胡髭几乎遮住了下嘴唇，只有在点烟或者往上吐烟雾的时候才微微张开嘴，好像有意识地把呼吸的空间让给别人似的。一家人睡得东倒西歪，只有在车中途停下来休息的时候或是在加兹温（Qazvin）和大不里士加油的时候才睡眼蒙眬地醒一会儿。

戴维的注意力都在包里的东西上。从大不里士开始到二百五十英里外的边界线，这一路上戴维的心一直悬着，脑海里生出各种各样可能的场景和各种选择，他的焦虑在步步升级。太阳落山的时候，他的心里已经被各种怀疑给塞满了，只想着如何摆脱最糟糕的处境。打开车窗把袋子扔出去，就跟掐灭一个烟头那么容易。他扫了一眼后面的乘客和前面的通道，心里头只有恐惧。但这事儿可不仅仅和他有关，还关乎伊斯坦布尔那么多家庭的命运，这决定了他们是否能够安全抵达以色列。而且那笔辛苦费也不允许他半途而废。也许他干脆直接飞回印度算了，去恒河，去温达文找斯瓦米，或者探索出一个新天地来，体体面面地环游一番。

车灯扫在一个路牌上：巴扎尔干，15英里。他得尽量保持镇

第十三章 扎卡伊先生

静。那一大家子睡得很沉,除了在放哨的父亲。戴维向前俯下身去,他想把包裹偷偷放进他们座椅底下的食物袋里。大巴到达了边境区,跟在另一辆车后,缓缓地向正在示意的警官靠近。戴维的心怦怦直跳;浑身冒出的冷汗把衬衫都浸湿了。

一个男人站起身来,透过车窗往外看,戴维迅速开始行动。母亲醒了,转过头来,正好和戴维鼻子对鼻子地撞上了。她大声喊丈夫,父亲叫醒了孩子们,自然引起了一片哭声。

大巴停了下来,一个海关官员举着手电上了车。护照一个挨一个受到检查,睡得迷迷糊糊的乘客被强行赶到车外,戴维仿佛看到,末日在向他一步一步地逼近。他把车窗移开,把那个包递出了车窗,松开手。那个军官看上去就像从地狱里冒出来的死神代理,高举着火把,要把罪恶的人押回到主人那里接受审判,自己则可以邀功请赏,得到救赎。

"这是什么?"军官指着法国领事馆的文件问戴维。

"我的护照被偷了,这个用来替代。"戴维回答说,努力保持镇定,面带微笑。

"上哪儿去?"

"回我的家乡法国。"

"有钱吗?"

"回家足够。"

"你身上带有印度大麻、海洛因、鸦片、可卡因这些毒品吗?"

"我不抽烟,不喝酒,不贩卖这些东西,也从来不买。"戴维说,越来越紧张。

"我问的不是这个,"军官继续坚持,"我是说你有没有携带毒品?"

"没有。"戴维说。

"那你干吗那么紧张?"那人对着戴维的脸咆哮道,张开的大口里，唾沫飞溅。他的呼吸里散发着一股让人无法忍受的大蒜和烟草混合起来的味道。所有的人都站在了车外。这时差不多两点了，戴维觉得自己再也无法以自由之身看到清晨的太阳了。军官一把抓过他的行李，底朝上，就像倒出一袋脏衣服那样把里面的东西一股脑儿撒在地上，然后用靴子把那些东西踢来踢去。他把那些衣服和书都里外翻了一个个儿，并且搜查了戴维的口袋。接着，他把手电光锁定在戴维的脸上。"把你的东西捡起来，滚出去。"他吼道。

伊朗的海关官员向来以他们对待富有自由精神的西方人的方式而闻名。夹带毒品可以被判终身监禁甚至是死刑。戴维的心在狂跳，他口干舌燥，汗津津的手在痉挛。当其他乘客被叫回车上时，那袋护照还悄悄地躺在黑暗里。现在只剩下唯一的机会了，成败在此一举。戴维悄悄地挤入两辆车之间，捡起了那个布袋，那个当官的猛地把手电对准了他。

"喂，干吗哪？转过来给老子看看！"他大吼道。

"长官，真对不住，我实在找不见厕所，晕车，难受极了，"戴维一边说，一边做出呕吐的样子，"一会儿就完。"

"该死的西方佬，"那官员啐了一口，"就知道吹牛，屁大的胆儿。"戴维把那袋护照藏在衬衫里面。他的心都快跳出了嗓子眼，生怕再被搜身一遍。终于，他回到了座位上，那家的男人用好奇的眼光看着他，然后用手指把胡子往上卷了卷，点燃了一根烟。

成功了。使命完成了。

扎卡伊先生一定会为他感到骄傲的。为此他经历了险象环生，而这些护照代表着五十个人的自由！戴维终于舒了一口气，但在这黑沉沉的夜色中，却无法合上双眼。穿过土耳其边境的时候，他的心中依然忐忑不安。天亮了，一家人准备动身回家。那女人冲着戴维皱起了眉头，目光很是严厉。男人站起身来穿上夹克，点上一根烟，坐在戴维身边。

第十三章　扎卡伊先生

戴维以为他要说些什么，或者分一块面包给他，但是，他口中发出来的声音却像电影台词。

"那东西找到了吗？"那男人悄悄问道。

"什么！你是怎么……"

"我也为扎卡伊干活。他请我做个备份，以防万一。你很勇敢。你的每一个举动，我都看在眼里了。穿越这条边境线，俗称死亡陷阱。你九死一生，很幸运，也很英勇。扎卡伊先生会为你感到骄傲的，还有所有在等待着安全过关的家庭。感谢你。"

"但是……"戴维简直目瞪口呆，"那为什么扎卡伊先生把这事托付给了我而不是你？"

"去问小瑞秋的妈妈。她想帮你一把，于是求了扎卡伊先生。现在，把护照保管好，去完成最后的任务吧。他们在伊斯坦布尔等着你呢。祝你好运。"

两天之后的伊斯坦布尔，戴维在大街上漫无目的地行走，他想弄明白，发生在他身上的一切究竟都意味着什么。他坐在伊迪兹公园的长椅上，抬头远眺博斯普鲁斯大桥。这座大桥，早在今年年初他就走过，那个时候的他完全抱着探险家的美梦。亚洲超乎想象地向他敞开了大门，所有的挑战、考验把他锻造成了一个更坚强的人。他已经长出了一层硬壳，可以保护他不受外面这个世界的伤害，同时也庇护着那最珍贵的——真实的自我。

戴维无法亲眼见到那些从他手中接过自由的人，但他坐在一棵大树下的树荫里，一本本地看过了他们的护照。他注视着每一张脸，从那些被编造出来的名字里想象出各种故事。他们僵硬的表情和姿势被锁定在一张两英寸见方的方块里，粘在页面上，一个角上盖着移民局的印章，而真实的故事却被隐藏起来了。他小心翼翼地打开每一份护照，就好像擅自闯入了别人的私人领地。那些护照还散发着墨水的味道，深蓝的硬皮封面上印着土耳其新月和伊斯兰星星。

　　扎卡伊先生简直是编造人物的高手。他可以给任何一个支持以色列事业的人一个名字、地址和国籍。莱拉·那瓦罗（Leyla Navaro）太太，38岁，生于埃尔祖鲁姆；白哈·塞缪尔（Behar Semuel）太太，32岁，生于伊斯坦布尔；哈里·欧贾瓦（Harry Ojalvo）先生，55岁，生于伊兹米尔；伊塞特·罗萨雷斯（Izzet Rozales）先生，61岁，生于伊斯坦布尔；格瑞西亚·纳西（Gracia Nasi），59岁，生于伊兹米尔；奥萨法蒂（Ozsarfati）女士，14岁，生于安卡拉。

　　交割的时间很短，也很亲切友好。戴维和他的线人在法提赫区的一家咖啡馆碰面。他把护照交给对方，那人给了他一个装满了现钞的白信封。戴维简直难以相信，这一幕真真切切地发生了，真的大功告成了吗？那么多的危险，那么多的紧张，那么多的焦虑不安，那么长的不眠之夜，现在，又有了命运急转的这一大笔钱。然而，对扎卡伊先生而言，为了那五十条生命，这一切又算得了什么呢？

第十四章
真正的战士

那些让他最害怕的东西以及他一直在抗争的
东西让他变得更坚强,目标更坚定。

心之翼

⋮

　　站在大街旁的石板路人行道上，周围的一切都显得那么陌生，那些声音、行人和巴黎的夜生活离他如此遥远，戴维就像刚刚从一个梦中走出来。他已经不是原来的他了，他变了。火车带着他迅速横跨了欧洲，转眼就回到了法国，这么快，以至于他都来不及适应昔日的这种生活，也顾不上把他离开后三年间发生的事情好好地梳理一番。

　　他的回家完全让人出乎意料。当他找到住在底层的贝松太太要钥匙的时候，她惊得往后退了一步，差点晕倒，简直不敢相信自己的眼睛。她是看着他长大的，照顾过他，也曾帮助他度过了不只一次的青春期危机。现在，他就站在她的面前，胡子拉碴，一身印度打扮，肩上挂着一个自己手工缝制的背包。

　　贝松太太是个寡妇，没有孩子。她早在心里把怀士曼一家当成了自己家的人，把安德烈和路易丝视为自己的亲人，这一点无须落在纸墨上。她是这

第十四章　真正的战士

座楼里唯一对犹太人很有好感的人,自从1942年7月在巴黎围捕中她的先生因为帮助犹太人而被捕之后,这种感情又加深了很多。

她把戴维请进了家,就像对待一个从战场上回归故里的士兵那样一边款待他吃的,一边询问起了他的旅行生活和明显让人担心的健康状况。"可是你家没有人在,"她说,"你父母度假去了。你的哥哥们都搬出去住了。一个住在西班牙,其他的都散落在全国各地。"

回到过去,回到这个对他而言已经陌生了的家让他有些不自在。这几年来,汽车站、河岸、沙滩和人行道一直是他的栖身之所。他在贝松夫人洛可可式的沙发床上放松下来,她觉得很高兴。天色已晚。家里的猫趴在他的脚边冲他喵喵叫,让他有一种受到欢迎的感觉。

戴维回家的消息很快就在街坊传遍了,但是他还没有和贝松太太以外的任何人打过招呼。当他决定踏上通往远方的路,去寻觅他们少年时一直心驰神往的土地时,他们选择留了下来,现在他们看待彼此的眼光已经发生了变化。他们的美酒和法国酒吧文化与那些触及他灵魂的深刻经历之间,卧着一条难以逾越的鸿沟。帕特丽夏也已经结婚,第一个孩子即将出世。

巴黎依然还是那个风情万种的魅力都市,从骨子里散发着经典的法兰西韵味。戴维把贝松太太带去装饰艺术博物馆(Musee des Arts Decoratifs),在那里看了一场印度艺术展。她已经很久没有这样出门了,平常光顾的除了杂货铺就是拐角的书报亭。自从她的侄子陪她在巴黎枫丹剧院(Theatre Gaite Montparnasse)待过一下午,这么长时间以来,这算是第一次心血来潮时的即兴出行。她拿出两年前在孙侄女的毕业典礼上穿过的裙子——一条印着涡纹图案和豹纹的暗黄色克里斯蒂安·洛尔(Christian Laure)长裙——头上戴一顶米色的天鹅绒帽,银色的发卷像雪白的葡萄一样垂在双肩。

心之翼

　　他们参观了奥里萨斯的手工艺品、拉贾斯坦的丝绸画和南印度的各种饰品。他们坐在一尊四英尺高的希瓦神的古铜像面前。神像几乎浑身赤裸，眼睛半开半合，冥想沉思状，手持一把三叉戟，脖子上佩戴着毒蛇状的项链，泛着铜绿的色泽。贝松太太显然是被这个原始而威严的形象给震慑住了，只好把目光落到拼花地板上，而态度依然非常恭敬而专注。

　　戴维给她讲起了恒河的故事，还有温达文的村庄——奶牛、猴子、孔雀、米饭、豆汤还有面饼。他描述乡村里的生活：村民坐在自行车和牛车上出行，他们清晨在河边沐浴，或者在手摇水泵旁用桶接水冲澡；还有他们的穿着打扮，就在身上简简单单地披上一块棉布，这样就可以腾出更多的时间来静修冥想或与人交往。和他所描述的生活相比，巴黎仿佛成了一个笨拙的世界，里面活着的都是些过分奔波劳碌的人，被套在迂腐的礼节里过着一种假惺惺的生活。这次经历让贝松太太絮絮叨叨地说上了好几天，就像她晚秋的天空里突然下起了一场异国情调的雨——那些色彩和形象，那些兴奋激动的话语，都像瀑布或洪水一样冲击着她那不起波澜的小生活。

　　接着，戴维的父母回来了。儿子的变化对路易丝来说，无疑掀起了一场感情风暴，让她难以适应。不管怎样，她的儿子，终于还是回家了，只是瘦成了一个薄片。做父亲的却喜出望外，尝试着去接受这样一个事实：他最小的儿子已经长大成人，但他没有成为一位处处想显露自己高明的翩翩巴黎公子，而是变成了一位漂泊者——是旅程中的艰险磨难和家里其他人都没有经历过的种种遭遇打造了他！

　　安德烈不知道这一切是不是值得他为之骄傲，但路易丝已经冲到了厨房里，做起了戴维打小就最喜欢的东西。她做了一个番茄豆汤，烤了白面包，他最喜欢的藏红花饭、绿叶沙拉，还有一个豆角蘑菇炒菜花，上面撒上了切细了的法香末，最后一篮炸薯条，庆祝

第十四章 真正的战士

他返回家乡。但是,餐桌上的对话却主要发生在刀叉勺之间,几乎只有咀嚼的声音、喝汤的声音,伴随着寂静,因为戴维不喜欢在吃饭的时候看电视。

第二天中午大家一起喝咖啡,此时距离他的突然失踪已经过去了整整三十六个月,戴维开始讲述自己的故事——略过那些圣地的恐怖主义、误传的《圣经》故事或者神秘的印度奇遇不谈,只说扎卡伊和护照这段,因为在记忆里还很鲜活。

路易丝刚刚给戴维端上了浇着焦糖汁的布丁,这会儿布丁正一动不动地卧在甜品盘里,上面插着一把小茶匙,活像一块"前方施工"的牌子。咖啡已经放凉了,故事正在展开,就连电话声也被忽略了。怀士曼夫妇听呆了。安德烈的牙签停在了牙齿中间,一动不动。戴维绝对行事鲁莽,但同时也表现出了勇气、胆识和英雄气概。仅仅几分钟的时间,他就安抚了父母的心。

安德烈在戴维旅行期间的书信中来回提及的那件尴尬而棘手的事就是服兵役,这件事是再也拖不下去了,此事已经严重影响到了安德烈在市政厅的声望。

戴维已经打定了主意,他的爱国主义最多不能超过三天。他不能在接下来的十二个月里,穿上整齐划一的军装,套上军靴,全副武装,接受杀人训练。当他告诉母亲他很快就会回来的时候,她还以为他只是在说些不着边际的傻话而已。儿子刚刚回来,却又得马上离开,这样的折磨只是显露在她给戴维准备行李时的怒气冲冲的动作上——这个包是他的哥哥去法国海军报到的时候背的,里面装满了暖和的衣服、厚袜子、手套、药品、食物、鞋以及更多的食物。

"这些,这些东西我真的不需要,"他告诉她,"我不会留在那儿的。"他用手臂搂住她,发现身上的衬衫已经被她的泪水沾湿了。

"哦,别犯傻了,"她说,"人人都得参军。如果不去,他们会把你扔进监狱的。"她宁愿他只是待在法国的某个地方,那起码还是法国,也不希望他回到那些危机四伏的远地儿。

戴维把包留在了床上,穿得就和当初在印度时那样,背着他的单肩包和两本书,就这样出发去了军事基地。"过几天见。"他这样说着,同时送了一个吻。

安德烈和路易丝耸了耸肩,对视了一下,他们实在不明白,怎么就养大了一个跟家里其他人这么不合拍的人。但是戴维的学习是在旅途中进行的。正是那些让他最害怕的东西以及他一直在抗争的东西让他变得更坚强,目标更坚定。他见过死亡、疾病和威胁,他也见过大自然演绎的奇迹,这让他充满智慧和活力。

戴维就这样走进了征兵局——一幢威严肃穆的十七世纪综合大楼里,他努力忽略门卫发出的嬉笑声,还有一路上士兵们玩世不恭的指指点点。宿舍里挤满了五十个新兵,个个在为即将成为"真正的"男子汉而激动难耐,等过了体检就可以穿上新军装了。

队伍很长,从一个体检室延伸到另一个体检室,需要检查的有:身高、体重、视力、X光、尿检、血检、脊柱、神经、肌肉。还有调查表,需要打钩的小方格,没完没了的演说——告诉你这是一个成为民族英雄的千载难逢的好机会。

戴维规规矩矩地跟着程序走,但是脑子里却想着应该怎么摆脱。他给自己立下了一个誓言:禁语、断食、每天只睡四个小时,这样便可专注冥想。戴维就像一个准备着灵魂摆脱躯体、臻达解脱之境的瑜伽师,双腿交叠,盘坐在自己的床上。**人类总是在寻找解脱,身体,头脑,短暂的自我身份,都只不过是这样或那样的笼子,人类总想摆脱些什么,哪怕只是一个偏头痛或者一笔坏账。**

自由只是二元相对世界里的一个概念而已,快乐也是。一个人

第十四章　真正的战士

的食物是另一个人的毒药。他想到了伊斯坦布尔的那五十个人，他们应该已经回到了以色列，自由了。然而，深陷在生死攸关的冲突中，这种自由又能得到哪种安全的保障呢？另一种形式的冲突很快又会缠绕人的思想，向感官和心智发动战争。灵魂被这肉体所困，正如一个沦为家囚的国王。倘若有幸能从这里离开，他一定会好好地运用他的自由。他知道，自由的到来总得以牺牲为代价，他决定以诚实来面对一切。

两天之后，戴维透过饭厅的窗户注视着大门，想象着自己从这道门从容离开的样子。他一直在坚持戒食，睡得也很少，但体检报告的结果却显示一切正常，因此，现在只剩下了一个机会：部队里的精神病医生，最后的结果将由他一锤定音。

医学部三楼的走廊又窄又黑，戴维坐在那里，等着叫他的名字。从这里俯视，可以勉强地看到大门。下面的一切活动，都让他感觉很模糊。透过这堵华丽的砂岩高墙，他可以隐隐约约地看到那些大树，还有来来往往的行人和车辆，他们是自由的，比他自由。

"戴维·怀士曼先生？"走廊深处传来一个声音。一个高大魁梧的男人一只手拿着一块带夹子的写字板，一只手捏着钢笔，站在一间狭小的空屋门口。这位就是精神科医生，套着浆洗得雪白的白大褂，里面穿着一件蓝色的衬衫，系着一根红领带。他有一张方方正正的脸，面颊红润，灰白寸头，短短的头发直立着，活像一把鞋刷，尖尖的鼻子上架着一副厚厚的黑色方框眼镜。

"请坐。"他指着空桌后的一张椅子。写字板上夹着一个文件夹，上面标着第42例的字样。"从我收到的报告来看，看不出有什么问题。你来这里的目的是什么？"

"我的身体没有什么毛病，先生。"戴维说。

"那你为什么要求离开？"

戴维随身带了一本从印度带回的书，他把书掏出来平放在桌子上。书里有梵文的书写体，韦陀古文的概要，瑜伽冥想法，还有各种曼陀罗神咒。他很清楚，和他面对面的是一位受过良好教育且颇有学识的人，这个人探索过意识的奥秘。他希望这个男人的兴趣不仅在医疗、哲学上，而且在灵性上。

医生拿起书来，翻了几页，停顿了一下，稍稍思量了一下又重新放下。"这让我想起了在巴黎大学的日子，"他说，"其实这是我学术研究的一部分，不过最后没有什么完整或实质性的结论，对我来说宗教性太强。咱们单刀直入吧，为什么这些东西会阻碍你履行义务呢？"

"我刚从印度回来，"戴维说，"我见过痛苦，也见过机会，我主要担心的是我根本不适合这个地方。对你们而言我没有什么用处。我在别的地方可以发挥更多用处，比方说，那些有饥饿和战争的地方。我现在正处在人生的十字路口，这对我而言非常重要。我可以帮大忙，但不是在军队里。"

他接着解释说，自己是个严格的素食主义者，睡得少，吃得少，在特殊的时间修持冥想。他和别人生活得不一样，会成为别人的眼中刺，就像鞋里有块尖尖的小石子儿，谁都不想穿。

这位精神科医生处理过各种案例——战争创伤、心理疾病、家庭困境和特殊需求，唯独没有遇到过这种个人梦想。

医生站起身来，在房间里来回踱步。1955年的法国出生率很高，二十岁的新兵候选人恐怕已经超额了。印度、瑜伽、梵文、饥饿、素食主义——这些理由没一个符合他那方方正正的大脑里的小格子。至少，这个小伙子没想着给税务局增加经济负担。他在考虑，是否可以为戴维安排一些自由的时间做冥想——这个可以归在宗教义务下面。他可以安排特殊餐食，也可以把戴维安置在办公室，不用参加户外训练。

在医生看来，这个戴维可能对军队而言还能发挥一定作用，但

第十四章 真正的战士

是，他显然忽略了这个人的内在动机。

"大夫，您的理由我都懂，"戴维开口道，"其实，仅仅一年之前我还在中东的农场里苦干，在那个地方，战争就是一个日常话题，我还在一次恐怖袭击中幸存了下来。我周围到处是军人，他们眼不离枪，随时准备接受命令，为他们的国家豁出命去。我的人生转折点主要发生在印度，是一种灵性的智慧给我带来了巨大的冲击。说这些话的时候我并没有头脑发热。我是一个内在已经发生重大转变的人。"

"重大转变？你指的哪种？"医生问道，"你是说毒品给你施加的强烈体验？"他的声音里带着一股讥讽的味道，不过心里面却感到很好奇。

"我知道，因为工作的关系，你一定见过很多疯狂的案例，对付过不少钻制度空子的人。但是，这和我的情况不一样。我的意思是我的内心已经改变了，这不是心血来潮，而是建立在那种关于自我和灵性本质的绝对知识的基础之上的，是生活给了我这番领悟。大夫，您有没有思考过这点，你不是这个肉体，而是永恒的灵魂？"

"我不信教，"医生迅速地回答道，"这点我告诉过你，年轻人，时间已经不多了，还有别的病人在走廊里等着哪。"他看了看手表。突然间，戴维仿佛拥有了世界上所有的时间，他准备在此一搏，尽全力说服眼前这个命运的决定者。

"先生，这与宗教完全无关，"戴维说，"你指的宗教都是人为创造出来的。灵魂是个普遍真理，对你、对我、对所有生物都一样。有了这样的眼睛，你就会平等看待众生。就好比你需要近视眼镜才能看清楚东西，有了关于自我的灵性知识就好比是戴了眼镜，可以看到每个人的内心，于是就会尊重、保护和关爱所有的生命。这是我这一生想要的眼睛，我也想帮助他人拥有同样的眼睛。走出了这些高墙以后，我不会过一种浑浑噩噩的疯狂生活。**事实上，我**

只想成为一名真正的士兵，用超然的知识全副武装，向贪婪、嫉妒、愤怒、恐惧和迷幻开战。这些才是我们真正的敌人，占领了我们的领地，盘踞在我们心中。不管你穿什么样的制服，携带什么样的武器，有过什么样的军训，如果征服不了这些灵魂的敌人，就已经失去了这场战斗。"戴维注视着医生，接着低下头，闭上眼睛。他的手放在一个布袋里，始终紧紧地攥着一本书——《薄伽梵歌》，一本从来不离身的书。

医生一言不发，只有轻微的呼吸声。他又看了一眼表，瞟了一眼房门。他知道该到做决定的时候了，而这个决定者就是他自己。沉默，难以持续的沉默，厚实得仿佛可以一刀切割下去。医生心里知道，戴维的话都是对的，但在现代社会，有谁会用时间好好地研究这些敌人呢？通常，他们全都装成最好的朋友。没有贪婪、愤怒和色欲，就没有生活的乐趣。他明白，戴维是非常认真的。

"要是我放了你，你打算干什么去？可以证明吗？"他直视着戴维的眼睛，仿佛要看到戴维的心里头去。

"我打算回印度继续学习，以身作则，用我的生命来帮助别人。"医生叹了一口气。他从椅子上站起来，走向台桌，把手放在红色印台里的橡皮图章上。他犹豫了几秒钟，最后举起图章重重地落在白纸上，白纸红字，上面写着"EXEMPTED"（免服兵役）。戴维有些蒙，不知道自己是否自由了，直到医生用严肃的口吻一字一句对他说："给你。"他把那张纸递给戴维，却又不放手。"自由了，你可以走了。""自由？"他又重复了一遍。"没错，你可以走了，但是，如果你想做个瑜伽师或者灵修者，就一定要坚持到底。别当伪善者。现在，在我变卦之前，赶紧走吧。"

戴维转向房门，他一言不发，一个箭步冲出房门，冲出走廊，一步三个台阶，跑过宿舍，一把抓起背包，越过接待区，那里有两

第十四章 真正的战士

个士兵正在站岗,一动不动,就像两个玻璃棺里的木乃伊。接着,他奔向外面的庭院,夜幕已经降临在这个十一月初的星期一。

他信守了对自己的承诺。仅仅短短的两天,他就获得了自由,他为此感到自豪,尽管这份自由是以医生最后的那几句话作为条件的。那番话极大地冲击了他的良知,使他更坚定了继续做一个真诚的灵性探索者的决心。他带着鲜花出现在父母惊讶的面庞前。几天过去了,几周过去了,戴维如同与世隔绝一样待在家里,长久地冥想和阅读着印度的经典。他的思绪常常回到恒河边,构思着怎么才能回到那个地方。

母爱使路易丝不得不适应戴维的新生活。她每天做着各种各样的素菜,但心里却很害怕:这根爱的绳索是否足够结实,可以把这孩子拴在巴黎,就像他的几个哥哥那样安顿下来,找份稳定的工作,组建一个家庭,过正常人的生活呢?**有时她会想,父母对孩子的期望也只能么么多,一方面有责任把他们抚养成人,另一方面,面对他们选择的各种人生道路时,还得不可避免地放手,事实毕竟还得接受。这就叫爱。**关键不在于父母个人是否心满意足,是不是可以为成年子女的"物质成功"而感到骄傲,却不管他们的内心是否真正地充实。每想到这里,她的焦虑又似乎减轻了几分。爱意味着尊重彼此的选择。因此,戴维还会离家,他现在自由了,还渴望着历险,这一点路易丝和安德烈很清楚,也只能不情愿地接受。然而,一切都需要付出代价。分离越久,渴望越强,戴维的父母还无法预见,遥远的距离会滋生出多少痛苦。

对以色列的向往在戴维的心中再次燃起,在他看来,这既是对自己血缘根脉的景仰,也是对父母信仰的尊重。

一回到这个熟悉的地方,戴维立刻就被一种亲切感给包裹了,尽管在大多数人的眼里,这是一个充满着紧张气氛和敌意的地域。

他从机场直接搭乘了一辆通往麦西洛特的大巴，心早就飞向了约哈夫和其他伙伴们。

"地里需要你，回来吧。"约哈夫一定会这么说，就好像戴维才走了几天而已。

乌里会笑话他细皮嫩肉的手。"这哪是庄稼汉的手？"他会这么逗他，"分明就是坐办公室的小白脸儿的手。"

约哈夫给戴维分配了一个高档房间，外带一个小厨房和独立卫生间。在这个舒适的小空间里，他开始计划起了未来。

戴维独自回到了希法，他就想这样，一个人扑向绿荫和花海的怀抱。正是鸟类迁徙的季节，无数飞鸟从南非途经这里飞往北欧。它们成群结队地飞过天际，还有成百上千的鸟儿顺着田野里的垄沟，啄食地里的昆虫和其他的小虫子，吃饱后便再次振翅高飞。鹿儿和羚羊停在水渠边喝完水后，便越过绿茵茵的青草地，然后穿过棉花地。地里白得像雪，眼看着又是一个繁盛的丰收季。这里的一切都是苍翠而茂盛的，散发着勃勃的生机。他就热爱这样的地方。独自一人，沉浸在大自然的怀抱，这是戴维的心最为欢畅的时刻。人造的系统，固守的社会模式，按部就班的日程安排，所有这一切都被他抛到了脑后。他觉得没有任何沾染着恶意的东西可以伤害到他。

一天，约哈夫把戴维拉到一边，瞪着眼睛说："鬼知道发生了什么。"他说："以色列怕是准备和巴勒斯坦开仗了。不知道这帮家伙会把我们送哪儿去——多半是前线！帮我个忙，赶紧给待在美国的泰瑞打个电话，把情况告诉她。但愿这种疯狂的局面不会持续太久。"

第二天清晨，以色列官方的军事电台正式宣布以色列进驻黎巴嫩，准备围攻贝鲁特。这次行动被称为"加里列和平保卫战"。他

第十四章 真正的战士

们向贝鲁特的巴勒斯坦基地投放了炸弹,实施了炮轰,而巴勒斯坦人则对以色列平民展开大炮和迫击炮的袭击。紧接着,以色列大规模入侵黎巴嫩,军队一路开到了贝鲁特。

戴维从没有像现在那样,强烈地感觉到生命的脆弱:正如斯瓦米对他说的那样,生命就像莲叶上的一粒水滴。**自由不是一种商品,自由是一串只有心灵才能佩戴得起的珠宝。在他看来,无论哪个地方,人都是一样的。他们只想尽情地欢笑、玩乐、爱与被爱。**

贝鲁特的入侵行动持续了两个多月。巴勒斯坦人最终通过海路被逐出了黎巴嫩。被送上前线的麦西洛特村的男人一个接一个地回家了,虽然没有受伤但却意志消沉,渐渐地,家中老小、日复一日的生活和繁重的劳动才慢慢抚平了创伤。

士兵们从口中说出的那些出生入死的真实故事,在他的良知中掀起了一场剧烈的风暴。在他眼里,胜利者被打败了,而失败者却永远不会放弃。

"战争还能留下什么样的痕迹呢?无非就是毁灭,随之而来的便是孩子和妇女心中的恐惧、泪水、悲哀,他们迷失了方向,生命陡然成为一片真空,仿佛被夺走了一个个明天。然而,这位真主却似乎从没有回应过他们。难道他非得回应他们吗?这件事和他有关吗?"

一天晚上,戴维一边沉思,一边在便笺纸上写道:他们失去了安宁祥和的生活——那是一份只有谦卑或者物质上一贫如洗的人才会珍惜和感恩的礼物。而现在,不仅如此,他们的灵魂也被撕裂了。那些从未陷入贪欲的人,那些能把色欲转化为爱的人,那些能克制愤怒、激发善良的人有权利获得幸福。而剩下的人,只能假装快乐,就像粉红色的大棉花糖,很甜蜜、很美味、很诱人,但瞬间如一朵蒸腾的云,化为乌有。

心之翼

　　某天的咖啡时间，戴维告诉约哈夫，他很快就要离开这个地方了。

　　这个社群已经习惯了分离。无论如何，来到这里的志愿者们从未有过长期安顿的打算。他们是来工作和体验或分享生活的，但仅是此刻而已。这样的生活，有人觉得很艰苦，而有人却觉得很有趣——等回家的时候，他们可以带上一份混合着辛勤劳动和度假体验的回忆。但是，戴维是不同的，他已经成为这个群体的一部分了；他是他们中的一分子，说的是他们的语言，住的是和他们一样的砖头房子。他们都希望他能留下来，都觉得他属于这个地方。

　　戴维逃脱法国兵役的事一直属于他秘而不宣的私事，假如被这里的长者知道了，恐怕他们会感到失望。也许，他头脑里的那些对战争的强烈体验正是一种补偿——是对他拒绝在法国服役的某种弥补。他没有加入那些身着笔挺军服、手上扛着来复枪却从没有机会拉栓的法国士兵，而是直接融入了这些在前线上出生入死的斗士的生活，这些人的机枪上每一个可拆卸的部件上都触碰过无辜的死者。他听过他们的故事，闻过他们刺鼻的军服上沾染的敌方土地上的尘土散发出来的味道，见过他们从被称为中东巴黎的硝烟弥漫的贝鲁特回来后，憔悴的脸庞和疲惫的眼睛里深深的愧疚。

　　九千名黎巴嫩平民被无辜地屠杀，而以色列的伤亡人数却只有五百。戴维的心被撕裂了。他怎么也无法明白，因为这本来就是不可明白的。战争颠覆了逻辑、理性和每一丝人性。他很明白，它实际上来自内心的敌人，就是那个嗜血的，看不见的，永无餍足的，那个总是妄图征服一切的另一个我——虚假的自我。他还能有什么办法呢？无论身处何地，他总试图把握着方向感，总想往上走。就像一个指针始终指向北方的罗盘针，戴维的心指向了东方——印度，那是一个对现在的他而言，唯一有意义的地方。

第十五章
温达文

每一口饭菜都是对心灵的启示。

心之翼

⋮

"等等,等等,"她冲着车夫大声喊道,"你肯定是走错路了。"

"太太,要想看红堡,就是这条路。"车夫操着一口很重的印式英语,他偏过头,仿佛是在为女王陛下效力。

"我要去的地方是德里火车站!"她赶紧否认,"不是红堡。"

特纳太太提着塞满了东西的箱子,离开了宾馆。虽然在印度停留的时间非常短暂,但她可不想错过什么,尽管康诺特广场上的那些店铺具有极大的诱惑力。她的火车在3点发车,光是赶到火车站,到达月台并找对座位就是一个巨大的考验。这次来印度,目的是为一家很受欢迎的英国杂志写文章,眼下最重要的就是能见到合适的人,拍出最出彩的照片来。

第十五章　温达文

　　自从到了印度，戴维就感觉好多了。只要不是被偷了钱，大多数来印度的外来客都会有这样的感受。这个国家有一种神奇的魔力，她能让人很快振奋精神，不知不觉就远离了压力，进入一个独特的世界中。对所谓现代"文明"世界的模仿给这个国家带来了一种怪异的狂热，然而，这里的圣地、河流、圣人和让人着迷的宗教仪式却也慷慨地呈现了她最真实的精神遗产。

　　他在瑞诗凯西停下来好好休息了一下，接受恒河之水给他的抚慰。他漫步在拉克西曼大桥和罗摩大桥之间，尽情地呼吸着纯净的山风，沉浸在这片印度的灵性绿洲之中。然而，在这片次大陆上的几亿芸芸众生之中，却独独有一个人让他始终念念不忘，总是渴望与之一见。

　　"您是去泰姬陵吗？"在从德里出发去往孟买的过夜火车的二等车厢里，他询问坐在对面的这位女士。

　　"不是，不过这是我走完第一站之后的计划之一。"她答道。能遇到一个会说英语的法国人，这让她很是愉快。"您呢？"

　　"这倒算不上一个秘密，"戴维说，"不过，当我告诉一个初来乍到的外国人时，很难讲他们会是什么反应。我现在要去一个修院，去见一位灵性导师。"

　　特纳太太也去温达文，只是他俩的目的有所不同。戴维是去见斯瓦米的，而特纳太太此行的目的是写一篇有关乡村可持续性生活的报道。对于修院或者上师们，她几乎一无所知，不过她觉得可以把这部分也放入泰姬陵之前的行程之中。

　　戴维对这条通往萨度修院的路已经非常熟悉了。从马图拉火车站出来之后，他叫了一辆出租车，两人一起拼座。她拿出一个笔记本，一路上时不时地做些记录。当西方国家走在高速变化的轨道上时，印度的乡村却依然保持着它原始而古朴的风貌。温达文简朴的自然生态正适合灵修生活。

"如果有个地方，动物、树木和庙宇比人还多，人们从早到晚歌声不绝，那种生活方式肯定是对的。"戴维对特纳太太说。

在上回的拜访之后，这个修院进行了全面的整修。高高的铁艺大门加宽了，庭院也扩大了，现在，这里成了一个精心设计的圣所，通体是大理石的手工雕刻。戴维脱下凉鞋，在入口的水龙头边冲了一下脚，然后走过黑白相间的棋盘格大理石地面。这时，迎面过来一个身材魁梧的西方小伙儿，披着一身白色的印度僧袍。男人做了自我介绍，他叫巴拉茹阿玛，来自猫王的家乡——田纳西州的孟菲斯。

"叫我巴拉好了。"他说。他有一副好莱坞式的笑容和一双清澈碧蓝的眼睛，不过好像总在沉思冥想，似乎已经完全融入了印度的乡村生活。

戴维谈起了上次拜见斯瓦米的经历。"这里看来变化很大，"他说，"这个静修中心以前是没有的，这个工程一定让斯瓦米特别满意吧。"

巴拉停顿了一小会儿，然后望了戴维一眼，表情很肃穆。"斯瓦米已经去世了，"他说，"这个神庙就是为了纪念他而建造的；他就埋葬在这里。这个地方叫萨玛迪，是专门用来纪念灵性导师的。"

戴维一句话都说不出来了。刹那间，他所有的希望都破灭了。那些准备询问斯瓦米的话都不知道在他心里转了多少遍！可现在，还有谁能听他诉说呢？"你们没有进行火葬吗？"他真不知道还能说些什么。

"纯粹的奉献者不火化，"巴拉答道，"他们下葬的时候是瑜伽坐姿，上面盖上盐。然后，他们的圣祠就成了敬拜的场所。"

"斯瓦米的学生戈文达怎样了？"戴维问。

第十五章　温达文

"斯瓦米去世之后，他回到马图拉结了婚，现在在学校做老师，有时会来这里拜访。"

"我还以为僧侣一辈子都不结婚呢。"戴维说。

"灵性的誓言没有局限性，"巴拉解释道，"其实不管是独身的还是成家的，对谁都好，你承诺一辈子投入瑜伽修习，这个不分男女老幼。"

如同六年前进出斯瓦米的房间时那样，戴维面对着斯瓦米的圣祠，双手合十，前额触地，向这位让他衷心仰慕的人顶礼。斯瓦米曾经告诉他说，瑜伽可以帮助一个人发现和探索到灵魂的本性，但与此同时，只有凭借必要的知识、指导和践行，人方可获得觉悟。人生是对死亡的漫长准备，而死亡就像多年苦读之后的结业考试。斯瓦米教导的是死亡的艺术，而不是出生的艺术。一个人除非掌握了这门艺术，否则他的整个生命都是毫无意义的。

巴拉给了戴维一些时间来安顿自己，自己则忙着为修院里的人和每天下午在大门口排队等候免费饭菜的乞丐和僧人做饭。

第二天，他邀请戴维绕着村庄散步。正是早春时节，黄白色的茉莉和玫瑰正在绽放，花香袭人。日子似乎被拉长了，又是一连串的节日庆典。

下午的天气很暖和，他们裹着毛披肩，光脚走在雅沐那河的河岸边。

巴拉的右手持着一串祈祷用的念珠，一边踩着柔软的细沙向前走，一边轻轻地念着。他一直对以色列很着迷，于是便问起了那里的情况。

戴维有些犹豫，但是他不准备让战争的恐怖再次浮出记忆的海面，于是便挖掘了一些旅行过程中的趣事来说，把巴拉给逗乐了。无论如何，以色列的确开启了他的心，那些深刻的经历给他的心灵增添了美丽的色彩。

心之翼

巴拉分享了一些村里的传说和《韦陀经》里记载的典故,然后渐渐扩展到了一些哲学论题。他说,如果某样东西让人受益,就该广为传诵、自由分享。关于自我的知识是一个公开的秘密,适合于每个人,不论性别、信仰和语言。

"灵性知识从哪里起步?"戴维问。

"从理解你是永恒的灵魂,而不是这个由血肉和骨骼组成的皮囊开始,"巴拉回答道,"这是一个普世的原则,适用于所有的生物个体。躯体只是一个载体,瑜伽、祈祷、冥想和灵修活动,这些都是恢复这种失落的关系的途径。当这种关系达到最纯粹时,修行者会获得一个灵性的躯体并进入灵性世界,从此永不回返。但是我们需要一个导师,一个觉悟了的人来指引我们走过这个历程,但并不是所有的灵修指引者都有资格做到这点。"他顿了顿:"但是斯瓦米就是这样一个人,他的教导和训诫将永世长存。"

他们在凯西石阶桥上停了下来,五颜六色的小船在他们的视野中驶向远方的马图拉,船夫们放开嗓子,大声地唱着民谣。妇女们头顶着盛满了水的铜罐,也一路高歌着从河边走来。调皮的猴子和往常一样玩着一刻不停的游戏,从一个房顶跃到另一个房顶,蹦来跳去,不亦乐乎。

"我想最关键的是找对导师。"他们继续往前走,戴维提出一个想法。

巴拉完全沉醉在温达文的氛围之中了。他热爱这个地方,戴维能在他的眼睛里看到这种爱。他又沉默了一小会儿,仿佛在畅饮这里的声音、气味、美景和充满着活力的空气。他们穿过一片菜地和甘蔗地,地里的农民正把成捆成捆的甘蔗往牛车上装。一间茅草屋里坐着一位老人,正对着麦克风一遍又一遍地重复着一首曼陀罗梵咒"Hare Krishna",麦克风连着路边竹竿顶上的一个大喇叭,似乎在持续不断地呼唤大家进入冥想。

第十五章 温达文

"在韦陀时代,"巴拉的思绪回到了古代,"君王徒步穿行于喜马拉雅山,去寻找圣人和瑜伽师,接受他们传授的灵性知识。那时的人没有书籍。人们品行高洁,能逐字逐句地记住聆听到的一切。但现代人的记忆力却因种种习染而逐步衰退。我们需要书籍、记事本、录音等来帮助我们记忆和思考。我们的大脑已经变得非常迟钝了。"

"喜马拉雅山上现在还居住着很多瑜伽师,"巴拉继续往下讲,"但是很难寻觅到他们的踪迹。他们常常住在山洞里,打坐冥想好几个月,有时甚至不吃不喝。他们控制躯体和思想,乃至心跳,有的可以活上两百多岁。"

戴维也想见一位这样的瑜伽大师。听闻是一回事,但若是能有幸身历其境,那将成为他印度之旅的高潮。

第二天一大早,巴拉点起柴火,生起了炉灶。这个厨房就是一个小屋棚,多年的黑烟把四周的墙壁熏得乌黑乌黑的,一根油乎乎的电线从天花板上挂下来,吊着一个昏暗的灯泡。但是,每天一大早,那个巨大无比的砖头炉灶上就得抹上一层牛粪、泥土和水混合好的涂料,这样才能保持整洁和纯净。巴拉在腰上系上一块红色的棉布巾,一直拖到膝盖以下,上身套一件干净的T恤衫,这身打扮就是大厨的行头了。

戴维进来的时候,两个老妇人正坐在土豆麻袋上削蔬菜。巴拉同时生着两处火,一边添干柴一边加上干燥的牛粪饼,浓烟立刻蹿到了天花板,很快弥漫了整个厨房。这两口锅,每个都大得足以装下三个大人。一口锅里煮着水,准备做米饭和豆汤,另外一口锅要做的是炖蔬菜。

巴拉倒了一些融化好的酥油,把手伸入装满了茴香籽、芥末籽、葫芦巴籽和香菜籽的大香料罐。他每样都操起一小把,扬手撒入滚烫的酥油里,空气里立刻散发出浓浓的香味。紧接着,切好的姜末、青辣椒也进了锅，随后就是一桶桶的西红柿块、菜花、南瓜和豆角。巴拉用一根长长的大木铲，使劲地搅拌起来，就像划着一根巨大的船桨。他的自信和娴熟，让戴维很是羡慕，这让他想起了自己的母亲，她每次做饭的时候也是这样精神焕发。**他们俩有一种共同的东西，那种内在的滋养不仅仅来自食物，更是心灵的力量，每一次搅拌、每一个协调的动作里都倾注了他们的爱，最后以美食的样子出现在每个人面前，让他们感到无比幸福。**

"做饭这事儿总让我欣喜若狂，"巴拉隔着锅里冒出的水蒸气大声说道，手里也没闲着，一会儿搅拌一下这个，一会儿搅拌一下那个，"最重要的调料啊，就是爱。这是一段完全的冥想：从食物如何长出来，到如何给人吃下去，又如何让人感到健康满足。这就是一种瑜伽的形式。饭菜做好之后，我们再冥想它得到祝福，这样的食物就已经圣化了。你知道的，就像基督徒感恩上帝赐给他们每天的面包。我小时候，父亲就是这样祈祷的。所有的修行法里都有这个，每一个有理智的人都会想到向大自然母亲表达感恩之情，感恩她提供我们赖以生存的一切。佛教徒也会在进食之前先行供奉。在这里，我们称之为'帕萨达'（prasadam），所有吃下了这种帕萨达的人都会得到灵性上的滋养。"

巴拉做完饭且供奉过食物之后，他们就坐在晾台清凉的大理石地面上，开始午餐。每一口饭菜都是对心灵的启示。戴维用手指把食物从叶子做的盘子里拿起来放入嘴里，这一招他之前已经学过了。了解印度文化传统之中该如何吃、如何坐、如何交谈，这对他而言，大有帮助。

童年的时候，戴维得踩着板凳才可以够到厨房的操作台，想来在那个年龄，路易丝已经把热爱烹饪的种子播到了他的心里，现在这颗种子开始发芽了。他请求巴拉允许他在厨房帮忙，给他机会体

第十五章 温达文

验用圣化了的食物取悦他人的快乐，巴拉同意了。在接下来的几个星期里，他给了戴维有关印度素食烹饪的世界和灵性食物的启迪。到了节日庆典的时候，他们一口气做出几十道菜：牛奶做的甜品，配搭着蘸酱的小吃，自制奶酪烩蔬菜，各式各样的米饭，胀鼓鼓的薄饼和炸饼，用酸奶和烤熟的茴香籽拌出的沙拉，蔬饺，香喷喷的烤饼，各式甜品，加了香料的饮料，还有用咖喱叶和鲜姜调味的浓汤。有一次，他们做了两百多道菜，每一种都有艺术摆盘，色彩缤纷，看得直让人流口水。"首先得取悦神，"巴拉教导他，"这就是瑜伽的精髓所在。神在先，剩下的瑜伽士们再接受。在食物供奉之前，千万不要品尝。最难的还是在戒食的时候做饭！"巴拉露出了笑容。

戴维跟在大厨身边，切菜、削皮、擀面、搅拌、倒水、煎炸，只要有需要，他便随叫随到。最精彩的部分要算用餐的时候了，眼看着大家舔着手指，毫无顾忌地打嗝，要了一轮又一轮。谁说印度是个贫穷的国家？这里的每个人都有吃的。对于这一点，戴维深信不疑。制造贫困的是城市生活的诱惑和对现代化生活方式的欲望。生活在贫民窟里的无家可归的人们对教育的匮乏，都是工业化进程的产物。戴维在想，这的确是一种全球性的现象，但印度却遭受了最大的重创。

从印度四面八方拥入的朝圣者们千千万万，他们成群结队地来到温达文以及附近的森林和村庄。修院里也住满了人。剩下的就是路边的空地和大树底下的阴凉处了。然而，食宿的问题，比起触摸到这片土地的尘土、聆听当地圣人的启示，就显得太无关紧要了。

黎明时分，朝圣者唱着虔诚的赞歌，颂念曼陀罗梵咒，环绕着村子徒步而行。他们在沙土里打滚，在有特殊意义的地方顶礼膜拜，在雅沐那河中沐浴，把花、供香和漂浮的供灯献给流动不息的女神，他们的奉爱之情让人沉醉。无论贫富，无论强弱，无论老幼，无论是双目失明还是身有其他残疾，人们都来到这里聆听和回忆温达文的圣地以及神圣眷侣茹阿达和克里希纳的爱恋逍遥，这超越了物质的藩篱，正是通过这份爱，给了对灵性王国的惊鸿一瞥。

特纳太太在修院里出现了两三次，她非常喜欢这里的食物。他们拍了一些集体照，她采访了几个当地人，用作文章的素材。她也深入到了附近的一个村子和农场，那里的村民非常纯朴，他们从上一辈人那里继承了有机农作和公牛耕地的方法，过着非常简单的生活。

在这种以大家庭为核心的生活中，父母、孩子、祖父祖母、叔叔阿姨都生活在一个屋檐下，这让她非常感动，她越来越被他们吸引。而在一大片堆满了干草垛的黄芥末田野里，她的形象又是那么地引人注目：拉菲草草帽，花裙子，大框太阳镜，那鲜艳的口红和红指甲简直把农妇们全都给迷住了，她们觉得她就是杂志上的封面女郎，美得无可挑剔。孩子们追着她牵手，口里不住地说"太太，太太，笔，笔"。于是她带来了一大口袋铅笔和墨水笔送给他们，这几乎引起了一场骚乱。

特纳太太启程去往泰姬陵的那天，巴拉邀请她吃午餐，他俨然把她当作一位勇闯落后环境，将当地人的生活画面展示给全世界的勇敢女性。那顿饭他花了大工夫。她用英式英语问了他很多问题，他用美国腔一一做了回答。她的英式成长环境并没有真正地开阔她的视野并让她得以窥见印度的灵性文化，但从她的亲身体验和巴拉的话语中，她至少能明白，站在灵性的角度上来生活，也完全可以生活得和任何人一样好，区别在于死亡后的归宿是哪里。特纳太太被这个陌生的概念给打动了。不过，等她回了家，坐在舒服的办公室座椅上，望着伦敦阴沉沉的天气重新勾勒她的故事的框架时，她会再好好地思考一番的。

第十五章　温达文

巴拉之所以能坦然应对印度艰苦的乡村生活,这一点也和他给自己偶尔的调剂有关:每隔一段时间,他就会坐上出租车到四十英里以南的皇家酒店待上一天,做一下全身的按摩,泡泡澡,在清澈的水里游游泳。在这一天,他可以放松一下自己,远离修院黑乎乎的厨房、布满尘土的空气、街头巷尾的噪音和清晨冰冷的水桶浴。他把戴维也带上了,而且只要时间允许,还准备主动带他去泰姬陵。

戴维准备乘坐当天夜里开往贝纳勒斯的火车离开阿格拉。从时间来看简直完美极了。

"要想在温达文待下去,必须保持健康的身体,"巴拉舒服地坐在出租车的后座上,"这种治疗,就数皇家酒店的最棒。每次去完之后,都觉得青春焕发。"

光顾皇家酒店的,大多还是旅游团和印度公司的高官们。这个地方待着很舒服,可以像在西方那样见面聊天。通常,巴拉总是独来独往。他的心在温达文,他的心思全在怎么喂饱穷人,怎么找到捐款,怎么为无家可归的人提供一个栖息之地,怎么专注在每天的冥想和瑜伽修习上了。

他和戴维脸朝下俯卧着接受按摩。巴拉转过头说:"如果有机会去尼泊尔境内的喜马拉雅山的话,一定要去一下木克定(Muktinath)。那地方紧挨着中国在西藏的边境线,海拔有一万二千英尺。从博卡拉出发,沿甘达奇河边的山道走上十天。打听阿瓦杜塔的名字,当地人都知道。每年这个时候,冰雪融化后,他就会穿越角森姆(Johnsom)的高原,去达摩达尔湖去静修。他大约八十二岁,说着一口完美的英语,在英国上过学。他在勒克瑙(Lucknow)大学教了多年的韦陀天文学和科学课。三十五年前,他的妻子和两个儿子在一次火车事故中丧生,此后他便遁入了喜马拉雅山。我第一次见他是在大壶节(Kumbha Mela),每次去木克定,我都会特意去拜访他。他学识渊博,有很强大的灵性力量,兴许还有些神通。你要是见到他,一定会喜欢的。"

巴拉放松下来,闭上眼睛,享受着按摩,但思绪又回到了温达文。

没有时间看泰姬陵了,但戴维一点都不觉得遗憾。和巴拉在一起比起看一座大理石建筑,可是有意义多了。

从阿格拉开往贝那勒斯的火车在7点整准时启动。火车缓缓地驶出市镇,停靠在泰姬陵后面的雅沐那河边,等待另一列火车进站。一枚黄色的新月在没有星星的夜空中升起,泰姬陵那巨大的大理石穹顶倒映在河水中。

"太神奇了!"戴维呆呆地注视着眼前这座折射着人间之爱的恢宏而壮美的建筑,喃喃地说。实在让人叹为观止!但是,这毕竟是印度,在这座世界第七大奇迹的背后,男人、女人和孩子们把这条河当成了公共厕所。他看见纱丽和围布被撩起来,露出了臀部,一股难闻的臭味冲进了戴维所在的车厢。在不远处,下水道的污水灌进了河流,还有塑料瓶和塑料袋扔得到处都是。

戴维难以置信地摇着头,他实在不明白,人们为什么如此无动于衷。为什么人们对自己,对道路、公园、河流——自己周边的环境那么地不在乎?在西方国家,美丽和丑陋,整洁和混乱,泾渭分明,标得清清楚楚。但是在印度,全都混到了一起——同一个街区,同一个街道,同一列火车,甚至同一个家庭。在戴维眼里,这个世界上没有一个地方能像印度一样,把无价的智慧隐藏在病态的人心组成的碎石之下,以污秽和混乱为代价来储存她的灵性财富——在哪片土地有这样的包容和耐心呢?的确,人性的局限使

第十五章　温达文

然，最终还得适应和接受一切——不然只能离开。

火车在驶向尼泊尔边境的路上停在了瓦拉纳西，戴维的心中翻腾着有关恒河的一切记忆。六年前，她曾经在他的第一次恒河沐浴中安抚了他的灵魂。现在，他在去往喜马拉雅的路上，那里正是她诞生的地方。他想起了桑托西，这位始终钟情于音乐，奉献于宗教文化并立誓一辈子过纯粹的印度教生活的人。他富有魅力，散发着一种神秘的气质。其实偷东西的事，已经无所谓了，不过这个偶然发生的事件也的确促成了戴维个人的成长。

去加德满都的车票是不带座位号的，大巴准时出发的时间是6点，但是提前好久，车上已经挤满了人。在这条狭窄而颠簸的路上开上十八个小时，注定会让人终生难忘。司机把身边的一个座位给了他，这个座位正好在一个引擎盖上面，下面的发动机隆隆作响，司机换挡的时候，他还得把腿缩回来，用膝盖抵着胸口。

发动机发出的热量简直要把他生生地煮熟了，逼着他不断地调整位置。没打算在下一个村子下车的乘客都在呼呼大睡，尽管在车上极其不舒服。上帝给了他们特别的骨骼和腰背，居然能忍受下来。

为了缓解痛苦，戴维观察起了司机精湛的开车技术。他能躲过一群群公牛，绕过路上巨大的凹坑，在离超载的大卡车后两英寸的地方及时停住而不撞上，同时还能灵巧地把一只手放在刺耳的喇叭上，而另一只手在方向盘、变速杆和震耳欲聋的录音机之间随意切换，在做这一切的同时，还不耽误他一根接一根地点烟。没有一个有正规驾照的人能具备这种天生的神力，或者干脆叫"超自然力"。

深夜，大巴终于抵达了印度与尼泊尔交界的边境线上。戴维浑身发疼，筋疲力尽，到处都是尘土，幸好还活着。晨曦勾勒出绵延的山坡和森林的轮廓，这与北印度一望无际的平原形成了巨大的反差。尼泊尔位于从阿富汗延伸至缅甸的喜马拉雅山脊的地壳上。

　　戴维坐上了一辆开往尼泊尔的大巴，透过小小的木头车窗，他发现眼前是一片全然不同的风光和外貌迥异的当地人：个头矮小，眼睛细长，脸上因为长期日晒布满深深的皱纹，双腿因为经常负重爬山而有些弯曲。但是，他们看上去很健壮，以惊人的耐力适应了极端的气候。公路绕着大山蜿蜒上下，最后终于在六个小时之后，到达了首都加德满都。下车后，戴维坐在就近的一家餐馆里给母亲写信：

　　我坐大巴到了尼泊尔的首都加德满都。这是喜马拉雅山脚下的一个小国。这条公路让我想起了我们夏天度假的时候，爸爸开车翻越比利牛斯山去往西班牙的那段山路。每次，您总是在经过这些危险的弯路时通过祷告来保护我们。山上的空气非常清新，食物也比印度更好。我不知道为什么会来这个地方，但是总好像有某种东西把我带到了这里，让我来探索这个地方。如果有时间烤点心，请寄到这里的留存邮局。戴维。

　　她是无法理解的，也难以接受。路易丝只想让他平平安安地回家。但是他已经答应写信了。他无法确定，这些信对她而言会是一种更大的折磨呢，还只是为了抹去自己良心上的歉疚之情。

第十六章
喜马拉雅

面对喜马拉雅山,仰望红日,
戴维觉得自己是如此的渺小而卑微。

心之翼

⋮

　　加德满都河谷的湖中心有一朵绽放的莲花,莲花顶上的神光深深地吸引了来自中国的圣人文殊菩萨(Manjushree)。他举起宝剑,劈开了大湖南边的山峦,让水流淌下来,这样就能看见这神光。后来大湖渐渐干涸,古纳·卡玛·德瓦(Guna Kama Deva)王灵光乍现,就在那里建造了一座城市,取名加德满都,意思是以木头筑成的庙宇。

　　透过清晨的雾霭,戴维从客栈的阳台上放眼四望,狭窄的街道、公园、私家花园,都簇拥在德巴广场周围。他倚靠在栏杆上,啜饮着一杯茶,凝视着太阳一点点地撩起喜马拉雅雪峰上的黎明之纱。

　　巴拉的话语还在他的心中回荡:去喜马拉雅山拜见阿瓦杜塔吧。这将成为他不容错过的际遇。至少,他得努力地尝试一下,先到达木克定,再去拜见这位德高望重的瑜伽大师。

　　在哈努曼庙(神猴庙)附近的"渴望之眼"咖啡店里,他遇到一对澳大利亚人,他们给他讲

第十六章　喜马拉雅

了很多徒步木克定的故事。

"这个肯定和爬珠穆朗玛峰不一样,"男的解释道,"但是你还是得有充足的装备:好的登山鞋、厚袜子、防水布,还有登山包,里面装好食物和睡袋。"

"还有防水蛭的盐。"他的女朋友补充道。

"你为什么要上那儿去？"男的问。

"这个嘛,来尼泊尔不就是为了这个,是吧？"戴维回答,"不过,此行还有一个目的,是想拜见一位木克定附近的瑜伽大师,具体在哪儿,我说不上来,反正在山上,接近云端的地方。"戴维用手指指着天花板,眼睛瞪着上面。

"那上头没有瑜伽大师,"那姑娘说,咬了一口椰子柠檬馅饼,"至少我们没看见——只有赤身裸体,浑身抹了灰的印度巴巴,看上去古怪极了,除非你指的是这些人。"

"您瞧,伙计,"那男人说,"这样,你先在博卡拉领一张徒步通行证,然后再往上走。山路不好走,打起精神来。假如三天以后想回来,那也无妨,别担心。"

聊完之后,戴维的心里既兴奋又紧张,现在他唯一能做的就是亲自去探索一番。

一周之后,他坐上了开往博卡拉的大巴——路上八个小时,沿着白水河走。窗外的绿色层层叠叠,到处是绵延不绝的山丘和大片大片的稻田。在他左边的不远处有一位金发碧眼的外国姑娘,被太阳晒得黝黑发亮。凭着有限的经验,他能感觉到她已经在这个地方待了一段时间。一条蓝色的丝巾盖住了她头发的一部分,耳垂上点缀着一副金耳环,脖子上挂着一根项链,中间的坠子是一个象头神甘内什的银塑像,在白色长袖纯棉衬衫的衬托下,显得尤其醒目。她的右手大拇指上戴着一个镶有绿宝石的银戒指。不过,真正让她散发出一种神秘色彩的还是那双眼睛。

戴维很想和她说话，对她的行程好奇。到了半路休息的时候，他终于找到了一个机会。"我可以坐在这里吗？"他指着她所坐的石头墙旁边的空地问道。

"你去博卡拉做什么？"他问。

她抬起头，用德国口音的英语回答说："我不去博卡拉。"

如果不去博卡拉，那是去哪儿？戴维在猜测。博卡拉是公路上的最后一站。

"你是准备去那儿吗？"她问。

"我想去木克定，还有中国边境附近的一个地方。"戴维回答。

"你知道那上面有什么吗？"她问。

"高高的山峰，稀薄的空气，"他用开玩笑的口吻回答道，"不过我还是得去，我去找一个人。"

大巴司机招呼大家上车，准备上路。他摇摇晃晃地经过其他乘客，在她跟前弯下身来。"抱歉，我还没有自我介绍呢。我叫戴维，是法国人。你呢？"

"我叫玛拉，德国人。"她回答道，双手合十，闭上眼睛。

戴维也以同样的方式回礼，好像两人说的是同一种文化语言。

过了两三天，他在签证的办公室再次偶遇玛拉，接着在佩瓦湖边的杂货店又撞上了。

"我听说在热带雨林中，盐至关重要。"戴维在柜台边对她说。

她转过头含笑说："是的，为了防范水蛭。"

"你还没有告诉我你准备去哪儿。"他又刺探了一回。

他们出了门，走了一小会儿。博卡拉山谷上有一个清澈的湖泊，四周群山环抱，巨大的喜马拉雅山脊笼罩在灿烂的光辉中，一派王者天下的气势。

夕阳在湖泊的西面渐渐落山，农民们走在回家的路上。余晖洒在漂浮在湖中心的卡利大神庙上，夕阳最后的金光照亮了离他们两

第十六章 喜马拉雅

万一千英尺高的鱼尾峰。

"我在印度的时候，"戴维说，"一个朋友建议我徒步到达摩达尔湖，去找这番奇景。我现在就在往那儿去，但不知道能不能坚持到底。"

玛拉陷入了沉思。她从背包里拉出一个毛披肩，裹住自己的肩膀。"我去年就在那个地方。"她说。

"哦，真的？"戴维问，他很高兴对她有了进一步了解。"那地方怎么样？"

"我猜我知道你想见的人是谁。是阿瓦杜塔吗？"

"正是他！你怎么知道的？"

"这个人我没有见过，但听说过。"

"找他难不难？"

"为什么想去见这位老人？"玛拉问，"你在找什么？"

"这个问题问得好，"戴维表示认同，"我在印度见过一些灵修大师，听过他们的讲话。现在我想听听这一位的。"

"那你了解多了以后，下一步想做些什么？"

玛拉的问题让戴维有些难堪。"嘿，灵修这东西，我才算新手，"他防卫似的说，"可我只知道它很让我着迷。"

"也许是前世的缘故？"她笑了。

戴维的心一下子轻松了很多。能见到她的笑容，真是太好了。她碧绿的眼睛闪着光，整张脸都舒展开了。没错，他充其量只是一个新手。真希望能得到她的帮助，于是他暗示，也许他们可以一起徒步到达摩达尔湖去。

"我得走了，"她突然说，"天黑了，有些凉，我还有一些事没有做完。好啦，祝你好运。"她从披肩下面伸出手来，一边像和一个孩子告别那样向他挥手，一边向大路上的路灯处走去。

正是五月初，已是暮春的尾声，但是来自印度的酷热还没有抵达尼泊尔，清晨有些凉意，白天却是非常宜人。山顶的雪融化了，源源不断地流入甘达奇河。这是一年中徒步登山的最佳时节。

从西藏高原上返回的徒步者和即将出发的人分享他们在上面的经历，这群人里有专业的登山者、旅游团、嬉皮士、前往圣地朝圣的灵修者，甚至还有寻找野生大麻林的所谓灵性探索者。从中国边境线旁的博卡拉到海拔一万二千英尺高的马南山口之间的山路上，星星点点地分布着一些小村庄。这条山路纵贯甘达奇河沿岸的雨林，几乎一直延伸到河的源头。

戴维的徒步通行证明确了他的路线，因为他的签证必须在指定的检查站接受盖章，方可通行。徒步者有几个选择，独行，雇用山地向导，甚至还可以骑在骡背上登山。他们可以住在木屋里，也可以在外面露营，睡在离漫天星光最近的地方。喜马拉雅公平地对待每一位外来客。

戴维来这里会遇到什么，究竟要走多久才能见到那位神秘的瑜伽大师，这些他还一无所知。可他清清楚楚地记得五年前卢克在阿富汗说过的一句话——"都一路到了这里了，要是不去印度，那可真是浪费了。"的确，这次徒步和他别的旅行相比，并没有什么不同，他还是老样子：一个挎包，没穿厚袜子，没有双肩背包，没有罐头食品，也没有防晒油。巴拉告诉过他，"沿着甘达奇河走，一直走到山顶"，他就是这样打定主意的。

周日清晨，戴维乘吉普车前往徒步的起点——位于山脚处的中国大本营。这第一个夜晚，他将在那格丹达（Nagdanda）度过。他从山脚出发，沿山路一路向上，进入森林，沿途人烟稀少。此时

第十六章　喜马拉雅

的山路依然顺着公路的方向，吉普车和摩托载着当地的村民和物资沿着公路一路上行。在一棵倒地的松树上，戴维找到了一根笔直的树干，正好可以用作登山杖。接下来还有七个小时的山路要走，他得悠着点，用这启程后的第一天衡量一下自己的脚力和精力，看看一口气能对付多远的路。距离这次最近的一次野外探险还是在西奈沙漠，他迷路了，差一点因为脱水而倒地不起。这里的危险系数并不比那次低，甚至有可能更高，但他很乐意接受这份挑战。

一路上，时而有人向他点头微笑，当地人友善地用喜马拉雅王国叫人愉快的欢迎词"那玛斯得"（Namaste，印度、尼泊尔地区见面时行合十礼，同时念 Namaste，是非常礼貌的打招呼方式）向他打招呼，这些都让他精神振奋。四个佛教僧侣坐在没有顶篷的吉普车上向他招手，转瞬便消失在云雾般的尘土里，朝着涅槃的方向绝尘而去。

抵达那格丹达的时候太阳正在下沉。这个村子坐落在狭窄的山脊上，从这里望去，山谷里的原始风貌尽收眼底。远处山下的费瓦湖看上去就像一个小池塘，而博卡拉的房子就像小火柴盒一样。"我真的走了有那么远？"戴维简直不敢相信自己的眼睛。那格丹达唯一的街道上只有几座石头房子和几家小客栈。这里没有电，更没有电话，从现在开始，就与世界隔绝了，能依靠的只有自己的勇气和尼泊尔人的热情好客了。

那些客栈是为徒步者和脚夫设置的。路上见过的四位僧人现在正坐在木头长桌的周围，吃着炒饭和汤。桌子的另一头还坐着三个英国人，一位年轻的尼泊尔姑娘正在给客人们分发热气腾腾的面饼。

在客栈过了一夜，黎明时，他出发了。陡峭的山丘、开阔的平地、一望无际的天空和浓荫密布的森林沿着这条窄窄的土路交替出现。他给自己的登山杖取了一个名字，叫"阿南塔"，这是梵语，意思是"支撑宇宙的神圣能量"。无论是上山还是下山，阿南塔都帮了大忙，它可以拨开小树枝和乱叶子，给穿着凉鞋的戴维开道，好让他避开蜘蛛、蝎子和蛇。两三个小时之后，他到达卡雷（Khare），这是勒姆雷（Lumle）附近的一个很小的村子。他把自己泡在山泉里，痛痛快快地洗了一个凉水澡，然后吃了好几个抹了野蜂蜜的热面饼。

第二天的挑战并不亚于头天。戴维沿着山路往下走，一直走到布伦迪考拉（Bhrundi Khola），然后穿过一个遍地青苔的树林，这里的杜鹃花开得正艳。这地方到处都是水蛭。通往乌勒瑞（Ulleri）的三小时陡峭的攀登和另一段通向一万两千英尺高的哥瑞帕尼（Ghorepani）的山路足以让他对接下来的路程打起了退堂鼓。他沿着哥瑞帕尼左边的山坡又爬了一个小时，终于到达了布恩山（Poon Hill）。这时的他已经筋疲力尽了，完全没有注意到，这地方就是鸟瞰阿纳普纳（Annapurna）、都拉吉瑞（Dhaulagiri）和鱼尾峰瑰丽奇景的最佳地点。直到第二天日出的时候，他的眼睛才顾得上迎接喜马拉雅山脉的辉煌与磅礴。

黎明之前的景色是最壮丽的。如果说人只有透过物质的展示才能看见万能的神，那么，喜马拉雅就是这样的一位神。太阳将晨曦洒在群山的雪峰上，映出橘红色的白影。山坡上一片深蓝，再往下便是苍苍莽莽的翠绿，泛着银光。大自然是一位艺术家、一位魔术师、一位玄秘大师，如此无与伦比的壮美和它显示的宇宙力量超越了一切。

十几个徒步者完全看呆了。眼前的景色的确让人感到自己的渺小。戴维觉得自己是那么微不足道，记得斯瓦米曾经说过这么一段话：灵魂无限微小，比原子粒还要微小。是躯体的概念让我们膨胀自大，丧失了对自我真实的认知。然而，面对喜马拉雅山，仰望红日，戴维觉得自己是如此的渺小而卑微。

第十六章　喜马拉雅

也许是一个小时或者更长——此时大家仿佛都失去了时间的概念，戴维沿着石阶往下面的塔透帕尼（Tatopani）走去，接下来要经过的是三个村庄——奇垂（Chitre）、帕拉特（Phalate）和西卡哈（Sikha），一个挨着一个。在塔透帕尼，脚下的山路终于和甘达奇圣河相遇了。

塔透帕尼是一个小巧而质朴的绿洲，两侧山岩迭起，这里有舒服的床铺、可口的食物和天然温泉。戴维了解到，这条山路从这里开始就会伴随着河流，一直通往青藏高原。现在打听阿瓦杜塔的住处还为时太早，还要走上一星期的山路才能抵达角森姆，而要找到他，光凭一个地址还远远不够。

塔透帕尼客栈的木墙很薄，隔壁说话的声音清清楚楚。戴维被走廊尽头轻柔的歌声给吸引了。他悄悄穿过门廊，把耳朵贴在门上，这时门突然开了，出现在眼前的居然是玛拉。"为什么在这里见到你，一点都不让我感到意外呢？"她说，"我就猜到我们会在路上碰面的。"

"我也这么想来着，"戴维的舌头有点打结，"真高兴，我们终于见面了。"

隔壁的孩子哭了起来，玛拉说："请进。我刚完成清晨的冥想。"她坐在床上，戴维则坐在窗边的一把椅子上，窗子开着，可以看见当地的妇女们正在晾晒一卷卷的牦牛毛线，还是湿的，滴着红色和黑色的染料。

"你的声音真美，"戴维说，"我从屋子里就听见了。""谢谢，"她说，"喜欢茉莉茶吗？"戴维点了点头，她泡了两小杯。

戴维注视着她，心里对她更多了几分好奇。她究竟是谁呢？"看来你的行装和我一样轻便，"他说，"那些徒步客一路上背那么多东西在身上，真难以理解。"

她笑了："我从来不需要太多东西，而且这个季节不冷不热。

这条路我已经徒步了七年了。"

"七年！"戴维惊呼，"你来这里做什么？"

她没有直接回答他的问题，他们继续往下聊，她慢慢地敞开了自己。他们聊到了徒步，聊到了大自然的美景，还有尼泊尔人和他们的文化。

"那天我不告而别，非常抱歉，"她说，"我得承认，关于阿瓦杜塔的事，我没对你说实话。我从来不撒谎，自从……"

"别那么说，"戴维打断她，"玛拉，你有你的自由，而我只想不虚此行。不过，你说的是什么谎？"

"我说我不认识阿瓦杜塔，可这不是真话。其实，我认识他很久了。他是我的上师。"

"能告诉我吗，你们怎么认识的，什么时候，在哪里？"戴维恳求道。

玛拉望着天花板。泪水顺着她红红的脸颊向下滑落。

"怎么了？"

"对不起，戴维，我只是觉得心里又累又难过。"

"发生了什么事吗？"

"我活不长了。我得癌症已经有一段时间了，是肺癌。医生说，喜马拉雅山的空气对我有利。所以，我每年会去阿瓦杜塔的隐修处拜见他。我只是坐在那里，听他说话，他的话语总是像灵丹妙药一样，治愈着我的灵魂。我阻止不了疾病，但也不想死。"

戴维一句话也说不出来，用静静的聆听来表达他此刻的心境。他耐心地等待她恢复平静，然后问："你一开始是怎么见到他的？"

"是在1965年的大壶节上。他远离人群，独自一人坐在那里。每天早上，我们十几个人去他那里，听他讲瑜伽，内心感到平静而美好。他和那些骑着大象游行的瑜伽师很不一样。他心神如一，质朴天然，我很快就被他吸引了。有一天你遇到自己的上师时，心里

第十六章 喜马拉雅

就会知道。他的时间好像用不完,可以回答我所有的问题,而且丝毫不在乎我是一个外国人,是一个年轻的姑娘。阿瓦杜塔有过婚姻……"

"哦,是的,他是两个孩子的父亲,"戴维插了一句,"我的朋友巴拉给我讲过这个故事,真是一个悲剧。你觉得阿瓦杜塔有能力治好你吗?"

"从这个意义上来讲,他不能算玄秘大师,但他的确有治愈疾病的力量。我亲眼见他治好了一个走不了路的孩子,去年他还救了一个差点被蛇咬死的人。但他真正的疗愈力量却是在他的知识中。他经常说:痛苦源于无知,而愚昧无知来自灵性教育的匮乏。"

"玛拉,"戴维说,"我们一起走完接下来的路程,你觉得怎样?你熟悉山路,也知道阿瓦杜塔在哪里。我会在这一路上照顾你。现在你休息一会儿,准备好了就叫我一声。"玛拉点点头,含着泪花露出了笑容,戴维能感觉到她的无助。

他们俩在塔透帕尼又度过了一个多星期,这里真可以称得上是天堂驿站。两个一见如故的人无忧无虑地享受彼此的友谊。

他们慢吞吞地泡着温泉,在上路之前重新整理了一下思路。他们准备徒步到达摩达尔湖去见阿瓦杜塔,聆听他的开示。谁知道呢——兴许他还会挥动一下神奇的魔法棒,把玛拉的癌症彻底根除呢?很多年以来,她一直在印度修习瑜伽冥想,但是她的心究竟有多少远离世俗生活,又有谁知道呢?戴维期待着与阿瓦杜塔的会面,这样的会面一定会给他带来莫大的启迪。

离开博卡拉两周后的一个清晨,太阳升起不久,戴维像往常一样去敲玛拉的房门。门虚掩着,戴维轻轻地推开。通常,玛拉总会早起,在阳台上冥想,眺望正前方的甘达奇河。然而,此时的阳台空无一人,毛毯已经被收起来了,没有点燃的香,杯子里也没有茶,桌子被收拾得干干净净,钢笔、便笺本、书还有一张卡利女神的旧画像都不见了。她的鞋子、背包、围巾和银耳饰——全都无影无踪，连个字条都没有留下。

戴维询问客栈的老板，老板正忙着给一对加拿大夫妇准备早餐。"劳驾，请问今天早上见到一楼那个德国姑娘了吗？"

"她走了。一大早，天没亮就走了。"

好一会儿，他才回过神来，发现自己正傻乎乎地拽着厨房的走廊和餐厅之间的那块黑乎乎的帘子。

"恕我冒昧，"加拿大人说，"这个德国女人和你一起徒步吗？"

"是的，怎么了？"

"问问而已……"

"昨天我们就注意到她的表现有点古怪，"他的女朋友接过话茬，"她和一个当地人吵了起来，差点就举棍子打人了。可是没过一会儿，她又给了那人一笔钱——看上去好大的一摞。之后那人就离开了。我们刚从高雷帕尼（Ghorepani）来。"

可是玛拉为什么要不告而别呢？她一定还隐藏着很多他不知道的秘密。现在，他有些难以抉择，是继续把这事追究下去，还是干脆放弃了，去尽情享受通往木克定的徒步之旅，祈祷没有她也一样可以找到阿瓦杜塔。最终，他下定了决心。

他踏上了从塔透帕尼到伽萨（Ghasa）的路，这段路得走上八个小时。当他穿过吊桥的时候，他能感到甘达奇河正奔腾着从他的脚下经过，向森林冲去。玛拉依然徘徊在他的脑海里。他在想，玛拉会不会已经看到了生命尽头的来临，于是从桥上纵身跃下了呢？他就这样一直向前走着，慢慢地，心也随之沉静下来，渐渐被周围的美景所征服——奔流不息的河水，郁郁葱葱的植被，还有湛蓝湛蓝的天空。

喜马拉雅山拥有最具历史意义的佛教和印度教地标。古往今来，无论是君王、圣人、瑜伽师还是天神，都沿着这条必经之路从

第十六章　喜马拉雅

短暂的世俗世界通往天界，去寻觅终极的解脱。而现代人却把这些山脉当作一片未知的土地来征服，通过挑战自己的体能极限来不断创造新的世界纪录。然而，《韦陀经》中却记载，喜马拉雅山其实比人们所认为的要高得多得多，甚至直通天神居住的地方，它就好比是通往高等星宿的枢纽，其神圣性远远超过了任何人的想象。

高大的橡树，怒放的杜鹃，茂盛的青草地，如同一幅幅的画卷，在陡峭的山峦和岩石丛生的小径之间起伏交错，一一展开。每一个峰回路转，每一片森林的穿行和山峦的翻越，都让这层峦叠嶂的山脉更显辉煌。远处白雪皑皑的雪峰，随着太阳的移动呈现出无穷无尽的光影变幻。每当戴维亲眼看见大地与水天之间的壮美时，他的疲惫便不知不觉地消退了。他站立在离甘达奇的汹涌波涛最近的窄木桥的最低处，任凭无数的小水珠飞溅上来，润湿自己的脸庞。

正午时分，戴维抵达了一个名叫达纳（Dana）的村子。一家子古尔卡（Gurkha）人用一顿香喷喷的午餐招待了他：菠菜炒饭。女主人在土灶上多做出几个面饼，好喂饱那两个蹒跚学步的孩子。孩子们一言不发地坐在那里，目不转睛地望着这个刚从另一个宇宙从天而降的外星人，他们的眼睛细长，圆圆的小脸蛋上到处是泥。看见他吃饭时的样子，两个小家伙咧开嘴笑了，露出小小的烂牙齿，这时父亲从外面拿来木柴，以备夜晚之用。

戴维正要起身出发，那男人指着天上浓密的乌云说："雨。"接着他又指指地面，提醒戴维别再往前走了，因为无论如何戴维都不可能在大雨之前赶到伽萨。

"没事儿。"戴维把手搭在男人的肩头，回答道。他不知道自己还能走多远，但是他很有信心，已经走了两个星期了，这点天气变化他还能应付。女人站在小茅屋的门边，双手放在两个小男孩的肩上，一起向他挥手告别。

心之翼

经过了提垂（Titre）和茹帕塞扣拉（Rupse Khola）的瀑布之后，戴维听到隆隆的雷声，天空瞬间黑暗下来，有几个雨点打到了他的脸上，然后是手和脚。他飞快地向浓密的橡树林奔去，寻找避雨处。透过密密匝匝的枝叶，他能看见乌云正迅速地压过上空。

这一次，他真的是被困住了。乌云很低，夜幕仿佛提前降临了。整个山谷都在咆哮。真是瓢泼大雨，就连树木都抵挡不住雨水猛烈的冲击。戴维的身上连最基本的防雨装备都没有，甚至连一顶小帐篷、一件雨披或者一块塑料布都没有。他瑟缩着身子坐下来，就像一个被囚禁在笼子里的动物，浑身都被浇透了。

暴雨一直持续到夜晚，此时的他已经变成了一块瑟瑟发抖的海绵。他紧紧地抓着登山杖，背靠在一棵小榕树上，等待着黎明过后的第一线曙光。泥泞的地上散发出绿叶强烈的味道，混合着落叶分解后的腐烂味，还有青苔和树皮。鸟儿唱起了晨歌，感恩雨水给它们送来了小虫子。破晓的时候，万物重新恢复了生机。昆虫爬出了自己的小洞，两条水蛭优哉游哉地趴在戴维的脚趾之间，这一晚上它们一定是大饱口福了。他的确是随身带了一小包盐，但已经彻底溶化了。火柴和挎包里所有的东西也都湿透了。可这盐水还是创造了奇迹。它们立刻蜷起身子，从脚上滚落下来。这让他想到了玛拉。在那家店铺里，她曾经提到盐可以对抗水蛭。想到这里，他心里有些难过，她还活着吗？然而，他现在却似乎比以前更想知道，究竟是什么让她突然消失，她和那个当地男人究竟在争执些什么？她身上带的钱又是怎么回事，这一切和她的泪水、癌症以及她的上师之间又有什么样的关系？

通往伽萨的最后一段路要经过甘加（Ganja）的密林。木克定的山路自古以来就是途经尼泊尔和西藏、连接印度和中国这两个大国的必经之路，无数商人和士兵都从这里经过。

第十六章　喜马拉雅

在尼泊尔检查站，一个穿着破烂制服的士兵给戴维的通行证敲上了章。他坐在土路对面的一张放了印章和印泥的小木桌旁边，用椅子的后脚支着地来回晃悠着，从头到脚打量着戴维。

三个英国人前后排成一列，在附近过了桥。在他们的后面是一群脚夫——其中一个背着一筐饮料，另外一个则扛着一台小洗衣机，还有一个抬着冰箱，最后两个背着两袋稻米。腿短寿命也短，戴维心想。一阵热闹的铃声响起，这是一队驮运沙子、砖头和木头的骡子。领队的人跟在后面，骑在一头青藏高头大马上，道路很狭窄，难以通行，他们小心翼翼地列队而过。

伽萨村和雷特（Lete）村之间的山路不长，大约只有四个小时。他的膝盖很强健，但是，因为没有合适的鞋，脚上已经磨出了好些水泡，一阵一阵地疼，水蛭咬伤的地方依然在流血。

小路蜿蜒而行，又穿过了另一片橡树林，这里是珍稀的喜马拉雅鸟类的家园。即便在一万两千五百英尺的高度，这里依然草木葱茏，生机勃勃。戴维一只脚踩在石头上，另一只脚落在结实的大树根上，一手抓紧垂落的大树枝，另一边用阿南塔登山杖稳稳地扎在潮湿的地上帮他保持平衡，就这样一步步地沿着雪柏覆盖的陡峭山丘向上攀登。当他使劲地拖着身子攀上一小片开阔的空地时，一只受了惊吓的小鸟从枝丫之间倏地飞走了。

身后的树叶发出吱嘎吱嘎的声音，伴随着粗重的呼吸声，他转过头去。"那玛斯得。"一个脚夫高声叫道，他浑身上下已被汗水湿透，前额上绷着一根带子，带子上拴着他的负重。戴维赶紧让到一边，那汉子从他眼前经过，后面跟着另外三个。最后一个低着头，一边往前迈步一边向他打招呼。

戴维在山顶赶上了他们，这会儿他们正叉着双腿，靠在一棵榕树下歇息。很难判断他们的年龄，这些人看上去都很坚韧，只是个头要比背上的重物小得多。他们的妻儿一定是在博卡拉和木克定之间的某个地方，正在等着钱买食物。至于衣服和孩子的教育，就只能是退而求其次了。

"雷特？"戴维用手指了指下山的路。

"啊，雷特，雷特。"他们齐声答道，挥着胳膊表示肯定。

当甘达奇河从视线中消失时，眼前的景观瞬间发生了巨大的变化。森林的尽头展开了一片开阔的地带，两座安纳普尔纳山峰（Annapurnas）忽然伫立在戴维的右前方，雷特村如同一个忠诚的仆人，安坐在它们的脚下。山坡上有些荒凉，峰顶覆盖着终年的积雪。

雷特村安卧在安纳普尔纳山的山坳里，处于最低点，边上就是安纳普尔纳的最高峰。戴维坐在一块岩石上，心中充满了敬畏之情。放眼正上方，唯一能看见的就是离地一万五千英尺高的山峰。他的脑海里一片空白，想象不出还有比这更让人叹为观止的宏伟奇景了。那三个脚夫乐呵呵地从他身边走过，心满意足地到达了他们今天的目的地。

这是村子里唯一的一家小客栈，外面摆放着一张木桌，桌上放着一个装饰用的小花瓶。雷特村很小巧，就像它短小的名字，但却像旁边的安纳普尔纳山那样慷慨好客。四位佛教僧侣身着褐红色长袍、芥末黄背心、褐红色的披肩，背着褐红色的布包出现在戴维的视线里，正是戴维启程时见过的那四位僧人，戴维的脸上绽放出光彩。身材最魁梧的那位向他招了招手，微笑着点头示意。戴维笑问："你们还要走多远？"

"我们得在几天内抵达木克定，和其他的僧人会合。"那僧人解释说，恭敬地低头作揖。

第二天清晨，他重新上了路，穿过雷特村和图库垂（Tukuche）之间的那条狭窄的通道，青藏高原立刻舒展在眼前，看上去更加干

第十六章 喜马拉雅

燥荒凉。甘达奇河在这里拓宽了，其中有些地方的水极浅，可以蹚水而过。戴维心里盘算着，离木克定还有三天。

远远地，那四位僧人正骑在骡背上小跑着前行，褐红色的披肩就像旗帜一样在风中飘荡翻飞。再往前，画面中有六个小点，那是正在过河的六位脚夫。戴维的挚友阿南塔一路上陪伴着他，表现出极大的耐力、柔韧性和灵活度，它可以随时随地戳呀弯呀，还能支撑他的身体，给他保护。树木简直就是谦卑的象征。它们还提供滋养和荫蔽，而且从无怨言——无论是风雨交加还是阳光灿烂。而一旦被砍下来之后，就成了人类最有用的工具。戴维的这根手杖阿南塔来自公路旁倒地不起的一棵大树，对于这份无价的礼物，他的心中充满了感恩之情。

玛尔帕村虽然地方很小，却是一个热闹非凡的地方，旅行者、商人、西藏僧侣，络绎不绝。令戴维不解的是，在喜马拉雅山野的这片荒凉之地，居然也能看到如此茂盛的植被和繁荣的贸易。

来自马斯坦（Mustang）山谷和角森姆的朝圣者是专程赶往这里的寺庙朝拜的。村口立着一大排转经筒，迎接着虔诚的朝圣者和徒步者。据说，把经筒转得越多，就越能跳出生死轮回。孩子们使劲地张开手臂去转动经筒，直到父母扶起他们，他们的人生从此有了保障，有了一个美好的起步。

进了村子，可见到美丽的花园和通往村子中心的林荫道，东面有苹果园和杏园。戴维找了一个客房住下，用水桶洗了一个痛痛快快的热水澡，已经有好多天没有这样了。他躺在床上，倾听着远处的声音——藏语诵经声、铜锣声和铃声，透过小小的窗户传了进来。他的思绪飘向了阿瓦杜塔。到了角森姆之后，他一定要好好地打听一下。

为了避开下一个风暴，第二天戴维早早地起了床。道路的前方、商人的大篷车、脚夫，还有当地的朝圣者早已出发，大队人马正向角森姆行进。

角森姆机场四周的石墙上有许多高高的石柱，五彩缤纷的藏文经幡随风飘荡。一架小飞机正从高空俯冲而下，选好了角度准备着陆。机场的沥青跑道很短，已经被磨蚀了，因为它每天不仅要承接来往于博卡拉以及加德满都的航班，还要把中转的徒步者送往马斯坦、木克定或者玛纳山口。

从博卡拉一路走来，戴维用了整整二十一天，但现在，既然已经到了，他的心立刻锁定在了目标上。角森姆是一个十字路口，从这里既可以通往马斯坦山谷，也可以进入禁区，或者沿着另一条路去往木克定山区高原——佛教徒和印度教徒们心驰神往的灵妙圣地。但愿阿瓦杜塔就定居在那片地方，戴维心中暗暗祈祷。

在亚洲客栈安顿下来之后，戴维开始四处打听。两个裹着橘红色披肩、举着三叉戟和铜钵的印度教苦行僧旁若无人地穿过人群，径直沿着鹅卵石巷子向前走去。

"你们好，"戴维向他们打招呼，"你俩会讲英语吗？"

提着烟管的男人向他做了一个手势，示意他坐下，用印地语和他的伙伴们交谈了几句后摇了摇手说："Om shanti baba, no Ingles.（不会英语。）"

这样的对话说不了几句就没法继续了。"我在寻找阿瓦杜塔，"戴维说，"你们认识阿瓦杜塔吗？"没有一个萨度作答，但戴维能感觉到他们的注意力已经被他的话吸引了。

做面饼的萨度说："木克定。"他指了指东方。

"是啊，木克定。"另一个人附和道，晃了晃脑袋。接下来又是沉默。

戴维站起来和他们告别，往村里走去。风很大，谁也不敢出门。那些脚夫和喇嘛是怎么赶路的？戴维无从想象。

第十六章　喜马拉雅

天刚破晓，戴维就到了检查站，给徒步许可证敲上章之后就向卡贝尼（Kagbeni）的方向出发了。雨季还没有来临，群山之间的甘达奇河的河床几乎已经干枯了，河边的一条平坦的小径正适合步行。他时不时地向沿途的徒步者和脚夫们点头问候，或者招手致意。角森姆机场的早班飞机，在一阵轰鸣之中向博卡拉的方向飞去，戴维转过头来，正看见小飞机冲进蓝天。他迈着稳健的步子继续向前走，心里想着要在起风之前走完大部分路程。虽然卡贝尼只有三个小时远，但午后就很可能寸步难行了。

进入卡贝尼之后，可以从山坡上眺望到甘达奇河，从这里开始，就进入僧人的居住区了。从那里出发，可以有两个选择：一个是继续北上，进入西藏，最终到达中国内陆；还有一个是取道南方，走向木克定与玛纳山口。如果说玛尔帕看似沙漠里的绿洲，那么卡贝尼便是位于马斯坦心脏地带的一个天堂般的农家田园。小村子的外围种着许多玉米、燕麦、蔬菜和果树。它的标志性入口是一座佛塔，旗杆上飞扬着五颜六色的经幡。为了防止高空风大，卡贝尼的房子大多只有两三层高，彼此之间挨得很近，房顶平坦，可以晾晒冬季用的木柴和干草。

戴维刚落脚不久，风便肆无忌惮地狂舞起来，所有街道上的门窗几乎在同一个时间一起关闭。孩子们还在四处闲逛，追着徒步客要一个卢比或者一支笔。从门里可以听到女人说话的声音，铜锣声和诵经声透过庙宇古老而厚重的大门，飘散在半空中。

徒步客们都居住在红房子，这里原本是一个被废弃的修道院，一个塔卡里（Thakali）家庭把它改造成了一家客栈，于是便成了这个地方的拥有者和经营人。餐厅的四面镶嵌着几世纪前的佛教浮雕，高高的天花板上木梁交错，呈现出复杂的建筑结构。狂风拍打着半掩着的门窗，呼啸着冲进屋子。当地人总也笑个不住，显得有些古怪，有人说是这无情的狂风把他们给逼疯了。

正当戴维吃着炒面，一只结实的大手搭在了他的背上，紧接着，从厨房的格子帘后往外偷看的女人们发出开心的笑声。这是客栈的管家，对他的到来表示感谢。穿着破衬衫和长裤的蓬头垢面的孩子乐不可支地望着他们。一位已经掉光了牙齿的塔卡里老妇人坐在火边，一边在地上拣着干豆子，一边像奶牛一样口中嚼个不停。炊烟熏黑了四面的墙，白色的木柱子上布满了脏兮兮的手印。这里的热情好客和灵性文化超越了一切，相比之下卫生状况就不重要了。因为没有路、没有自来水，而且严重缺电，人们似乎也不在乎自己的外表了——唯一例外的是那些年轻姑娘，个个编着长长的发辫，身着五彩斑斓的裙子。

"你是去木克定吗？"客栈的管家分着腿坐在戴维坐着的长条木凳上，问他。

"是的。"戴维回答。

"木克定，好地方啊，"那管家挤了一下眼睛，竖起大拇指，"我，出生在这里，了解木克定。"

"哦，那你认识阿瓦杜塔吗？"戴维问。

"阿瓦杜塔？"那男人细小的眼睛睁大了，咧开嘴笑了。他摘下圆圆的帽子，用两个手指挠了挠头，继续往下说："阿瓦杜塔是我的朋友，老朋友了。"

"我怎么才能找到他？"

"不清楚，"他耸了耸肩，"木克定，达摩达尔湖，这儿，那儿。"他又笑了："哪儿都有他。"

戴维低头看了看自己的盘子，起身放下勺子，饭还没有吃完，他显然是有些心灰意冷了。

那男人抓住他的胳膊说："明天我帮你找到阿瓦杜塔，好吧？"

第十六章　喜马拉雅

风停了,戴维走出村外去散步。在南面,一层雾霭飘浮在山峰上,男男女女都从田间回家了,孩子们追着骡群和羊群使劲地跑。夕阳沉落在山后,温度急转直下。黑沉沉的夜幕很快就降临了。

戴维并不急着走完最后一程,一方面是想推迟与狂风的较量,另一方面也是想等等客栈的管家那儿有什么新消息。早餐的时候,那两个英国徒步者和他坐到了一起,自从他们在山谷里初次见面后,还几乎没有说过什么话。

"我的最后一站是木克定,完了就按原路返回了。"戴维说。

"你是说你不打算坐飞机回去了?"第一个人挠了一下胡子说。

"对,我喜欢热带,回去肯定花不了那么多时间。都是些下山路。"

"没错。我们俩会去玛纳山口,然后直接回到加德满都,然后回伦敦。我们和一家杂志签了合同,要拍一下喜马拉雅野生动物的照片,十天之内就得把胶片送上去。"

"这样的工作可真带劲儿,"戴维说,"我也想周游世界,干点类似的。"

"哦,你以为都是好玩的?我们的上一个项目是去曼谷拍一个妓院。结果我们被困在他们的房间里,还被枪顶了脑袋。他们摔碎了我们的相机,抢了底片,还向我们扔——"

管家打断了话茬。"有消息了。"他冲着戴维说,言语中似在暗示两人私下找个地方单独谈。

"抱歉,伙计们,我得先行一步了,"戴维对徒步者说,"希望你们能在山顶捕捉到一些好镜头。"他跟着管家走向大厅,两人找了一个地方坐下来,男人把自己的小儿子也叫上了。

那个男孩大约才十岁,静静地站在父亲的身边。男人用手臂搂着儿子的肩膀,慈爱地在他的背上拍了几下。"这是我儿子,比士努。"他用自豪的口吻说。

小男孩露出了笑容,这一笑眼睛就变成了眯缝眼,咧开的嘴里露出一排整齐的小牙齿。他把手塞在破破烂烂的灰外套里,从口袋里露出一根白萝卜的头,两只脚藏在过于肥大的牛仔裤里。这是他迄今所见过的第一个把头发梳得一丝不乱、露出干干净净的小脸的山里孩子。也许是他母亲把他好好收拾了一下,目的是给白皮肤的徒步客留下一个好印象。

"真是个好孩子,"他说,一边双手合十,"那玛斯得,比士努。"

孩子把手从口袋里抽出来,也回了一个礼,一不小心白萝卜掉到了地下。他害羞地看了父亲一眼,然后把白萝卜捡起来放在嘴里咬了一下。

戴维转向父亲,询问道:"打听到了什么没有?"

"是的,"男人说,"比士努会带你去。我和他解释过了。"

"我们去哪儿?"戴维问。

"一直往上走,往上走,在木克定附近。"

"多谢您了,先生。"戴维忍不住叫了起来,很想掩饰住自己的兴奋,但马上又犹豫起来。他在想,世上没有免费的东西。

"好吧,多少钱?"

"哎呀,您看,没上学,没书……"

"好吧,多少钱?"

"五百,五百卢比。"男人开了价。

"什么?五百?这实在是太高了。很抱歉,我没有那么多钱。"戴维可不打算在这场交易上来回磨蹭。他干脆地从口袋里掏出二百五十卢比,结结实实地塞在那男人手里。"请接受吧。已经给得够多了。我可不是什么有钱的美国游客。你看我,连徒步用的装备都没有。我没多少钱。我只是想见见阿瓦杜塔。"

比士努在胸前挂了一个布包,左手握着一根棍子。和他一起放

第十六章 喜马拉雅

羊的小伙伴们远远呼唤他的名字,他只是挥了挥手中的棍子,表示回应。

两人语言不通,于是一路上都沉默不语。下午三四点,他们到了因格拉(Kingra)村,这个村子里有十栋房子,四周是一片荒野。他们坐在一条小河边喝水,比士努从口袋里掏出两个苹果,递给他一个。真是好吃极了——又脆又甜又多汁,而那河水,来自雪峰,非常清澈冰凉。

到了加考特,一群孩子立刻从四面八方拥过来,把他们团团围住。戴维坐在一段石墙上按摩着自己的腿,就好像刚刚跑完了马拉松。比士努已经接到过指示,今晚就住在叔叔家。

屋里的设施极其原始,但塔卡里人不愧为塔卡里人,戴维和他们在一起感到舒服极了。他们有个女儿叫玛雅,正坐在门边给五颜六色的毛线球分门别类。母亲忙着张罗戴维的床铺,在上面铺了好几层手工缝制的被子。没有人会说英语,一切靠肉眼观察和学习。

晚餐准备好了,比士努的叔叔也回家来了。他是个伐木工,刚干完一天的活,手上到处是疤痕和老茧。戴维的到来给全家人带来了喜悦。比士努把他们的任务简单地通报了一下。他的婶婶做好了菠菜馅的馍馍、燕麦汤还有一大摞热气腾腾的馕饼。他们坐在石头地板上的一张破旧的地毯上,头顶挂着的煤油灯照亮了整个房间,墙上灰影斑驳。大家有说有笑。阿瓦杜塔的名字几次出现,每一次,玛雅都不由得露出笑容,目不转睛地望着戴维。

夜深了,他躺下休息,全家人也跟着躺下。比士努躺在他的边上,然后依次是父亲和他的小儿子。玛雅和母亲躺在房间的另一边,中间隔着一道毛线织的帘子。戴维使劲地做了几个深呼吸,渐渐沉沉地睡去。

破晓时分,他们继续上路。依然是一望无际的荒野,戴维开始怀疑在这样的地方怎么才能找到阿瓦杜塔。他是住在山洞里、茅屋里，还是一棵大树下？一旦见到了这样一位瑜伽大师，他应该问些什么问题呢？这与见一位算命师可不一样。瑜伽师不会无缘无故地在这个世界屋脊离群索居的，如此圣洁的地方和彻底的投入反映出他们深刻的觉悟。其实，他们是那种一半在地上一半在天上的人，已经生活在另一个世界了，对这个俗世几乎没有什么依恋，或许可以说完全没有。

上午，木克定终于出现在眼前，它孤零零地坐落在一片崎岖的山野中，一面是山石嶙峋的雪峰，一面是坚实荒凉的土地。戴维虽然上气不接下气，但是一想到自己现在就站在被印度教徒和佛教徒们奉若神明而且苦苦求索的灵性土地上，就不免欣喜若狂。木克定是解脱之主安住的地方，它不仅是苦行者和农家人的庇护所，而且对于那些觉悟了生命意义并从人生中学到了智慧、谦卑和超脱的人而言，也是一个通达另一个世界的门户。

比士努带领戴维穿过村庄的大门，进入一片密集的房子。只要一找到阿瓦杜塔，这男孩马上就得返回卡贝尼，接下来的命运就得靠戴维自己把握了。

戴维找了一块平整的石头坐下，身上还留下一个苹果和一点水，他就这样静静地等着。比士努走开了，但是没有再回来。佛教僧侣、骡子商队和村里人来来往往，天色渐暗。木克定是一个又小又荒凉的村落，四周是一片开阔而荒凉的旷野。一个人无论有多大神通，要选一个完全与世隔绝的地方居住，其实也没有太多选择。比士努究竟上哪儿去了呢？

大乘佛法的诵经声在村子里回荡，从一个佛教徒的居所到另一个，此起彼伏，绵绵不绝。一年的这个季节，也就是初夏的时候，僧侣们会聚集在一处，一齐念经持咒。还有很多人会到大神毗湿奴庙去敬拜，亲眼去看一看金神像所在的神坛下面的天然火焰如何燃

第十六章　喜马拉雅

烧不绝。

萨度们站在从108处泉眼流出来的冰冷刺骨的水中沐浴净身，祈祷涤除一切罪孽。整个夜晚，戴维都感到呼吸困难。但其他人似乎都没有什么高原反应，就连那些僧侣也都没事——他们需要运用每一口气来尽量保持每一声咒语的悠长和低沉，如此便有助于他们的深度冥想。

在这片天上和人间交界的土地上，他越来越觉得自己的格格不入。纵然有如此超然的灵界与自然之美，远离尘嚣，远离芸芸众生聚集的俗世，如果没有得到彻底的觉悟，又有什么意义呢？

一阵孩子们的笑声把戴维从床上惊醒，戴维住在楼下的一间屋子里，上面就是僧侣们一起祈祷的地方。他从窗户的铁栅栏向外看去，梵天庙就在眼前，他真希望比士努能带回一些好消息。可是，这些孩子的脸戴维一个都不认识。比士努也许已经回卡贝尼了。

戴维敲了敲不同的房门，向大家求助。然而没有人见过这位瑜伽师，至少在当下的这个季节里。

"阿瓦杜塔有大神通，"一个认识阿瓦杜塔的藏族旅舍老板说，"他可以随时挪地方，什么动静也没有，一眨眼工夫就去了另一个地方。"

"在这里的时候，他通常会在哪儿待着？"戴维问，他已经灰心到了极点，几乎掉了眼泪。

"他去了达摩达尔湖了，就在甘达奇河的北边，走过去得六天六夜。"身后传来熟悉的声音。戴维转过身子，简直难以置信！

"玛拉？"他大叫起来。

玛拉盘腿坐在一张简易小床上，就像戴维在前往塔透帕尼路上第一次见她时的那个样子，只是看上去有些憔悴，人也瘦了很多。

"我还以为你不在人世了，"他说，"为什么你不告而别，连一个字一句话都不留，也不说你上哪儿去了？我都急坏了。"

玛拉默默地看着他，依旧一言不发。

"你不想说些什么吗？"戴维还在坚持。

"戴维，你不会懂的，"玛拉淡淡地说，"任何人任何事都牵绊不了我。请让我独自待着吧。我不舒服。"

"你在塔透帕尼给那当地人那么多钱，那是怎么回事？你们在争吵些什么？有一对情侣看见你了。"

"你走吧，"她说，"别再试图见到阿瓦杜塔了，你找不到他的。回博卡拉，继续你的生活吧。"

"为什么你的话都没法让人相信了呢？"

玛拉抽泣起来。她看上去神情恍惚，就像在崩溃的边缘。

戴维为她感到难过，同时也为他们的友谊而黯然神伤。她有些让人难以捉摸，而且我行我素。在海拔一万四千英尺的高原上，他所期待的绝对不是这种情绪化的争执。

"好，我这就走，"他说，"但我不去山谷。我要去找阿瓦杜塔，无论他在什么地方，无论他是什么样的人，我都会找到他的。但不是因为我非得不顾一切地找到一个玄秘大师，而是因为除了你讲的，还有太多的东西我要亲眼见识才能相信。"

玛拉暴跳如雷，戴维简直认不出她了，就好像鬼魂进入了她的身子，完全控制了她。她头发散乱，盖住了苍白的脸，充血的眼睛里透着敌意，不停地用指甲挠着前臂。"别用这种眼光看我！"她尖叫道，"别看我！"

他完全认不出她了，或者说，他根本就不认识她。客栈老板悄悄地离开了屋子，楼上的诵经声依稀可辨。

"你需要帮助，"他说，"你不应该待在这里。"

她垂着头，手臂在淌血，浑身在颤抖。戴维用一个毯子把她裹了起来，她没有拒绝。她退到了自己的世界里，那世界对戴维而言深不可测。他闻到了她的衣服上散发出的麝香味。他还注意到，她

第十六章　喜马拉雅

的两个脚趾之间的一块皮肤上分布着一些针眼——不知怎的，在塔透帕尼的时候他并没有注意到，或者当时还以为是被蚊子咬到了。怪不得她要拿那么多钱，怪不得她会突然失踪。他轻轻地摩挲着她的背，怒气瞬间转化成了怜惜。玛拉睡着了，双腿蜷缩着放在胸口。

大乘佛法的持咒声渐渐消退了。僧侣们现在就像孩子在课间休息时那样，吃着东西聊着天。他抬头望着天花板，巨大的木梁上涂绘着鲜艳明快的西藏风格的图案，和那些绘有菩萨像的著名唐卡相得益彰。那些菩萨，真正关心的不是涅槃解脱，而是苦难的芸芸众生。在这样的省思之中，戴维找到了千辛万苦徒步至木克定的真正目的——他对阿瓦杜塔至少有得以一见的资格。

他没有留下玛拉不管。他曾经在阿富汗亲眼见过卢克的死亡，现在，他决心尽一切力量帮助她。他在她的包里找到了可卡因和针管，随手扔到了外面的垃圾箱里。

第二天，他们从木克定出发，去往加尔考特（Jharkot）和卡贝尼，然后回到角森姆。玛拉骑在骡背上，戴维在地下走。她恢复了一点笑容，但大多数时间依然沉默不语。"你为什么要这样做？"她问。

"并不是所有的旅行者都是一个样子的。"他回答她。

"你的确是个不同寻常的旅行者。"她轻轻地说了一句。

回到角森姆的大本营就好比是向文明靠近了半程路。清晨，飞机起飞的声音把戴维和这个现代世界再次连接了起来。但是，他们却在往另一个方向行进，安纳普尔纳的北部，毗邻中国边境，一个渺无人烟的地方。

大多数的朝圣者都不会冒险徒步去达摩达尔湖，那个地方是被封闭的马斯坦北部地区的一部分。光有徒步许可证上的章还不够，现金是绝对不可缺少的。

两人骑着骡子往前走。夜晚,他们躺在柔软的平地上,紧紧地裹着毛毯。玛拉逐渐接受了戴维的一意孤行,任由他走进这个人迹罕至的地方——她和那位瑜伽师相遇的地方。

第四个夜晚,他们在距达摩达尔湖几个小时远的地方露营,天上群星璀璨。玛拉点起了一小堆火,烧了一点水,泡了茶,还煮了些面条。空气又冷又干。骡子颈项上的小铃铛在黑夜中发出丁零零的响声。整个世界现在就在他们的脚下,方圆几英里没有人,没有住家。在巍峨的大山面前,戴维觉得自己是那么渺小。这片土地既威力无穷又神秘莫测,丝毫没有被人类的疯狂所破坏。

玛拉沉浸在自己的冥想之中,她唱诵了一会儿,停下来说:"你拿了我包里的东西,我本来应该杀了你的。你没有权利这么做。"

"你知道我为什么这么做,你应该感谢我才是。"他回答。

"我知道你想帮我。但是,如果你以为人死很容易,那我倒可以给你上上课。"

"我不想了解如何去死,谢谢,"他说,"很多次,我和死亡擦肩而过。我到这里来是为了寻找生的意义,而不是死。"

玛拉伸手握住戴维的手。"谢谢,"她说,"你很善良。我从来没有见过一个像你那样关心别人的人。"

达摩达尔湖舒展在安纳普尔纳山脉的中心地带,这里的风景自有一番壮阔和明丽。据说湖水是来自天堂的欢喜泪,散发着原始纯粹的气息。

"为什么不到水里待会儿?"玛拉建议。她从骡背上翻身下来,

第十六章　喜马拉雅

跪在湖边喝起水来。他俩走了半天才到达这个目的地。"这个湖是圣湖，神力无边。如果在里面沐浴过了，就会洗净所有的业。"

"几年前我就在恒河沐浴过。"戴维说。

"噢，你觉得洗一次就够啦？"她笑着责备他，"这几年你恐怕又积累了更多恶业哪。"

戴维想了想，在冰水里沐浴能让他体会一下瑜伽师是如何通过控制意念和感官而到达更高的意识境界的。

但是湖水何止是冰冷刺骨啊，简直让他无法呼吸。仅仅几秒钟，他的皮肤就由白转红又发紫了。又洗掉了一堆坏业报，可是，他那种享受世俗生活的欲望呢？

"你知道吗，甘达奇河的源头就在这里，然后一路向下，最后流入恒河。"他擦干身子，穿上衣服，她在一旁解释道。

"这地方真神奇，是吧？为什么叫达摩达尔昆达呢？"

"昆达就是一个湖。达摩达尔是克里希纳神的一个名字。你去过的村庄，你肯定知道。"

突然，玛拉呆住了，眼睛怔怔地望着湖对岸。"他在那儿。"她小声说。

"谁？"他问。

"阿瓦杜塔。我刚才看见他就在湖对岸，在取水。噢，我的上师，我的领路人。"她双手合十，低下头来，泪水瞬间夺眶而出，她激动地颤抖起来。

戴维外表上依然很镇定，内心的狂喜却奔涌而出，终于，他们终于找到了阿瓦杜塔！

"先待着别动，"她说，"我先去，再回来找你。"她整了整衣服，捋了捋头发，用披肩裹好自己，背上背包，轻快地向前走去。她沿着湖岸边的路，头也不回地向前走去，很快便消失在一座小山背后。

过了一会儿,玛拉回来了,表情严肃而柔和。

"你们的会面怎么样?"戴维问。

"明天晨浴之后,他会见你。"她答道。

"太好了!那你们的见面怎样?"

"师生之间的话,暂时保密。"

第十七章
瑜伽大师阿瓦杜塔

大自然决定了每一个生命个体的归宿,
无论他们是人、动物还是植物。

心之翼

修行瑜伽，需选择一处幽静之地，地上铺上古撒草，再铺上鹿皮和软布。座位须在圣地，不高不低。瑜伽士修炼瑜伽，控制感官和活动，心神凝聚一点，以此净化心灵。他的头、颈、躯干竖立成一条直线，双眼凝视鼻尖。如此，心境平和，摒除恐慌，完全摆脱性欲，冥想心中的灵。

如果他吃得过多或吃得太少，睡得太多或睡得不够，冥想必困难重重。然而，倘若瑜伽士规范一切思维活动，弃绝一切物质欲望，则已征服了躯体的索求，在内心找到了平静。心意飘忽不定，躁动不安，他必须将它收摄，置于自我的控制之下。正如灯在无风的地方不再飘忽晃荡，控制了心意的瑜伽士，恒常稳处于冥想之中。

在如此喜乐的状态之中，他居于无尽的超然快乐，臻达常人无可企及的境界。他将不为任何物质障碍所动，完全摆脱一切痛苦。这便是解脱。

第十七章　瑜伽大师阿瓦杜塔

戴维打着手电，手里捧着一本关于喜马拉雅山瑜伽大师生平的小书。玛拉仰面躺着，注视着天上不计其数的繁星，她很想在它们之中寻找一处，只和它们待在一起。药瘾可以帮助她暂时忘记身上的病痛，但癌细胞还在迅速扩散。她真希望这一切快些结束，这样她可以尽早去往另一个世界。喜马拉雅山是众多圣人和瑜伽师离开这个世界的必经之地，对现在的她而言是再合适不过了。

两人把身体埋在厚厚的毛毯下，捂得严严实实，以便抵御达摩达尔湖这漫山遍野的荒凉。狂风肆虐，永无停歇，整个夜晚他们都没有怎么睡。骡子一直站立在那里，不停地晃着脑袋，显得异常清醒，粗壮的颈项下挂着的铃铛被风吹得来回摇摆，叮当作响。

这一切在阿瓦杜塔看来倒是无所谓，不远处山坡上的小山洞就足以为他遮风挡雨了。在这里，他彻底忘记了自己的身体和头脑，可以长时间地保持禅定。他的皮肤就像皮革一样。他瘦骨嶙峋，气息缓慢——借助于对鼻孔里呼吸的控制，他可以调节心跳，而每天数次的沐浴则让他在全神贯注的冥想中保持着清醒。

他的周围一片空旷，正与他内在的空寂相应。没有声音，没有打扰，没有任何分心的琐事。虽然远方的地平线上有隐隐约约的山脉，但在他半睁半闭的眼里，这景致也就归于空无，即使偶尔有小蚂蚁爬过山洞，他也是看不见的。

第二天，玛拉起得很早，她打算在神湖中沐浴一下，然后再拜见自己的上师。她光着脚踏上草地，然后蹲在岸边伸手试了试水温：不用说也知道，湖水冰冷刺骨。她得体地用一块长及脚踝的白布裹在身体的最外面，然后把自己浸没到水中，随后打着哆嗦露出水面，发出紧张的笑声。戴维笑了，他可没有她那么勇敢，穿着外衣就进入了冰凉的湖水里，据说冰水可以控制意念和感官。

阿瓦杜塔，Avadhuta，是个梵文词，是对那些斩断了家庭和社会关系并到达了常人难以企及的灵性觉悟高度的人的美称。这样的人往往打破一切社会规范习俗，我行我素，仿佛具备一种来去无踪的能力。对于灵性探寻者和起步者而言，这样的苦修士和虔诚的玄秘家是非常难以接近的，但是戴维和玛拉却主动寻到了他的山洞，来拜见这位颇具魅力的神秘人物——阿瓦杜塔。他们远远地听见了他的笑声，待走近之后却听见他正用一种他们从未听过的语言在说话。

他的头发很长很白，凌乱不堪，胡子一直垂到肚脐。他沐浴在清晨暖和的阳光中，脸庞很古朴却又不失天真。他肢体金黄，双手落在枯瘦的膝盖上，修长的手指摆出生命手印。

戴维和玛拉在他的面前双膝跪地，心中岂止是油然而生的尊重，更是一种不由自主的敬畏之情。

他缓缓地睁开眼睛，开口道："来了？"说完，他再度陷入静默，这样又过了近两个小时。

玛拉对冥想并不陌生，于是也随着他入定，直到泪水顺着脸颊缓缓滑落。

阿瓦杜塔的身上没有一丝呼吸的迹象。他面色凝固，胸脯纹丝不动。

一座看不见的桥梁连通了上师和门徒——这是一种精神上的心灵感应，此时玛拉的肩膀和腰背不由自主地颤动起来，接着是手臂，仿佛是他穿透了她的生命，正在和她的疾病进行一场恶战。她瑟缩起来，发出痛苦的呻吟，但却说不出话来。她的身体先是僵硬，接着又放松下来，脸上浮现出一个宁静的微笑，那是一种如释重负的表情，只有阳光在她高起的颧骨上闪耀。接着，她在柔软的草地上躺了下来，沉沉地睡去。

第十七章　瑜伽大师阿瓦杜塔

戴维弯下身子探了一下她的脉搏；她的脉息非常微弱，几乎感觉不到。这时，阿瓦杜塔已经醒转，于是戴维便转向他。"她还能活下去吗？"他问。

"她会死的，要不了多久了。"瑜伽师答道。他闭上眼睛，一段文字从他的口中诵出："正如脱下旧袍，穿上新装，体困的灵魂经历出生、青年和老年，死亡时便进入另一个身体。"

戴维凝神屏息地聆听着每一个字。

"很久以前，玛拉来找我，"阿瓦杜塔说，"当时她觉得自己的世界正在消失。黑暗的过去一直缠绕着她的意识。我帮她释放了压力，给了她指导，她也认真地努力过了。还能怎样呢？人的心念总是狂暴叛逆、难以驾驭的。"他挑起浓浓的眉毛："现在她终于有机会清除过去，重获新生了。"

戴维很想询问玛拉的过去，但这真的还有必要吗？

阿瓦杜塔深吸了一口气，把枯瘦的胳膊搭在头上。他凝视着戴维的眼睛，然后转向地平线的方向。

戴维的脑子一片空白。

阿瓦杜塔的嘴唇几乎没有嚅动，脸的下半部藏在浓密的胡子里，语气单一而平静。**他在讲述躯体的脆弱与意念的变化无常——这两者就是我们陷于忧虑、痴迷和痛苦的罪魁祸首。他谈到了智慧的力量，谈到一个人为了获得真正的灵性知识并克服虚幻和愚昧而必须付出的努力。每当人类试图用"我"和"我的"来粉饰自己，戴上自我标榜的假面具，摆出自己是拥有者的架势时（今天我拥有了那么多了，明天又会得到些什么呢？），他们在背上贴好的世俗标签就免不了又褪色了一分。**

瑜伽师不仅在对眼前的这个年轻人说话，也在对那个在草地上酣睡的姑娘说话，还有在场与不在场的所有鸟类和昆虫，以及被大地母亲所养育着的芸芸众生。他的话并非来自哪部宗教典籍，也未曾受过哪位高僧大德的点化；它们就来自这样一个人，这个人虽然外表如此而且幽闭遁世，但却活得明明白白，充满觉悟。他的勇气受过人生的锤炼，他的训导来自敏锐的观察、人生的磨砺、大学生涯以及他在学术圈里卓越的地位——那些曾经隐藏于他的婚姻生活中的一切，而他学习到的这些课程均来自多年的俗世经历——在那段时间里，他曾经热忱地研究过人类的行为模式，情感触发的生理机制，有意为之的集体爆发，大自然的运行机制，以及人类的非理性意识——那孕育欲望和憎恨的战场。

妻子和两个儿子的失去给了阿瓦杜塔的人生一个决定性的转折，他开始彻底改变自己的生活，以一种对人类负责的态度来面对灵性生活了。假如他的极端苦行能够促使哪怕一个人去理解人生的意义，他就算是成功了——即使不是为了这个世界，也至少是为了他自己。这不是懦弱的表现。他原本可以轻而易举地获得出人头地的社会地位，但他却选择了一条更艰难的路：在茫茫人海中去寻觅某一个人，心甘情愿地去关注一个被恐惧压迫、被抑郁纠缠的迷失的灵魂，一个被这个没有人情的世界所深深伤害过的饥渴的灵魂，既然如此，就更不用说是为了一个寻觅清晰的方向的人了。

玛拉睁开了眼睛，这一天阿瓦杜塔再也没有说过一句话。太阳已经升到了最高点，光明似乎完全覆盖了黑暗，空气很温暖，让人心旷神怡。在这里，人类文明已不复存在，在这个空荡荡的世界里只有三个灵魂和几个小生灵。然而，对于戴维而言，谬见的激流、幻想的高峰和执着难舍的丛林依然挥之不去。虽然为了一个目标反复碰壁，却依然眼睁睁地忍受着同样的欺骗在两个耳朵之间的那个小空间里反复地酝酿和发酵！

第十七章　瑜伽大师阿瓦杜塔

玛拉坐起身来，把凌乱的头发束在一起，伸了伸胳膊。戴维扶着她回到他们小小的营地，心里却深深地回味着阿瓦杜塔对他说的话，这些话他只留给了自己。

玛拉的入定真是不可思议——也许是一种能量从一个身体传递到了另一个身体里，由此增强了她的免疫力。她简直如获新生，很久很久没有这样好的感觉了。清新的空气充满了她的肺叶，她的心异常平静。

接下来的那几天，他们又回到了山洞里，聆听阿瓦杜塔出关后的开示。他说他热爱生命，不惧死亡；他明白自己下一世要去哪里，甚至可以自行决定，他说那是他的最后一世。一天，他们看见他对着一朵花说话，就好像面对着一个孩子。还有一次，他给一只金黄色的猎鹰喂面团，这只鹰碰巧在洞口落脚，就好像老友串门一样。

他给他们讲的故事仿佛超越了时空的限制，发生在无可追忆的年代，充满了深意和隐喻。"很久很久以前，"他开始说，"两个朋友结伴而行。一天，他们来到了一座辉煌的九门之城，其中一个朋友迷失在这座城市的寻欢作乐里，完全把另一个朋友给忘了。他在那里遇到了一个美丽的女子，举着一把有着五个蛇头的大伞，后面跟着十一个保镖和一群士兵。他为这个女子的美色所倾倒，坠入爱河。她接受了他的真情，答应嫁给他，于是他们幸福地生活在一起，儿孙满堂，直到晚年。然而，有一天，这座城池却遭到了四面八方的攻击，她不幸死去。他在最后的几年里对她念念不忘，结果在下一世里，投生为一个女孩。"

"这个美丽的女孩长大成人，后来嫁给一位国王。很不幸，有一天国王突然辞世，她无法忍受没有夫君的孤独生活。正当她准备跳进焚尸的火堆随他而去时，一位儒雅的圣人走到她的跟前，告诉她她的前世是谁。他把秘密揭示给她：原来他本人就是那位朋友，那位从未与她分离过的朋友。正是她在前世迷醉于城池的辉煌，因此才招来了最初的无尽享乐，但却以无穷的烦恼和痛苦告终。"

　　要品味故事的微妙之处，戴维和玛拉还需要一点时间。那天深夜，阿瓦杜塔最后一次开口。他的话里充满了对玛拉真挚的关怀。他请求戴维好好照顾玛拉，而且要像对待自己的妻子一样。他强调说，那种对一个人悉心照料的感觉，正如对其他任何生命的关怀，会缓解他的物质欲望，帮助他逐步专注于更高的灵性目标。有一段时间，阿瓦杜塔的神情很严肃，但接着他便笑了，眼睛闪闪发亮。戴维恭恭敬敬地向这位喜马拉雅瑜伽大师辞别。

　　第二天，戴维收拾好所有的装备，准备好骡子。玛拉去阿瓦杜塔的山洞与他做最后的道别。他双目微闭，但她知道，他已经感觉到了她的到来。她双膝跪拜，前额触地，开始抽泣起来，泪水打湿了地面，她的话含混不清，总之是一再恳求想留下来。她知道，这辈子再也见不到他了，即便他再活上一百年也不可能了。想到这里，她的心碎了。

　　戴维上山来找她。"我们得走了。"他伸出手把她扶起来。
　　"不，"她哭着说，"我想留在这里。这世界没什么可留恋的了，这是我唯一的归宿。"
　　然而，阿瓦杜塔已经进入了神定，远在深度的冥想之中。他以梵天坐姿（Brahma asana）端坐，双手在胸前摆成佛手印。他已离开了这个世界，进入空无妙境，就连肉体都已可有可无。他几乎没有了呼吸，心脏也几乎停止了跳动。没有任何事物、任何人，可以接近他。

第十七章　瑜伽大师阿瓦杜塔

❦

回角森姆的这一路始终笼罩在沉默中，唯一能听到的就是骡子一路小跑的声音和风的呼啸声。脑海里千头万绪，各种想法袭击着他们，但两人都沉浸在自己的世界里。玛拉从未打算重见博卡拉城，更不用说一个比那更大的城市，还有拥挤攒动的人群和毫无目标的喧闹了。她坐在骡背上，随着骡子一路颠簸，心里却完全没有一丝前进的愿望，完全任由戴维掌管自己的营养、睡眠和行动。就算她一言不发，戴维也还是坚持和她说话。

到了角森姆，戴维依然照管着她的衣食住行。一天早上，在给她穿衣的时候，戴维在她的脖子后面发现了一个鼓包，之前一直被头发盖着，没有发现。倘若她从自己的上师那里的确学到了什么的话，那就是默默地忍受痛苦，坦然地让一切该发生的自然发生。

当戴维在她的手臂下又发现了很多肿胀的淋巴结时，他的心里翻腾起了各种可能性：飞回加德满都接受治疗，回塔透帕尼温泉区休养，留在角森姆，询问那些苦行僧最后应该如何进行火化仪式。

"戴维，"一天早上，就在他为她准备早餐（玛尔帕的鲜杏和抹着蜂蜜的面包）时，她这样对他说，"你现在应该好好照顾自己。我自己能行。我会好好的。"

他们谈起了塔透帕尼，那地方离这里还有四天的路程，不，也许只有三天的路程，因为这一路都是下坡。他们曾经在那里度过了非常快乐的时光。

她的睡床边有一扇窗子，打开后迎面而来的就是山风。玛拉能闻到松树上散发的松香，还能听见妇女们的说话声。她想起了在巴瓦利安（Bavarian）小镇上那一次堕胎后的经历——那家诊所周围就散发着这么一股松树的清香。她紧紧地抓住床上的金属架，就像当初抓紧了护士的手一样，看见戴维正看着她，便立刻

心之翼

放开了。

"明天我们可以出发了,去塔透帕尼,"戴维说,"那里的温泉会给你新生命的。"她的脸上浮现出笑容,眼睛却看着别处。这只是一个稍纵即逝的主意罢了。

她需要的不是一个新生命;她只想一心一意地保留那些最美好的记忆,最好能赐给她一种叫失忆症的礼物,让她把人生中那些一次又一次的错误转折统统忘得一干二净。然而,人生并非如此。回忆深深地烙刻在海马区里,正如牡蛎紧紧地吸附在岩石上。

阿瓦杜塔曾经教过她一些最基本的八部瑜伽法,有助于她的专注,但是她一直心神不宁,无法稳定在一个地方。她结交了一些错误的朋友,而且把自己交给了毒瘾。她努力地试图忘记一切,把这些都抛到脑后。就在那个时候,她在去博卡拉的车上遇到了戴维。那是她最后的一次尝试——关闭自己的想法,让自己平静下来。

又过了一个星期,玛拉的身体急转直下。她已经不能进食了,白天黑夜,大多数的时间都在睡觉。戴维会一直给她按摩,直到她让他停下来。在睡眠、剧痛和清醒的间隙,她便使出全身的力量握住他的手,好让他能感觉到生命之气正在一点一点地远离她。

"戴维,你难道没有看见吗,"她用微弱的声音说,"两个朋友,你和你的灵魂。身体的九道门,是这些孔洞让我们呼吸、品尝、聆听、目视和排泄,生命气息之蛇,还有行动、意念和知识的十一个守卫。那群士兵就是无穷无尽的欲望,对女色的贪恋,还有把我们束缚在这个死亡世界里的物质智性。你看见了吗?戴维,让我走吧,放手吧。不必紧紧抓住你的恐惧不放;恐惧只能导向更多的恐惧。你是个好人,还有别人需要你的关心和爱。"她的嘴唇几乎没有在动。"我的路,已经走完了……"她的手滑落到了一边,双眼望着天花板,永远地离开了。

第十七章　瑜伽大师阿瓦杜塔

亚洲客栈吸引了一些不同寻常的注目。在这样的喜马拉雅小镇，人们有可能遇上坠机、雪崩或者徒步时的意外，但还从没听说过有人死于癌症。

楼上，玛拉看上去就像一位天使，非常安宁，就好像只是睡着了一小会儿，白色的毛毯一直盖到面部。

戴维坐在床边，眼睛里噙满了泪水，茫然地捏着自己的一个耳垂。他闻了闻自己的手，依然散发着那种草木油的芳香。他的心收紧了。一只蓝灰色的赭红尾鸲停在了窗台上，啾啾地狂叫个不停。"你得开始行动了，"戴维听见它在说，"没有时间坐在这里闲着。去吧，去吧，去吧。"

阿格尼航空售票处答应把玛拉的护照送回加德满都的德国大使馆。飞机刚离地，雨季的第一场雨便从天而降了。戴维觉得火化一定是玛拉想要的，火葬仪式刻不容缓。

他在瓦拉纳西的火化场目睹过的一切现在就再现在他的个人经历中，到目前为止，那种现实依然超过了他对生死的理解。在那个不同寻常的时刻，内在的思绪，宁静的情感，对生命哲学的探求，与黑暗的无知疑惑之洋碰撞在了一起，掀起了巨大的震动，并达到了神性的震级。

一群苦行僧拾来了一些柴火，在甘达奇河旁架起了一个火堆。朔风起舞，狂野地冲过喜马拉雅走廊。徒步者、僧侣、村民和朝圣者从四面八方汇集在一起，共同经历这场生命的祭礼，但满脑子迷信的当地人，却只是远远地待着，不敢靠近。

尸体躺在一副担架上，由四位徒步者抬到火堆旁，由戴维亲手平放到三英尺高的木头堆顶上的一个由干柴堆放而成的垫子上。孩子们挤在大人中间，踮着脚尖，眼睛一眨也不眨地注视着眼前的一切。雨云聚集在头顶，云层里传来隆隆的雷声。

那些小木柴上蹿出的火苗迅速地把她的身体给吞噬了。火焰越蹿越高，渐渐地，下面的粗木头也着起火来。浓烟四起，形成一个环绕的帷幕，她的灵魂在这个私密的空间里，慢慢升起。

人群非常肃穆，火光照亮了所有人的脸，激发了他们的良知，撼动了他们对自我价值的感知：这里只有骨头、肠胃、肌肉、血管、气、水——这一切都只是从宇宙那里借用来的，并且很快会回归于宇宙，除了灵魂以外。在场的僧侣和苦行僧都知道，当躯体化为尘土时，灵魂永远不会被火焚为灰烬，永远不会被切成碎片，也永远不会被风毁蚀。戴维想起了在瓦拉纳西的恒河岸边观看火葬时桑托西曾经对他说过的话，类似的话他在经典中也一再读到过。

死后再生并非一种信仰，而是生命的真相，一个任何人都无法改变的事实。大自然决定了每一个生命个体的归宿，无论他们是人、动物还是植物。**生命开始于灵魂出现的一刹那，终结于灵魂离开的一瞬间。**我们的情感依附与肉体有关，也许今天还在，明天就已无影无踪。我们也许羡慕某人的能力、智力或享受生活的能力，但那也是短暂的，我们一无所有地来到这个世界，复又赤裸裸地离开。**没有什么是真正属于我们的。**演员走上舞台，以一定的妆容扮演特定的角色，但幕布落下时，他就必须离开舞台。同样，我们都认同于某种文化和语言，但这一切随时都会发生变化。

自然赋予了我们每个人特定数目的呼吸和心跳，用完后这个躯体便会结束，我们会走向下一个躯体。而我们将何去何从，这取决于这一世的行为和意识状态。大多数的灵魂会出生在各种各样的生命种族中，或享受或痛苦，继续他们的旅程。一些灵魂会转生到天堂星宿，还有一些则会走进宇宙的黑暗区域。然而，总会有一些灵魂会重返地球，在这里收获他过往活动的果实。然而，对于已经达

第十七章　瑜伽大师阿瓦杜塔

到了灵性极乐的完美之境的瑜伽师而言，就不必再次投生了，他离开躯体后将永不再回返。

戴维很想知道，玛拉的目的地在哪里。她在生命中经历过一连串的挑战，但却走上了一条内在的瑜伽之路。按照《薄伽梵歌》的教导，她很可能出生在一个虔诚的家庭，恢复前生的灵修生活，并有望在那一世彻底终止生死轮回。在这个重大的时刻，戴维也在沉思自己的过去：倘若当初死亡突然降临在他身上，他又会去往何地。想到这里，他有些不安，因为他的灵性资格还远远不够。他唯一能做的便是不断地学习，为那一天的随时到来提前做好准备。

戴维满怀信心地控制着现场，时不时地绕着火堆添加木头，以便那尸体能彻底地焚烧干净。他的手杖阿南塔，他这一路上亲密的伙伴和至关重要的支撑，现在正好用来拨一拨、戳一戳，或者把熄灭的木块弄到一边重新点燃，仿佛它特意参加这个火葬仪式，就是为了以非常有意义的方式结束自己的生命。戴维松开手，把阿南塔送入烈焰之中，至此合上了喜马拉雅山这一篇章的最后一页。

余烬息止，人群散去。戴维收集了一篮子骨灰，撒入河中。

雨下了整整一夜。雨水狠狠地打在屋顶的瓦片上，淹没了沟渠，也遮蔽了窗户。戴维点起蜡烛，彻夜不眠，脑海中还徘徊在与阿瓦杜塔及玛拉的邂逅和情感的交织中。这个谜一样的拼图里尚有几块依然没有归位。他坐在床边，手里捧着她的脖子上一直佩戴着的那个象头神甘内什的银坠子。

还有那个布包，也是那个谜团中缺失的几个碎片。玛拉一直不离身地带着，那布包大不过一个手提袋，但里面一定藏着她遗留下来的一切。他找遍了所有的地方，垫子、枕头、背包、毛毯，全都掀开了，打开了，但依然一无所获。他们启程的那天清晨，玛拉独自去和阿瓦杜塔告别，她本该把这个包交给他保管的。

大雨在第二天早晨就会没过甘达奇河，如果戴维还想回到那个

心之翼

距离他四天路程的山洞的话，是绝对无法过河的。他在屋子里来回踱步，依然深深地沉浸在关于她的过去里，然而，这又是为什么？究竟为了什么呢？每次当她告诫他放下并继续往前走的时候，似乎总有些别的什么东西迫使他去追索。凌晨时，他迷迷糊糊地睡去，无论从体力上还是精神上都感到筋疲力尽。9点整，他被天空中螺旋桨的巨响唤醒，又是一班飞往博卡拉的飞机，他终于下定决心：明天就飞回博卡拉。

～･～

　　二十座的双翼飞机艰难地穿过山顶上弥漫着的紫色暴风雨和飞机下的深谷。雨季使加德满都遭受重创，人们在大街上浑身湿透地蹚着水，水几乎深到膝盖。

　　戴维怎么也潇洒不起来。虽然他在圣洁的喜马拉雅山林中已经逗留了近两个月，但回到现实世界中后，依然会被那些无关紧要的小事所困扰。在角森姆的时候，他把玛拉所有的衣服和鞋子都送给了当地的一个妇女，而只留了一个深蓝色的包。那个包是德国制造的，很结实，而且防水，设计很巧妙，可以放很多东西，但又不太占地方。

　　即便是一些像包一样的小东西，有时都很难放下，这就像人的记忆那样。有些人的生活中堆满了各种各样的东西，都是朋友或者其他人以礼物和友情的名义塞给他的。于是，房子越塞越满，各种标志着昔日的我们的奖品和收藏，从来不穿的衣服，床底下破掉的玩具，还有拥挤不堪的阁楼和地下室，都积满了我们其实并不需要但又不忍舍弃的依附和记忆的灰尘；当然，所有这些都象征着我们内在的混乱，我们的头脑和心灵里一直在接受和抗拒着某些人某些事，就连痛苦、悲伤和治疗，我们都会非常执着难舍。最终，我们

第十七章 瑜伽大师阿瓦杜塔

生活的这个世界就像一个散乱着的真人艺术画廊,展示着所有的迷恋和记忆,从脚下的下水道一直到天上的银河系。

戴维还待在曾经住过的那家客栈,他靠在栏杆上,一边喝茶一边仰望着天空,乌云在七月盛夏闷热潮湿的天空中缓缓穿行。玛拉打心眼儿里觉得他是个好男人,有爱心,也懂得关爱他人,还提醒他不要放弃这些品质,应该用来好好帮助别人,对此戴维的心中感到又骄傲又感激。阿瓦杜塔也和他说过类似的话,不过理由不同。玛拉曾经在达摩达尔湖说过这样的话:"有一天,我会把你的友情放进我的背包底层,用拉锁封在里面,严严实实的。这样,你的友情就会永远地伴随着我。"

他翻看了一下当地的报纸《上涨的尼泊尔》,他读了一下有关孟加拉国洪水的报道,"人类的悲剧正在上演。洪水使成千上万人无家可归。西孟加拉邦进入紧急状态"。

报上招募志愿者,上面还留着加尔各答的地址和电话号码,戴维的心起了波澜。有人正在失去生命。在巴黎时他曾经对那个精神病医生说过的话又响起了。但是,他能做些什么呢?雨越来越大,他回到屋里,关上窗子,走到大厅里的小咖啡厅里。

管家正在火急火燎地用拖布吸干雨水,同时堆上沙袋。戴维要了一个热气腾腾的馅饼和一杯奶茶。突然,他放下报纸,摘下披肩,吞下馅饼,一路小跑着回到房间。玛拉之所以把自己的情感、痛苦和心愿都留给他来解密,是因为她知道自己将不久于人世,而戴维是她唯一值得信赖的人。她太了解他了,知道他会把她的包放在身边,不离身。

她给他留下了一张字条,仿佛预料到了他在她死后会做些什么。所有的东西都在那里,就在背包的最底下,用拉锁封存好了,正如她对他的感恩那样,那是一个他几乎想不到的地方。这是一个用朱红色的丝巾包裹好的小布包,上面绣着三个字母 AUM,里面有几张照片、一本口袋大小的日记本、几张折叠在一起的剪报。然后，便是厚厚的一沓一百美元的纸币和一张字条，上面写着"拿它帮助别人吧"。

  这或许只是那只小蜘蛛，为了帮忙造桥，拼尽了全力推动的一颗沙粒。此时此刻，这已不仅仅是他一个人的事了，这关乎他人，关乎一场为了他人的牺牲。

第十八章
孟加拉大洪水

他变成了一个更加坚强而勇敢的男子汉，
更愿意为了他人而牺牲自己。

心之翼

．．．

　　加尔各答的滂沱大雨已经持续了整整四天。潮气渗入建筑物的墙体里,留下斑斑驳驳的霉迹。天空阴沉沉的,压得人喘不过气来。洪水已经漫过了膝盖。孟加拉人可以张开怀抱迎接雨季的到来,但他们也不会甘心正常的生活秩序被打乱。黄色的大使牌出租车和人力车依然在水中往返摆渡,并没有被暴雨吓倒。街上的小贩把摆在地上的各种容器都顶到了头上。无数的黑伞,遍布在城市的各个角落,如同巨大的甲虫在河上漂浮。人也好,动植物也好,神仙与物件也罢,没有谁能幸免于难——努力适应是在所难免的,生活还要继续。随着洪水的上升,蚊虫也开始成群结队地出现,霍乱的威胁近在咫尺。恒河水迅速暴涨,巨大的孟加拉湾口完全消失不见,河水一直漫延到达卡,已经夺走了几十个人的生命。

　　达姆达姆机场的航班取消了一半。幸运的是,戴维乘坐的来自尼泊尔的飞机得以紧急着陆。到

第十八章　孟加拉大洪水

达大厅里挤满了被滞留的旅客。

"按理说,这样的季节根本就不应该旅行。"一个印度女士一边说一边摇着手里的竹扇,试图驱走闷热的潮气。汗水在全身上下不停地流淌,只有额头上硕大的红点和为了防止痱子而抹了爽身粉的脖子和胸口没被沾湿。天知道,在这样的天气里,这个女人是如何忍受那裹在腰上长及脚面的六尺布的,不仅如此,连头都严严实实地盖上了。

"妈妈,还有别的可干的吗?"她那十几岁的儿子不乐意了,"难道就这样在家里困上一个月,只是死等着?多闷啊!"

"贝塔,说话注意点。你外公经常跟我说,他父亲在雨季的时候就这么待在一个地方,吃得很简单,睡得也很少,把更多的时间用在思考上。"

戴维弯下身子,把那张刊登着那篇《上涨的尼泊尔》的剪报递给她,想打听一下她是否了解这个地方。

"莫尼-拉尔-萨哈(Moni Lal Saha)巷?这地方我当然认识,先生,"她说,"和班纳吉路就隔了一个街区。你不会错过的。抱歉,我们的出租来了。"

大雨如注,戴维把裤子卷到膝盖以上,把包顶在头上,浑身上下都已经被浇透了。

莫尼·拉尔·萨哈巷 56 号所在的区域很特别,这里的孟加拉国商人和居民都认为在大洪水中侥幸逃生比维持生计还重要。这里的印度教徒和穆斯林从古至今都分享一切,相安无事,但自从英国人立了新规则,一切就永远地改变了。他们只是出于习惯和必要才继续生活在一起,但是他们的孩子再也不会混在一起玩了,家家户户也都给房门上了锁。雨季来临时,他们都成了缩头乌龟,而不是主动地相互帮助。

西孟加拉邦应急服务机构(WBES)就坐落在一个汽车修理店和一个轮胎售卖处之间,位于二层的半透明玻璃门上有一个手写的

心之翼

小标志：WBES，请进。

屋里摆放着两张桌子，一台在频繁的断电中饱受折磨的金属电扇，还有两个工作人员——一男一女——正在狂拨着一台黑色电话。电扇终于慢慢地启动了，两人长长地嘘了一口气。

"是的，穆克吉先生，"右边较远的地方，一个瘦长的男人正坐在窗边，"这种情况下，我们已经尽了最大的努力，一有新消息，一定马上通知您。"他挂上电话，继续用两个食指敲打着那台打字机，眼睛锁定在双页纸上，偶尔抬一下头，往身边的废纸篓里吐一口槟榔。

"阿娄，阿娄，先生，"说话的是他的同事，"我们正在争取十吨，这还得取决于路况，当然喽，还有付款条件……是啊，是啊，先生，我正跟踪着这件事哪。"

门上悬挂着一幅镶了框的黑白照，圣雄甘地从镜框里注视着对面那组已经发黑了的海报——妇女、儿童，瘦得皮包骨的脸庞和骨架，突出的牙齿，空空的盘子和一双双求乞的眼睛。还有一个孩子，鼓胀的肚子，细细的胳膊，光着身子，眼泪和鼻涕混成一团，上面聚集了无数只苍蝇。实在太穷困了！戴维觉得自己像是瘫痪了一样，他的肠胃被一种东西搅得天翻地覆，身子几乎站不住。

"你是来当志愿者的？"女士问。

一个问题就让戴维怔在那里了。他有些犹豫，电话铃又响了。

"阿娄，是的，穆克吉先生。没错，我知道情况紧急，可现在报名的人数还寥寥无几。我们仍在计划今晚出发，只要豪拉桥的水位下降就行。"

高西太太放下电话，注视着戴维，仿佛在看一个进来买人寿保险的家伙。显然，她正承受着极大的压力，不仅疲惫不堪，心里还悬着洪水的情况。西孟加拉邦应急服务机构只是加尔各答几十家招募志愿者并向受灾区派遣志愿者和医疗人员的服务点之一。

穆克吉先生是位富有的西孟加拉实业家，他把信心和现金都寄

第十八章　孟加拉大洪水

托在神的身上，认为神才是终极拥有者，尽管他的实力足以防止成千上万的人无家可归、无以为继。他的解释是，只要是热浪滚滚，海水大量蒸发，气压低下，大自然就会习惯性地出现反常变化，洪水完全就是大自然的杰作，没有别的。

高西太太使出了她最好的英语，好让这场灾难听上去不那么无可救药。她对正要往写字板上签字的戴维说，孟加拉会永远对他给予的帮助感恩不尽。

她翻过表格，指着一大块空白处，那面空白足以写下一个人的生平。"这儿，您写上自己的专业技能，"她说，"万一，你还是个医生呢？"

"那倒不是，"戴维回答，"但是我会煮饭——做很多很多饭。"

高西太太立刻转向同事，那人正噼里啪啦地砸着打字机，一听这话就停了手。他们对视了一眼，立刻拨响了穆克吉的电话，把这个好消息告诉他，他们要找的人终于从天而降了！厨师找到了！按照印度的传统，妇女不能和男人有太近的身体接触，要不是这样，高西太太一定会给戴维一个紧紧的拥抱，感激他在第十一个小时出现在他们的面前。午休的时候，她点了一根香，连同一串芳香四溢的晚香玉花环，供奉给她的卡利女神。

"今天晚上，您就准备动身吗，嗯……怀士曼先生？"她忐忑不安地问道，"我是说，几个小时之后。"她的脸上似笑非笑，似乎等着对方说不。

豪拉桥的大水多少退了一些，道路重新开放。但是从办公室一楼的窗户往外看，雨幕依然密集得让人看不清街对面的房子。

戴维看了一眼高西太太，说："我上这儿来不是来逛加尔各答夜景的，没错，我已经做好了出发的准备。"

高西太太乐不可支地晃了晃头，赶紧吩咐打杂的去准备一份装得满满的饭盒来。今天晚上将会是一个漫长的夜晚。

宏伟的维多利亚纪念碑倒映在暴涨的胡格里（Hooghly）河上，

看上去就像斋浦尔的水中宫殿。在加尔各答的某些地方,对于流浪汉以及蹲踞在火车站附近被废弃的贫民窟里的穷人而言,生活已经陷入了地狱。拉着戴维在齐腰的水中蹚水而行的车夫很可能已经无家可归了,大雨恐怕已经把他和家人的那点所谓的家当都席卷而空了。

戴维往那人手里塞了一张五十卢比的票子——这足够让他支撑一个月了,看着他那张因为艰难地在水中挣扎而吃力流汗的脸上露出谦卑而亲切的笑容。他把那张纸币恭恭敬敬地放在前额上,然后贴在心口上。身上的T恤衫已经湿透了,紧紧地粘在皮肤上,包裹着一个男人已经无法掩藏的痛苦。

夜幕渐渐降临,加尔各答的上空渐渐晴朗起来,人群纷纷拥上街头,庆祝这几个小时的歇息。对于孩子们而言,正是四处溅水花玩儿的时候。豪拉火车站,人山人海,嗜血的蚊虫趁此狂轰滥炸。来自印度各地的人占据了地面的每一英寸——大迁徙的时刻到来了。

戴维搭乘的火车将沿着恒河,开往向北八十英里以外的克里西那纳嘎(Krishnanagar),这趟火车将在9点半从第六站台出发。高西太太很守时,但不过是为了把另一位与他们同行的当地志愿者介绍给他。

戴维吃惊地环顾着四周。整个的文明都在这干燥的地面上铺开了——有熟睡的,有共享一碗饭的,有仰面朝天躺着的,有大脑一片空白的,也有呆望着天花板上的霓虹灯的。大喇叭里不时地传来刺耳的广播声,听到发车通知,众人长舒一口气,听到车次取消,则激起一片失望的叹息声。第六站台上早已人满为患,火车慢慢掉过身来,乘客们唰地拥入车厢,在黑暗中寻找自己的座位坐下,然后坐立不安地等着发车。

"怀士曼先生,很高兴您及时到了火车站。"高西太太隔着人群大声喊道。

戴维招了招手,向铁轨边他们所在的地方挤来。

"这位是玛瑞,这位是莫汉。"她急匆匆地说。

第十八章　孟加拉大洪水

车厢很快就满了,剩下的时间只够短促地握一下手。戴维跳上火车,在开启的车窗边找了一个座位。

高西太太站在外面的站台上,透过窗户示意他放心,保证有人会照顾他们,接着向他和玛瑞的志愿者行为再次表示感谢。火车渐渐驶出火车站。她又跟着走出几步说:"别的人都在目的地等着了。到时会有一辆吉普车,把你们从克里西那纳嘎送到目的地。如果需要什么东西,找我的侄女玖缇,她就在那儿。身上带了驱蚊剂和奎宁片了吗?"

"哦,是的。"戴维答道。

玛瑞皱起了眉头:"耶稣基督、圣母玛利亚、圣约瑟啊,谢天谢地,当然带着啦。"一听这几个字,就知道她是个不折不扣的爱尔兰人。她直了直腰,动了动臃肿的身体,满脸的自信。

高西太太双手合十,闭上眼睛,向卡利女神祈祷,祈求她仁慈地保佑这两个新志愿者。

车厢顶部的黑电扇正飞速转动着,赶走苍蝇和夜间的潮气,同时也能把堆挤在一起的乘客和行李上的汗湿吹吹干。车里太拥挤了,就连车把上都吊着人。

列车很快就离开了郊区。莫汉是穆克吉先生的手下,是个年轻的孟加拉小伙,他先自我介绍说他此行的目的就是护送他们去克里西那纳嘎。他设法通过交涉给他们赢得了一些舒适的空间。两人打瞌睡的时候,他就醒着为他们站岗,好让那些窥视着他们的行李并企图伺机下手的人打消他们的坏主意。要是让他们一招得手,这一大家子一辈子的生活就有了着落,再也不用忍饥挨饿了。

列车在夜空中穿行,车轮在轨道上发出缓慢、稳定而富有节奏的行进声。

戴维饿醒了。他从包里抽出饭盒,把每个盒子都打开来,看看里面都有些什么。所有的菜都凉了,但闻上去却依然香得很。

"莫汉,那边什么样啊?"他一边问,一边递过几个薄饼、一碟辣味土豆和孟加拉炸茄子。

"很难讲，先生。不过前几年的确糟透了。您知道吗？水一直涨，雨也一直下个不停。有人说恒河母亲发怒了。还有的人说，这是政治作怪。"

"政治？怎么可能和政治有关？"戴维问道。

"先生，政府控制了大坝，在印度和孟加拉国之间。这几年水往西孟加拉流，那几年往孟加拉国流。"

戴维狼吞虎咽地把饭吃了。到目前为止，这次冒险的旅程中唯一的甜头就是这种雪白的吸满了糖汁的茹阿萨古拉（Rasagula，一种用乳酪做成的印度甜点）了。他笨手笨脚地把这个大甜球塞进嘴里，糖水流了一路。透过车窗上的铁栅栏，隐隐约约地可以看到房子和树木的剪影，一望无际的田野和一块块的旱地，还有酣睡的水牛从眼前无数次一跃而过，转瞬即逝。黎明来临的时候，它们还在吗？他无法知道答案。在黑夜中旅行并不吉祥。他在心中默默地提醒自己这次做志愿者的目的所在，这将是一场必不可少的人生经历，他应当愉快地投入这次特别的旅行。

午夜时分，火车停靠在克里西那纳嘎火车站。四处游走的奶茶小贩洪亮的吆喝声回荡在夜空里，惊醒了所有人。旅客们拖着步子蹒跚地走出站台，就像过度负重的骡子，渐渐消失在雾色中。

戴维和玛瑞睡眼惺忪地走出站台。外面早有一辆吉普车等候，等着把他们送上第二段旅程。接下来的铁轨已经被洪水毁坏，继续北上的旅客不得不被搁浅在这里，等着改用其他的交通方式继续他们的旅程。这里的人和世界隔绝了，常常会陷入食物匮乏。

吉普车上了狭窄的颠簸小道，他们和司机简单地交流了几句，要了饮用水，顺便了解一下接下来还有多长的路要走。雨季意味着持续不断的高温和潮湿的空气。汗水湿透了身上的脏衣服，既然来了这样的地方，卫生条件早就不在考虑之列了。唯一支撑着他们往

第十八章 孟加拉大洪水

前走的是一份心愿：成为救援队的一员，共赴使命。

六个小时之后，太阳升起了。也许是因为前方的一座桥梁突然坍塌，或者是泥石流淹没了道路，在不得不坐等了很长的一段时间之后，他们终于望见了西孟加拉一望无际的平原。平时的稻田和芥末庄稼地，现在已经变成了一片浩渺无边的海面，静静地反射着乌云满布的天空。

巴哈拉埔尔（Baharampore）是一座拥有二十万人口的小镇，气候干燥，吸引了许多人前来寻求庇护。西孟加拉应急服务机构的帐篷只不过是连在了一起的一群巨大的帐篷，这里专门提供了配给品，给男人和带孩子的女人提供宿舍，还另设了一顶独立的帐篷给当地的工作人员。此外，还有一个小小的临时医务室，里面有红十字会捐赠的担架和一些最基本的医疗物品，帐篷的前门上有一个醒目的红十字标志。

帐篷里占地最大的一部分用来做饭。戴维一直不明白，既然大多数印度人一眨眼就能做出一顿像样的饭来，为什么他们还是选了一个外国人做厨师。不过，给如此庞大人数的人做饭的确要难得多，而且上一个厨师被人当场抓住，因为他把成袋成袋的大米偷运到了别的村庄去卖钱。现在，每袋大米都数过，称过，而且还给存放处上了锁。

戴维被介绍给了救援队中其他的成员，接下来便拿到了仓库的钥匙，这把钥匙不禁让他想起了在希法时约哈夫给他的那把吉普车钥匙。伴随着这份神圣的信任同时自然也被赋予了巨大的责任。他觉得自己就像一位新任命的元帅，要带领的是一个精锐部队：堆到了天花板的二十五公斤一袋的大米，成堆的木头，还有大箱大箱的饮用水。他闭目沉思了一会儿，感觉到有一根导管把他和自然母亲以及她的种种元素连到了一起。在如此特别的时刻，需要冥思默想，需要祈祷的心境和谦卑的态度，它甚至超越了圣者的智慧。那些智慧会极大地吸引好奇的心灵，然而，只有当其转化为行动的时候，才有了真正的意义。然而，在这样的雨季中，大自然已经无法和人类的世界奏出和谐的旋律了，灾难实在太大了。

"嘿，我叫兰科，从约翰内斯堡来。"一个有着一双蓝眼睛的瘦高个出现在戴维面前，他留着穆斯林的大胡子，打扮得像个孟加拉农民：上身一件白色背心，下身裹一条格子围布，一直垂到膝盖处。"我是来帮你生火的，这样就可以马上开始做饭，准时把食物运上船，开始派发。"他瘦得皮包骨，但是声音里却满是自信。他和戴维握了握手。

他们在一个巨大的坑里填上干柴，兰科点着了火，稍稍扇了扇就把火生了起来，然后又往上加了好几袋干燥的牛粪饼。等火苗旺起来的时候，他们在柴堆上平放了一块金属格栅，然后把一口巨大无比的铝锅架在上面，锅里注满了水。

"接下来就看你的了。"兰科说。他开始用只有骨头没有肌肉的肩膀驮起仓库里一袋又一袋的大米和绿豆，把它们运送过来。

这个男子汉非常自信，他有一种不服输的勇猛劲儿，一种在紧急状态下舍我其谁的劲头，但更强烈的，似乎还是一种要全力保护这片托付给他的土地的激情。

"这些人都在挨饿，"他一边用一把袖珍小刀划开那些口袋，一边这样说，"大米和绿豆都不用洗了。全部扔进去，搅一搅。"

戴维默默地照着兰科的命令做。火焰蹿得太高的时候，他就往上面洒一点点水，把温度降一降。

"有的时候我们会收到一些香料和蔬菜的捐赠，"兰科说，"但是现在什么都没有。而且没有油，只有盐。"

戴维的眼睛被烟熏得刺疼，那些三百升的大锅早已被熏黑。他来回走动，一会儿搅拌一下这口锅，一会儿搅拌一下那口锅。他想起了温达文的厨房，在那里他第一次亲眼看着巴拉为那些萨度做早餐。在印度，似乎永远得给人们供应食物。戴维笑了，向兰科点了点头，示

第十八章　孟加拉大洪水

意可以把煮好的浓粥倒进桶里了——每一批两百吨，足够三千人吃。

被派遣深入洪灾地区的都是些精兵强将。人们挤在没水的地方，捧着从那已经不复存在的家里抢救出来的盘子和铁盆，等待着他们的到来。有的爬到树杈上等着，脚下就是大水；还有的则站在齐脖的大水里，头上顶着空空的不锈钢容器。

戴维和兰科划着装满了新鲜饭食的船，送完了一个地方又来到另一个地方，直到最后的一个桶变得空空如也。眼前的灾难让戴维也问起了曾经在他的面前被许多人提出过的一个问题：如果真有神的存在，为什么还会发生这样的灾祸？接着他又重新构建了一下自己的思路。可为什么出了问题，总要归结到神的头上呢？

船东达比尔是一个穆斯林，是七个孩子的父亲，这时就像一只鹤一样蹚着水向前挪。这里的每一棵树、每一顶茅草屋、每一片田野，都是他打小就熟悉了的。往年的水灾中，命运带走了他的两个儿子，如今他养着一群山羊，把信仰建立在自我保护的前提下。这里的人谁也离不开他，特别是到了晚上，当他听到远处有人呼唤的时候，他就会把食物送到等候在自家房顶上的村民手里。这是一种人道主义精神的表现，它超越了任何宗教信仰。他最经常说的一句话是："我的儿子们淹死在这里。我不想看到更多的孩子被这样带走，哪怕是去天堂。这里简直就是地狱。"

一天晚上，戴维、兰科和达比尔在一个被洪水淹没了的房子的屋顶上发现了一家四口——这是一小群连同他们的牲畜一同被洪水冲走的农民里最后的几个幸存者。母亲乌沙一边哭泣一边呻吟，那种期待着再次看到一个黎明的漫长等待已经让她完全绝望了。她的丈夫索努，已经流干了眼泪，粗糙的脸苍白得没有一丝血色，他把脸埋在瘦骨嶙峋的手指里，怎么也无法相信眼前发生的这一切。他们眼睁睁地看着一个又一个人在面前被洪水冲走，已经在自家的屋顶上等了整整四天。

心之翼

戴维的心在疼痛。他在心里默默地流着泪，想起了桑托西在瓦拉纳西说过的关于恒河母亲赐予和索回的那番话——当他直视着死亡的眼睛时，在神明和尘俗之间找回理性是多么困难的事啊。自从玛拉去世后，他更坚强了，在那一刻，是她给予他所需要的激励，带着他超越了恐惧和疲惫。

兰科坚持要把这家人带回岸边。他把一根绳子扔向他们，好让他们顺着绳子游回船只。乌沙带着不到十岁的小儿子游过了四十英尺的距离，孩子紧紧地抓着母亲的脖子。

下一个是哥哥。"妈妈，妈妈，"他大声呼唤自己的母亲，"看啊，我快到了。"突然，一声尖叫划破了天空。乌沙在船上，索努还待在薄薄的屋顶上，惊恐地望着失去了一半知觉的儿子挣扎着游向船只。

兰科抓住孩子的胳膊，戴维把他的身子拖了上来。乌沙紧紧地抱着小儿子，大声地向卡利女神求助。她那绝望的哭喊声刺穿了黑暗，她使出了全部的力量试图叫醒天上的神。但是，已经太晚了。孩子在兰科的怀里失去了知觉，停止了呼吸。达比尔呆呆地站在装满了食物的桶之间，默然不语。他知道，一定是被毒水蛇咬到了。

乌沙把死去的儿子抱到腿上，紧紧地贴在胸口上不住地摇晃，痛哭失声。兰科耐心地鼓励她的丈夫游向船只。语言的差异在他们之间形成了巨大的汪洋，然而像他那样纯朴的村民依然相信：外国人是可以信任的。

营地的气氛越来越紧张。玛瑞发现自己没法和高西太太的两个侄女吉塔和玖缇相处，这种分歧和工作关系不大，却和双方的不同信仰以及对灾难的诠释有关。男孩的死使得这种火药味更加浓烈。当玛瑞听到两个孟加拉护士呼唤那个被她说成是"伸着舌头，冷酷

第十八章 孟加拉大洪水

无情的丑陋雕像"时,她火爆的脾气终于爆炸了。

这三位都曾经进入过某个圣所,那种地方就像拳击台,是各种宗教狂展开较量和搏斗的地方。由于精神上遇到的挑战和个人的心态问题,玛瑞被迫放弃了特蕾莎修女在加尔各答的使命团。印度教徒相信人死后会进入另一个生命,因此他们对于死亡的反应并不会那么强烈。尽管生命已逝,但在恒河中死亡依然是一种祝福。

玛瑞并没有被这种观念所打动,毕竟这和她的天主教观点无法融合,她既不耐烦又无动于衷。所幸,她的诽谤和亵渎的话吉塔和玖缇是听不懂的。

孩子的尸体火化之后,情况稍稍平静了一些,然而兰科却陷入了愤懑。雨又不停地下了一个晚上,仓库的一部分已被洪水淹没,从加尔各答开来的运米的卡车又晚了整整三天。

兰科站在大雨中,浑身都被浇透了。他扑倒在地上,用拳头使劲地砸着水塘,仰天怒吼,无情的天空和乌云啊!所有的事情都出了问题。红十字会承诺过要把更多的伤者送到别的营地,但是只要是在印度,期望终归只是期望。在巴哈拉埔尔地区,超过五十万孟加拉人无家可归,他们没有钱,没有工作,没有食物。到处都是忍饥挨饿的人,政府部门的行动力远远不够。

消息终于传到了戴维耳中,那辆运粮车在路上遭到了强盗的洗劫。八吨大米和豆仁不翼而飞。卡车司机维诺德被吓呆了,不敢两手空空地直接开到营地,他停在了克里西那纳嘎,等候进一步指示。

兰科的怒火似乎得到了释放,他开始忙乎起建造竹桥的事,这可以让他的沮丧和伤痛有个疏导的通道。他的这种情绪不仅仅是洪水造成的死亡和毁灭给他带来的,还因为心中压抑已久的绝望。当初他的加拿大女友把他给甩了,毅然决然跟了瑞诗凯西的一位年轻英俊的瑜伽师,几乎让这位羽翼未丰的玄秘大师名声扫地。这件事让他受了很大的打击。对某些人来说,无非就是这么简单:金钱和女人，再就是救赎。但是，这几样向来就是无法共存的。除了盲目而轻信的人，谁都知道这个道理。兰科正在吸取教训，而且在用自己的方式臣服于生命中所有艰难的事实。

戴维喜欢他，是因为他很真实、毫不造作。两人谈起了船上的事，彼此的心上都留下了疤痕，那是一种深深的挫败感。

一天夜晚，戴维独自坐在帐篷里，为现实叹息：所有的供给都中断了，情况危急。他想到了达摩达尔湖和阿瓦杜塔，想到了他所获得的鼓舞，那种服务全人类，去帮助更多灵魂的召唤。这也是玛拉至死不渝的信念。他创造了一个思想的小岛，每当他被自己的不足所困时，就会退到这个小岛上。

玛拉留了钱给他，让他用这些钱帮助别人，他会满足这个心愿的。他已经想好了，要把一部分钱给索努和乌沙，好让他们重建家园。

就在他准备把玛拉背包里剩下的钱数一数的时候，他注意到了一个小小的黑色便笺本——玛拉的日记本，不知怎的他之前居然没有注意。他翻开了日记本，一页页地往下看，仿佛走进了玛拉从前的生活和私密的想法中。他又发现了一些缺失的拼图块，终于明白了那天开往博卡拉的大巴上所发生的事是怎么开始的。日记中有时是德文，有时是英文，中间又用铅笔胡乱写了一些印地语和梵文的词语。有一页上写到了在德国的一次堕胎，以及错误的选择和混乱的生活所带来的巨大伤痛。

当他读到了玛拉和阿瓦杜塔的首次见面时，脸上不由得露出了笑容——这些都是激动人心的快乐时光，而且透着成就感。接下来是有关见面情景的只言片语——她的困惑和日渐恶化的癌症混杂在一起。他的思绪回到了塔透帕尼——那无忧无虑的十天。

接着是下一页，他很想找出她突然失踪不见的原因。但是这一页上却是一片空白，下一页也是，下一页依然如此。戴维感到自己的喉咙开始发紧，汗水直冒，呼吸沉重，蚊子在耳边嗡嗡地叫个不

第十八章 孟加拉大洪水

停,脚上被它们狂轰滥炸,留下细小而痛苦的叮咬的痕迹。玛拉的日记到此中断,仿佛从戴维发现她消失不见的那个清晨开始,她的生命就中止了。那一页夹着一张黑白照,照片上的她神情迷茫,旁边写着:"六月二十一日,角森姆。荣恩在德里把我给甩了,现在我发现自己怀孕了。命运为何如此待我?"

纳迪亚警察局把这个区域翻了一个遍,发誓要找到那群抢劫了大米的强盗。其实这也是穆克吉先生给警察头子施压的缘故,警察局长深谙高层的错综复杂,他知道,这回他即使不撤职,也得被贬。在这里,法律是不奏效的;全在于你认识谁以及这些人的地位和权势。买地如此,推动政治事件如此,掌控群众也是如此。英国的那套绝对性的行政法令曾经激发了西孟加拉人的守法意识,但是具体到如何真正实施,就不得而知了。

自孟加拉国建国以来,饥饿和战争频频不断,道德沦落,欺骗盛行。当玛瑞飞奔着去告诉戴维,维诺德即将满载而归时,那真是天大的喜讯!她一把抱住戴维,样子有些笨拙:"这帮该死的强盗!要是我,就把他们揍个半死。耶稣基督啊,宽恕我吧,应该把这帮混蛋锁起来,为他们做过的坏事付出代价!"

戴维勉强点了点头。

"怎么了?"她问,"你看上去和平常不太一样。"

戴维微微地笑了一下,耸耸肩:"我没事儿。大米终于来了,很好啊。"

"你有心事,是不是?"她问。

戴维不知道这个地方适不适合谈个人的事情,而且玛瑞也不见得就是一个合适的人选。这个人不太理性,固执己见,而且聪明过头。

心之翼

当初在甘达奇河岸边,倘若他知道送走的是两个灵魂,而不是一个灵魂走向另一段旅程的话,他也许会有一个更圆满的告别。然而,这只是一个循环往复的生死轮回罢了——佛教徒用手拨动转经轮,祈愿终止生死轮回;同样的生死轮回,印度教徒则通过曼陀罗梵咒与神圣的仪式来摆脱。

"也许就是想家了。"他对玛瑞说,当他这么说的时候,他觉得真的是想家了。人睡觉的时候,常常侧着身子,蜷缩起来,就像胎儿一样。这是很自然的一个睡姿。戴维的心里也有一个沉睡的小孩,一种和母亲团聚的渴望无法抗拒地在他心中升起,这样的一种习惯一定不是一生一世就形成的,况且人生生世世还有许多母亲。尽管如此,经历了那么多的他还是渴望一个永恒的庇护,那是一种灵性的安全感,来自一位神圣的母亲。但是,怎么才能找得到呢,这一点他还并不知道。

关于创造的初始,在《韦陀经》中有这样一个故事。宇宙中弥漫着黑暗,第一位生物"梵天"探寻生命的意义无果。后来,他听到一个词语塔帕(tapa),暗示他应当通过冥想苦行来理解生命的目标。梵天冥想了一千个宇宙年,从生命之源——神那里接收了所有的知识。接着,生物在四方诞生,被投入不计其数的星球,并在女性的子宫中诞生。就这样,带着无数未曾实现的欲望的生物不断繁衍,充满物质世界。

玛拉未出世的孩子上哪儿去了呢?日记里提到的男人究竟在哪里呢?他是孩子的父亲吗?他的心中充满了感伤。生死之轮通过时间的河流旋转不休,哪怕是自以为成功的幸运者,也依然逃脱不了因果业报那致命的一击。面对死亡时,个人的信仰和知识将成为他意识的最大藩篱。

戴维想起了温达文的斯瓦米曾经说过的话,那时他询问什么是不想要的人。斯瓦米说,由冲动的性行为带来的孩子,或出生或被堕

第十八章　孟加拉大洪水

胎，很少能在父爱母爱中健康成长，更不用说有什么未来了。就传统而言，一个女孩年轻时应当由父亲保护，结婚后由丈夫保护，年老时由孩子保护。而到了现代，这些原则就不复存在了，自由只是一个概念而已。没有了家庭的保护，女人很容易被伤害，她们失去了安全，不想要的孩子随之降生。斯瓦米说，实际上这个世界上并没有自由。因果已经被编织到物质自然的经纬里了。大自然严密的律法，任谁也逃脱不了，玛拉与她未出世的孩子不能，孩子的父亲也不能。

豆大的汗珠顺着玛瑞的额头流淌下来，她站在那里，试图弄明白戴维究竟有什么心事。在阳光下，她脸上的雀斑更加明显了，胖胖的手时不时从口袋里掏出一条白手绢，从额头抹到脖子的最下面。"沉默最耗人。"说罢她便摇摇晃晃地离开了。

自从西孟加拉国应急服务机构在巴哈拉埔尔区安营扎寨以来，已经过了六个星期。洪水已经退却，留下了满目疮痍：泥地、石块、破烂的拖车和自行车，还有连根拔起的大树。对于幸存者而言，生活还得重新开始，就像前些年一样。在那个郁郁葱葱的热带丛林里，人必须和大自然依存共生，穿衣吃饭可以简单到极致，只有忍耐才是唯一的流通货币。

首先着手的是大扫除，然后开始重建生活。临时性的学校开放了，虽然孩子们并没有全部幸存下来，而且还有些孩子要忙着帮助父母抢救洪水后侥幸遗留下来的庄稼地和干农活的工具。饮用水旁排起了几英里的长队，人们站在泥地里，就为了勉强能做熟一餐饭的那一点水。大米只能定量供应，每人只有一小把。

WBES孤立无援，筋疲力尽。诊所正在做收尾的工作，玖缇和吉塔也正在为返回加尔各答做准备，兰科已经适应了痛苦和极端的境况。村中的长者哀求他留下来帮他们一起重建家园。对他而言，这是一个人能获得的最高荣誉。维诺德在卡车上按着喇叭，催促他赶紧上路，他紧紧地拥抱了戴维，与他匆匆道别。

索努和乌沙站立在红十字帐篷边，两眼迷惑地看着一切。这个敞着胸口的精瘦朴实的男人留着一头浓密卷曲的黑发，他那如同丛林部落里的一位优雅公主的妻子，此时只穿着一件破破烂烂的黄纱丽，盖着头，编好的辫子垂在又黑又瘦的胸前，胳膊上搂着一丝不挂的孩子。他们失去了一切，也失去了从前的生活。戴维向他们走过去，把手伸进口袋，掏出二百美元给他们。他们还以为是几张卢比，但那绿绿的纸币上分明写着"我们信仰上帝"。

戴维把钱折起来，塞进索努的手里，然后把他的手紧紧地合上。他含着泪水说道："索努，我无法让你的儿子起死回生。"他的声音哽咽了。他稍做停顿，定了定神，伴着沉重的呼吸继续道："但是这可以帮助你给全家人重建一份新生活，给你一份尊严，让你为自己的奋斗而感到自豪。"

英语对他们是陌生的，但此时此刻是不需要翻译的。戴维流露的强烈情感已经说明了一切。他弯腰致敬，然后往后退了几步，踏上了卡车。

穆克吉先生专门安排了一个欢迎仪式，以表示对这些在艰难险阻面前奋不顾身的勇士最高的敬意。WBES 提供了至少两百万份食物，并给数千人医疗救助。志愿者们在豪拉火车站受到了热烈的欢迎——一串晚香玉和金盏菊串成的花环、一盒孟加拉甜点，并依照传统在他们的额头上涂上檀香浆和樟脑液。高西太太举着一把手绘的小旗子，上面写着"WBES 给数百万人提供食物"。她一边挥着小

第十八章　孟加拉大洪水

旗子一边绽放着笑容。玖缇和吉塔向她跑过来，弯下腰触碰她的脚。

加尔各答仿佛恢复了昔日的荣光，喧嚣混乱中夹杂着皇家遗风。打完板球后再向多头女神祷告的情景，就和穿着印度服饰喝着英国的下午茶一样随处可见。

穆克吉先生是一位非常虔诚的西孟加拉人，遵奉克里希纳传统，他对人类的痛苦有着深刻的感知。他妻子那支的祖上在中世纪时期出了一位圣人，倡导奉爱瑜伽，这种信仰与温达文的斯瓦米给戴维介绍的如出一辙。其实，斯瓦米本人也是孟加拉国人的后裔。在志愿者晚餐期间，穆克吉先生和戴维之间的对话平添了很多趣味。穆克吉先生盛赞了志愿者们对洪灾受难者所给予的无私帮助。他强调说，他的意图并非是给他们提供免费的食物，好让他们再活过一天，而是通过灵性的食物使他们的身心和灵魂同时受益。他在话中暗暗地批评了其他慈善救援机构，因为他们只关心身体的需要，却忽略了精神和灵魂。

"如果人只是吃饱了死去，又能获得些什么呢？"他问，"但是如果他们能吃到灵性的食物，接受超然的知识，那就是人类福祉的最高体现。"

宾客中有一位梅塔先生，他是一位来自内罗毕的实业家，也是穆克吉先生的好友。梅塔先生的祖籍是古吉拉特，上几辈人迁居到了肯尼亚。他这次专程到加尔各答来就是为了谈一桩买卖，把一种食品加工机器进口到东非去卖，来拜访这位世交绝对是他不能错过的亮点。尽管对于一位习惯了古吉拉特菜肴的美食家而言，孟加拉大餐非常富有挑战性，因为这两种文化中的进食顺序完全不同。尽管如此，他们的对话依然富有成效。他们喜欢的话题是生意和利他主义，但真正激发了他们兴趣的还是卡塔（Katha）。这个名词只在修行圈子里使用，专指对聆听奥妙的灵性话题有着细腻的品位。当天夜晚的这个场合并不是谈卡塔的适当场合，他俩相约，在梅塔先生回非洲之前，他们再另找一个时间。

玛瑞没有参加这个活动，倒不是因为没有合适的衣服穿，只是她觉得自己有些格格不入，弄不好就会提出让人不愉快的问题，不去倒好，免了他们的尴尬。过不了多久她就要去菲律宾了，那里有片天主教的地，一大群贫穷而压抑的人正急需帮助。

戴维在思考自己的下一个目的地是哪里，他的身体将去往何方，他的心灵又将何去何从。他在考虑给母亲写一封信，因为她六十八岁的生日就快到了。不过，最后他还是选择给她一个意外惊喜——一个生日电话，一个从未打过的电话。九月初依然热浪滚滚，汗水顺着脖子往下流，浸透了衬衫，前前后后都湿透了。他照着写在小纸条上的号码开始拨电话，每拨一个数字，他的心就怦怦直跳。接线员试了三次，路易丝终于接起了电话，戴维却不知道该开口说些什么。汗水像小溪一样流了下来，弄湿了听筒。

"是谁啊？"她问。

"妈妈，是我，戴维。"

"戴维？你在哪儿？"

"我在印度。"

路易丝停住了，接着咳嗽了两声，清了清嗓子。"好久了。"她说。

"是的，时间过得快极了，"他回答道，"我一直在想念你。看，你的生日我也没忘。"

路易丝那头一片沉默。

"谁的电话？"戴维听到后面响起了父亲的声音。"怎么哭了？"

"妈妈？"

她没有回答。她知道他接下来会说些什么，只是不确定自己听到了这些话之后会怎么样。

"妈妈，我非常想你。"

他在狭小的电话亭里蜷缩成一团，彻底崩溃了。母亲肚子里的

第十八章 孟加拉大洪水

那根让他们母子连心的脐带现在变成了一根弯弯曲曲的电话线，传递着彼此之间的情感。母爱意味着抚摸、拥抱、微笑、目光的对视、晶莹的泪水、亲密的手势。戴维剪断了这根脐带，成了一个浪迹天涯的孤儿，四处寻找神圣的庇护。

儿子究竟是怎么了，路易丝并不知道，她只是紧张地绞着手。

戴维祝她生日快乐，她向他道谢。何必反应太强烈，让内心的伤害又加重一分呢？

母子之间的这场对话非常简短，最后以沉默结束，这份沉默中饱含着本能的眷恋——那是母亲对孩子的情感，他们被空间的距离隔开了，但那份爱却永远不可能使他们分离。戴维在想，一个人的心中该有多大的空间啊，给母亲的，给人类的，给孩子的，给大地母亲的，给自己的，甚至还有神圣的爱。然而，这其中有多少是以自我为中心的，又有多少是延伸了的自私呢？如果就像有些人宣称的那样，心中的爱只能给予神，那么对于那些不爱神的人而言，他们的心中还有多少情感的空间呢？

在穆克吉的家，戴维把自己在麦西洛特的工作经历和梅塔分享。他对农活的了解，尤其是对灌溉系统的轻车熟路给梅塔先生留下了深刻的印象，这让他深受鼓舞，甚至打算把自己在东非的耕地再扩大两倍。梅塔先生向戴维发出了邀请：到肯尼亚来培训他的手下，然而戴维心中的目的地里从来就没有出现过非洲；他的心里有一张地图，里面的每个地方都可以促使他的精神成长，而非洲却显得那么遥远，那里的一切都非常陌生。这个提议里似乎没有什么吸引他的地方。

如果说有什么让戴维感兴趣，那就是梅塔先生本人了。

"梅塔先生很富有，"穆克吉对他说，"他在很多方面都可以给你帮助。"

"我渴望的不是金钱和舒适的环境，"戴维否定道，"这个世界那么动荡不安，人类的残酷到处可见，我想找一种确定的东西。我走到哪里，都看见周围的人在受苦或者死亡，如果我在自己的生命结束之前没学到任何东西，不能觉悟一二的话，那我真的不知道还活着干吗。"

"你说这话就像是个老人，"穆克吉说，"在你这个年龄，就应该毫不犹豫地跃入生活的浪潮，尽情享受一番。以后再考虑那些严肃的事情。"穆克吉先生年近七十，他周游过世界各地，而且参加过印度军，曾在阿桑姆服役，这些丰富的经历让他引以为豪，觉得这辈子过得很痛快。他在一个虔诚的家庭长大成人，以后又看遍了世界，这两者给了他一个平衡。

"你们的灵性经典可不是这样说的，"戴维反驳道，"死亡随时都会降临。根本不存在什么年老，死亡那刻想什么，就决定了你的下一生。是不是这样？"

梅塔先生看了看穆克吉先生："这小伙子我喜欢。"他们都笑了起来。

戴维没有接受这份邀请。此刻，洪水中生死和饥饿的画面依然在不断地在冲击着他的心，还有父亲母亲，也让他念念不忘。如果真的要去非洲，早去晚去并没有太大分别。

"我想让你散散心，"穆克吉先生提议第二天去一个特别的地方，"你何不跟我在那儿待几天？放下压力，轻松轻松。你觉得怎样？"

穆克吉先生参与的事情到目前为止，都有些冒险色彩，不过戴维很信任他，况且还有那种孟加拉式的热情好客，也让人难以谢绝。

"这地方叫逊德班（Sunderban），我的司机会带我们去，在那

第十八章　孟加拉大洪水

里过一夜。"

日出前，他们便早早地上路了，马路上空空荡荡。大草原泛着金色，如同一大片地毯，上面到处铺盖着密密的草丛和巨大的稀树丛。浓密的雨林带拥抱了平原的东部，野生动物们在原野上悠闲自在地漫游。宽阔的恒河就是从这里流入印度洋的，要想知道每年的雨水是丰沛还是匮乏，唯一的证明就是那些红树林。洪水过后，它们的根会在泥泞的土地里暴露着、纠缠着。

"这地方我小时候常常来，但每次看到的风景都不一样，"穆克吉先生说，"在这片土地上，动物和植物竞相生长，生生死死。这里形成了一个独立的世界。我时常感到困惑，这么多不同的物种怎么就能在同一片土地上共同生存呢。"

"是啊，"戴维回答道，"可是我们人类却为了共存于一片天地而苦苦挣扎，更不用说相互分享了。"他注意到近旁有一群梅花鹿，于是让司机停下车，目不转睛地注视着它们。鹿儿们的头立刻齐刷刷地转向同一个方向，瞬间便向密林中飞奔而去。

"看这边，"穆克吉指着拖儿带小的一群大蜥蜴，它们正在散步，"我们可以离开土路，进入核心区域了。"

天地辽阔，四下没有其他人，这使他们对环境的觉察更为细致。所有的植物形成一个斑斓多姿的舞台，野生动物们以此为家，在这里上演着它们的日常生活。

正午，两人进一步来到荒野深处。千姿百态的动物在不同的时刻、不同的方向，出于不同的原因纷纷出现。动植物们根据大自然的指令，分享一个生活空间，无论是体形最庞大的还是最弱小的，都有自己的一席之地，都有吃草、休息和捕猎的空间，都有自己的食物。有的细细地啃着树干，还有的则总是在寻找着更高的树叶和枝干。恒河猴把新鲜的绿叶扔得到处都是，这正好中了梅花鹿的下怀，而当它们专心地享受绿叶的时候，沼泽里的老虎在为它们的小虎崽寻找猎物,此时正虎视眈眈地在附近盯着它们。而野猪也在等着。

"弱肉强食。"戴维一边看一边说。

"是啊,那些生活在沼泽地里的孟加拉虎也吃人。"

"穆克吉先生,出于贪婪,人类不也会做同样的事吗?我们不也殖民他人的土地,占领疆土,掠夺财富?还有,恃强凌弱,强加于人,大肆破坏当地的文化和信仰。起码,动物只根据需要进食。"穆克吉回答道:"为了养家糊口,这里的渔民也会出于需要,冒着生命的危险进入沼泽地。每年死在虎口下的人数目惊人。"

戴维爬上了车顶,坐在行李架上。眼前的情景让他震撼:高贵的大象从树丛中迈着沉重的步子缓步而出,它们晃着长长的鼻子,耳朵就像巨大的风帆;在内心深处,它们正义智慧,情感丰富;在行为上,它们几乎接近于人类,有时甚至超过人类。

他陷入了沉思:虽然整个世界都是大自然的创造,但是人类却无法感知她的存在,更不懂得尊重。然而,在这个逊德班原始森林里,大自然却是慷慨包容的,但也是残酷无情、危机四伏的。戴维觉得自己的出现是一种侵扰。虽然他不属于这个地方,但却明白,这个自然环境谁都无法彻底控制和破坏。大自然总会以自己的方式恢复她的生命力。然而,人类却无能为力,他们争权夺利,自相残杀。对戴维而言,带着谦卑的心来观察生命便是最好的自我教育。他环顾四周,然后抬头仰望天空,闭上双眼,倾听风的声音。此时此刻,他最感安全。

太阳下山时,他们来到了一个小村庄并在这里过了夜。当地人在柴火上做出新鲜的饭菜招待他们,甚至还唱起了当地的民歌。戴维静静地沉浸在夜幕中,倾听蟋蟀和夜莺发出的鸣叫。风过树梢,高高的树枝飒飒作响,不远处的猫鼬则扑棱扑棱地消失在水里。他的内心非常平静。这次的救灾工作把他变成了一个更加坚强而勇敢的男子汉,更愿意为了他人而牺牲自己。

第十九章
孟买学术会议

人类带给他困惑,而自然却给了
他那么多的启迪。

心之翼

⋮

玛达瓦·鲁帕教授乘坐古瓦哈提特快列车，连夜从阿萨姆邦经加尔各答抵达秋帕提（Chowpatty）城，在他童年的朋友德赛先生家安顿下来。德赛先生是当地的一位富豪，教授童年时代的好友，他家的公寓位于玛哈西卡尔维（Maharshi Karve）路后边的一条小街上，非常安静。高大的木橘树枝繁叶茂，浓密的枝叶一直探身到他家的阳台上，连成一大片树荫。清风透过树林，给他的房间送来阵阵凉意。尽管路途奔波，但他很快便沉浸到了写作之中。

屋内的墙上装饰着名家的镶框画作，其中有一幅是著名画家B.G.夏尔玛大师的作品，画的是一个国王和他的王后在御花园里，周围簇拥着许多翩翩起舞的女子，笔触细腻，出神入化。书桌的上方悬挂着一幅象头神甘内什的迈索尔织染画，对面则是一幅由画家拉维·瓦尔玛创作的水彩画。此画年深日久，上面是一尊知识女神萨拉斯瓦蒂

第十九章 孟买学术会议

的神像，手拨维纳琴，端坐于一只白天鹅的背上。她象征创作的灵感，是无数学子、诗人、画家和音乐家顶礼膜拜的女神。她掌握着通往解脱之径的金钥匙，即通过声音——宇宙创造中的第一种也是最后一种物质创造元素，使灵魂从世俗世界走向灵性王国。

鲁帕教授向萨拉斯瓦蒂女神恭敬地顶礼，伸出双手，轻轻地触碰了一下画像，然后闭上双眼，默默祈祷。他的研究工作需要百分之百的全神贯注，而知识女神也似乎对他偏爱有加，给他注入源源不断的灵感和恰如其分的精准。夜不知不觉已经过去，停笔时已是日出时分。他起身下楼，手杖有节奏地敲打在每一级木头台阶上。

秋帕提海滩就在不远，散着步一小会儿就到。阿拉伯海的海风充满了鲁帕教授的胸腔，他迈着稳健的步子沿着湿润而坚实的沙滩向前走去，口中轻轻吟诵梵文，偶尔，他会转向身边的助手——一个曼尼普尔大学的研究生，与他讨论一些论题。从海边返回之后，他便开始用早餐，而接下来的一整天便几乎是足不出户了。他只是偶尔置身在热带花木中，在德赛先生特意留在阳台上的藤椅里靠上一会儿。家乡曼尼普尔邦的比西努浦（Bishnupur）群山连绵，漫山遍野开满了野百合、兰花和红杜鹃，比起那里，孟买的确像是另外一个世界。

离开西孟加拉一年后，戴维从孟买的宾馆给家里又打了一个电话，这次是为了庆祝父母的四十周年结婚纪念日。西方的婚姻制度摇摇欲坠，灵魂伴侣这样的价值观不可避免地受到诋毁，很多人既想图个满足又不愿选择婚姻，因此，这对夫妇的相濡以沫的确非常值得称道，因为那标志着彼此之间慎重的承诺。

在巴黎，安德烈在罗莎·博纳尔（Rosa Bonheur）饭店订了一张靠窗的双人桌，窗外恰好对着公园。四十年前，也许是天意抑或是偶然，他遇到了路易丝。而今天，将会是一个惊喜，伴随着她最爱的黄玫瑰和一枚钻戒，多年的誓言将以此为证，再度更新。战争结束之后，他们俩还没有回过肖蒙山丘（Buttes Chaumont），波特扎里街（Rue Botzaris）离他们现在居住的左岸似乎非常遥远。安德烈有些不舒服，但还是微笑着对着镜子里的自己整了整蓝色领带，然后梳理了一下小胡子，往面颊上喷了一点剃须水。他能感觉到，这将是永远难忘的一天。

他们一边准备，一边谈起了戴维那个出乎意料的电话，这比上次从加尔各答打来的电话更让他们激动。他们一方面在学着接受孩子的选择，但另一方面又把这件事拒之门外，就好像根本不存在这么一回事似的。他们可不想在今天这么美好的日子里为了戴维周游世界时可能遇到的危险而担惊受怕。她需要让自己的情绪有个出口，这样就不会堆积得太多。

"真不明白，他为什么又去了印度，"她说，"那种地方，到处都是传染病。"

"好在这些孩子里只有他一个人选择了这种生活方式。哥哥们都结婚成家了，也有了孩子和像样的工作，都稳定下来了。只有他选择了另外一种活法。"安德烈答道。

"好啦，说好了的，不要为这些事烦心了，今天就得开开心心的。我现在就出去弄头发。你做好准备，等我回来，还有，别忘了吃药。"路易丝快步走出房间。

安德烈坐在客厅里读着周报。他心不在焉地翻了几页，突然间潸然泪下。他极少流泪，好在此时屋里没有别人。儿子的人生选择一直是他的遗憾，也是他心中的隐痛。要是当初他能想办法让儿子留在家里，至少为了路易丝，事情可能就不是现在这个样子了。他觉得自己辜负了妻子，但却并不想让她知道自己的真实感受。

他从口袋里掏出一方手绢擦了擦眼泪。千万别破坏了这个好

第十九章　孟买学术会议

日子，这一天是属于他们俩的。路易丝早就知道会有一个特别的午餐，但却丝毫想不到地点会选在战后他们第一次见面的地方。想到这里，安德烈的脸上不由得露出了笑容。

路易丝做完头发后回到家里，开始修理指甲。

"天色不早啦，出租车随时会到。准备好了吗？"她从卫生间里向安德烈喊道。突然，卧室里传出一声巨响，好像有什么东西重重地砸在地上。她冲向房门，惊恐地看见安德烈倒在打了蜡的木地板上，面色惨白，头发凌乱。

路易丝猛地跪倒在地上，惊恐万状，手指徒劳地抓着面颊，完全不敢相信自己的眼睛。她大声呼唤安德烈的名字，使劲摇晃着他，希望他只是意外地晕了过去。可是，安德烈没有任何反应。路易丝茫然无措，不知道应该是哭泣、尖叫还是喘息。她躺在他身边的地上，紧紧地握着他的手，对自己说："上帝啊，告诉我，我该怎么办哪？"

清晨，戴维在秋帕提的海滩上，思绪纷乱，漫无目的。这些日子，他的心里总是绷着一根细细的钢索，就好比眼前海陆之间的那条细微的分界线，而他自己仿佛手持长杆，走在那条钢索上，小心翼翼地保持着随时会被打破的平衡。人生如同穿越一个迷宫，里面充满了探索、离弃和抉择，然而，这种走钢丝一般的生活艺术却没有安全网来保护，稍有失足就是万丈深渊，就会跌落到漫长的纠缠和反应之中。

从小，父亲就是戴维心中的榜样，他真诚善良，富有正义感，在生活的动荡和磨难中始终张开臂膀，保护着全家人。在潜意识里，父亲一直是他的权威、他的领路人。当初在父亲的叹息和母亲的泪水中毅然离开家去探索这个世界时，他心里有一个强烈的声音：有一天，我要让父亲为我感到骄傲，因为我已经成长为一个真正的男子汉，一个有着坚实的双肩和博大的爱心的男子汉！

然而，现在他已经没有机会来和父亲解释和证明自己的心愿了，父亲已经回归了以色列——犹太人终极的安息之地，而他失去了给予自己生命的人、他最爱的人，他甚至没有力量来安慰悲痛的母亲！在那些漂泊的日子里，无论在哪里，父亲和母亲始终在他的心底，是他力量的源泉，他深深地爱着他们。但与此同时，总有一个声音在不断地告诉他：张开翅膀，飞出巢穴，去经历风浪吧！因为只有这样，你才能找到真理！

难道，这就是代价？是考验？他的选择正确吗？他的下一步应当迈向何方？一个突如其来的低谷不期然地出现在他的人生里。未来是那么渺茫，他仿佛站在悬崖峭壁边，只剩下一对折断的翅膀和一颗破碎的心。他的心沉入了谷底，就连近旁神庙里传来的轻柔的铃声，还有茉莉花和供香的缕缕飘香也无法让他振作精神。他的探索之旅似乎没有什么结果，就算他拥有了人世间的一切自由，却依然无法挣脱那个巨大的囚笼。生命中的课程一个接着一个，明师难寻，真正的求学者更是罕见，他的心被搁浅在失望的小岛上了。

一连几天，每个夜晚他都在沿途一英里外的克拉巴酒吧度过，太阳出来前，他就跌跌撞撞地往回挪，然后像一具尸体一样倒在海滩上，脑袋扎在沙子里，浑身散发着啤酒味和汗臭味。

玛达瓦·鲁帕像往常一样，在沙滩上清晨散步，他的双足和拐杖就停在了离戴维半睁半闭的眼睛旁几英寸的地方。他跪下来，拂去戴维脸上的沙子，然后便走开了。

戴维睁开眼睛，看见一个模模糊糊的背影穿过大路，消失在视线里。他的脸上还留着那人手掌的余温，那触摸似乎还在。戴维打起精神，身上的每个细胞都在和酗酒的冲动抗争。他挣扎着回归理智，回归那个一直以来已经被他接受为一部分的自己：一个寻觅者、自然之子、热爱和平的人，一个热忱的灵性主义者。尽管如

第十九章　孟买学术会议

此，他还是会屈服于自己的脆弱。

鲁帕教授此行来孟买的目的是在一场学术会议上递交一份关于科学和意识的论文，他毕生的使命就是在怀疑者和悟道者之间建立一座桥梁，好让双方携手同行。双方之间的这场战争似乎永无止境，人与人之间的鸿沟还在不断地扩大，这不仅给人类的道德准则带来巨大的损伤，而且激发了不计其数的痛苦。相互的指摘远远比找到共同点要容易得多。有一点是玛达瓦早就有了定论的：如果黑暗一味地坚持黑暗，那么哪怕有再多的阳光，也投不下阴影，就好比一个装睡的人，谁都唤不醒他。但是，他不放弃，无论如何。

研讨会头三天的发言都是最新的科学论文。在一大群白面孔中，他显得尤其引人注目，衣着整洁，面色黝黑，灰白的头发微微呈波浪状。他认真地聆听每一位发言者，时而靠近身边的同事，小声评说几句。

"未来……"他在一张纸上写上这两个字，塞到同事手中，眨巴了一下眼睛。这篇演讲的主题是DNA，通过其编码机制来说明种族存续的原理，以此来强调生命来自化学元素。发言者是一位莱斯特的英文教授，抱着救世主般的希望慷慨陈词，期望有一天他的这番理论能得到谁的证明。他大赞科学技术上的成就，仿佛有了这些成就，现代科学就笼罩在了"永无谬误"的圣光之中。

回程的路上，拉着车帘的大使牌车在孟买拥堵的车流中缓慢前行，玛达瓦教授坐在后排的座位上闭目养神，思考着他留给同事的那张纸条。他分开帘子，冲着司机道："莫汉吉？"

"是，潘迪特吉？"司机答道。

"假如我的账户上有一百万卢比，你向我要钱。如果我说：'好，我给你预支一张支票。'你能接受吗？"

心之翼

"行啊，不过我恐怕得让您拿出几张现钞来瞧瞧，至少一千卢比，证明你有钱。"他很确定地晃了晃脑袋，但是这个问题依然让他有些摸不着头脑。

玛达瓦笑了。"科学承诺说，未来怎样怎样……可是，眼下他们在实验室里连一根草都创造不出来。"

戴维跳上机动人力车，准备上克拉巴酒吧待上一晚，这时候玛达瓦的轿车正好停在人行道旁，两人差一点就互相错过了。莫汉一脚踩在油门上，车一溜烟地跑了。戴维急着去克拉巴见一个来去匆匆的朋友，手里捏着一张宾馆的管理部门给他下达的逐客令，因为他不讲卫生而且天天喝得酩酊大醉。

就在他常去的酒吧里，人声鼎沸，宝莱坞和迪斯科混搭的音乐震耳欲聋，拥挤的房间里烟雾弥漫。戴维的朋友大踏步走进来，西服的翻领上夹着一朵康乃馨，鼻子上架着墨镜，他和几个人随意地招手打招呼，引来不少好奇的目光。戴维给他取了一个外号，叫"沙贩子"。他小时候看过一个神话故事，里面有个会法术的家伙，孩子们一碰他的魔法沙子就着了魔，他就这样把居住在这个世界上的孩子全部诱惑到了一个梦境里。酒精把他弄得病恹恹的，不过，"沙贩子"给他的东西——可卡因——却可以让他忘了一切。他从不双脚着地地从酒吧里出来，很多时候甚至爬着离开那里。他就这样昏昏沉沉、半梦半醒地被人抬到附近的一个花园里，身体内部却经历着一次旅程，先是一阵巨大的恐惧，然后心跳加速，呼吸急促，眼前闪过各种恐怖扭曲的景象，耳边响起狰狞的笑声，愧疚感变幻出无数张脸，钻入他的意识深处，撕扯着他。世界上有太多的灵魂就这样被疯狂地拽出现实世界，他只是众人中的一个而已。

第二天清晨，他在混沌中醒来，没有一丝风，雨从天而降，温暖的雨滴大颗大颗地落下来，中间夹杂着雷鸣声，空气很快潮湿起来。他挣扎着坐起来，仰面向天，任凭雨水冲刷着自己的脸，冲洗掉一夜

第十九章 孟买学术会议

的噩梦。他不由自主地抽泣起来,泪水冲出眼眶,和雨水混合在一起,整个天空都仿佛在和他一起哭泣。他轻轻地呼唤生命中曾经被他爱着的那些人的名字,向那些他可以再多爱一些的人祈求宽恕。他们的名字连成祷告,成为一首循环的曼陀罗神咒,那是他唯一的庇护。

玛达瓦·鲁帕穿过滨海大道,走进沙滩,每天清晨他都会在这里散步。阿拉伯海的海风拂面而来,吹起了他雪白的长袍。他闭上眼睛,深深地吸了一口气。再次睁开眼睛的时候,戴维就站在他的跟前十二尺开外,头发凌乱,衣衫不整,一副迷失了的样子。

"你是不是就是那天早上碰过我的人?"戴维问道。

"如果那个躺在树丛边的年轻人就是你,那就是了,是我。"玛达瓦回答。

"为什么?你又不认识我。"

"你相信科学吗?"玛达瓦问。

这个问题把戴维问住了,他怔在那里。玛达瓦的问题击中了要害。"我不能确定,但是我觉得有超越科学的真理。"他在心里想着斯瓦米和巴拉说的话,还有他和桑托西以及阿瓦杜塔的对话。这一切都聚合在一起,融入了他的体验和顿悟里。人类带给他困惑,而自然却给了他那么多的启迪。

玛达瓦相信那些将知识身体力行并由此而奉献于世界的人。由智慧主导的生活,在他看来,就是人类的灵丹妙药。"跟我来。"他带着戴维离开海滩。大清早,交通已经拥堵起来,戴维心神不宁地跟着玛达瓦穿过马路。玛达瓦已经到了马路的另一边。就算是横穿一条三车道的街道也需要目标明确,此时,有一种纯正的意愿像光环一样指引着他,驱动着他继续向前走。很快,他便意识到玛达瓦·鲁帕就住在离宾馆很近的地方,虽说近在咫尺,他们俩之间却像隔着几个世界。

心之翼

　　城市是记录了历史轨迹的所在，人们在这里拿自己的理想、希望和生存本能作赌注，戴维这样想着。在这里，到处都有剥削、蛊惑、沉迷，既能看见地狱，也留存了灵性的天空，诚实同属于王子和贫儿。人们萍水相逢，分分合合，除非命运彻底改变了他们的人生轨迹。阿瓦杜塔曾经对他说过："除非你的心有幸去往双足去不到的地方，否则脚落在哪里，心就被困在哪里。"

　　得知戴维无家可归，玛达瓦立刻在住处的上一层给他安排了一个小房间，但同时也提出了一个条件：他必须戒除麻醉品。

　　大多数日子，玛达瓦都写到夜深。那场学术会议因为迪瓦里（排灯节）的到来暂停下来。

　　"罗摩救出妻子悉塔之后就从兰卡回城了，"他讲给戴维听，"人们欢呼雀跃，点上千万盏明灯，迎接罗摩一行的归来。"

　　恰在此时，排灯节的礼花照亮了天际。"大路被芳香水洗得一尘不染，地面上画着各种鲜艳的图案。各家各户粉刷一新，迎接结束了十四年流放生活的国王凯旋。"接着，玛达瓦继续分享蚁垤（Valmiki）的史诗巨著《罗摩衍那》。

　　"印度之外的人会觉得这只是一个神话。"戴维告诉他。

　　"神话？"玛达瓦问，"只有殖民者和那些先入为主的哲学家才觉得是神话。他们用错了尺子，却试图测量以粗糙的物质感官根本无法测度的东西。"

　　戴维已经戒酒三天了。他在慈爱的目光下，被隔离了三天。清晨，他陪着玛达瓦在海滩上散步，这时他觉得自己就像一只小鸡仔，那充满关爱的目光和富有深意的交流就是面包屑，不断地在喂养他。玛达瓦向他讲起了自己的家乡，位于印度最东边的曼尼普尔。他赞叹家乡的美丽、那里的人民，还有丰富的精神文化，他总能巧妙地把这些话题和灵性财富联系起来。除此之外，就是历史了：叛军、战争和侵略。这片土地位于印度最遥远的东部，被夹在

第十九章　孟买学术会议

缅甸、那加兰邦和阿萨姆邦之间。在玛达瓦的口中，一幅曼尼普尔的美丽画卷尽情地展开了，他就像痴迷的金匠在津津有味地描述着一件镶嵌了宝石的首饰。

"初次相见时，我还以为您是中国人。"戴维说。

"兴许就是，"他露出了微笑，"也许就在古代氏族部落的基因里。"

第二天是学术研讨会的最后一天。玛达瓦发言的题目是"生命来自生命"，这个理论是他毕生的倡导。当他抵达万豪酒店的会议大厅时，有人献上了金盏菊和白茉莉做成的花环，向他表示欢迎。他停下来和其他教授照了一张合影，但眼睛却没有看相机镜头。

德赛先生和夫人也一如既往地到场了，这回带着其他孟买亲戚，还有戴维。戴维特意刮了胡子，上身穿一件白色的亚麻长衫，头发梳理得一丝不乱。

"别不自在，"玛达瓦小声说，"这些都是人，既有优点也会犯错误。"他转过身，和德里的同事握了一下手。

"这些脑袋都很发达。"戴维目不转睛地注视着代表团成员。

今天的研讨会从台上的一段表演开始，卡塔克舞蹈家用他们精湛的舞蹈描绘了《罗摩衍那》里的一段故事：罗摩和悉塔在丛林里的幸福时光。舞者的优雅魅力还有五颜六色的着装牢牢地吸引了观众，当他们旋转起来时，绸缎裙轻灵地飘飞起来，把他们变成了一个个下凡尘间的天人，他们变幻无穷的莲花般的黑眼睛里传递着来自天堂的美好信息。这音乐来自另一个天界，富有整齐的节奏，在不同的拉格调之间自由穿梭，不知不觉间把听者带入了心驰神往的境界。

这真是视听盛宴，对玛达瓦而言，就像在享受可口的大餐。戴维终于从空虚造成的混乱中摆脱出来，找回了内心的平静。如果说，他的灵魂曾经有几个晚上被克拉巴和"沙贩子"偷走了，那么，陪同玛达瓦参加学术会议也许会让他"永远失去灵魂"。

舞蹈之后，来自勒克瑙的 M.K. 夏玛博士提出了基于原子的时间计算方法，很快便在西方的宇宙观和古代韦陀宇宙观之间掀起了一场激烈的辩论——这两者，一个借助望远镜和实验性物理试验，另一个则以经典作为权威的依据。

下一位发言者是普林斯顿大学的威尔森教授。"物理与数学领域，以及科学采用的衡量原子运动方式的手段是有局限的。我们是机器吗？我并不这样认为，目睹了今晚舞蹈家们的风采之后，我更加确认了这点。假如我们的确是机器，那么关于人类生命的秘密很久以前就该破解了。在原子和分子之外，我们应当探讨一种非物质元素的存在，例如，意识。"

玛达瓦和他的同事们都感到很意外。其中有人鼓起掌来。

"物理学中的实验和研究，都得借助人的智慧所创造出来的工具来完成的，"威尔森继续道，"我们得不断地开发新工具去了解化学，不断地发现新定律来理解电磁的性质。如果'意识'可以被纳入物理学的范畴，那么要想了解意识这样的非物质元素，或许就得创造另一种工具了。"

"教授先生，"观众中有人发问，"这也包括人类之外的生物吗？"

"我想是的，的确如此，"威尔森答道，"动物的意识可能较低，它们对自己的身份只有微弱的感知力，蚂蚁和臭虫也一样，至于细菌是否也如此，这难有定论。因此不难理解，动物也能感知痛苦和快乐以及其他各种情感。"

戴维被感动了。大自然错综复杂，根本不可能被征服。

轮到玛达瓦发言了，现在只剩下了不到一小时，观众里有些人已经有些坐不住了，只想尽快回到宾馆去。玛达瓦立在演讲台后面。他面庞宽阔，皮肤光洁，看上去比实际的年龄要年轻很多。主

第十九章 孟买学术会议

持人对他做了介绍,说他是韦陀科学研究领域的开创者,是曼尼普尔邦最杰出的学者。

玛达瓦的讲座从一段梵文祈祷文开始。他的声音非常浑厚深沉,回荡在大厅的各个角落,接下来是一小段沉默,然后他开讲了。

"在你们收到的论文中,已经提供了丰富的注解和论据,这些内容参照了好几个学术性出处,"他说道,"对意识的探索对于科学界而言,极其重要,这一点我会在这里做一番概述。"

"假设我们眼前有一棵死树,我们知道它曾经有过树叶、枝条和花果,但从今往后就不会再有了。如果科学论断说这一切仅仅是化学成分的改变而已,那么假如把新的化学物质再注射进去,这棵树就应该活回来,重新枝繁叶茂。科学手段包括观察、假设、演示等,然而无论如何,还是无法让这棵树起死回生,从这点来说,所有其他生物都一样。那么,活的组织和死亡的组织究竟有什么不同呢?尽管你可以反驳说他们行动的方式和繁殖的方式很不相同,但若没有意识的存在,还是根本不可能的。威尔森教授的论点非常正确。意识意味着在行动和决定的背后有某个生命而非某种东西在驱动,不管他的感知能力在什么水平上。上到宇宙间太阳的运行,下到一列火车、一架飞机、一辆轿车,更不用说蜜蜂和奶牛了,所有的一切,都是被操控的。从低等意识到高等意识,在物理学感到力不从心的地方,非物质因素就发挥出重要的作用了。"

玛达瓦停下来调整了一下眼镜,喝了一口水,解开长衫最上面的纽扣,好让自己松快一下,只剩下二十分钟了。

"有一个梵文词语,叫作 achintya Shakti,意思是'不可思议的神秘力量'。科学最痛恨这样的词。"

观众席中发出一阵轻轻的笑声。

"但是,这种不可思议的力量无处不在,无论是物还是灵——有了这种力量,鸟可以在天上飞,血液转化为精液,草吃进牛的胃里转变成牛奶。这世上没有什么是偶然发生的，一切身体的和自然的元素，无论精微还是粗钝，都因为有生命的存在，或者说意识和知觉的存在，才能相互作用，逐步发展演化。如果一切都可以偶然发生，那还要必需品做什么？如果人的成长可以随意完成，那还需要教育做什么？我们做了大量的试验，也遭遇了各种程度的失败，可内心深处依然渴望完美。完美不是偶然出现的，否则我们大家都会变成没有头脑、没有感觉、没有情感的生物。"

玛达瓦的声音高了几度，有些激动，这是他坚信不疑的真理：

"如果一切都是偶然发生的，人类为什么还会制造出那么多的痛苦、困惑、战争、毁灭？

"我这篇论文的题目是《生命来自生命》。生命来自意识，愚昧来自无知。当科学解释说生命来自物质或者说化学元素的组合时，就好比在说光明生于黑暗。

"夜晚睡眠时，我们没有死亡。生命还在，只是被惰性能量所覆盖，表现为停滞。睡眠是一种生理状态，清醒是一种有知觉的状态。这就是意识永恒的构成状态，是灵魂的症候。除此以外的一切都是身体、心智和感官这些表层覆盖及它们与这个物质世界之间相互的作用，这一部分就是科学探索的主要领域。

"假如科学有能力一直探索到分子、质子、中子，那么灵性意识也会有相应的工具能一直深入地探索下去，直至触及任何器材都无法量度和感知的灵魂。想象把发尖分成一万份，或许对灵魂的大小会有少许的概念。

"如果科学和意识能找到携手共进的方法，那么这个世界一定能得到改善，而痛苦，作为愚昧的副产品，一定会得到根除。"

最后，玛达瓦宣布，一本与这些论题相关的新书即将出版问世。他期待着再次与大家会面。他双手合十，走下讲台，观众席上掌声雷动。

第二十章

崭新的开始

没必要批评或苛责别人,
除非你有能力改变他们的心。

心之翼

"没有什么是偶然发生的",玛达瓦的这种信念既适用于化学构成和意识论,也可以解释人与人之间的缘分。孟买的最后几天过得很随意。他并不急于回到曼尼普尔,因为寒冬很快就要降临帕特卡山脉了。然而,此时的孟买温度非常适宜,每天清晨还可以在秋帕提海滩上多散一会儿步。

回到住处,他看见戴维正目不转睛地注视着挂在客厅墙上的那幅 B.G. 夏尔玛的绘画,神情很是着迷。玛达瓦已经向他发出了邀请,请他再多住一些日子,好多些时间看书学习。

"精美的艺术品。"他一边说一边把纯棉披肩摘下来,丢在椅背上。

"的确美极了,"戴维答道,"像是在小时候似曾相识。"

"是吗?你在那么多年前就来过印度了?"玛达瓦问道。

第二十章　崭新的开始

"没有，不过童年时看过一部关于拉贾斯坦国王的电影，这幅画简直就是其中一个场景的完美再现。"

"在印度漫长的历史上，有许多国王和王后，"玛达瓦说，"有的很虔诚，有的很残暴。"

"那个故事讲的是一对国王和王后，他们住在一个美轮美奂的宫殿里，那个宫殿的中心有一座神庙，"戴维答道，"就是那个故事深深地吸引着我，让我不知怎的就一路向东方走，最后来了印度。"童年的梦境又把他拉回到遥远的时光里，尽管那时他也常常做噩梦。焦虑、恐惧、困惑、自我怀疑，所有这些情绪也促使了他在精神上的成长。

"斋浦尔就有一座这样的城市宫殿，宫殿的正中是一座神庙，你说的是这个地方吗？"玛达瓦说，"这可不是神话故事。"

"鲁帕教授，那天我不是有心要表示怀疑的，很对不起。其实，我相信印度的历史承载着深刻的灵性意义，这是科学永远无法解释的。您坚定的信念深深地感染了我，您对我就像父亲对待儿子。"他说不下去了，一滴泪珠顺着脸颊滑落，"我真希望有您这样的父亲。"

玛达瓦将慈父般的手放在戴维的肩上。戴维想起那天玛达瓦在沙滩上帮他把沙子从脸上拂去的那一刻，他突然觉得，他从父亲那里继承的遗产正是眼前的这位玛达瓦。顿时，他感到一阵轻松，就好像解脱一样，在那一刻，曾经苦苦追求的东西都烟消云散了。

玛达瓦提出带戴维到斋浦尔。他们坐上夜行的火车，向粉红城开去，车厢里的乘客好奇地打量着一老一小，两人各捧一本书，相对而坐。

心之翼

在拉贾斯坦的沙漠里，斋浦尔无疑是一座无与伦比的绿洲，始终保留着远古的文化留给她的尊严。戴维的眼睛简直忙不过来了，辉煌的建筑、拱门、石墙、手绘的花朵，这一切都让他应接不暇。在这如诗如画的背景中，流动穿梭着来来往往的人们，他们的风格独一无二：男人的头上个个包着大头巾，戴着纯银耳环，嘴唇上横跨两撇长长的胡须，裤腿又宽又大；而女人们则身着五颜六色的服饰，佩戴着好多沉重的镯子，鼻子上镶嵌着纯金的鼻钉。她们中有的头顶水果、鲜花和蔬菜，俨然一副沙漠王后般优雅从容的步态，还有骆驼、大象、猴子、鹦鹉、水牛、奶牛——这些全是斋浦尔的居民，在日常生活中融为一体，密不可分。他们的质朴中带着高贵，皇家血统里透着自豪。

这并非是玛达瓦的第一次。对于这座城市古老的历史和灵性的文化，他几乎无所不知。这个富丽、神秘并有着辉煌往昔的城市甚至改变了印度整个国家的历史进程。戴维的童年记忆复苏了——那台彩色电视机的屏幕上出现的场景，就像一粒不知道什么时候被谁播下的种子，引发了后来发生的一切。每一扇门都需要一把钥匙来开启，这把钥匙若没有挂在门上，则必定是被谁握在手里了。戴维和玛达瓦两人都在各自的人生阶段上，同时被推向了下一段旅程。

那个让十几岁的戴维着了魔的故事也许只是虚构的，然而当他踏入了城市宫殿并环顾四周的时候，却瞬间融入了普什卡拉王子和坎波加公主的角色之中，他们俩似乎随时会出现在宫殿的阳台上，俯瞰下面的庭院。玛达瓦能感觉得到，那个在孟买曾经走入了墙上的拉贾斯坦绘画世界的戴维现在已经从画中走了出来，进入了眼前的这个皇家庭院里，此刻，他正面对面地望着国王和王后，为他们之间的含情脉脉而欢欣。他在高墙边选了一个阴凉处的石凳子坐

第二十章 崭新的开始

下,任由戴维在他的梦境中神游。他能听到孔雀和鹦鹉的鸣叫,想象中有几匹马正小跑着穿过石板路。

如果坎波加公主确有其人,定然会在这样的宫殿里居住过,他这么想着。阳光透过北边的拱门,照亮了大门边的一处遗迹,那是一座火炮和两架大炮。昔日的国君迎接贵宾的大藤架由雪白的大理石柱支撑着,投下的阴影正冲着西方,就像一座巨大的时钟。暖风从一个庭院吹拂到另一个庭院,就像一首富有韵律的诗歌在空中飘荡,柔软的细尘随风而动,每一粒微尘里都有无数个遥远的记忆。

在高高的石灰墙后面,这座宫殿的心脏在欢快地跳动着。那里有一大片花园,花园里有美丽的喷泉,一条林荫道一直通向克里希纳神庙,道旁的大树就像忠实的仆从,合掌而立。

玛达瓦迈着稍显急促的步子,在前面带路,人群纷纷拥向这座宫殿的中心——一座喷发着爱的活火山。现在是下午6点。对于大多数人而言,一天已经结束,他们会在回家前赶往这里,畅饮那几个世纪以来一直滋养着斋浦尔城的甘露。国王环绕着神祇所在的地方造起了一整座城池,这尊神像曾经被一位忠诚的印度圣哲所崇拜。以纯黑大理石的形象出现的克里希纳神吹着神笛,身旁有迷人的伴侣茹阿达为伴,他们俩偷走了所有人的心。颤抖的声音,优美的动作,热情的舞蹈和晶莹的泪珠……每个人的脸上都写得明明白白。戴维走在他们中间,就像一个落入了仙境里的孩子。鲜花和精油的芬芳与持续不断的钟声穿透了他的身体,又一次紧紧地抓住了他。他漂浮在一个甜蜜的海洋里,被无言的友善包裹着,那是一个没有性别、时间和信仰之分的世界。他感受到自己完全被接纳了,更不用说还有玛达瓦,离他才几步之遥,正以父亲般的目光在人群中慈爱地望着他。

幕帘关闭了。神也歇息了,人群在夜幕中渐渐散去。宫殿顶部的灯亮了。戴维和玛达瓦一起坐在大理石地面上,听他讲克里希纳神引人入胜的故事。

"人们来这里已经有几百年了,"玛达瓦解释道,"每一天,这里都站着祖孙三代人,就算在俗世上,他们也已经体会到了我们这样的凡人所苦苦追求的一种特别的爱。在研讨会上我只是泛泛地说了一下。统辖这片土地的君王们都知道,有一种巨大的灵性力量,它超越了科学,超越了对物质自然的研究,甚至凌绝于瑜伽体系之上。它源自内心,永不中断,如同江河滔滔,向大海奔流而去。"

"就像恒河?"戴维问道。

"是的,"玛达瓦表示认同,"就像恒河。"

"但是我们不能永远待在这儿,是吧?"戴维问。

"对,这种爱绝不廉价。首先,贪婪、色欲、愤怒、厌憎,还有欺骗、骄傲、虚荣,所有这些都得一个一个地从心里消失。"

"要看到别人身上的好,可真不容易。"戴维说。

玛达瓦想了想。戴维等着他回答。对玛达瓦而言,智慧就是他的同盟,成熟的觉悟是他的步兵,他就像一个君王一样拿自己的全部身心与人类的黑暗面作斗争。名望是他的敌人,荣誉是致命的武器。在他所属的学术圈,太多太多的人因为一些微不足道的荣誉就不可一世了,如果那还能称得上荣耀的话。他告诉戴维,没必要批评或苛责别人,除非你有能力改变他们的心。

琥珀宫坐落在一座山丘上,从山顶往下看,斋浦尔城显得很低,就似一片被王族的仆人们小心护卫的领地。那些红墙曾经阻挡过大批入侵者,也记录着无数的历史。然而,玛达瓦的视线却投得更远,越过了印度次大陆,甚至喜马拉雅山。此刻,家乡曼尼普尔在他的意识里正渐渐淡去。当大多数与他年纪相仿的人在筹划着平平安安的退休生活时,他却依然像个年轻人似的精力充沛。在他的身上,不仅具备戴维所向往的作为父亲的品格,而且,他也梦想着

第二十章　崭新的开始

等自己一天天变老的时候，也可以像玛达瓦那样——睿智、自由、坚定而自信。

当玛达瓦在秋帕提海滩上要戴维跟他走的时候，其意义已经远远超过了过马路那么简单。在琥珀宫宏伟的城墙上，玛达瓦向戴维讲起了自己的往事。

"那年的雨季来得特别地凶猛，"他说，"来自孟加拉平原的圣人们穿越了阿萨姆邦，在山谷安顿了下来。雨下得很大，没有什么吃的，老百姓的日子非常难熬。我母亲找了一份活，换回的收入仅够喂饱家里的几张嘴，最多够买一些稻草，好让我们铺在地上睡觉。每天一大早，我还在熟睡，她就得开始打扫牛棚，给五头牛挤奶。如果没有足够的饭，她就把圣人们吃剩的东西带回家。我知道，过日子不会总有好光景，有的时候就得受苦和挣扎。对于他们而言，活着和死了没有什么影响，但他们依然有心与他人分享。"

"我们的部落名叫昌森（Changsen），是从那加兰邦迁徙过来的。母亲说她不知道我的父亲是谁。那一定是一段不堪回首的往事。如此卑微的处境本可以消磨掉她的勇气，然而，我从母亲那里学到的第一课却是'诚实'两字：不回避你的过去，坚持你的信仰，即便它们有可能给你带来耻辱，让你声名扫地。"

玛达瓦弯下腰去，捧起了一小把尘土，然后松开手指，任由那些沙尘随风而去，刹那间它们消逝不见，仿佛融入了无限的宇宙。

"后来，雨季终于过去了，母亲染上了疟疾，再也没有好转，我成了孤儿。我的世界变得更压抑了。当时我没受过什么教育，而且生长在一个曾经沾满了血腥的部落里，唯一能告诉自己的就是：坚强起来。"

"母亲过去常常告诉我，只要不做坏事就没什么可害怕的。圣人们收养了我，教给了我如今所知的一切。我们穿越村庄、小镇、山野、丛林，蹚过河流，走过桥梁，一路上有如神助，安然无恙。

他们管我叫'卡夏男孩',因为我长得很像中国人。印度古代的经典记载,中国人是'那嘎楼卡'地区的后裔,'那嘎楼卡'的字面意思是龙蛇之地,那里的人崇拜蛇和龙。传说很久以前,中国人打到那加兰地区和曼尼普尔地区,最后战败,但是有一些人就居住了下来,把他们的文化也引入了当地。灵性传统加上历史传统,综合起来让我的血管里有了中国人的血液。"

琥珀堡快关门了。通往庭院的木门很快就被闩上了。长尾猴栖息在树杈上和壁凹里。大象回到山脚下,饱餐一顿后便跪在狭窄的石子路上,歇一歇沉重的象腿。又一个梦幻之夜,在这个曾被先王统治过的富丽堂皇的城堡宫殿里,戴维和玛达瓦之间仿佛被一根神秘的纽带连接了起来,穿越在过去和现在之间。

玛达瓦早年的故事让戴维联想起了自己的经历,相比之下,自己的旅程只是雪白的亚麻布上的一串污点。也许是被自己的自我形象障碍了,抑或是出于谦卑,他觉得自己缺乏那种可以坚定地超越世俗得失的浩然正气,尽管他不乏经历,也曾经遇到过不少智者。他和大多数人一样,陷入了一个作茧自缚的困境,那就是对肉体、情感以及那个被包裹在里面的已经被污染了的个性的执着,还有这个世界的二元性,就像旋转木马一样无穷无尽地循环着。

追寻世俗享乐之上的幸福时,人自然会有一种倾向:摆脱痛苦,达到内在的满足和宁静,甚至进一步遁入空无。这种许多人在追求的脱离现实并非戴维的想法,也不是他之前的所学。物质世界的存在有它存在的理由,二元性只不过是随之而来的副产品。"空无"只是一种幻觉,其实,应该叫"短暂"。生物体和它们的感官对象发生无数的相互作用,于是创造出错综复杂的现象,生物体被困其中,就如同被蜘蛛网粘住的飞虫。

因此,**快乐其实只是一个相对性的概念。一个人的快乐可以是另一个人的痛苦。只有真知灼见和无所依附才能达到真正的圆满。**

第二十章　崭新的开始

对玛达瓦而言，这是一条清晰的道路，他这一生，心中只有唯一的一个目标，如果戴维愿意对此敞开心怀，那么他就会将自己的人生觉悟悉数传授。

来到城市宫殿花园里的神庙中参加晚祷，为戴维开启了一扇他以为永远不可能再次开启的大门——在经历了孟加拉的洪灾之后，他就关上了这扇"无私奉献"的大门。他注视着人们在感人的歌声和奉爱情感中顶礼膜拜，互相赠予新鲜的玫瑰、芬芳的花叶和小块小块的甜品，他们把神圣的花香精油抹在彼此的手上。所有这一切都在象征一条通往幸福的唯一道路，那就是"无私的给予"，如此单纯的给予中不掺杂任何拥有权、任何期待。

玛达瓦继续讲自己和圣人们在一起的经历，以及他从他们那里获得的教育。

"他们教育我说，大自然给予我们一切，老师给了我们教育，父母给了我们养育，我们不仅亏欠于他们，还亏欠于所有人，无论他们是善人还是恶徒。不仅如此，我们还亏欠太阳赐予我们的光和热，亏欠祖先赐予我们的后代子孙，亏欠圣贤们传递给我们的精神食粮和灵性知识。如果我们能用这一生满怀感恩之情去回报，就算我们的这份债务无法偿清，也可以受到保佑，让自己的心灵保持纯洁，就像明镜，不染尘埃。"

感恩之情最后成为玛达瓦告别圣人们的最大动力，他带着他们的祝福，回到曼尼普尔，重返世俗世界，开始进驻学术领域。从少年时代开始他就对科学很着迷。他的母亲本该以他为傲的，假如能亲眼看到儿子娶进家门的媳妇，一定会更加自豪。母亲一直在他的心里。

他的名字——玛达瓦·鲁帕，就是自己的文化带给他的忠诚的烙印，象征着在巴雅（Bhagyachandra）王统治时期曼尼普尔地区的昔日繁华。这就是玛达瓦的重生,从此他的生命里就被注入了灵性的知识,他用这些知识帮助人们摆脱痛苦。学问不见得能给人带来盘子里的食物,但是教育却可以根除恐惧,驱除精神的痛苦。最重要的是,他通过灵性科学,教育人们超越愚昧,上升到良善,进而至善。

斋浦尔城总是洋溢着一种喜气洋洋的节日气氛,仿佛总是在笑脸相迎。村民们带着他们的工具,从沙漠骑着骆驼不紧不慢地走来;银器店的老板敞开店门;布商拉起卷帘门,在尘土飞扬的道路上洒上水,然后给他们的神上香敬拜。粉红墙上镶嵌着无数个装饰性的花窗,隐藏着无数的秘密,就像许多眼睛,注视着一切,却默不作声。

在城市的郊区有一个叫盖尔塔的花园,山石围绕着一个小湖,这是地下的恒河水溢出地面后形成的。戴维和玛达瓦就坐在一棵大树的树荫下,这棵树已经矗立了几代人的时光,亲眼见证过哲学家和一位名叫巴拉兑瓦·维迪亚(Baladeva Vidya)的灵性天才之间的激烈辩论。辩论的焦点是非人格主义的卓越性以及个体灵魂与神之间的关系——当爱超越了世俗依附后,应导向何方。

"如果瑜伽不能臻达纯粹的爱,"玛达瓦解释道,"那就只能停留在躯体的层面上,至多只是自我感觉良好而已。"

一只灰色的长尾猴吊在一根树杈上来回荡着秋千,突然啪的一声巨响,落在戴维的旁边,转移了他的注意力。这个不期而至的访客是遍布盖尔塔的族群中的一个成员,如此从天而降当然不是为了专程来聆听《瑜伽经》的,它要的是某种交换,就好像人与人为了个人利益建立起某种关系一样。

第二十章　崭新的开始

玛达瓦递给戴维一小袋炸鹰嘴豆，好让他喂给猴子吃，但是这个小家伙只想跟他"平起平坐"。它用结实的长尾巴支起身子，端坐在柔软的地上，一只手托着戴维的手，另一只手从他的掌心里捡起鹰嘴豆放在嘴里，一副很有教养的模样。举止虽说很温文尔雅，可那只手却粗糙得可以，实在不怎么般配。这还不算，它还把毛茸茸的手臂搭在戴维的肩上。不用讲话，无须语言，轻轻松松，他俩互相接受，瞬间建立了真正的友谊。不大一会儿，灰色的长尾猴就跑开了，重新回到树丛里，和自己的伙伴们在一起，正像我们人类一样。

"长尾猴就是聪明，和那些猕猴不一样，"玛达瓦笑着说，"想要什么东西的时候它们的行为就和人一样，但从来不知回报。就像某些瑜伽师，这些人几乎衣不蔽体，一无所有，他们与世界断了联系，躺在星空下，但是他们的弃绝只是单向的：自我。然而，感恩是人类良知中的一部分，没有感恩之心，很难有爱。"

"那慈善呢？帮助穷人和弱者呢？还有保护妇女、儿童、老人，善待动物，这些该怎么看？"戴维问道。

玛达瓦的手指穿过头发，经过脸颊，揉了揉细长的眼睛，然后微微仰起头，从一个铜杯里倒了一点水在张开的口中。

"我的老师曾经教导我，世上有两类人，这两类人都愿意全力以赴地帮助别人。一种是圣人，他们拥有纯洁的灵魂；一种是善人，他们拥有一副好心肠。如果你看到某人两者都具备，你就可以放心地追随他了。"

这一天接下来的时间里，玛达瓦在宾馆里打了很多电话，也接听了很多电话。现实生活给他增添了许多负担，但他从未逃避过。出版商在他即将面世的书上花了很长时间来审稿。在此期间，玛达瓦做了许多关键性的修改，使得这本书再也不仅仅局限于学术圈，将受众扩大到普通读者。首先，采用的语言必须对他们有足够的吸引力，能激发他们阅读的兴趣。他觉得，自己的贡献应该超出科学领域，覆盖到大众。出版商总是在强调销量，满脑子都是利润，所以对他们而言，这是一场资金上的赌博。但是，玛达瓦一心只想自由自在地写作，至于那些具体事务，实在不愿多虑，仿佛只想远离一切，任由生命的琴弦自然地崩断。

他和出版商打交道的时候总是据理力争，但一到和夫人玛拉提说话的时候，声音便立刻变得非常温和。他一连声地答应着妻子："是的""不是的""也许吧""就这么办吧"，还有"当然啦"。

玛达瓦留在房间里，没有吃晚餐，像是心里有事。他彻夜未眠，赶出了最后一稿，以便将手稿在第二天一大早寄出。

戴维只得询问他出了什么事，玛达瓦的反应既轻松又严肃。

"这件事，如今的大多数老人都不会做，"玛达瓦说，"不过，我们的传统却很鼓励。家庭生活持续到某一时刻，做丈夫的会主动放弃与妻儿之间的情感联系，离开他们。这样的人会自愿过起林栖生活，远离尘世，一心专注于灵性目标，只依靠大自然为生，为死亡做好准备。"

阳光从窗外射入房间，尘埃在光束中飞舞，时而消失，时而落下，就像人与人之间聚聚散散，分分合合。戴维在想象着灵魂的大小：发尖的万分之一。在这个无边无际的宇宙中，只有在微乎其微的机遇中，一个人才会和另一个人相遇相爱，共同分享生活，直到有一天表明，这样的关系再也不能长久下去了。戴维想起了自己的父母，他们俩几乎融为一体，不分彼此，直到死亡像一把巨斧劈开一段圆木那样，把他们一分为二。

"您的意思是不打算回曼尼普尔了？"他问。

"哦，我永远不会离开曼尼普尔。没有什么地方比那片土地更美。不过，它会永远珍藏在我的记忆里，永远和我在一起。"玛达瓦答道，他的眼睛出神地注视着前方，一动不动，仿佛飞向了家

第二十章 崭新的开始

乡，在做最后的告别。

玛达瓦话中的深意是戴维难以明白的。

从社会文化的角度而言，印度的根深深地扎在超越时空的智慧之中。旨在为人类提供指导的韦陀知识也给他们带来了快乐和痛苦。但《韦陀经》也同时给予解脱以及如何达到解脱的知识，其核心还是修行与超脱。印度的古代文明信奉韦陀古经典并据此塑造他们的生活。因此，人到了老年后弃绝俗世生活，截断束缚了身体和情感的全部缠结，这在印度传统中是非常自然的，也是预料之中的。

"戴维，"玛达瓦转向他，"你愿意和我去中国吗？"

"中国？"戴维的心里翻腾了一下，有些反应不过来。他的脑子还停留在如何放下亲情的问题上。他的心思被"中国"这两个字猛地撞了一下，就像火车突然脱了轨。

"中国？"他又问了一句，"为什么是中国？"

"这是我长久以来的一个梦想：有一天一定要去中国，在卡夏兑西（Kashadesh，古印度经典中对现中国所在区域的总称）人中生活。"玛达瓦说，然后站起身来，沉默地离开房间。

他走向王宫花园里的神庙，深情地注视着手持神笛的克里希纳神，双手不由自主地向前伸出，就像一个乞者一样祈求祝福，好让他那如同喜马拉雅山那样宏大的梦想能迅速显现。他双膝着地，合掌祈求道："让我服务吧。请让我服务吧。"

站在神坛区的祭师向玛达瓦弯下身子，把一串玫瑰花环一下子套到了他的脖子上。玛达瓦站了起来，喜悦溢满心间。人群还在不断地拥入。人们陶醉在灵性的情感中，围着他跳起舞来，将他向前带。他毫无保留地信任他们，因为在这个神圣的地方，人人别无所求，只想争取一个付出的机会。这就是他走进人生新阶段的仪式。

穿过花园的时候，他才意识到自己没有拄拐杖，拐杖挂在庙里的栏杆上忘拿了。真是健忘！他微笑着迈起轻松的步子，向前走去。

　　戴维已经到邮局寄那份手稿给新德里的出版商了。回来的时候，玛达瓦已经整理好了自己的箱子。他正站立在宾馆的屋顶上，凝视着北方的地平线。

～～･～～

　　玛拉提的手握着一根沉重的研磨棒，在石臼板上用力地把香料磨成浆，手镯随着快速的动作叮当作响。她停下来，伸手擦了擦眉毛上的汗珠，透过厨房的窗子向外望了望，看看门口有没有人。手下的动作越来越快，浆液越来越浓，她的心也越来越不安定，她多么期待玛达瓦这会儿能走进屋来，就像他往常每次旅行之后做的那样，她用一个微笑和新鲜饭菜的香味来迎接他。他会洗个澡，换上干净的衣服，然后坐在桌边拆封邮件。她会给他端上饭菜，端详着他每吃一口时的那种心满意足的样子。什么都不会影响他的心情。她知道如何恰到好处地用几句闲聊来搭配食物，就好像撒了另一种调味料似的有滋有味。她的好厨艺、聪慧、深情和善解人意，都让他喜欢。

　　这是一种从未有过的刺痛。尽管她已经预感到命中注定的这一天越来越近，但却依然期盼着他能回家。这时，小吉坦扯了扯她的纱丽，哭着喊饿了。她回过神来，疼爱地给孙女喂饭。为了她的所爱，她得想办法把自己的心分成几份：一份给超脱的丈夫，一份给儿孙们，然后便是属于她自己的那个特别的空间——她的虔诚和灵性的憧憬滋润着它，令它生机勃勃。

　　在这个世界上，所有的关系毕竟是短暂的，如果没有一条永恒的纽带把它们共同连接起来，那又有什么价值呢？

第二十一章
挂满红灯笼的节日

此刻正进入我们能掌控的
人生层面——内心。

心之翼

⋮

　　弯弯曲曲的中国香港特别行政区海岸线上，高楼林立，尽显繁华，而周边却群山环绕，绵延不绝，在维多利亚港口来回穿梭的中国帆船在这样的画面中尤其引人注目。在这里，文明的碰撞是显而易见的，一踏上尖沙咀中心，扑面而来的就是一个完全陌生的世界，截然不同的道德观和咄咄逼人的物质主义向玛达瓦和戴维袭来。强烈的冲击之下，印度仿佛已经被蒸发得无影无踪。

　　香港大学为他们在九龙的何文田住宅区安排了一个公寓，从二十三楼望出去，满眼的霓虹灯闪烁不定，散发着热烈的物质欲求。在一种强烈的文化冲击带来的不适和疲惫中，玛达瓦在就寝前求助于冥想，对他而言，这就好比打了一针免疫针。戴维坐在巨大的落地窗边，在他眼前，高耸入云的摩天大楼重重叠叠、整整齐齐，那种完美的对称让人称奇。他突然觉得自己是那么渺小，就像一只即将扑向烈焰的飞蛾。而黎明到来的时

第二十一章　挂满红灯笼的节日

候,随着海港上的灯火相继熄灭,生命也仿佛随之湮灭。

适应一个新环境是需要一段时间的,至少对戴维而言。一切都很陌生,截然不同,他依然神游于茉莉花香,沉醉在印度尘土的气息中。然而在这里,所有的东西都像是密封过的,呈现出精确的几何图形,除了二十二楼厨房里散发出的刺鼻的大蒜味和花生油味,这里没有别样的味道。

对戴维而言,身在何处已经不再重要,无论他走到哪里,风景如何,其实没有什么本质上的不同,生活终归是一样的。在不同的地域,形貌、气味和声音或许各有不同,但是人性的需求和欲望却是一致的。当他闭上眼睛的时候,他心里很清楚:他的人生之旅应该是内在的、深远的,这份信念从墙上挂历中闭目冥想的佛陀像上已经得到了确认。玛达瓦对自己的命运确信不疑,他安慰戴维道,这样的旅程一定会让戴维大有收获。

去内地的外国人没有几个,海关官员想知道他们去哪儿、见谁、目的是什么。旅客们被要求住在指定的宾馆里,而且始终要有朋友陪同。

他们花了一个星期的时间才通过福州大学研究所提供的特殊邀请函办妥了所有的通行证件,现在终于坐上了从香港特别行政区开往广州的列车。

广州火车站上的人表情似乎有些僵硬,着装大同小异。庞大的绿皮火车随着响亮的鸣笛声缓缓地驶入了车站,拥挤的人流拖着沉重的行李向前涌动,但却听不到喧哗声。

面对西方的进步,中国的大门至少已经微微地敞开了。男人们脱下了中山装,穿上西服,这一身身的新式打扮虽然做工粗糙、过于肥大,但却使他们粗糙的双手、磨坏了的鞋子和疲惫蓬乱的脸庞焕发出了尊严。他们笑起来像个孩子,抽起烟来像正在冒烟的

心之翼

烟囱。

不得不与印度火车站台上现炸的萨莫沙（新鲜蔬菜饺）和帕拉塔（带馅的薄饼）告别了，眼前只有穿着白大褂、头戴白帽和套着棉袖套的小贩们，在镶了塑料花的霓虹灯下推着他们的食品车。

凌先生和他的夫人都是社科系的教授，他们曾经在农村下放多年，这次学校把接待鲁帕教授和助手的任务交给了夫妇俩。他们专门安排了一个学生在广州火车站接站，然后又把他们送上了开往福州的软卧。

距离春节还有两个星期，学校里的师生都放假回家了，校园里空空荡荡，凌教授夫妇完全可以和他们的两位客人安静地待上一段时间。凌教授夫妇把家里的小房间让给了玛达瓦和戴维，自己则趁着助手回老家住在他的房间里，与自家隔了一条走廊。他们没有多少东西，只有一些中外文藏书。

凌教授书桌的玻璃板下压着他们夫妇的结婚照和一些家庭照片，这里珍藏着许多美好的记忆，有的地方被他盖上了书和文件夹，似乎在试图埋葬无法挽回的一些记忆，好挡住往事带来的一些痛苦。

对玛达瓦而言，要在一片陌生的土地上开始一段全新的生活，的确很有挑战性。这里的一切都似乎与他这种身份的人心意相违，但是他却异常平静。无论中国的过去和现在发生了什么，都丝毫不会对他产生任何冲击。他想与中国人在一起的愿望一如既往，他觉得自己至少是部分地归属于这个民族的。他受过很优秀的教育，他所了解的知识领域是目前大多数人已经不感兴趣的了。**分享这些讯息，探索另一种文化，这些都让他的心智获得了滋养。不过，触动他人的心灵，这才是他经久不衰的渴望。**

玛达瓦的出现让凌夫人肃然起敬，她甚至比过年还开心。玛达

第二十一章 挂满红灯笼的节日

瓦的朴素和庄重非常打动她,她只好以亲自下厨的方式来报答他,每样饭菜她都精心制作,只想让他高兴。她比戴维的母亲稍稍年长,一见她,戴维就立刻想起了自己的母亲,他的心刺痛了一下。**全天下的母亲都是一样的,她们天性上就是哺育和滋养他人的,这与语言及文化无关**。德黑兰的那位女士也是这样对待戴维的,她给戴维的心里留下了永不磨灭的印记。

一条狭窄的走廊就是这个单元里的公共空间,走廊连接着左右两侧的房间。这些房间实在太小,根本没法容纳厨房和卫生间。其实,对他们来说这已经是很高的待遇了,以前他们俩住在宿舍楼里。现在,教育经费增加了,教师的居住空间也就相应地得到了改善,宽敞了一些。电炉架在一张临时搭建的矮桌上,两人互相帮忙,一起把饭菜做了出来。

就在这些空间里,中国人在物质繁荣的大湖边,就像干渴的竹笋一样吸收水分,重新散发活力。

校园的林荫道上松柏参天,是这一小群学者下午散步的好去处,他们轻松地谈起了各自的文化和轶事,时而好奇,时而赞叹。晚上,他们围坐在凌教授的小书桌边,边饮绿茶边深入探讨哲学问题。

戴维听得极其专注,他的思维是开放式的,他能看到在他们亲切友好的谈话中,这两种人类已知的最悠久的传统正在寻找相互并存的理由。社会科学为探索人类意识和思维的能力创造了空间。

凌教授和玛达瓦将话题转到了古代人类的发展历程,古人在那个时代不像现代人一样面临社会急剧变化的挑战。很显然,印度传统和中国传统的演变在这方面呈现出显而易见的差异。当中国开始试图丰富其对异域文化的理解并进行相互对比时,他们首先转向了西方,开始探索古希腊哲学以及近代的德国思想家。对印度智慧的关注还鲜为人知,况且世界屋脊喜马拉雅山也并非是隔断两种文明的唯一高墙。从古印度传入的佛法，到达中国之后便大多顺应着中国人的心理做了调整，这种本土化的背后有着充分的理由。他们觉得，相比之下，印度的宗教气息和神性色彩过于强烈了，尽管他们的哲学高度的确让人高山仰止。儒家思想和道家思想相互进退补充，试图给予中国人一种精神上的身份感，而佛教在此时则作为一种有机的补充，很自然地融入这两种文化的方方面面。中国人无须再从印度寻求其他东西了。儒释道三家就这样世代并存，代代相传。

　　一天清晨，玛达瓦照常和凌教授一起在校园里散步，玛达瓦自然而然地讲起古印度韦陀时代的灵性目标。他慢下脚步，仰望天空，深深地吸了一口气，这时池塘边的一片浓密的竹林吸引了他的注意力。凌夫人此刻正留在家里准备早餐，一件蓝外套，腰系花围裙，袖口上套着防水袖套，头上包着色彩相配的头巾。她走上门口的台阶，视线穿过公园，寻找丈夫和玛达瓦的身影。手里的面团已经发好了，只等着下锅蒸馒头，她于是找了一个年轻的学生去请他们回来。

　　到了阳光明媚的晴天，这个池塘边常常散坐着一些学生，此时，青翠的竹子正静静地倒映在水中，吸引来一群活泼的金鱼，在里面不停歇地游来游去。玛达瓦捡起一块石子，随手向池塘扔去，鱼儿立刻四散而逃，藏身在水草里。

　　"这些竹子的倒影让我想起了《韦陀经》里谈到的榕树，"他开口道，"经文中说：这榕树根向上，枝向下，叶子就是知识之果。了解这棵树的人就了解一切。它的枝干被物质自然所滋养，细枝就是感官对象。它也有向下生长的根，被人类社会的功利性行动所牢牢捆缚。它的真实形体在这个世界无从感知。谁也不知道它终于哪里、始于哪里，其根基又在哪里。但人必须以坚定的信念，用弃绝世俗世界的利剑砍倒这棵根深蒂固的大树。此后，人须寻找那处，

第二十一章　挂满红灯笼的节日

到达后永不回返。"

"没错，"凌教授回答道，"《道德经》里也有类似的概念，阴阳变化，构成自然现象，最终导向无为——不过'无为'的意思并非不作为，不行动。其实就是一种依道而行、顺势而为、利人利己的处世方式，为的是与自然达到完全的和谐，是谓天人合一。"

"这么说，道就是摆脱低等物质自然属性——情欲和愚昧，超越阴阳二元性，进入上善与美德之境？"

"从某种意义来讲，的确如此，"凌教授说，"这就好比是找到一条路径，走出那棵榕树。在道家思想中，人生的最高境界是在天地人之间达到永恒解脱。不过您所提到的经典在这方面似乎深奥得多。"

"您想让我讲到多深，凌教授？"玛达瓦问。

凌教授低头看了一眼表，但玛达瓦却并不着急。清晨的空气让人心旷神怡，眼前的景象和印度太不一样了，所见之处，到处都是规规整整的，看得出维护得很好。两人继续向前走去。玛达瓦在思考如何定义这两种哲学之间千丝万缕的联系和差异。凌教授沉默了好一会儿，玛达瓦的话让他陷入了深思，其实他对道家思想的研究已经间接地触及这点。他感觉到前方有挑战，但依然忍不住想探个究竟。

凌教授再次看了一眼手表，说："鲁帕教授，咱们该回去了。夫人的早餐已经备妥，恐怕会等急了，您也该饿了。"

早餐是热气腾腾的馒头和汤面，一端上来，大家的眼镜都蒙上了雾气，大家都被逗乐了。两人的对话继续在餐桌上进行。

"有两个行者，"玛达瓦解释说，"一个是中国的圣贤，你们尊称他们为君子，对不对？这就好比我们的眼镜蒙上了雾气一样，这样的人会等待雾散去了，然后从各个方向把这条道路看得清清楚楚，所有可见的事物对他而言都是真实的，都有意义。他遵循自然之道,不偏不倚,在这条道路上花费了永无止境的时间。然而在他的头顶,云雾缭绕,挡住了天空和阳光,使他看不清云层之上的东西。换言之,儒家思想也许能在这个世界找到某种程度的完美,但却不太关注灵魂本身,也不太关心灵魂死后要去的地方以及灵魂终极的目的地。"

凌教授和凌夫人这会儿都听得全神贯注,等着玛达瓦继续往下讲。

"另一位行者,是位印度圣人。我们称萨度,或者叫潘迪特。他走在浓雾弥漫的道路上。他也许不知道自己从哪里来,要到哪里去,甚至忘记了时间,忘记了从前发生过的事。他知道周围有各种危险,但他只是仰望天空,因为他知道在那上面,生命没有极限,永无变更。他的目标非常清晰,因为他已经学会了如何通过有关自我的知识,斩断对这个世俗世界根深蒂固的执念。"

凌夫人把茶壶放在桌上,往围裙上擦了擦手,拿起笔和纸,把听到的写了下来。这段话言简意赅,充满了哲理。对于学者而言,很容易在理论的空间里自得其乐,新观点和新发现在这里层出不穷,随时都有变化和被驳斥的可能。但玛达瓦并没有在创造什么新理论,他描述的是根深蒂固、毋庸置疑的真理,经验主义和逻辑思辨根本没有机会乘隙而入。

凌教授能感觉到这位鲁帕教授的非同寻常之处,他不仅仅是位学者,还是那种被孔夫子所称道的"圣贤"。玛达瓦对自己的工作究竟应该深入到什么程度,也有着非常清晰的认识。

卢丰在翻译上还是比较吃力。每天,他都在学习新单词。玛达瓦的口音很重,但其用语却是极其标准的英文。卢丰像所有中国人一样,不停地把"他"说成"她",到后来,干脆把"他"和"她"完全倒过来使用了。

本来就是哲学交流,再加上这一番绞尽脑汁,卢丰很快就被

第二十一章　挂满红灯笼的节日

弄得直冒冷汗，头痛不止，他不止一次地请求玛达瓦重复刚才讲过的话，有的时候甚至得重复两次。卢丰离开老家去上学的时候，满心希望能顺利读完这个英文专业，毕业后有个好未来，兴许还能漂洋过海，出国留学去。但是，竞争实在是太激烈了。像他这种情况的，很多人都背着巨大的心理压力或者家庭压力，成天想着如何出人头地。有些人为了一纸文凭，甚至不顾一切，铤而走险。

再过两天就是大年初一了。大大小小的红灯笼挂满了福州的大街小巷，树上，桥上，店铺外，写字楼里，随处可见。很晚了，商店里依然络绎不绝，空中还时不时响起噼里啪啦的鞭炮声，一派节日时的欢快气氛。许多大门上都贴着红对联，玻璃窗上贴着红福字，满眼都是辟邪消灾的大红色，象征着吉祥好运。

"这让我想起了印度的迪瓦里——排灯节，"玛达瓦说，"还有巴士底日——法国国庆日。"

这三个节庆都布满了彩灯、声音和色彩，一个节日依照的是农历和节气，一个欢庆流放的神王凯旋，还有一个则庆祝人民摆脱暴君统治，重获自由。

"法国国庆日纯属激情，"玛达瓦指出，"中国新年是善良属性，迪瓦里节是至善。"说完他笑了，戴维从未见过他那么灿烂的笑容。

凌教授站起身来，轻轻地拍掌表示赞许。有这样一位懂得包容并蓄的朋友，他很高兴。凌夫人转向戴维，饶有兴致地问起巴黎的事，就像一个梦想着特殊礼物的孩子。其实不管是巴黎还是法国，戴维都没什么特别的感情，相反，倒是激起了他从前的一些痛苦回忆。母亲寡居一人，但他却远隔万里，歉疚之情不由得涌上心头。尽管如此，为了让凌夫人高兴，他还是把巴黎说成了梦想中的天堂。

"新年快乐！"凌先生和凌夫人向他们的客人热情地祝福道。

在小小的楼宇中和这两位特殊的朋友一起庆祝新年，真让人高兴。他俩没有什么积蓄——说真的，名下几乎没有任何东西。家具和电水壶是学校发的，夏天到来之前有望添置一个小冰箱，就连买食品和衣物的钱，也是勉勉强强。凌教授的身上还穿着多年不变的灰色中山装，唯一还算高档一点的是从上海一家名店里买来的新衬衫和一条裤子。那么多年来，凌教授第一次求人，把一位邻居请来帮忙弄年夜饭——一顿特别的素宴。

卢丰给玛达瓦和戴维介绍了过年时互赠红包的习俗。戴维很想用外币来回赠主人，以示感谢。这对主人真是一对不同寻常的夫妇，不仅谦逊随和而且慷慨大方，毫无保留地和客人分享他们仅有的一切。他们唯一的财富是知识，以及对教育的投入，早些年那些痛苦和艰难的岁月是他们想尽力忘掉的，而如今，玛达瓦和戴维的到来却如同天意，让他们的心充满了喜悦。

戴维请求凌教授夫妇晚些再打开红包，如果他们看见他放在里面的一百美元，说不定会非常不好意思，这数目可是远远地超过了他们的红包。

中国菜并不是玛达瓦最钟情的美食，但菜肴里的爱却是他能够品尝到的。当盘子从餐桌的这头一个一个地往另一头摆放的时候，玛达瓦的脑海中闪过了自己的妻子玛拉提。他立刻甩掉这个念头，克制着自己的情感。然而，这样的记忆又怎么可能抹得掉呢：在排灯节上，她曾经做了一道又一道，所有的菜都是用酥油烹制的。

对很多中国人而言，活着真不简单，但是他们有决心向前迈进，为了富裕的生活艰苦奋斗。在人们的眼睛里，戴维看到了对幸福的渴望。他从玛达瓦那里学到了一个道理：**世间万物都注定会经历一个完整的循环：履行职责，再享受财富和感官快乐，最后从痛苦中谋求解脱。除非人在物质上筋疲力尽，否则这个循环就不完整。**

第二十一章　挂满红灯笼的节日

玛达瓦从印度带来的那箱书还放在床下，上着挂锁，箱子上贴了一张巨大的贴纸——"福州学术研究图书馆"。虽然铝制的箱子上已经有了裂痕，而且被撞了很多坑，但是里面容纳的东西完全抵得上同等重量的黄金。玛达瓦还没有开箱把这些书都拿出来，但是里面的每一本书的每一页，他都几乎烂熟于心了。不管是什么题旨，他都可以轻而易举地引述其中的章节，无论是梵文、孟加拉语、英语还是他的家乡话曼尼普尔语。此刻，在这个特殊的场合，他把这些书小心翼翼地捧出来给大家看。这些书卷组成了一个知识的宝库，超越了时间和空间的束缚，它们被小心翼翼地捧在手里，大家恭恭敬敬地翻页，惊喜万分地赞不绝口。

凌教授夫妇虽然看不懂书里的文字，但却像在畅饮书中的每一个字，他们像双目失明的人阅读布莱叶盲文书一样，用手指细细地抚摸那些梵文词语，就好像其中的意思可以被他们参透一样。这些书本携带着远道而来的细腻芳香，其中还夹杂着印度香的味道，还有年复一年的雨季积存下来的些许霉味，这一切都反映出长期伴随着它们学习的静谧时光，距离社会的浮躁和骚动非常遥远。夜幕即将降临的时候，这些书一一回到金属箱子里，就像阳光穿透了一扇神秘的窗户，洒满屋子，然后又消失不见。

戴维非常仰慕玛达瓦的这一点，**他对生活的要求那么少，但内在却总是如此丰盈充实**。谦卑使他只接受最基本的生活设施，而他长时间的独处和静默也同样教会了戴维什么是内在的富足。每天的沐浴更是教会了戴维什么是容忍。每天日出前烧一些开水，然后在狭小的水泥卫生间里，用凌太太用来洗衣服的一个搪瓷脸盆冲澡，这不仅更加坚定了戴维的信念——瑜伽始于起床后的净身沐浴，而也证实了一点：中国人所理解的"洁净"，更多还是指思想和行为上符合道德伦理。

戴维想起了印度的景观。无论走到印度的哪个地方，每天清晨，只要是有水的地方，总可以看到有无数人在沐浴，然后他们会花上一点时间来静思冥想。文化的意义在于能帮助人类提升行为和思想，然后收获果实，以维系某种社会信仰体系。因此，沐浴也演变成了一种传统习俗，即便随着时光的推移，除了保持干净，人们已经忘记了它最原本的意义。戴维完全理解玛达瓦为什么要在每天的冥想之前有一个晨浴。看到中国人洗澡不多，他并不感到吃惊。法国人也同样不爱洗澡，只不过贵族们后来发明了香水，用来掩盖身上的气味。现在，全世界的人都在追捧法国香水，或许也在掩饰内在美的缺乏和"物质主义炎症"发出的异味。

玛达瓦和戴维在福州的大街上散步，行人们从未见过这样的情景，都纷纷好奇地交头接耳。有的赶紧整了整外套和头发，有的转过身子，避开他们的视线，比如集市上街边的铜匠。年轻的女摊贩穿着肥大的统一制服，美丽的头发干干净净地编成辫子，她们透过店铺的窗户看过来，羞涩地咯咯直笑。有的人双目无神、一片空白，有的洋洋自得地在自行车流中展示新权贵阶层财富的新标志——崭新的小轿车。因为语言障碍，再加上因为害怕说错话丢面子，大多数中国人都不好意思开口。戴维喜欢询问一些他知道肯定没有的东西，只是为了逗店员们开心，鼓励他们试着说几句英语。人们的生活已经有所改善，既然如此，他们还会进一步去思考心灵平静的意义和重要性吗？

玛达瓦的睿智总能帮助他从哲学的角度理性地看待事物，而他的性情和根基又总在驱使他内省自悟。这里的人不愿意被人看到自己在精神世界里的饥渴和营养不良，这一点玛达瓦一来就感觉到了。曾经的匮乏和哀痛已经被深深地埋葬了，甚至连表达感情的语言和获得重生的途径也被一同抹去，灵性的滋养似乎与他们的过去和现在都没有太大的关系。他的母亲是喜马拉雅山部落里的一个身世不明的中国女仆，而父亲是谁从来就不得而知，他知道，是前世

第二十一章　挂满红灯笼的节日

的因缘让他降生印度,并让他在幼年时就从那些伟大的圣人那里接受了灵性教育。他感到自己是个幸运儿,同时也被驱动着把这份财富与中国人分享。

不知不觉地,戴维在跟随玛达瓦的日子中得到了成长,对过去的记忆让他看到自己全然不同的经历。他在铺设自己的人生道路,但还不像已走完大半人生的玛达瓦那样,用余生中为数不多的时光来尽可能地把自己的幸运分享出去。玛达瓦与阿瓦杜塔大师类似,他的离别家庭和自我隐遁来自一种成熟的觉醒,其核心在于去觉悟生而为人的职责,尤其是在离人生的终点越来越近时。而戴维却正好相反,他还是个涉世未深的年轻小伙,尚未成家,况且还有一根看不见的绳索,被他的母亲拴在了心上。此生是否能找到所爱的人共度一生,这种希望有时会一闪而过,但他并不太在意。在他最暗淡的日子里,是玛达瓦给了他父爱,让他得到了内心的满足。然而,他与母亲的关系却依然留有残缺,还没有真正和解,这种隔阂在长时间的沉默中似乎又加深了。

第二十二章
拥抱中国

只要在这里认真播种，
就一定会有收获。

心之翼

⋮

很快，鲁帕教授宽和大度的美名就在当地这个虽说不大但却发展迅速的知识分子和学者组成的文化圈里传遍了。各大院校也纷纷来函，邀请他去演讲或者参加一些关于比较文化性质的交流活动。这些邀请均来自个人，以免引起过多不必要的关注，毕竟还是有不少人对外来的观点抱有抵触情绪。

然而，玛达瓦却是一个例外。他很快便融入了他所在的环境，就连他的相貌也一时让人无法联想到印度。若不是讲不了普通话，他看上去完全就是一个地地道道的中国人。

凌教授组织了一小群师生和文化圈、哲学圈中颇有名望的嘉宾到场聆听玛达瓦的讲座。这些人中，有来自单纯的学术圈的，也有倾向于儒道思想但又受了些佛教影响的，还有的则纯粹出于好奇，来看看这位讲着一口印度口音英语却长着一张中国脸庞的教授究竟是何许人也。他们拥护

第二十二章 拥抱中国

什么思想,出于何种目的,这无从知道,但在这里,他们可以自由地拿自己的传统来展开对话和讨论。

当听众们几乎像孩子那样谦逊而天真地提出问题或者观点的时候,戴维感到很惊讶。面对这位被大家视为"圣贤"的老师,那种深藏于羞涩外表之下的尊师重道的文化使得他们的敬畏之情又平添了一份美丽。

对于西方文化和韦陀文化,玛达瓦早已融会贯通,他可以信手拈来,以他独特的方式来传递。每一位听众不仅听得畅快满足,而且被激发了好奇心,他们以热烈的掌声和主动的小服务来表达他们的感激仰慕之情。一张张集体照记录了一个个难忘的瞬间,当兴奋和激动渐渐退却之后,私人对话就开始了。

凌教授设法借了一辆车,专门接送玛达瓦参加各种会议。在一次聚会上,有人提出,以他的年龄和对建设中的中国社科院的贡献而论,他应该去杭州。经过一系列详尽的了解和周密的安排之后,玛达瓦和戴维终于做出了前往杭州的决定。

杭州正缓慢地进入潮湿而闷热的夏季,阵阵大雨给美丽的花木带来安慰和祝福,玫瑰与莲花竞相开放,五颜六色的郁金香和含苞待放的粉木兰争奇斗艳,处处生机盎然。日子一天天地过去,人们在探索着一个又一个浇灌他们内心渴望的新办法——学习,工作,探寻外部世界,寻觅爱,共享亲情,分享友情。

就算玛达瓦不说什么,戴维也希望大学里的住宿之处能再宽敞些、舒服些,尤其是卫生条件要有所保证。的确,从玛达瓦的日常生活标准和静修冥想的需要而言,至少也得有个大水桶,好让他每日冲两次澡,到了夏天还得三次。虽然凌夫人的厨艺他很欣赏,但要让他和戴维天天吃中国菜,那的确还需要一段时间来适应。

"只要不会对主人失礼,我们还是应该尽量自己做饭吃,"在去杭州的火车上,他向戴维提议道,"要是你能把在印度学到的东西都使出来的话,我会很乐意吃你做的饭。"

火车开始减速了。车轮在轨道上滚动的声音形成稳定的节奏,和车厢里播放的中国歌曲恰好合拍。车厢门打开,乘务员宣布列车到达杭州站。在第四站台,一群热情的学生举着欢迎的牌子迎接了玛达瓦和戴维,他们的英文虽说还有些蹩脚,但心里的喜悦却溢于言表。姑娘们也带来了鲜花和甜甜的巨峰葡萄。胡教授是这群人的带队者,他是社科系的领导,在福州时曾经参加过一些决定性的会议。能接待如此德高望重的外国人,他们深感荣幸。

"还说不要让我们的出现引起公众的注意,"玛达瓦小声说,"这下可好了,全世界都知道我们在这里。"话虽那么说,他的心里却非常愉快,尤其当学生们冲过来争着帮他们拿行李的时候,这让他不由自主地想起了自己的大学生活。

前往玛达瓦和戴维新住处的这条路线是精心策划过的,目的是让他们穿过这座城市里最绿意盎然的地方,这里的街道两旁铺满了亚热带的灌木和鲜花,在参天大树和浓密的竹林的映照下,那些自行车和三轮车显得小极了。

玛达瓦和戴维即将安家的地方,居然不是浙江大学的宿舍楼,而是西湖旁的一座精巧美丽的小房子,位于一个大公园里面,门前还有一条小河缓缓流过,这让他们喜出望外。这种房子是农民自己建造的,属于农家私有,现在重新装修了一下,用来出租。

玛达瓦站在房子外面,四下环顾,坐了十几个小时的火车之后,他的确有些疲惫了。胡教授和助手请他进屋,可他却更愿意坐在外面的石凳上,置身于绿荫下和小河边,仰望蓝天,轻轻地摇一把竹扇,凉快一下。他的脑海里闪过曼尼普尔的景色,仿佛只是为

第二十二章 拥抱中国

了找寻两者的某些相似点,然而这两个地方,实在找不出任何共同点。眼前这个地方简直就是杭州从天堂带给他们的礼物。就在他以为告别人生的日子已经不太遥远的时候,这个独一无二的地方却在召唤他开始一种崭新的生活。

戴维走进室内,查看了一下石板地面、厨房和卫生间,这里的一切看上去简单而好用。一层专门为玛达瓦设了一个书房,房间里有一扇巨大的木头窗。

"需要什么尽管说,我们会尽量安排的,"胡教授说,"就把这儿当家吧。"

中国人一向热情好客、慷慨大方,这一点让戴维深受感动。中国人通常是很讲"关系"的,也就是说,维系一种有利益和裙带关系的亲密的小圈子,包括家人和好友,并给予特殊的关照。然而,能招待一位既富有学养又具备灵性意识,既温文尔雅又明察世事的外国人,那将是一份极其独特的经历。这些特点,戴维觉得自己并不具备。他早早地离开学校,用"行走天下"的方法来弥补自己的教育缺失,通过沿途的种种经历,逐步培养出对精神和灵性成果的强烈渴望,或许在环游世界这一点上,他倒完全有资格拿个"荣誉博士"的头衔。

邻居们送来了水果和蔬菜,外加一小袋米和油,以示欢迎。这是完美的环境中度过的完美的第一天。成群结队的麻雀叽叽喳喳地拍着翅膀,从李子树飞到樱桃树,一转眼又消失在竹林子里。温暖的夜风中,收音机里播放的音乐若隐若现地从远处飘来,这让他们联想到了恒河边,在那些雨季的夜晚,萨度(圣人)们会带着深厚的情感,向苍穹献出奉爱之歌。

第二天,大家在胡教授的办公室里举行了一个非正式的欢迎仪式,他们特邀了一些学生,并邀请了社科系的两位教授来参加。

"能和你们在一起,戴维和我都感到非常愉快,感谢你们的热情好客。"玛达瓦对听众们说。

"到访中国，一直是我多年来的一个美好的梦想，正如沿着一条河流，逆流而上，追根溯源。我母亲是一位中国人，但是命运却给我安排了和我的中国同胞们完全不同的道路。现在，我已经老了，老得足以做你们的曾祖父，但是我的心依然是年轻的。"

有些女生的眼里涌出了泪花，但依然专注地聆听着他的一字一句。

"让我永葆青春的东西就是那个给予我们每个人生命的东西，"玛达瓦继续道，"那就是灵魂，不分名号，不分种族，不分肤色，也不分语言，唯一使用的语言便是爱。躯体短暂，犹如四季——夏天过去了便是秋天，秋天过去后，冬天便来了。我受到的教育来自一群世间罕有的伟大圣哲。我不知道我的父亲是谁，但这些圣人却用他们的智慧，像父亲一样把我抚养长大。母亲在我七岁的时候就去世了。那有关真理的经典中的知识一直滋养着我，使得我始终能像一棵大树一样扎根于大地，经受生命中的狂风暴雨。"

戴维能看出，每个人都在全神贯注地聆听。这样的自我介绍也许可以用一生的时间去理解，这里面蕴藏的深意是大多数人在自己的内心或任何一本书里找不到的。毫无疑问，玛达瓦一定会吸引很多追随者。

罗辛坐在最前面，一直在做笔记。她是最勤奋的一个学生，同时也有着一个最沉重的过去。自她失去自己的父母双亲之后，她的内心就从来没有真正地平静和释然过。

玛达瓦说"以恩师为父，以智慧为母"，这个概念乍听有些牵强，但却很吸引罗辛。她来自北方的一片贫瘠而寒冷的土地，她的养母给她的教育打下了非常坚实的基础，她的心中有着强大的声音，而且天资聪颖，在学校里出类拔萃。玛达瓦注意到，这个女孩极其专注，也许他的这番话就是为她而讲的。

第二十二章 拥抱中国

"死亡随时都可能降临在我身上,"他继续道,"这就是生活。最终任何物质的东西都不会留下来,但在我离去之前,我很想把我拥有的一切都给予中国人。"

胡教授用力地鼓起掌来,其他人也都报之以热情的掌声。玛达瓦靠近戴维说:"我想我们终于踏上这片土地了。感谢你答应和我一起来。谢谢。"

能与玛达瓦在一起,是戴维的骄傲,他的心中装满了幸福。现在,他只剩下一个心愿了,那就是能在母亲的身边,为她抹去多年的悲伤和失落,安抚她因为自己长期不在身旁而经受的痛苦,因为她依然在等待着他的归来,虽然表面上似乎已经放弃了希望。

清晨的散步要经过弯曲的小桥和巨大的花园,花园里点缀着木亭子和红枫树,在这里,玛达瓦仿佛焕发了生命的活力。杭州之美完全出乎他的意料,令他吃惊,他从未想过,在一个经历了那么多痛苦的国家里,居然还有那么多大自然的富裕和谐地出现在人们的生活中。这里的人们虽然曾经在物质上匮乏到只能勉强维生,但内心的信念却依然非常强大而坚定,这一点让他非常钦佩。

大多数人挤在宿舍楼里或者小公寓楼里,还有的人住在传统的老宅子里,好几家共用一个小小的庭院。所有的人都有米饭和馒头吃,穿着也很得体。玛达瓦觉得,印度辜负了她的民众,把她的人民抛给了命运,让他们紧紧地抓住信仰,以此弥补食物、尊严和教育的匮乏。玛达瓦从未尝试过用物质的手段来解决自己祖国的精神问题,然而,当他面对中国时,却心潮起伏,期望能贡献一份灵性上的解决之道。

杭州无与伦比的自然美景,使得这个城市在几个世纪以来都像中国皇冠上的宝石一样被珍藏着。玛达瓦的每一天都在阅读、关于中国传统文化的探讨以及比较性文章的写作中度过,非常充实而有效率。罗辛每天过来拜访他,和他一起坐在露台上检查自己的译文。一个大雨天，直到很晚她还没有出现。也许是暴风雨把她困在校园里了，或者又整晚没睡吧，玛达瓦有些担心，赶紧派戴维去接她。他们决定给她买辆自行车，好方便她每次如约而来。

胡教授将玛达瓦的文章发给了一些教授阅读，很快，这些文章就刊登在一份非正式的学术刊物上，在有限的范围里流传开来。不久之后，等内容更加充实后，就可以编辑成书了。

每天下午，玛达瓦都会在西湖边散步，一个人慢慢地穿行在荷塘中间的石头小径上。有时，他会坐在凉亭里，在白纸上随手写下赞美莲花的词句，莲花是印度神秘主义中富有寓意的标志。他重新用起了竹杖，背部和膝盖的疼痛像是加重了，使他越发走不了长路。很多时候，他会坐在河边静思冥想，满头的灰发整整齐齐地梳到脑后，发端自然地卷曲起来，使他透露出一种瑜伽大师才有的气度，在众人中尤其显得引人瞩目。他踱着优雅的步子，目光仿佛投向了不为人知的远方，即使在注视某个人的眼睛时，也似乎穿越到了遥远的地方。很难猜出他在想些什么，是在思念亲人和家乡吗？是在想念学术界的老友吗？还是印度的幸福生活？这些都不得而知。但无论如何，他总是笔耕不辍，他的文章和讲座中已经折射出与他有关的一切，况且，也没有必要知道他的全部。他的存在，他的话语，他的日常生活，本身足以证明他走过的漫漫旅程。

到了周日，总有一群学生到家里来看他。他和他们一起坐在河边的柳树下，用梵文琅琅地诵出自己的诗作，然后用英文再解释一遍，最后让人翻译成中文。学生们也挨个地分享他们对莲花的象征意义的理解，并与他的理解相互融合。

"知识女神萨拉斯瓦蒂，双目如同粉色的莲花瓣，她开启莲花口，将千古智慧传入华夏之心，美好和谐由此而生。"另一个学生接过来说："莲花足，莲花目，柔软如朝露。慈母观音，甘霖遍洒，慈云广布，莲花丛中，驱散众生苦。"

第二十二章　拥抱中国

玛达瓦解释说，莲花象征着从这个死亡的世界解脱，正如莲花生于水却不沾水。他指着树上弯下的柳条，这些柳条一直触碰到了水面，不仅提供了阴凉，而且还能保护人们避开不祥之兆。

就在那段时间，戴维学到了最多的东西——**文化的多元丰富性，以及这些迥然不同的文化如何相遇，如何在不引起争端的前提下共同揭示事物的本质。他终于在人生合适的时间，来到了合适的地方。身边的一切皆可为师，所有的教导都像莲花一样，在他的心中成长和开放**，仿若莲花从淤泥中探头，舒展花瓣，将缕缕清香回报于造物主。

终于，玛达瓦告诉戴维，书都准备完毕，可以摆放到书架上了。在接下来的几个月中，还会有很多书会陆续从印度运到这里，逐步占领整个墙面。玛达瓦的家将成为一个集聚了文化、语言和传统的中心。中国之外的大千世界对师生们充满了诱惑，激起了他们的好奇和渴望，他们纷纷谈论着玛达瓦和戴维对社科系的贡献，以及给大家的生活带来的影响，尤其是那些与他们有了个人交流的人。罗辛一直在坚持记笔记，每晚关灯前，她都会把自己的记录读给室友听，熄灯后再点上蜡烛继续。

一天课后，社科系研究欧洲文化的同学们围住了他们的老师永星，提议组织一次非正式的聚会，让戴维讲讲自己的人生故事。永星老师同意了，不过前提也很明确：鉴于鲁帕教授的年岁和资历，应该首先由他来分享。

"这次邀请非同寻常，你不应该拒绝。"玛达瓦对戴维说。

"我可不想站在聚光灯下，"戴维说，他有些畏惧了，"无论如何，和您相比，我还能有什么可分享的呢？"

"不管讲什么，总会有学生欣赏的，"玛达瓦安慰道，"不单是他们……我也想去。你的旅程是独一无二的。你知道这些人在人生中都经历了什么吗？慷慨地把你的心分一点给他们吧。这对你也是好事。"

这次"非正式"聚会最后变成了满满一屋子的人，五个老师和六十八个学生，来自不同的院系。玛达瓦和胡教授坐在舒适的椅子上，其他人则坐在金属折叠椅上，或者干脆站着。永星老师架起麦克风。罗辛和往常一样，坐在最前排，手里拿好了纸笔，已经在考虑问什么问题了。戴维的翻译是胡教授的得意门生沈奇。

戴维在脑海里迅速地搜索了一遍，寻找一个起点。"我……啊……其实，今天的主题与我个人没有什么关系，我从哪里来，曾经去过哪些地方，这些其实都不太重要。自从来了杭州以后，我已经认定，这座古都比我旅行中去过的所有地方都要美丽。"

屋子里立刻爆发出掌声和欢呼声。老师们露出了笑容，玛达瓦向戴维挤了挤眼睛，示意他开局得胜。

"这个世界上，到处都充满了战争和革命，"戴维继续说，"其结果便是悲哀、痛苦和灾难，最严重的是家庭的毁灭。然而，人类又有能力重建自我，继续前进，吸取教训。"

罗辛目不转睛地注视着戴维。如果他还准备沿着"家庭"这个话题讲下去的话，她真不知道自己是否还有勇气继续待在那里。她的手指紧紧地握着笔，腿紧张地颤动着。他看了她一眼，感觉到自己应该赶紧改换话题。

"我见过各式各样的人，"他说，"农民、僧侣、老师，还有骗子——天真的，粗俗的，什么样的都有。我曾经居住在非常舒适的环境里，但也在路边打过地铺，也曾爬过喜马拉雅山，试图寻觅通往天堂的道路。我在生活中跌跌撞撞，寻找出路，也曾哀叹命运，甚至因为前途渺茫险些放弃生命。然而，有两件事让我始终坚信不疑：一是摆脱幻象。我们真实的身份并非如我们所自以为是的那样。"

第二十二章 拥抱中国

沈奇趁着间隙喝了一口热水。他没有料到，戴维一上来就有如此富有哲理的开场白，但他喜欢这样的挑战，而且应对自如。所有的人都听得很认真。玛达瓦也深受震动。

"还有一点……我们的一切都要归功于父母和老师。"

掌声像海潮一样淹没了整个屋子。戴维的话触动了一颗颗中国心。

"能不能要一杯凉水，不要热水？"他小声说了一句，完全没有察觉到前面的麦克风，大家都笑了。等大家再次坐定，安静而专注了，戴维便带着他们继续踏上自己的旅程：他是如何逃脱兵役的，集体农场的生活，通往亚洲的道路，还有在印度的精神蜕变。他还谈到了西奈沙漠、孟加拉大洪水，还有喜马拉雅山……

屋子里安静极了。等戴维的话音一落，听众们齐刷刷地站起来，使劲地鼓掌喝彩。掌声未落，已经有人高高地举手提问了。

在戴维讲到了饥饿、危机、绝望和对生命答案的求索时，玛达瓦能感觉到他声音中微微的颤抖。作为一位富有洞察力的观察者，他能体察到戴维未出口的那些话，还有情感的暗流。

罗辛首先发问："您说我们的一切都要归功于父母和师长，您也谈到了您的几位老师，能不能再多谈一下您的父母？"

好几位观众立刻点头，脸庞放光。罗辛提出这样的问题，几乎可以说是不可避免的，因为她的个人经历完全没有理由让她信服这句话。在座的每一个人，包括玛达瓦和所有老师，都等待着他的回答。每一个人的个人经历都有和父母有关的考验。无论哪种文化，家庭永远是最神圣的，与家庭的分离若不是出于自由的意志，只可能是悲剧性的境况所致。现在，戴维几乎被情感的洪流冲垮了，一个念头在他的脑海中迅速闪过，很快便刻入心里。

他低下头，平复了一下自己的情绪，然后开口道："人出生的时候，脐带被剪断，这样婴儿才能长大，最后学会独立行走。虽然脐带是被剪断了，但和母亲的连接却会延续终生。怀孕的时候，母亲给腹中的孩子不断地输送营养；出生之后，孩子通过爱送还这份营养。"

一滴泪珠顺着罗辛的脸颊缓缓滑落，掉落在她的笔记本上，模糊了墨迹，她没有在意，咳嗽了几声，来掩饰自己的情绪。

"我已经有很多年没有见到母亲了，"戴维说，"我将自己抛入了这个巨大的世界，去学习人生，找寻自己的道路。虽然我中断了这种连接，但却从未停止过对母亲的爱。"

这时，胡教授非常礼貌地宣布这一环节结束。他感觉这个话题走得太深入了一些，这样的个人私密对于含蓄拘谨惯了的中国人而言好像有些不太习惯。这种场合，中国人很怕说错话，难免有些尴尬。他向戴维表示感谢，并带动大家再次以掌声表达感激之情。玛达瓦被人用车送回了家，而戴维则融入了人群，又待了一会儿，回答了一些提问。

第二天，罗辛拿着一个包裹和一封来自印度的信，兴冲冲地进了门。这是玛达瓦的德里出版商帕卡西先生寄来的新版书，信中还传达了这样的消息：玛达瓦的新作得到了学术圈和普通读者群的一致好评，反响热烈。扩大目标读者群的决定终于奏效了，主编现在催他尽快回国举办系列讲座和新书发布会。

玛达瓦露出了微笑，把信放回信封里。他打开书，翻看了几页，浏览了几个段落。

"这是什么，玛达瓦老师？"罗辛问。

"没什么。印度那边都挺好的。你准备好了翻译这本书吗？"

玛达瓦不想中断他在中国正在进行的工作。**名誉也好，文学成就也罢，都不是他的愿望，他真正关心的是如何提升人们对教育的观念和意识——人们需要一种能将全社会提高到良善甚至更高境界的教育体系。** 科学家和灵性主义者们应当携起手来，抵制"贪婪"

第二十二章　拥抱中国

的代理人。他决定暂时不回印度，至少现在还不想走，与此同时，胡教授也和他讨论过另一种可能性，即专为社科系出一本中文版著作。

对于参加某些研讨会，玛达瓦曾经婉言谢绝过，因为这样的会议往往伴随着抽烟喝酒，这已经成了一种司空见惯的社会习俗。玛达瓦真的很希望中国男人能放弃这样的烟酒嗜好。然而，对于他们来讲，这样的烟酒往来似乎和会议上的交流本身一样重要，甚至是促进合作的关键性因素。对他而言，也很难做到和这些吃肉的人一起从一个盘子里夹菜。考虑到他的年龄和身份，戴维建议在家里主持这样的会议，这样也可以款待到访的客人。每天做饭已经成为他的习惯，现在只不过是增加几个盘子和两三道特别的菜而已，并不需要花费太多的功夫。

每一位客人在这里都毫无例外地被注入了一点灵性智慧。玛达瓦引经据典，穿插典故，吟诵梵文诗，用来自古印度韦陀文献的神性知识来点缀深厚的中国文化。他像一位父亲一样语重心长，因为他本人没有丝毫恶习，所以可以直言不讳地请求他们放弃不好的习惯。

"您在触动大家的心灵。"一次聚会之后，戴维这样说道。

"慢慢来，哪怕一次只有一颗心，"玛达瓦回答道，"但是，对大多数人而言，这会是一条漫长的道路。有些东西是根深蒂固的。愚顽无知常常以感官快乐的面目出现。不过，我必须承认，有些学生的确非常纯净。假以时日，再加上正确的引导，他们一定会成为卓越的领导者。"

戴维把一盆热水放在玛达瓦的面前，让他泡脚。

"我从不觉得，自己能和那些学生一样，"他说，"但我知道，像罗辛这样的学生，一心一意只想拜您为师。中国人是非常重视师徒关系的。"

　　玛达瓦说："在印度，这样的教育，在虔诚的家庭里从孩子一出生的时候就开始了。中国同样具有非常深厚的传统文化，只需复兴即可。否则，人们会被西方文明给吞噬掉，消失在幻觉的黑暗中。到时候，他们就得经历从未有过的痛苦。"他扬起眉毛，仿佛在警示，但眼睛里又带着伤感。"现代文明如果失控，就会摧毁一切旨在提升人类意识、道德和伦理价值观的努力。"他轻声诵出一串梵文，示意戴维把桌上的一本书拿过来。"杀生、赌博、吸食麻醉品、与女人保持非法关系，这些行为早在几千年前就被悟道的圣哲所预言，如今全都成为现实。我们必须教化身边的这些人。我没有必要回印度，只要在这里认真播种，就一定会有收获，到时华夏文明和韦陀文明定能如期相遇。我期待着它们的拥抱。"

第二十三章
双重寂灭

"你再没有真正地回过家。
但我一直坚信,你一定会回来的。"

心之翼

......

那么多年过去了,真没什么太大的变化。人们按部就班地过着日子,只是老了一些,也固执了些,某些地方似乎明智了不少,但对待别人和自己的悲剧却也麻木多了。身边有人死了,他们会叹息流泪一阵子,但很快就翻过了这一页。

对于即将到来的重逢,戴维的心里还是有些紧张不安——他不知道自己有没有能力修复那个创伤。他的心中涌动着复杂的情感,相比之下,蓝天白云、美丽的街景、才华横溢的卖艺人和无法抵御的美食诱惑都变得黯然失色了。他得感谢罗辛,那个关于他父母的问题让他猛然省悟到了那条家庭的纽带的存在,虽然当时他有些难过,但若不是她,这会儿他可能依然坐在河边的柳树下,脑海里来回转悠着那个没有解法的困境。玛达瓦也给了他最后的推动:"要是你母亲去世前看不见你,你这辈子都会良心不安的。"

不等回过神来,戴维已经登上了飞往巴黎的

第二十三章 双重寂灭

航班。和母亲已经有整整十年未曾相见了。上一次的见面如此短暂,分离时又如此伤心。

贝松太太家的百叶窗关得紧紧的,门口的脚垫子也不知去向。楼门口又增加了一道安全门,许多信箱上都写着北非人和西非人的名字。附近的咖啡厅也换了主人和名字。银行变成了现在的超市,街上也看不到孩子们玩耍和骑自行车的身影了。公交站上画满了涂鸦作品,一对老年夫妇站在一面具有讽刺意味的背景墙前面,等待回家的汽车。

他终于找到了怀士曼的名字,鼓足勇气按响了门铃。没有人应答。他打了路易丝的电话,还是无人接听。在这块陌生的土地上,戴维简直就是一个陌生人,谁也不认识他,直到他来到地铁站时,肩膀不知被谁碰了一下。

"是戴维吗?"一个声音试探地问道。

他掠过肩膀往后看。

"抱歉,您是……"

"戴维,是我呀,帕特丽夏。"那个女人回答道。

"啊,上帝,"戴维说,"我居然没有认出你来。"

帕特丽夏把太阳镜往上挪了挪,把它架在头顶上。她看上去很像一个公司高管,头发又黑又短,嘴唇涂成大红色,身穿灰色外套,脚蹬高跟鞋。

"这是我儿子,朱利亚,"她说,"我正要送他去上学。我们找时间再聚。你住在哪里?"

"一家宾馆,"戴维回答,"刚到不久。"

"从哪儿过来?"

"中国。"

"你总是出人意料,冒险的精神从来没消失过。一起吃晚餐怎样?朱利亚今晚和父亲在一起。"

戴维瞥了一眼她的左手。没戴戒指。

戴维和帕特丽夏早就在生活中擦肩而过、各奔东西了，但就像河上的浮萍聚聚散散，不知不觉间又遇上了。当年，他探索世界的愿望如此强烈，去寻觅自我道路的渴望完全超越了他对她的情感。那种情感，在当时的他看来，也只不过是人生中一个稍纵即逝的浪漫小站而已。

经人介绍，帕特丽夏很快遇到了一个外表帅气、才华出众的男人，在一家计算机公司工作。他给她带来了一个儿子和一份事业，但却着实是个自私自利的男人，还带点自恋倾向，几乎从不在家里待着。他多半在外面拈花惹草，但在公司里却老是自豪地称妻子是他的幸福。他们很快就分道扬镳了，这世上又多了一个单身母亲。

戴维说话的时候，她一边抿着一杯红酒，一边注视着他的眼睛。在她眼前的是一位内心平和的男人，成熟了一些，但漫长的旅行和种种挑战却让他更加谦卑，出于某种原因似乎已经不属于巴黎了。他没有刮胡子，脸被太阳晒黑了，宽松的亚麻上衣表明他来自东方，那是一个拥有漫长的夏季和简单的生活的地方。她本可以听他讲上一晚上。他们谈起了那些懵懂的青春岁月，笑得前仰后合，那时的生活对戴维来说真是一片迷茫。她的美让他无法忽视。巴黎，美丽、聪颖、时尚，相对而言，在这里生活，就是成功的标志。戴维在想，她的确很迷人，但依然在生活的浪涛中挣扎。

他们一直坐到餐厅打烊。戴维完全沉浸在这次相聚中，甚至忘记了打听贝松太太的情况，当然，还有他的母亲。第二天，他们再次相见，在卢森堡的花园散步，这是帕特丽夏经常带儿子放学后来游玩的地方。

"贝松太太两年前去世了，"帕特丽夏告诉他，"护理在床上发现了她，已经死了几天了。她是一个非常特别的女人，从不装模作样，坦率真诚，随时准备帮助别人。她就像我的第二个母亲。"

第二十三章 双重寂灭

"她是我们那条街上所有孩子的好妈妈。"戴维说。

"戴维,我也不知道你母亲在哪里。一年前,一辆救护车把她送走了,之后就不见她回来。我并没有专门花时间了解过,只是从前常见你哥哥来看她,可现在已经有好长时间没见你哥哥过来了。我的工作和朱利亚就够我忙活的,这你知道。"

"当然,我理解。"他说。

一想到路易丝可能出事了,戴维便感到羞愧难当。他查询了社区服务的记录,查出了救护车以及她被送走的日期和时间,发现她是因为营养不良病倒的。自从丈夫去世,其他几个儿子陆续搬离巴黎,戴维又生活在遥远的另一个世界,路易丝就一直与孤独为伴。她为这个家做了母亲和妻子应该做的一切,但最终,命运回报她的却是一份空荡荡的生活。

"我们的记录上说你母亲去了巴黎郊外的一个配备医疗救助的老人院。"问询处的服务人员这样告诉戴维。

这是一个他从未想象过的时刻:走进一个人人都在等待死亡的空间。大多数的住户都穿着睡袍坐在那里,直直地瞪着眼,眼睛里什么都没有。他们中有的在自言自语,有的蜷缩在轮椅里熟睡,头发蓬乱,面色苍白,有的则无神地盯着电视屏幕,一动不动。他们像用过了头的老爷车,无力地停靠在那里,燃料已经用尽但爱却依然还在,仿佛在对年轻人说:不要以为这一天不会发生在你们身上。

路易丝的房间在五层五区,508房间。门开了,一阵药味扑鼻而来,里面夹杂着饭菜的味道和大小便失禁的怪味,戴维简直透不过气来。他悄悄地走进屋子。路易丝还在睡,看上去很憔悴。在他的记忆里,她总是衣着体面,举止优雅。但是,现在的她哪里还愿意花时间来打扮自己,能为了谁,能有什么理由呢?那个几乎从来没有让围裙离过身的人去了哪里呢?

"你是她的朋友吗？"一个护士问道。

"不是。"戴维回答。

"那就是家属了？"她说。

"是的，我是她最小的儿子。"

护士惊得下巴都快掉了。她盯着戴维的眼睛，往后退了几步，示意他别把母亲弄醒了。到了走廊上，她忍不住掉了眼泪。她很爱露易丝，实在受不了眼睁睁地看她一点一点地失去生命力。"她总是谈起你，常常提你的名字。你叫戴维，是不是？她一直在等你。但她已经失忆了，经常不知道自己在说什么，还时不时把医生当作你父亲。有的时候，她很伤心，说她尽了最大的努力，你是她最爱的孩子，但却见得最少。"她从口袋里掏出一块手绢，擦去泪水，然后平复了一下情绪，走回房间。戴维的思维已经凝固了，没了反应，只有缓慢的呼吸表明他还活着。

"路易丝，"护士小声耳语道，"有人来看你啦。来吧，亲爱的，现在可以坐起来了。好好的。"

戴维的目光和母亲的目光近距离地交织在一起。

路易丝一言不发，似乎完全不认识眼前这个人。

"路易丝，"护士说，"这个是戴维，你的儿子，特地从中国过来看你了。"

"我没有儿子，"路易丝回答道，"我有三个女儿，都离开我啦。"

护士看了戴维一眼，示意他说话。

"妈妈，"他说，"我是戴维。"他往前靠了靠，握住了她的手，她的手很凉、很柔软，几乎没有了活力。他伸出手指，小心翼翼地抚摸她的前额和凌乱的灰发，然后弯下身子亲吻了她一下。护士悄悄地走出了房间。

"我没有儿子，"路易丝又重复了一句，"我只有三个女儿，但她们都离开了我。"好一阵子，她才慢慢和这个"陌生人"熟悉了

第二十三章 双重寂灭

起来。窗子敞开着，午后的阳光很柔和，还能听到鸟儿在不停地鸣叫，仿佛比屋里这两个人更容易相互沟通和分享。

终于，路易丝把手放在了戴维的手上。她紧紧地抓住那只手，问道："为什么？"然后，她用骨瘦如柴的手指摩挲着他的脸，就像一个双目失明的人在摸索着脸庞的轮廓，最后她的手指停在了他的下巴上。"这张脸，我认得；这个下巴，我认得；这双眼睛，我也认得。"

"妈妈？"戴维泪流满面，"我在这里。我和你在一起。我再也不走了。我和你在一起。"

那天夜晚，他躺在地板上，随时照顾母亲。她有时微笑，有时伤感，但却从不说什么。

她在枕头底下藏着一个钱包和其他几样贵重的东西——一枚结婚戒指，一些现金，还有一个镶嵌着安德烈照片的吊坠。另外还有一样东西，直到第二天早上她才叫戴维打开。"你读一读。"她说。

戴维好奇地打开那张纸，读出声来："周末外出，周一回来。"

"你还记得吗，戴维？"她的脸上浮起笑容，"但你自此就没有回来过。"

这些字是戴维写的，一个十八岁的年轻小伙留下的。这么多年来，她一直保留着这张纸，她知道有一天他会回来的。漫长的十五年过去了。路易丝的记忆一直在理智和破碎的心之间徘徊不定。对所爱之人的思念超越了躯体的状况，使绝望和希望握手言和。戴维被击败了。爱唱起了胜利的赞歌，表明人与人之间的最高情感——非爱莫属，更不用说那是一种汹涌澎湃的爱，从母亲的心奔向自己的儿子。

他握起拳头，闭上双眼，思绪飞向了西孟加拉的那个洪水之夜，那时的他在床榻上蜷起身子，仿佛在努力填满横亘在他和母亲之间的空白。那是愧疚吗？是憧憬吗？他只知道，他不能没有这样的句号作为结果，否则他将没有勇气继续走下去。他们必须解脱彼此，这样才能继续彼此的旅程。现在，唯一重要的就是他和她在一起，在那个空间，那个房间。

　　四天之后，戴维的母亲永远离开了人世。最后的那几天给了她很大的安慰，抚平了曾经的伤痛。飞机直冲云霄，打了一个弯，他透过舷窗，鸟瞰着远处的地平线，法国，再见了，这一去也许就是永别。他的双手放在腿上，握着一张旧照片，安德烈和路易丝的一张婚前照，那是他带走的唯一一片记忆。

　　在西方文化迅速传播的今天，被中国人视为珍宝的孝道，常常受到挑战。西方国家的年轻人过度崇尚个人至上，而中国人推崇的是通过对家庭价值的尊重来达到社会的安定与和谐。随着这个世界日益演变成一个巨大的地球村，尤其是异族通婚的日益增多，人们越来越难以追根溯源，寻找到自己的根。家庭责任和义务摇摇欲坠，承诺越来越成为一句空话，随着家庭的质量每况愈下，意外出生的孩子纷纷降临，整个世界混乱不堪。

　　像玛达瓦这样的少数人从年轻时就致力摆脱对躯体和其他世俗身份的执着，把关注点全部放在了意识和灵魂的存在上。玛达瓦亲眼看见印度被英国占领之后在灵性原则方面的迅速衰落，现在他在中国也看到了与此类似的退落。

　　罗辛和沈奇一直在给玛达瓦安排一日三餐，把他照顾得很好。戴维回到杭州的时候，正好有强风掠过西湖，漫天尘土弥漫了整座城市。又停电了，玛达瓦点起蜡烛，在烛光中继续写他的信。狂风中的小屋显得格外宁静，只有摇曳不定的树枝投下的影子在试图打破笼罩了一切的静谧。看见戴维，他非常高兴，但没有多说话。自

第二十三章　双重寂灭

从戴维动身去了巴黎，玛达瓦就像隐士一样退隐到自己的冥想空间里了。因为髋部的问题，他也减少了散步的时间。胡教授很是关心他，时不时过来看看，顺便会带一些舒缓神经和放松肌肉的中草药过来。这样，玛达瓦就有机会进一步了解他，培养更亲近的友谊。

胡教授比玛达瓦年轻，才五十五岁，他天生就是一位教育家，父母辛辛苦苦把他养大成人，寄予了很高的期望，为了满足这份期望他几乎把命都搭了进去。他忠诚的妻子魏夫人是他完美的伴侣，和他一样：忠诚、勤奋、努力，具有高度的责任感。她敬慕玛达瓦的坚定和使命感，这更加深了童年时代父亲一早给她留下的烙印，使她的品格愈加顽强。胡教授是她生命中唯一的安慰，没有他，她的音乐天赋也早就付诸东流了。在静谧的夜晚，他们坐在花园里，她会为玛达瓦弹起古筝，胡教授则手捧《论语》。有时，他们会聊起那些上山下乡的故事，那时他们背井离乡，在遥远的农场过着艰辛的日子。玛达瓦一边专心地听他们讲，一边在内心中反思自己的人生之旅，直到猛然醒悟到，其实之前所经历的一切都是在为现在的这些特别的邂逅做准备。

一种强烈的紧迫感在催促着玛达瓦把人们带入一个不同于以往认知的现实之中，那种现实不关乎过往留下的遗憾或对未来的期许，而只是对当下之善的觉察洞见。也许并不是所有人都会被吸引，但的确有越来越多的中国学生，以及看过玛达瓦的书或听过他讲座的人表现出越来越浓厚的兴趣。他的知行合一和言传身教，本身就足以让人信服。

对于戴维而言，家庭永远是一个敏感话题。与母亲临终前的那几日相伴给他留下了深刻的印痕。而与罗辛和魏夫人这样的人谈过去，并不是一件合适的事，他们会面含微笑，但并不想回首往事。然而，玛达瓦却不同。他会毫无保留地谈起自己的生活——那是印度历史上一个充满了暴动、混乱和反抗的时代——圣雄甘地时代的印度。他拥护"简朴生活，高尚思想""尊重人格尊严""保护动物"这类价值观。他全然接受直指人类良知的那个讯息"既已生而为人，何不探询自我"。透过灵知的眼睛，他对圣人、商人、饱学之士、劳动阶层和被蹂躏者，皆一视同仁。他认为，他们和动植物一律平等，只是在灵性觉知上尚有高低之分。

"这与道家和佛家思想有何不同？"胡教授问。

"灵性知识是完整而绝对的，"玛达瓦回答道，"否则，就称不上是灵性的。它无所不包——囊括了以灵魂存在为核心的人格性的和非人格性的所有知识。具有真知灼见的圣人不仅探寻自我救赎之道和摆脱痛苦的解脱之法，更重要的，他会视生命为爱的工具，没有了爱，真正的快乐无从谈起。灵性的爱远远超越责任和义务。"

"孔子将家庭视为美德社会的核心，并认为家庭是个体和世界最高幸福的根源。"胡教授说。

"这仅仅是灵性整体的一个方面，"玛达瓦解释道，"人类的福祉取决于他们的善行。屠杀动物并不比对自己施暴或对他人施暴更接近善良。即便是快乐，如果只是物质性的，那也是短暂易逝的，终将不可避免地被时间的大手分离，落入痛苦的深渊。通过在一个生死往复的环境中努力建立灵性的现实，人便有望不再投生。"

"玛达瓦说的是灵魂的轮回。"戴维补上一句。

"完全正确，"玛达瓦回答道，"灵魂摆脱短暂的物质存在，去往永恒灵性王国，到了灵性王国后，就不必投生了。"

胡教授承认，灵魂存在的概念在儒家和佛家思想中都没有被提及。他能感觉到，玛达瓦对自己说的每一句话都坚信不疑。中国学者习惯于用一种哲学的眼光来看灵性主义，同时又用灵性的思维模式来看哲学，强调天地人之间的和谐统一。

正值国庆节。罗辛和沈奇便利用这几天的假期，常常和玛达瓦一起在附近的河边度过，他们渐渐地像一家人一样。为了帮助罗辛

第二十三章　双重寂灭

解决睡眠不好的问题，玛达瓦教给她冥想的方法，经过练习，一直在睡眠时缠绕着她的恐惧逐渐被消除了。她一心想着加快灵性学习的步子，开启全新的生活。她几乎读遍了玛达瓦的藏书，每本书都激起她更多的问题。

一天傍晚，罗辛坐在一棵大柳树下，倾听戴维和玛达瓦之间的一场关于高度文明社会的四大支柱的对话。暖风吹拂，柳枝和水波随风起舞。每个人都仿佛沉醉到了这让人心旷神怡的长夜之中。那场对话一直延续到了深夜，只有煤油灯上跳动不停的火焰创造了若隐若现的影子，在和清风一起携手共舞。

"仁慈、苦行、洁净、真诚，这是高度文明的基石。"玛达瓦说。

罗辛询问他能否再做进一步阐释。突然间，玛达瓦面色苍白，嘴唇颤抖，仰面倒在藤椅上。戴维赶紧拿来一杯水，沈奇迅速把他送回房间，陪伴在他身边，直到天亮。

沈奇有个舅舅，是个传统中医大夫，从那天开始便常常登门治疗。玛达瓦不愿意去医院，医院在他看来如同坟场，他宁愿专注在自己的写作上，哪怕被困在床上，哪儿都去不了。很难解释他为什么会有如此急剧的疼痛，而且还不止一回。

现在，玛达瓦开始口述文稿，由罗辛记录成文字，这样就大大地提高了效率。他负责说，她负责写。他会时不时停顿下来，唱起梵文歌。戴维记得，那些歌他在斋浦尔的戈文达（克里希纳的一个别称）神庙里曾经听过。他的声音，深情且深沉，构筑了一条通往神的奉爱阶梯，他说那是他唯一的药物。

玛达瓦再也散不了步了。拱桥、竹林、湖水、莲花、花园、长廊、青青碧草、林荫小道，这一切画面只得通过苏东坡的诗句来传递。沈奇会先用汉语大声地朗读一遍这些古诗词，然后再用英语加以解释，但正如他说的：谁都无法淋漓尽致地传达出汉字之美，还有汉语的意蕴、声律和诗意。玛达瓦已经逐渐学会了如何欣赏这里的自然美景并陶醉于其中。他发现，这种美和故乡的美大有不同。印度的风景呈现出极强的多样性，蕴含着极其古老的历史，而杭州却让他想到了韦陀文学中对天堂的描述——这样的环境很容易让人接近至善、冥想和梵音。

"沈奇，其实梵文也一样，"玛达瓦解释道，"梵文的存在是为了探询灵性的事物，并描述灵魂回归源头的历程，这种语言不是用来增加世俗财富的。"

玛达瓦究竟得忍受多大痛苦，谁也不知道，他从来闭口不谈。他把注意力完全从自己转移到了别人和对他们的教导上。他终究是衰老了——先天的问题再加上有一年冬天在喜马拉雅山静修时不慎摔倒，造成了髋部严重发炎。现在，炎症已经波及骨髓，细菌正在迅速扩张。玛达瓦的同事恳求他求助于医药救治，但是病痛还算可以忍受，间或还有短暂的缓解。既然已经到了七十五岁的高龄，他就不想在恢复身体上面再做太多的无用功了，他只想和这些侵略者和平共处，而将全部精力专注于内在自我。他说，谁也摧毁不了那个神圣的空间。

玛达瓦的病况投下了双重的阴影——一方面是身体上的炎症，另一方面则来自周围那些无所适从的人，他们常常默默垂泪。为了亲身照顾玛达瓦，沈奇推后了学术研究工作。胡教授也请求他把口授文稿的工作先搁置一下，先考虑接受紧急医护。

"做这些安排有什么用吗？"玛达瓦嘟囔了一句。罗辛坐在床边的椅子上，手里拿着纸和笔。他的话会时不时地停顿一下，当疼痛让他喘不上气来的时候。尽管如此，玛达瓦已经下定决心，不为所动，继续艰难地往下进行。他靠左侧躺着，背后开着窗，日光透过雪白的窗帘，洒进房间。安静了好一会儿的鸟儿此时聚集在门外的花园里，热热闹闹地在水池里洗着澡，生命因它们而充满活力，仿佛永远不会终止。

第二十三章 双重寂灭

情况越来越差，戴维和玛达瓦之间的关系却越来越亲近了。玛达瓦给了他很多爱，此时的戴维有一种非常强烈的归属感，但他和玛达瓦之间究竟是一种什么样的情感，是四十多岁差异的忘年交吗，是父子吗，还是师徒情深？这，他已经分辨不清了。

"都是，"玛达瓦说，"灵魂是没有年龄的，也没有社会差异和民族界限。灵魂与灵魂的相遇是因为彼此的滋养，即便它们分离了，但那条纽带依然还在。我知道，你的心已经寻觅了很久，你的父母也一直让你无法安心。无论他们现在在哪里，我都真心地向他们致敬，因为他们给了你成长所需要的空间。好了，帮我坐起来。"他把手臂环绕在戴维的肩上，努力地向上直起身子。

玛达瓦身穿一件合身的对襟中式服，这样的衣服他已经穿了有好一阵子了。现在，几乎已经没有人这么着装了，就连那些灰色的、蓝色的、军绿色的中山装，也几乎不见踪影了。玛达瓦穿着的衣服很柔软很舒适，用的是苏州产的一种本白色的丝绸布——这是一家丝绸厂的老板到大学里来听他讲座时赠送的礼物。

玛达瓦皱着眉，努力地把双腿盘在一起，试图端身正坐。戴维哀求他别那么辛苦，但他依然坚持。他盘起莲花坐，努力地深呼吸。

沈奇预感到有什么重大的事情要发生了。如果罗辛这会儿带着相机，那将是一张最美好的相片。这不像是他们了解的玛达瓦，他看上去精神焕发，仿佛进入了一个不为人知的空间里，如此凝神静气。疼痛暂时消退了。已经接近傍晚，但夜幕又似乎迟迟不愿降临，白日的光影在一点一点地退却。

"戴维，为了表示对你的感激，"玛达瓦说，"我想把你带入我所在的师徒传承，让你与他们连接，他们都是一些给予我灵性启蒙和教育的圣哲，通过他们，一个人可以继续走在这条灵性之爱的道路上。"

屋子里安静极了，只有隔壁邻居的收音机飘来若隐若现的中国传统乐曲。在场的人仿佛都停止了呼吸，一动不动，甚至连思维都停顿了。罗辛正要翻页，但她停住了手，担心那微弱的声音会打破此时的寂静。她有意识地记住此刻发生的一切。

"中国，"玛达瓦继续道，"自古就有尊师重道的传统，老师备受尊敬，但能真正配得上传道者尊称的依然还是少数。"

"这是什么意思？"戴维问。

"就是说，如果你甘愿做一个正直的人，不仅能独善其身而且造福于他人，那么你就有资格代表灵性价值。"

罗辛真想把玛达瓦的这些话都记录下来，于是便大着胆子翻了页，这意味深长的沉默被打破了。在内心深处，她是多么渴望这些话是说给她听的啊。

"我没有任何好品格，"戴维说，"在生活中也没有什么建树，而且我对很多事情也都还心存疑惑。"

"这就是你的资格，"玛达瓦说，"你很诚实。"

沈奇和罗辛凝神屏息地聆听着两人之间的对话，等待着下一刻的揭示。

戴维想起了那天在新德里的街道上，那位印度僧侣戈文达向他发出邀请，去见斯瓦米。那时的他有困惑，现在的他依然有困惑，区别只在于他现在是自由的，不受任何人的束缚。

"你应当永远保持真实，"玛达瓦说，"永远不要撒谎，不要欺骗，不要蒙骗任何人，包括你自己。心怀仁爱，尊重众生——无论是人、动物还是植物。不要在言语上或行动上伤害任何人。思想和行动上永远遵循美德，保持心灵的纯净。无论拥有财富，还是堕入贫穷，都保持简朴的生活，把你的好运与人分享。把《韦陀经》视为母亲，把我视为你的灵性父亲。这些通向自由的原则会让你走在至善的道路上。你要全身心地接受。"

戴维呆呆地注视着地面，仿佛被真理的霹雳击中了。谁若想

第二十三章　双重寂灭

寻找灵性幸福，这就是起点。这些品格谁都可以培养，和性别、人种、宗教、语言、文化、传统无关。它们是通向自由的必经大门，因为它们有力量将贪婪、色欲和愤怒这些吞噬人类的大口和灵魂的死敌连根拔除。在戴维的生命之旅中，走入了三位极其重要的人物：温达文萨度修院的斯瓦米，喜马拉雅山的瑜伽大师阿瓦杜塔，还有孟买的玛达瓦·鲁帕。他们给予的讯息是一致的：做一个有尊严的人，通过思想和行动，努力超越无知，培养超然知识。现在这三位圣人合而为一，就在他的面前。

"这是我唯一的愿望。"戴维说。

玛达瓦露出了微笑，他的心中充满了自豪。他知道，他不仅播下了一粒种子，而且栽下了一棵树苗，它的根将深深地、久久地扎入中国的土壤。

"我代表我的灵性传承，赐给你一个名字——达尔玛普陀（Dharma Putra），"他说，"意思是'正法之子'，美德之原则的人。这曾经是位帝王的名字，在那个杀生、赌博、剥削、虐待妇女和服食麻醉品肆虐的社会中，这位国王勇敢地站出来，为捍卫真诚、仁慈、苦行和洁净而战。"

玛达瓦张开双臂，将戴维拥在怀里。中国人的礼是那么深入人心，造就了中国人含蓄的性格，这出人意料的一幕让罗辛和沈奇大吃一惊。传统上的鞠躬也许涵盖不了爱，在韦陀文化中，学生照理应当五体投地长身顶拜于自己的恩师面前，就像一根直直的棍子。但玛达瓦超越了社会习俗和灵性身份。他选择了用身体来表达这份爱，也许这也是他内心的需要。

罗辛的泪水忍不住夺眶而出。她的母亲从没有拥抱过她，就连父亲的手，她也没有机会牵过。看到玛达瓦拥抱戴维，她的心都抽紧了。她在使劲地拍打着自己的心门，渴望它能敞开，好让那爱毫无阻碍地奔涌而出。

心之翼

　　玛达瓦稍稍吃了一点东西，然后躺下来放松一下疼痛不止的腿。

　　沈奇回了学校。半路上，他把自行车停在了湖边，自己则沿湖散了一会儿步，清理一下思绪。他站在连接了桑树园与荷塘的那座木桥上，探出身子，向湖面扔出小石子，心中却想起了自己的父母。他们更希望他能找到一份像样的工作来接济家里，而不是搞什么不着边际的学术研究，除非他能通过考试，谋到一个稳定的职位。他觉得自己很自私，心很硬。他的命运和戴维很不一样——他不能像一个自由的灵魂那样看遍世界，或者像老友重逢那样热情地拥抱那些冒险之旅。中国意味着挣扎，意味着奋斗。如果连从自己爱着的人都无法开始，那么从玛达瓦那里学到一切又有什么用呢？当中国向世界敞开大门的时候，年轻人都怀揣着物质梦想，他也毫不例外，然而，透过玛达瓦的智慧，他知道，这些梦想终归是梦想。做一个活在灵性价值中的君子将远远超越所有被创造出来的泡沫，泡沫终有一天会破灭。

　　对于沈奇准备牺牲学业、照顾家庭的决定，胡教授已经表示了肯定。沈奇接了一些翻译类的小活，这样他就可以一边在家工作，一边兼顾煮饭、打扫、购物这些家务事。房租一直在涨，随着这些现代化的玩意儿越来越多，电费也蹿得很高。他的父母还是住在杭州老城里的老墙门，两个妹妹被送去和苏州的舅舅生活，只有在假期的时候才回来看看。从很多角度来讲，这都是一个正确的决定。这给了他充裕的时间来看玛达瓦和戴维，并和他们展开哲学对话。偶尔错过了，罗辛也会把笔记给他看。她立志要成为一个真正成功的女人，为了在大学生活和服务玛达瓦之间找到平衡，她几乎牺牲了一切。她常常学习到深夜，通宵达旦地赶写社科论文，白天则为玛达瓦录写文稿。玛达瓦给她取了一个小绰号，梵文叫古达凯希（Gudakesh），意思是征服了睡眠的人。

第二十三章　双重寂灭

冬天一天天逼近，沈奇的工作时间不得不拉长。取暖的煤要储存，被子要更换，父母的棉衣要购买，这一切都从他的校园生活中分走了一些心思。

罗辛病了，戴维从她那里接过了笔录的工作。玛达瓦正在进行的是一部将韦陀科学和传统中国文化相结合的惊世之作，然而，他的精微的工作节奏显然超越了外在肉体可以承受的范围。现在，已经没有必要劝说他慢下来休息了，他的炎症已经扩散到了整个后腰，疼痛一阵阵地袭来，夜晚或凌晨尤其如此，有几次他甚至疼得晕厥了过去。他失去了胃口，只能用小勺喝一点清汤，中药也完全停下了。

对于玛达瓦而言，此刻只剩下一件事——完成这部作品，献给中国人。

这一段时间，是戴维生命中最难熬的一段时光。然而，他是善于掩饰的。此时，责任高于情感，他很清楚，他的任务就是照顾玛达瓦。

白天疼痛缓解一些的时候，或是夜里玛达瓦睡不着觉的时候，他们就会点起蜡烛，深入地探讨如何将这两大文化并列在一起讲述。千万年来，它们被绵延不绝的喜马拉雅的高峰阻隔，天各一方。也许，这冰封终有一天会迎来暖流，会在最恰当的时刻悄悄融化，遍及南北大地。

"有一天，中国人会培养韦陀知识并借此更好地理解其佛教之根，"玛达瓦轻轻地叙述道，戴维飞快地记录了下来，"他们将在中国文化和韦陀文化之间看到许多相似之处。很快，他们会学习瑜伽和冥想，去探索内在自我。越来越多的中国人会前往印度，亲眼看见神圣的恒河，拜见圣人，遍访圣地。这一天迟早会到来。我的心让我坚信这一点。"

玛达瓦仰躺在床上，陷入长久的沉默。戴维以为他又昏迷了。但他睁开了眼睛，开始喃喃自语，仿佛是灵魂远行归来。泪水从他的眼角，顺着太阳穴缓缓滑落，沾湿了他波浪般的白发。

"要是人们能停止屠杀无辜的动物就好了，他们应该吃善性的食物：水果、五谷、蔬菜。动物和我们人一样，都有灵魂，都有孩子、家庭、集体，也有爱和情感。只是它们不能发声。我们得为它们发声。特别是公牛和母牛，更应该得到保护……"这几句话，玛达瓦断断续续地用了五分多钟才讲完。

"人只有尊重更弱小的生灵，才不会心如铁石，才会避免伤害别人。人体生命是大自然最珍贵的礼物。只有从这里开始，人才能获得生命的完美。"

戴维的母亲在临终时说了一句令他大为震惊的话："你再没有真正地回过家。但我一直坚信，你一定会回来的。"在这紧要的关头，戴维知道，玛达瓦，是他的灵性意识，而不是他的肉体或骨骸，回到了真正的家园。

没有食物，没有水，玛达瓦停止了一切，沉入内在的自我之中，一个沉思冥想的世界，只留下缓慢而轻浅的呼吸。他的双目半开半合，就像喜马拉雅山上的阿瓦杜塔一样。他们俩都曾走过红尘，都了悟了今生与后世的真相，他们都知道如何迎接最后这一时刻的到来，为终极的离去做好准备——这是人生最大的成功。

几天之后，玛达瓦在戴维、罗辛和沈奇的陪伴中离开了人世。伴随着最后一息，他诵出了最后一句梵文：Hare Krishna，那是对神轻轻的呼唤。

第二十四章
德明

一个具有明亮而清澈的美德的人。

心之翼

⋮

戴维立于窗边，目光凝视着河水从眼前缓缓地流淌而过，仿佛迷失在隐隐约约的思绪里了。整个屋子笼罩在无边的寂静中，这里曾经无数次地响起玛达瓦低沉温和的声音。他已经走了六个月了，这栋房子也空了整整六个月，然而一种强烈的能量却似乎依然弥漫在每个角落里。屋子里所有的物品全部打包完毕，一箱箱的书也已经存放到了安全的地方，戴维的旅行箱也被送上了出租车的后备厢里。

戴维一动不动，在记忆中搜索着每一个片段。这里的记忆太多了。这时，天空突然像被夜幕笼罩了一样，滂沱大雨从天而降。雨水坚实地打在瓦片上、露台里，像鼓点一般落在石板地上，飞溅在越来越大的水洼里。大自然是守时的，但杭州的春天却从未下过这样的雨。那从天而降的大雨是来带走曾经发生过的一切的，那些记忆只属于过去，不属于其他任何人。雨水融入大地和河

第二十四章 德明

流中,消散在空气里,如同一首唯美的交响曲,远离这个有情众生的世界,飘荡在天地之间,在玛达瓦的气息里。

这是戴维最后一次来到这个房子。他的身体已经恢复了,也做好了离开的准备,他要去实现玛达瓦最后的遗愿。玛达瓦去世之后,戴维的精神世界崩溃了,那段时间沈奇一家一直守候在他身边。戴维从没想过自己的世界会如此脆弱,仿佛瞬间被抽空了,而且距离母亲路易丝的去世是那么接近。他整个的生命都被吸走了,也失去了进食和活下去的欲望。

沈奇让出了自己的床,躺在一张长椅上,双脚则搭在板凳上。他的母亲就像所有最慈爱的母亲那样,把她的爱都放在了饭菜里,但却没有什么效果。戴维整日整日地躺在床上,或者坐在院子里望着围墙外的大树发呆。几个星期过去了,他没刮胡子,也没说几个字。沈奇和他的父母一直耐心地付出他们的爱和关心,但心里却始终怀着一丝恐惧:他们怕戴维万念俱灰,有意等待死亡的来临。

每回罗辛来,都会和戴维坐在一起,共同回忆起玛达瓦,但这样的交流却使他进一步陷入痛苦之中。于是,罗辛决定在一段时间里不再登门。等她再一次出现的时候,她是来告诉他们一个好消息的:她被社科系英语文学专业录取为硕士研究生了。她终于看到了未来。

这个消息让戴维在玛达瓦去世后第一次露出了久违的笑容。长期的断食让他变得很虚弱,连胳膊都有些抬不动了,但他还是努力地伸出手,紧紧地握住了罗辛的手。她侧过头去,眼里满是哀伤,但很快又露出了笑容,眼里含着泪花。

在她的眼睛里,戴维看到了玛达瓦,看到了他永不退缩的意志。罗辛深深地望到戴维的眼睛里,虽然戴维试图躲过她的视线,但他的心里是明白的,罗辛是在说:"求求你,挣脱出来吧。"

心之翼

在上海国际机场,沈奇表示有朝一日一定要去拜访印度。

"我也想去。"罗辛跟着说。

三人愉快地挥手道别,正如当初相遇的时候那样,他们发誓不久之后再团聚。这个国家有着一种独特的魅力,让人难以抗拒,对此戴维常常惊叹不已,因此也打心眼里准备再回来。

瑞诗凯西的恒河岸边,奶牛在柔软的沙滩上一边悠然自得地休息,一边不停地咀嚼着干草和朝圣者留下的花环。戴维的手里抱着一个小小的木匣子,密封而且加盖了标签,还有中国海关的放行证。

这一刻终于到来了:玛达瓦的骨灰将被神圣的恒河水所触碰,他的旅程终于圆满了。很快,它们就在冰冷的河水中消逝得无影无踪了。戴维抖动了一下匣子,让每一颗尘粒都落入河里。他向恒河献上一小篮鲜花、一根香和一盏小灯,向自己的恩师和挚友做最后的告别。花灯顺流而下,穿越长桥,又被浪头赶到礁石上、河岸边,最后化为地平线上的一个小点,就像天地中一个微小的灵魂。

柔和的微风和附近的修道院传来颂歌,带走了戴维的心。一切的一切都是那么地亲切而熟悉。当他第一次踏上印度的土地时他就再也不想离开了,然而他还是走了又来了,心中没有焦虑,每一次都带着深深的渴盼,而这一次却有着它特殊的意义。

在那之后,他去了德里,去见玛达瓦的同事。这位教授住在德里郊外苏坦浦区的一个小小的农庄里,陪伴他的还有夫人和两条狗。门铃响起,紧跟着一串狗叫声,一个女仆打开了门。戴维自报

第二十四章　德明

家门，教授立刻就想了起来。

"没错，我想起来了，我们在孟买见过面。请进。"

听了戴维带来的消息，教授转向一张镶了画框的幸运女神拉克西米的图片，作出祝福的手势。教授献上祷告，然后说："玛达瓦是我认识的唯一一位敢于挑战科学领域、立场坚定的学者。他直言不讳，对自己的论据有着坚定的信念，因为这些论点来自韦陀经典，而不是他自己的发明。这些经典才是他的权威，而不是学术。"

当他听说玛达瓦在中国取得的成就时，感到异常惊讶。

当晚戴维在教授家过了一夜。第二天准备启程时，戴维问道："我是否应该去曼尼普尔把这个消息带给玛达瓦的家人？"

"这只能让他瞬间复活，但最终还得一死，"教授说，"在他们的印象里，他很久很久以前就离世了。倒不如让他们保留着心目中的这个形象，随它去吧。"

在德里老城的月光集市的一条狭窄的街道上，玛达瓦的出版商帕卡西先生正在一个拥挤不堪的办公室里忙着与编辑和校对开会。戴维的出现并没有引起他的注意。门一会儿开，一会儿关，卖茶的小贩和寄送书稿的信差时不时地出出进进，电话铃响个不停。

戴维留了一张字条：

尊敬的先生：

我是玛达瓦·鲁帕教授的学生，专程赶来告知您他在中国辞世的消息。他的书已经翻译为中文并在中国正式出版，反响热烈，得知该消息，我想您一定会感到万分欣慰。

您真诚的，

怀士曼先生

心之翼

直到傍晚人去楼空时，独自坐在办公桌前的帕卡西先生才看到这个留言。他一边透过窗户看着嘈杂的街道，一边给隔壁的秘书打电话，询问怎么没有人早早地提醒他有这份重要的函件。读罢，他把头搁在桌面上交叉的手臂上，抑制不住地抽泣起来。

～·～

印度的存在不为别的，只为永无止境的欢庆。印度的文化里充盈着一种永恒的灵性，因此总是那么地生机盎然。对大多数的印度教信徒而言，死即生，生即死，生与死都是转瞬即逝的过渡，而生命的庆典却永无止息。只有当戴维被周围的环境感染到时，他才把自己彻底抛入那色彩斑斓的印度生活里。他年轻，健壮，经验丰富。有多少与他邂逅过的生命已经永远地逝去了？然而，他还站立在这里，勇敢、顽强，尽管有过挫折和失去，但一颗心却依然坚定地跳动着。

印度如同一剂强心针，给了他急需的能量。在去往斋浦尔的火车上，他遇到了一个虔诚的印度家庭——从祖父母到曾孙子，四代同堂，虽然挤在一个两层铺位的车厢里，却高兴地与他分享食物和歌谣。

"先生，是什么把您带去斋浦尔的？"家里的长者问道。

"我去寻找一件宝物。"戴维幽默地回答。

"噢！宝物？那你可得挖得够深才行啊。"那人哈哈大笑。

"也许根本不用挖。"戴维说。

要挖掘的只有一个地方，要寻觅的也只有一样东西，找到的概率只有百万分之一。戴维又回到了那个年少时梦开始的地方——城市宫殿里那座闻名遐迩的神庙，那里有魅力无穷的圣主克里希纳，身体弯成三度曲线，他吹着笛子，让整座斋浦尔城魂牵梦萦，陶醉

第二十四章 德明

在爱河里。雪白的大理石地面几乎看不见了,无数双脚踩在上面,跳跃着疾狂的奉爱之舞。

戴维坐在一边,身子倚靠在坚固的大理石柱子上。他想起了沈奇和罗辛,想到了中国,这两个国家的反差是多么地强烈啊。他们两者谁都不可能变成对方,但却可以学会一起相伴而行,就如同盲人把瘸子扛在自己的肩头。

夜幕降临,人群散去。这个秘密只有克里希纳亲自见证,但愿庙里的祭师早已察觉。

"也许您或别的什么人见过?"戴维询问站在神坛边的祭师。

虽然每天人潮涌动,但这里的祭师认识每一个人,从童年到现在,哪怕只是偶尔露面的。这是家族传统。这种与每个人的亲近感使得他足以代表神像行事。他能在人群中认出每一张脸,但这一位却没有出现。

"他留着波浪状的白头发,"戴维说,"他是曼尼普尔人,长得很像中国人。"

"曼尼普尔人经常来朝圣。"祭师答道。

"这个男人上回是一个人来的。我知道时隔已久,不过……"

"他是不是左腿有些瘸?"祭师问。

"噢,是的。"戴维说。

"明天再来吧。"祭师边说着边关上大门,把一个重重的大锁套在小门上。

在斋浦尔和玛图拉之间,巴拉特埔和鸟类保护区的交界线上有一个森林,森林里有一棵巨大的古榕树,下面住着一位极其简朴的老圣哲,长寿到猜不出年龄。村民们有时会在他的脚前放些东

心之翼

西,但不多,他就靠这些奉养生活着,但他给了很多回报给村民,还通常不要钱。他用那棵榕树上掉下来的枝条,雕成挂在脖子上的木头项链。玛达瓦曾经在旅行期间拜见过他,还送给他一袋米和一袋面。他们坐在树下,一同度过了好几天。一天晚上,闪电击中了那棵树,一根粗大的树枝掉了下来,差一点砸到他们。于是那位圣人便用那根树枝雕出了各种各样的手工艺品,他的手艺很快远近闻名,但他从来都没有忘记过这位瘸腿的朋友——玛达瓦。

第二天,戴维带着供奉给克里希纳的鲜花和甜品去见祭师。

"我时常在想,"祭师说,"这件东西肯定不是寻常之物。我常常看到人们遗忘在这里的东西。但是自从我发现了它,就被迷住了,老是在想,为什么这位老人会把它留在栏杆旁。"

玛达瓦的手杖被祭师发现而且一直保留至今,这就是戴维千里迢迢来寻觅的宝物,是它把玛达瓦送到了中国。这根手杖来自圣木,是那位圣人亲手将它弄直,又精雕细刻而成。祭师的直觉告诉他,带着它行走的一定不是什么凡夫俗子。然而,它又为什么被丢下了呢?

戴维把玛达瓦在中国辞世的消息告诉了祭师。那位祭师把手杖递给他,还给他戴上了一串玫瑰茉莉花环。

有些导师会把他们充满智慧的教诲和德行深深地镌刻在人们的心上,人们的灵魂因此而被触动并得到升华。他们就是那些在世间飘然而过却不沾一丝俗尘的圣人。玛达瓦·鲁帕就是其中的一位。

第二十四章 德明

戴维在瑞诗凯西周边的山上落了脚,这是一个简单的小木屋,可以鸟瞰蜿蜒的恒河。在大自然的宁静和美丽之中,他开始了写作,这是一个故事,只为了他自己的反思。整整一年多,他在日出时习练瑜伽,日落时修习冥想,吃得很少,睡得很少,除了自己的写作灵感之外,他似乎什么都不需要。当他在树丛里散步的时候,玛达瓦的手杖就会和他相伴而行,不然就会静静地待在屋子的角落里。他在写作的时候抬头便能看见它,就好像玛达瓦本人依然临在一样。戴维过着隐士一样的生活,远离尘嚣,这样他就能退后一步,积聚勇气,继续前行。

在第一页上,他这样写道:

有些人,有充分的理由转过身去,背对这个世界。太多的伤害,太多的虚伪,而这世上的爱却如此匮乏。唯一的庇护是大自然,她是最始源的母亲,是滋养万物的能量,她从未,也永远不会放弃我们。

戴维的这个故事是为那些在人生中已别无选择、深陷物质泥沼的人写的。他展开想象,从中国智慧和韦陀智慧中汲取灵感,创造出一个全然不同的世界:这里的人祥和满足,夜不闭户,他们把所有的儿童都视为自己的孩子,把所有的女性都尊奉为自己的母亲。动物也是世界公民,得到同样的尊重和关爱。他们连一只蚂蚁都不愿意伤害。

当他在恒河边漫步的时候,他看见很多不上锁的房屋。人们无须花钱,却非常富足。他们健康的脸上时刻挂着笑容,孩子们也一样。恐惧和焦虑,虐待和伤害,对他们而言是那么陌生。有多少有

心之翼

钱有势的人能如此声称呢?

　　时光在阳光和烛光之间流淌,很快书稿便堆积起来,戴维越来越觉得,应该做好回中国的准备了,也许等过完这个夏天,避开了疯狂的热浪之后,就可以在十月的国庆假日期间回到那里了。

　　刚回到杭州那几天还觉得很难,毕竟这里留下了他和玛达瓦太多共同的回忆。戴维舍弃了他最喜欢的地方——植物园。玛达瓦一直都不喜欢去那里,人太多,而且清晨的时候还不开放。其他的公园人就少多了,而且更容易进。

　　这些园林突破了自然景观的极致,但同时也反映了一种中国式的矛盾:这里的自然美景令人叹为观止,但生活在其中的人们却总努力奋斗。中国的水墨画中所表现的大自然似乎总是远远大于生命本身。在中国画所描绘的山水湖泊的衬托下,人往往被缩得很小,或在一叶扁舟上,或在一片田地里,或在巍峨的山巅上。这就是戴维在中国的感受——在壮美的大自然中,他只是一个小点,在涌向富裕的滚滚人潮里逆流而行。

　　他可以随时消失不见,没有人会为此眨巴眼睛,然而,作为一个外国人,他在人群中又很容易引人注目,他可以以玛达瓦所期望的方式留下痕迹。

　　国庆节期间罗辛出去了。沈奇一直在为她暗暗担忧。她的失眠症又犯了,好不容易睡着了,却又被拖入梦魇缠身的过去。她需要一个自己的房间,这样就不会打扰其他同学了,不然就得离开——一想到这里,她就更焦虑了。这次回河北老家,就像在心里刮起了一场飓风。小镇上的人几乎已经忘记了曾经发生过的一切,但她不能,她得牢牢记住,她得把那些支离破碎的记忆片段尽量拼

第二十四章　德明

凑在一起，这样或许才有一线希望，能打听到父母的下落，假如他们依然在世的话。

她站在小学学校前，这是她刚学会走路之后第一个走进去的地方。她依然记得，当年人们使劲敲打着罐头壳，一只只麻雀从天空中纷纷落下。她常常捡起一只，让它待在自己小小的手掌里，然后把它放飞。

她的养父和养母已经退休，看见她高兴极了，听说她以优等生的身份毕业，更是喜出望外，他们兴高采烈地庆祝了一番。到了晚上大家围坐成一桌的时候，罗辛却神情严肃甚至有些紧张。他们看出有什么事不对劲了。

"我睡不着觉，"她说，"不光因为学业太重，还老做噩梦，就好像被鬼缠身了一样。"

"我们都以为你已经好了，"养母说，"你在信里说过的。"

"是的，好了一段时间，但现在又回来了。我知道你们已经和我说了很多次了，但我还是想问，我有没有办法找到自己的父母？"

"罗辛，谁都不容易。当时很多人都不知道自己在做什么，也不知道发生了什么。登记处已经被拆除了。所有的消息都是道听途说。他们究竟在哪儿，谁都不好说。"

"也可能已经不在人世了。"她啜泣了起来。那一切曾经像大山一样向她袭来，她被瞬间击垮了，跌落到失落和压抑的低谷。但与此同时，学业上的进展和玛达瓦对她的影响又在她的眼前开启了一线曙光。然而，一个人最难面对的还是过去。她定了定神，试图转换一下情绪。她擤了一下鼻子，有些羞涩地笑了笑，把编起的发辫甩到肩后，然后叹了一口气说："起码还有好消息，是不是？"

"可不是吗，毕业了，这不是大喜事吗！"

"啊，这还不算！不但毕业了，还拿到了去英国继续深造的奖学金哪。我已经接受了。"罗辛宣布道，还是有些不好意思，就好像连自己都不敢相信似的。

罗辛的养父母悲喜交加。"从河北镇上的小街道到英国名校。"养父欢呼起来。她给他们带来了巨大的骄傲。

回到杭州，罗辛把这些消息分享给戴维和沈奇。就好像一个人刚刚获得新生，对于一个聪颖的中国学子而言，还有比这更大的梦想吗？

"即将投入广阔的天地了，是吧？"戴维说，"真为你高兴。只是不读书的时候，千万别忘了你的朋友们。花时间慢慢呼吸，见见人，到处走走——别辜负了生活。"

"会的，会的，"她说，"我会想念你们大家的，就像想念玛达瓦教授一样——非常非常想念。"

戴维伸手拿过那根从印度带回来的玛达瓦的手杖。"罗辛，我希望你能保管它，"他说，"这根手杖玛达瓦用了很多年，你为他做了那么多。一个人的时候，它会给你力量的。"

罗辛几乎不敢相信自己的耳朵。她用指尖轻轻地抚过手杖上的每一弯曲线，细细地打量它的每一个细节，就像在观察一件稀有的珍宝。

"是的，我能在里面看到玛达瓦，"她说，"十分感谢。这是无价之宝。"她鞠了一躬。

"沈奇，"戴维接着转向他，"我想把玛达瓦的藏书交给你保管。他的私人图书馆非常丰富，你会好好利用的，这点我完全能肯定……只是我需要的时候，你得允许我借阅！"

"我已经在苏州得到了一份做编辑的好差事，"沈奇回答说，"希望能找到一个足够大的办公室，把这些书都收藏进去。真的是太荣幸了。万分感谢。"

第二十四章　德明

随着中国经济的迅猛发展，杭州也发生了快速的变化。每个月都有崭新的高楼大厦拔地而起——一个全新的人工天堂正把人们拉出贫困，植入一个数字化的时代。沈奇的父母接到通告，搬离原来的家，因为原址上正在规划建造一个全新的住宅区。随搬迁通知一起来的还有一大笔现金，足够让他们买一套公寓并接回自己的女儿们。

戴维发现自己又成了这个世界里的孤独者，在这个美丽的暮春独自坐在西湖边。他在思考一个问题：荷花、湖水、树林……如果这样美好的大自然都不足以激发人的善性，那么无穷无尽的变化还有必要吗？唯一需要改变的难道不是一个人的意识吗？

然而，谁也无法否认，中国正以一种惊人的速度不断变化着。中国的传统文化中历来根植着一种修身养德的价值观，然而面对着眼前的瞬息万变，这种对美德的追求却被大大延迟了，相反，中国正昂头挺胸、迫不及待地迎向从西方传来的那种贪婪的物质需求。

有时，中国人会困惑地发现，被他们摒弃的传统居然让西方人捅入怀抱。东方艳羡西方的物质繁荣，西方则仰慕东方的知识和智慧。一个是短暂而易变的，一个是稳固而长久的。要寻找一种平衡，必须改变内心，摆脱浮躁和贪欲——但现在的中国却不这样认为。

戴维走遍了中国的大江南北，旅行中他思考得最多的也是这个主题。沈奇有空的时候会陪着他，没空的时候就会安排一个当地的翻译给他。很多时候，听众人数不多，但都很有素质。有时，他只见一个人，但总能从文化比较中萃取很多养料。这样的邂逅往往发展为友谊。他受到很多邀请，有充足的机会去挖掘这片充满了文化宝藏的辽阔土地——由于近一百年的社会动荡，它就像一块被无情抛弃了的粗陋钻石。然而，尽管面临着那么多剧烈的变化，它却依然保留着辉煌的建筑和完好如初的传统。

沿东海岸由南到北，中国正经历着经济上前所未有的迅猛发展。然而，戴维见到的人，虽来自各行各业、各种背景，却都谈到了内心中的空虚，尽管他们拥有了从未有过的舒适生活、源源不断的金钱，还有消费主义给他们带来的刺激。老一辈则把他们最后的岁月都投入到了家庭生活中，儿女在独生子女政策下生下的小王子和小公主们，在他们的疼爱中都快喘不了气了。公园里到处可以看到他们的身影，他们每天排成和谐的队列，伸伸胳膊动动腿，做些简单的体操和气功。然而年轻人，这些从来没有经历过饥饿、劳动和精神折磨的人，他们的灵魂太需要超越于短暂的经济自由之上的滋养了。中国传统文化的复兴刚刚蹒跚起步，就像神赐的甘露，一滴一滴缓缓落下。整个国家刚从沉沉的昏迷中醒来，但胳膊和腿脚却以风驰电掣的速度，以牺牲环境和国民健康的高昂代价创造出一个又一个大都市。

"如果灵魂和肉体之间失去平衡与和谐，那么失去了力量的个体就会陷入无尽的挣扎。"在西安的一家舒适的茶馆里，面对着一群推崇儒家思想的企业家，戴维这样说道，"几千年来一直维护着你们和谐生活与精神健康的那个文化宝藏，还怎么重新发掘呢？"

"这是天意，"有人说，"这需要一种完全不同的教育。但全盘西化却使年轻人没有任何机会培养品格。"

玛达瓦曾就一个理性而进步的社会写过一个灵性宣言。人们是否愿意善待众生，远离赌博和麻醉品？是否愿意按照伦理和道德的准则抚养他们的孩子，教会他们杜绝谎言，永不欺骗？世上有哪个国家曾经实施过这些原则，哪怕有过些微的努力？也许这些都只是乌托邦式的想法而已，但至少人们不能说，这一切从未存在过。

玛达瓦过去常说："哪怕只有一个追随者，也是一个成功。"

第二十四章　德明

中国以历史性的成就揭开了二十一世纪的序幕，对此戴维既惊叹又担忧。一切来得太快了。全民致富的大旗催生了强烈的个人主义和激烈的竞争意识，这种氛围一直蔓延到农村的田地，用来编制草席和篮子的芦苇迅速被塑料所替代。男男女女的双手和心灵被全自动化的机器所替代，成千上万生活在工业区里的谋生者每天吸入乌云般的黑烟。

沈奇曾经带着戴维坐大巴去见住在开化老家的父母，他们在钱塘江边有一小片地，以种田维生。正是茶叶丰收的季节，附近村庄的女人们趁机赚上一点儿钱，而男人们却已经在更大的城镇落了脚，开始了努力致富的新生活。但是，那些真正有钱的却不是采茶人，而是种茶人，看看他们在山坡上造起的敞亮的别墅就知道了。同样的农民，昔日往米粥里加水好多喝几碗，现在家里已经备足了两年的粮食。

沈奇的祖父母一直住在开化县，五代人辛辛苦苦种田为生，生活在大自然中，刚够吃饱饭。他们的祖屋是木头梁、石板地，中间是个生火做饭的地方。

沈奇的童年基本是在这里度过的，就像村里其他孩子一样，后来他跟随父母去了大城市，去寻找更好的生活。但是，他依然把这个地方叫作家。他热爱那种顺应天时的和谐生活：雨水、河流、满眼的玉米地和庄稼田，还有晾在道路上和庭院里的干辣椒。他喜欢藏在山上的树丛里，偷窥小昆虫的生活，还有采蘑菇当晚餐吃。村里人闲聊的话题永远和自然天地、种田劳作有关，不然就是这个县里历朝历代的那些掌故，都是很久很久以前的故事了，他们的语气里透着自豪。不管沈奇多久回一次老家，村里人却似乎总不显老，八九十岁依然身体硬朗，还在地里干活。他们说是因为这里空气新鲜，水干净，吃的东西很健康，所以他们总是笑呵呵的，眼睛发亮。

心之翼

　　归林山，完完全全是一幅传统的中国山水画卷，山腰上盘旋着永远不会消散的雪白的雾霭，仿佛给美丽的山谷蒙上一层面纱。山路沿着陡峭的山体蜿蜒而上，深入密林，让戴维想起了那段在尼泊尔的日子——寻觅金钱买不到的东西。

　　他和沈奇住在护林员的家里，在野外度过了几天。他们常常一语不发，陶醉在大自然向他们展示的美之中。夜晚，他们围着火堆聊天，戴维讲起了尼泊尔的那些记忆。有时像是一场独白，他仿佛再次回到了那里，回到了壮丽的山巅，进入那些交织着快乐和痛苦的时光里。这里的风光又勾起了那些逝去的岁月。

　　开化有着田园牧歌般的环境，宁静而安详。到处都可以看见散步的村里人，他们沿袭着当地的传统，静静地生活着，为不在身边的儿女照看他们的孩子——他们的孙辈们。年龄上的断代使村里的学校被迫关闭。孩子们在家学习家务和农活。薛老师是学校的代理校长，他的几个儿子都去了武汉，在工厂里干活，同时做点小生意。辞职后，他就回到了庄稼地里，可口袋里还一直揣着教室的钥匙，时不时给堆在一起的课桌掸掸灰，翻翻书。黑板上方那里还有一条红底白字的横幅，上面写着几个大字：春蚕到死丝方尽。

　　没有了教育，就没有了未来，春蚕尚未结茧已失去了生命。没有了老师和资金，学校便被荒弃了，更重要的是，没有孩子。教学楼还屹立在那里，但剩下的一切已被废弃。

　　如果说戴维像大多数外国人那样，在城市里很惹人注意，那么在开化这个小地方，很快就掀起了高潮。"他是哪里人？"人们纷纷向沈奇打听。

　　"法国人。"他回答道。这样的解释足以说明问题，别的都不重要。既然是个外国人，就一定受过很好的教育，而且有很多钱。有他这样的朋友，也足以说明了沈奇离开家乡后所受的教育，若不是离开了村子，照原来的命运，他现在还只是个干体力活的。

第二十四章 德明

在戴维去过的那么多国家里,印度的农村和其他亚洲国家也一样在受这份苦。在开化孩子的眼里,戴维看到了他们对学校生活的渴望,在地里干重活并非他们的向往。

"我想为孩子们做点事,"戴维对沈奇说,"或许可以让他们一星期集中一次,教他们一些英语?"

"好主意,只要有大人支持。"沈奇回答。

就像其他的许多村落一样,开化的孩子也受到了现代化生活的冲击,他们不像城里的孩子那样可以接受正规的教育。沈奇的祖母说要通过读书培养文明的孩子,她的"读书"指的是读中国的经典,即读那些充满智慧、教导天地之道和为人之道的古代经典,而不是把人教成赚钱机器的那种。她觉得传统与文化应当得到保护,这一点极其重要,而开化的孩子们身处最佳的自然环境之中,只是应该摆脱过重的体力活。还是钱的问题。农民卖收成非常不容易,有的人生怕失去田地和老屋。

沈奇回苏州之后,戴维住进了其中的一间屋子,虽然陈设简单朴素,除了空荡荡的四面墙、一张床、一张桌子和一张椅子,什么都没有,但他却心满意足地接受了这种生活方式,对他而言这很自然。很多个夜晚他彻夜未眠,只是在苦思冥想。第二天,薛老师带他去学校参观教室,他们一起讨论如何让这座老房子获得新生。

"我们可以重新粉刷一下,装一个新黑板,"戴维用简单的汉语说道,"桌子、椅子可以修一修,重新上漆。房子需要重新布线,门窗应该换一下。孩子们可以把学校的地弄一下,再找人捐点钱,安装一扇大门。"

薛老师用一截短短的铅笔逐条记在一个纸片上,他的鼻梁上架着金属框厚眼镜,一双将信将疑的眼睛透过厚厚的镜片,瞪着戴维。

"拿什么付钱?"他问,"当地政府没有预算,孩子们不干活,对家长又是一个灾难。"

通向村里的那条路，尽头有一座石头小房子，这是慧衡和尚居住和诵经的地方。自从1978年居住在这里之后，他就发了菩萨愿，一定要帮助村里人重建生活。比起宗教仪轨，开化人更倾向于信仰鬼神，对他的兢兢业业，他们全都感恩戴德。在他们的眼里，佛教就应该这样——这是正道，于是他们会来他的佛龛拜佛，并把带来的水果和馒头恭恭敬敬地摆在供桌上，求菩萨保佑他们吉祥平安。慧衡和尚隔段时间就会去九华山上的寺庙，为村里人祈福消灾。每一次，他都会在那里连续打坐一个月，同时做一些卑微的服务。每一次，他都会带回来一大袋佛茶，祝福村民们健康长寿。在他出发去九华山前，戴维请教他的意见，看自己能为这个学校做些什么特别的事。

"当年我去菩提迦耶——佛陀证悟的地方时，我就明白了一个道理：要帮助人们脱离苦海，很重要的一步就是要帮他们清除心中的愚昧无知，就是你们说的法布施。这些孩子需要教育，也配受到教育。您是否可以为他们做专门的观想，请佛陀赐予他们知识呢？"

想到菩提迦耶，慧衡不由得悠然神往。他连连作揖，承诺戴维：这次朝圣就是为了开化孩子的福祉。

虽然戴维的汉语磕磕绊绊，但却丝毫没有影响他激励村民重建学校的决心，尽管反对声依然此起彼伏，比方说，不放心外国人的参与，缺少年轻的人手。"如果村里没有工作机会，年轻人就会离开，整个村子就会被荒弃掉，"戴维很努力地讲道理给他们听，"只有让孙辈们接受教育，你们才有未来。"

夜深人静，戴维的屋里依然亮着灯，他躺在床上，凝视着天花板上的木梁，脑海里翻腾着各种各样的想法。他有一种非常强烈的愿望，希望给开化带去一些变化，但与此同时也要好好保护它

第二十四章　德明

传统之美。很多人都说："没钱。"然而细看下来，大多数男人都有很严重的抽烟喝酒的习惯。这样的爱好是绝对不会省钱的，陋习难破，但并非没有可能。

一场暴风雨突如其来，不停地拍打着小窗，也不断敲打着他的记忆之门，他的思绪又一次飞回喜马拉雅山，回到了玛拉去世的那一天。回忆总是有理由的，阿瓦杜塔曾经对他说过的话不知不觉出现在脑海中。当时的那个建议不知怎的从记忆的深处被唤醒了。他看见玛达瓦慈父般的眼睛注视着自己，仿佛在呼唤他的责任感，鼓励他为别人的福祉做出牺牲。

"沈奇，"第二天，他在村里的邮局打电话，"你必须来一趟，越快越好。"

"发生了什么事？"沈奇问。

"这事我们能做到，但我需要你。"戴维答道。

"好吧，赶巧了，再过十天就是奶奶的生日，全家人都会到齐。"

戴维为何那么着急，沈奇还不太明白，但很显然，戴维现在得低下脑袋，恳求每一个人付出一点牺牲。开化的孩子们听说这个外国人正在为重建学校费心尽力，而薛老师已经在公开场合谈论这件事了。戴维想趁沈奇的祖母八十七岁寿辰那天送上一份合适的礼物。

到了那天，戴维早早醒来，先是做了清晨冥想，然后祈祷自己的计划能如愿以偿，获得认可。屋子里热闹非凡，一家人情意浓浓。能再次见到沈奇的父母，而且还首次见到了沈奇的两位姐姐，戴维特别高兴。他们告诉奶奶说，大寿这天只管安心享受，一根手指都不用抬，但她不理会这些，只管把火烧得旺旺的，忙里忙外，给大家做一桌丰盛的午餐。早饭的时候，孩子们按照传统煮了长寿面和荷包蛋，她心满意足地享受一下。

沈奇从苏州带来了甜糕，妈妈和姐姐坐在一起，一边专心包饺子，一边不停歇地闲话家常。薛老师和夫人也被一同邀请，他们带来了一篮子寿桃，恭祝奶奶寿比南山。

戴维把礼物裹在一张大红纸里。

"大家可能会感到意外。"他在长桌边站起身来说。

人群安静下来，空气里透着一丝莫名的紧张，奶奶着急地等着下文。

"这几个星期，大家在城里享受生活的时候，奶奶一直在这里照顾我，我非常感恩，"他话中有话，大家都笑开了，"但是，她教给我很多人生道理，教导我人得忠于自己的原则。"大家纷纷点头。"你们知道吗？奶奶每天早上在太阳出来前就已经开始生火煮水泡茶了，然后再坐下来看她最喜欢的书——而且不戴眼镜。单就这点我就坚信开化的孩子们应该上学。"

沈奇刚翻译完，奶奶就立即挥手表示同意。

戴维继续往下说："我个人几乎一无所有，家人远的远，走的走，我坚信只要照顾别人，神明就会照顾你。所以，这样东西给您，奶奶。用这份礼物来修好学校，去鼓励全村人吧。"

奶奶打开她的礼物，看见厚厚的一沓美元，足足有五千，全是玛拉的钱。戴维一直保管着这笔钱，直到有朝一日为它找到了最合适的用途。

奶奶先是推辞，后来想起这钱并不属于她，而是拿来捐给学校的。这笔捐款从她的手里给出，更是意义深远。

这一切谁都没有心理准备。没有人见过那么多外币，也从未听过有哪个几乎一无所有的外国人会如此慷慨解囊。

"我有好几位心灵导师，他们总是说，人活在世上，一切都是借来的，"戴维说，"我们得到一个名字、一个家庭、一片土地、

第二十四章　德明

一个身份,但是没有一样东西属于任何人。最终,我们得留下一切。如果开化的孩子们能得到教育,这笔钱就花对了地方。我知道,给我钱的那个人希望这笔钱能用于慈善。现在她一定在微笑地望着我们。"他的话被翻译完了,奶奶和薛老师都流下了眼泪。

"德明!"奶奶脱口而出。

但是,谁也没有注意。所有的人都在举杯同庆。她的声音又放大了一点,这一次用更低沉的语调重复"德明",然后,她用粗糙而浮肿的手指着戴维,戴维站在那里,还是摸不着头脑。

"她说什么?"

"我猜她给你取了一个名字。"沈奇答道,一面望着父亲,向他求证。父亲点了点头。是的,她的确是给他取了一个名字。给外国人取名,这不符合常理,除非是用来说笑逗乐的。但是,奶奶对戴维已经观察了一段时间了,对他的心思也有所察觉。这是真心诚意的。

"德明是什么意思?"戴维问。

"德明,意思是说,'一个具有明亮而清澈的美德的人',"沈奇做了解释,"她觉得你有这样的品质,她被这种品质感动了。不管这笔钱的来源是什么,你的慷慨把所有人都惊到了。"

沈奇微笑着向戴维伸出手去:"谢谢你,戴……德……德明。"众人齐声回应他:"谢谢你,德明。"

接下来的几天,奶奶挨家挨户,挨个劝说,说服村民们能拿出一段时间戒烟戒酒,把省下来的钱捐给学校。终于,他们筹到了足够的钱来修缮学校,并支付了薛老师的最低工资。有人自告奋勇,准备把家里养的猪杀了卖钱,但是戴维只想要干净的捐款,这个全新的事业上不能沾上血腥。

"外国人都能给,还有谁不能给啊。"遇到犹犹豫豫的人,奶奶就这样说。种茶的农民凑了钱把大门换掉，最后李伟又慷慨地拿出了一大笔钱，分给那些原本需要孩子在家里帮忙的老人作为补偿。他一直在向中国台湾地区出口竹炭和食醋，发了一笔小财。年少的时候，他是奶奶的学生，不久前因疟疾刚刚失去唯一的儿子。他希望看到校门重新敞开，这也是为了孩子。

修建学校、买书、买各种设备，整整花去了一个月的时间。学校落成典礼非常隆重。有些孩子忐忑不安，不知道上学是否真的好过帮爷爷奶奶干重活，但大部分孩子却兴高采烈。绿白相间的新校服已经送来了，虽然尺寸有些偏大，孩子们穿上后却自豪极了。

当地的政府官员也出席了典礼，开化的报纸在头版进行了报道。奶奶身体不适，没能出席。沈奇专程赶了回来。校园的大喇叭里再次传出了久违的国歌声，在雄壮的国歌声的伴随下，薛老师指导一名学生缓缓升起国旗。在场所有的人都心潮澎湃。即使在这个穷乡僻壤，祖国依然听到了她的孩子们发出的呼喊。

"德明，你做了一件了不起的大事。"沈奇轻轻地耳语道。那天，湛蓝湛蓝的天空照亮了开化的这所学校，他们俩并肩站立，眼睛里闪着泪光。

德明留在了中国，教授英语和音乐等科目。有时他会把自己的历险记以故事的形式讲给孩子们听，孩子们个个听得津津有味。

一年以后，沈奇从苏州给德明打来电话，说一份叫《读者文摘》的半月刊杂志准备报道他的故事。杂志社专门派了几个人去开化采访他，还拍了不少照片。文章出来以后，反响热烈，杂志社的领导专门邀请德明做长期的专栏撰稿人。他搬到了北京一个幽静雅致的胡同里，渐渐开始受邀演讲，引导人们如何提升意识，如何通

第二十四章　德明

过静心冥想和良好的生活方式来保持或者臻达善性的生活。他创作了一系列透射着东方古老智慧的小故事，并在中国各地旅行，接触社会各界，探讨动物保护问题和生命教育问题。同时，他还经常去印度朝圣。沈奇成了他的出版代理。罗辛拿到了社会学博士学位，在伦敦的家中翻译他的手稿。玛达瓦在他们每个人的生命中始终占据着重要的位置，将他们牢牢地连接在一起。

在一次大学演讲中，一个学生站起来问了这样一个问题：

"德明老师，您去过那么多文化历史差异很大的地方，每一个地方都让您体验到了生活，也似乎可以让您安顿下来，但是您还是在不停地行走。我想问，哪个地方，对您而言，最感觉像家？"

德明沉思了一会儿，目光久久地停留在下面的听众身上，就好像他们是早已熟识的知己，然后开口说：

"我们离家远行，漂洋过海，翻山越岭，去陌生的城市和国家寻找财富。在奋斗中很多时候都伴随着无数的烦恼和艰辛，但是我们依然会心甘情愿地去冒险，因为我们深知，只要一想到自己的亲人和朋友，一想到自己还有一个家，那些困难瞬间就减少了。

"当我们在生活中备受伤害，非常脆弱的时候，当我们觉得希望从指尖一点一点地流走，只想找一个平静无人的地方任泪水汹涌而出的时候，总会有一些东西是我们可以托庇的。也许是一个微笑、一个拥抱、一次握手或者一个表示认可的印章——即便那算不上爱，也会让我们感到被接受，尽管这个世界的爱总带有一定的世俗动机。所有这些小东西都可以成为我们的'家'。

"童年时，我生活在一个非常快乐的家庭里，父母非常爱我。然而，我还是离开了，成了无家可归的人。不过，我很快就发现，其实我的心里一直带着这份来自家庭的爱，不仅如此，我还找到了许许多多的家——在树下，在竹屋里，在河岸边，在公园的石凳上。也许我不一定每天都能吃上饭，也许连一张好床也用不起……然而，我却找到了自由，那自由便是我的家，一个更广阔的家。这个家没有墙壁、门窗和屋顶，永远不会失去，至少——它会在有生之年伴随我。这个家始终在我的心中。

"人很容易无视身边的现实，总觉得别人遇到的事永远不可能发生在自己身上，直到它真的发生。我们沦为思想和物质感官的奴仆。我们斩断了和自然母亲的连接，宣称自己是完全独立的。但是，当死亡不期而至，我们所爱的人一个又一个离我们而去——特别是当我们的时辰也越来越近时——我们才渐渐接受：即便那自由也不是我们永恒的家。它只是一个短暂的港湾。

"现在我来回答你的问题，我想，只要是在这个世界，那么无论是哪个地方，都不会给我一种家的感觉。我要寻找的家不会被死亡带走，我要寻找的家不会仅仅给肉体和头脑带来快乐。

"我每天的冥想和沉思是以深厚的灵性知识为滋养的，它是一辆车，把我带回真正的家，在那里我永远不会被放逐，那里没有生老病死。必死的身体也许能在这里找到一个短暂的居所，但我们的灵魂需要回归永恒的家园。"

结　语

　　生命的触动和改变并不局限于少数人，保护心灵是一场每日必经的战斗。对某些人而言，人的尊严仅仅意味着一份足以果腹的饭菜或是一杯清凉解渴的水，然而，智者却明白，除非灵魂是主体，否则人类的尊严依然还是一个相对的概念。而灵魂，却是绝对而真实的存在。

　　对躯体和心意的执着带给我们无数的痛苦，而贪婪、自私、嫉妒、情欲，正如邪恶的入侵者，剥夺了我们唯一的灵性财产——超越物质藩篱的纯粹而自由的爱。只有征服了这些大敌，我们才能赢得心灵的保卫战。德明以及他生命中所有不期而至的导师共同诠释了这一深刻的信念。

　　在生命的旅程中，德明慢慢地学会了把他人的福祉放在自己的个人欲望之上，因此不会轻易被恐惧和嫉妒所征服。在未知土地上的不断穿行告诉他：为生存奋斗，是人类、动物和植物的共同本能；而友善、尊重与爱，也是天下众生的共性。每个人都需要一个内在旅程。最终，人会从那里开始，张开心灵的羽翼，通向灵魂的自由。

图书在版编目（CIP）数据

心之翼/(法)奕夫著；杨培敏译. —北京：华夏出版社有限公司，2022.7（2022.12重印）
ISBN 978-7-5222-0166-5

Ⅰ.①心… Ⅱ.①奕…②杨… Ⅲ.①长篇小说–法国–现代 Ⅳ.①I565.45

中国版本图书馆CIP数据核字（2021）第165815号

版权所有，翻印必究。
北京市版权局著作权登记号：图字01-2021-4390号

心之翼

作　　者	[法]奕夫	
译　　者	杨培敏	
责任编辑	陈　迪	
出版发行	华夏出版社有限公司	
经　　销	新华书店	
印　　刷	三河市万龙印装有限公司	
装　　订	三河市万龙印装有限公司	
版　　次	2022年7月北京第1版　2022年12月北京第2次印刷	
开　　本	710×1000　1/16开	
印　　张	22	
字　　数	350千字	
定　　价	69.00元	

华夏出版社有限公司　网址:www.hxph.com.cn 地址：北京市东直门外香河园北里4号 邮编：100028
若发现本版图书有印装质量问题，请与我社营销中心联系调换。电话：（010）64663331（转）